U0143456

青·**科幻**丛书

杨庆祥／主编

张冉 著

炸弹女孩

作家出版社

张冉

科幻作者，科学与幻想成长基金发起人。

1981年12月出生，2012年开始创作科幻小说，由出道作品始，先后四获银河奖、五获全球华语科幻星云奖。已发表中短篇小说二十余篇，出版小说集《起风之城》等。

作为历史、现实和方法的科幻文学

——序"青·科幻"丛书

杨庆祥

一、历史性即现代性

在常识的意义上，科幻小说全称"科学幻想小说"，英文为Science Fiction。这一短语的重点到底落在何处，科学？幻想？还是小说？对普通读者来说，科幻小说是一种可供阅读和消遣，并能带来想象力快感的一种"读物"。即使公认的科幻小说的奠基者，凡尔纳和威尔斯，也从未在严格的"文类"概念上对自己的写作进行归纳和总结。威尔斯——评论家将其1895年《时间机器》的出版认定为"科幻小说诞生元年"——称自己的小说为"Scientific Romance"（科学罗曼蒂克），这非常形象地表述了科幻小说的"现代性"，第一，它是科学的。第二，它是罗曼蒂克的，即虚构的、想象的甚至是感伤的。这些命名体现了科幻小说作为一种现代性文类本身的复杂性，凡尔纳的大部分作品都可以看成是一种变异的"旅行小说"或者"冒险小说"。从主题和情节的角度来看，很多科幻小说同时也可以被目为"哥特小说"或者是"推理小说"，而从社会学的角度看，"乌托邦"和"反乌托邦"的小说也一度被归纳到科幻小说的范畴里面。更不要说在目前的书写语境中，科幻与奇幻也越来越难以区别。

虽然从文类的角度看，科幻小说本身内涵的诸多元素导致了其边界的不确定性。但毫无疑问，我们不能将《西游记》这类诞生于古典时期的小说目为科幻小说——在很多急于为科幻寻根的中国学者眼里，《西游记》、《山海经》都被追溯为科幻的源头，以此来证明中国文化的源远流长——至少在西方的谱系里，没有人将但丁的《神曲》视作是科幻小说的鼻祖。也就是说，科幻小说的现代性有一种内在的本质性规定。那么这一内在的本质性规定是什么呢？有意思的是，不是在西方的科幻小说谱系里，反而是在以西洋为师的中国近现代的语境中，出现了更能凸显科幻小说本质性规定的作品，比如吴趼人的《新石头记》和梁启超的《新中国未来记》。

王德威在《贾宝玉坐潜水艇——晚清科幻小说新论》对晚清科幻小说有一个概略式的描述，其中重点就论述了《新石头记》和《新中国未来记》。王德威注意到了两点，第一，贾宝玉误入的"文明境界"是一个高科技世界。第二，贾宝玉有一种面向未来的时间观念。"最令宝玉大开眼界的是文明境界的高科技发展。境内四级温度率有空调，机器仆人来往执役，'电火'常燃机器运转，上天有飞车，入地有隧车。"①"晚清小说除了探索空间的无穷，以为中国现实困境打通一条出路外，对时间流变的可能，也不断提出方案。"②王德威将晚清科幻小说纳入到现代性的谱系中讨论，其目的无非是为了考察相较"五四"现实主义以外的另一种现代性起源。"以科幻小说而言，'五四'以后新文学运动的成绩，就比不上晚清。别的不说，一味计较文学'反映'人生、'写实'至上的作者和读者，又怎能欣赏像贾宝玉坐潜水艇这样匪夷所思的怪谈？"②但也正是在这里，我们看到了一种基于现代工具理性所提供的时间观

---

① 王德威：《贾宝玉坐潜水艇——晚清科幻小说新论》，收入王德威《想象中国的方法》，三联书店 2003 年。

② 同上。

　　　　　　　　　　　　炸弹女孩

和空间观，这种时间观与空间观与前此不同的是，它指向的不是一种宗教性或者神秘性的"未知（不可知）之境"，而是指向一种理性的、世俗化的现代文明的"未来之境"。如果从文本的谱系来看，《红楼梦》遵循的是轮回的时间观念，这是古典和前现代的，而当贾宝玉从那个时间的循环中跳出来，他进入的是一个新的时空，这是由工具理性所规划的时空，而这一时空的指向，是建设新的世界和新的国家，后者，又恰好是梁启超在《新中国未来记》中所展现的社会图景。

二、现实性即政治性

如果将《新石头记》和《新中国未来记》视作中国科幻文学的起源性的文本，我们就可以发现有两个值得注意的侧面，第一是技术性面向，第二是社会性面向。也就是说，中国的科幻文学从一开始就不是简单的"科学文学"，也不是简单的"幻想文学"。科学被赋予了现代化的意识形态，而幻想，则直接表现为一种社会政治学的想象力。因此，应该将"科幻文学"视作一个历史性的概念而非一个本质化的概念，也就是说，它的生成和形塑必须落实于具体的语境。在这个意义上，我们会发现，科幻写作具有其强烈的现实性。研究者们都已经注意到中国的科幻小说自晚清以来经历的几个发展阶段，分别是晚清时期、1950 年代和 1980 年代，这三个阶段，恰好对应着中国自我认知的重构和自我形象的再确认。有学者将自晚清以降的科幻文学写作与主流文学写作做了一个"转向外在"和"转向内在"的区别："中国文学在晚清出现了转向外在的热潮，到'五四'之后逐渐向内转；它的世界关照在新中国的前三十年中得到恢复和扩大，又在后三十年中萎缩甚至失落。"① 这种两分法基本

---

① 李广益：《论刘慈欣科幻小说的文学史意义》，《中国现代文学研究丛刊》2017 年第 8 期。

上还是基于"纯文学"的"内外"之分，而忽视了作为一个综合性的社会实践行为，科幻文学远远溢出了这种预设。也就是说，与其在内外上进行区分，莫如在"技术性层面"和"社会性层面"进行区分，如此，科幻文学的历史性张力会凸显得更加明显。科幻文学写作在中国语境中的危机——我们必须承认在刘慈欣的《三体》出现之前，我们一直缺乏重量级的科幻文学作品——不是技术性的危机，而是社会性的危机。也即是说，我们并不缺乏技术层面的想象力，我们所严重缺乏的是，对技术的一种社会性想象的深度和广度，这种缺乏又反过来制约了对技术层面的想象，这是中国的科幻文学长期停留在科普文学层面的深层次原因。

在这个意义上，以刘慈欣《三体》为代表的 21 世纪以来的中国科幻文学写作代表着一种综合性的高度。它的出现，既是以往全部（科幻）历史的后果，同时也是一种现实性的召唤。评论者从不同的角度意识到了这一点："经济的高速发展及科技的日新月异让我们身边出现了实实在在'看得见摸得着'的变化。3D 打印、人工智能、大数据、可穿戴设备、虚拟现实、量子通信、基因编辑……尤其中国享誉世界的'新四大发明'：共享单车、高铁、网购和移动支付，更是和我们的生活紧密相关，中国在某些方面甚至已经站在了全球科技发展的前沿。在这样的情况下，……科幻小说对未来的思考，对于人文、伦理与科学问题的关注已经成为了社会的主流问题，这为科幻小说提供了新的历史平台。"[①]"以文学以至文艺自近代以来具有的地位和影响而论，置身于全球化程度日益加深的时代，对文学提出建立或者恢复整全视野的要求，自在情理之中。刘慈欣科幻小说的文学史意义，因而浮出水面。"[②]

---

① 任冬梅：《浅析新世纪以来中国科幻小说的现状及前景》，《当代文坛》2018 年第 3 期。
② 李广益：《论刘慈欣科幻小说的文学史意义》，《中国现代文学研究丛刊》2017年第 8 期。

炸弹女孩

虽然刘慈欣一直对"技术"抱有乐观主义的态度，并坚持做一个"硬派"科幻作家。但是从《三体》的文本来看，它的经典性却并非完全在于其"技术"中心主义。毫无疑问，《三体》中的技术想象有非常"科学"的基础，但是，《三体》最激动人心的地方，却并非在这些"技术"本身，而是通过这些技术想象而展开的"思想实验"。我用"思想实验"这个词的意思是，这些"技术"想象不仅仅是科学的、工具的，同时也是历史的、哲学的。或者换一种说法，不仅仅是理性主义的，同时也是理性主义的美学化和悲剧化。也就是说，《三体》所代表的科幻文学的综合性并不在于它书写了一个包容宇宙的"时空"——这仅仅是一个象征性的表象，而很多人都在这里被迷惑了——而更在于它回到了一种最根本性的思想方法——这一思想方法是自"轴心时代"即奠定的——即以"道""逻各斯"和"梵"作为思考的出发点，并在此基础上想象一个新的命运体。如果用现代性的话语系统来表示，就是以"政治性"为思考的出发点。政治性就是，不停地与固化的秩序和意识形态进行思想的交锋，并不惮于创造一种全新的生存方式和建构模式——无论是在想象的层面还是在实践的层面。

三、以科幻文学为方法

在讨论科幻文学作为方法之前，需要稍微了解当下我们身处的历史语境。冷战终结带来了一种完全不同的世界格局，也在思想和认识方式上将20世纪进行了鲜明的区隔。具体来说就是，因为某种功利主义的思考方法——从结果裁决成败——从而将苏东剧变这一类"特殊性"的历史事件理解为一种"普遍化"的观念危机，并导致了对革命普遍的不信任和污名化。辩证地说，"具体的革命"确实值得怀疑和反思，但是"抽象的革命"却不能因为"具体的革命"的失败而遭到放逐，因为对"抽象革命"的放弃，思想的惰性被重新体制化——在冷战之前漫长的 20 世纪的革命中，思想始终因为革命的张力而生机勃勃。正如弗里德里克·詹姆逊在《对本雅明的几点看法》一文中指出的，"体制一直都明白它的敌人就是观念和分析以及具有观念和进行分析的知识分子。于是，体制制定出各种方法来对付这个局面，最引人注目的方法就是怒斥所谓的宏大理论或宏大叙事。"意识形态不再倡导任何意义上的宏大叙事，也就意味着在思想上不再鼓励一种总体性的思考，而总体性思考的缺失，直接的后果就是思想的碎片化和浅薄化——在某种意义上，这导致了"无思想的时代"。或者我们可以稍微迁就一点说，这是一个高度思想仿真的时代，因为精神急需思想，但是又无法提供思想，所以最后只能提供思想的复制品或者赝品。

与此同时，因为"冷战终结"导致的资本红利形成了新的经济模式。大垄断体和金融资本以隐形的方式对世界进行重新"殖民"。这新一轮的殖民和利益瓜分借助了新的技术：远程控制、大数据管理、互联网物流以及虚拟的金融衍生交易。股票、期权、大宗货品，以及最近十年来在中国兴起的电商和虚拟支付。这一经济模式的直接后果是，它生成了一种"人人获利"的假象，而掩盖了更严重的剥削事实。事实是，大垄断体和大资本借助技术的"客观性"建构了一种"想象的共同体"，个人将自我无限小我化、虚拟化和符号化，获得一种象征性的可以被随时随地"支付"的身份，由此将世界理解为一种无差别化的存在。

当下文学写作的危机正是深深植根于这样的语境中——宏大叙事的瓦解、总体性的坍塌、资本和金融的操控以及个人的空心化——当下写作仅仅变成了一种写作（可以习得和教会的）而非一种"文学"或者"诗"。因为从最高的要求来看，文学和诗歌不仅仅是一种技巧和修辞，更重要的是一种认知和精神化，也就是在本原性的意义上提供或然性——历史的或然性、社会的或然性和人的或然性。历史以事实，哲学以逻辑，文学则以形象和故事。如果说

　　　　　　　　　　　　炸弹女孩

存在着一种如让·贝西埃所谓的世界的问题性[①]的话，我觉得这就是世界的问题性。写作的小资产阶级化——这里面最典型的表征就是门罗式的文学的流行和卡夫卡式的文学被放大，前者类似于一种小清新的自我疗救，后者对秩序的貌似反抗实则迎合被误读为一种现代主义的深刻——他们共同之处就是深陷于此时此地的秩序而无法他者化，最后，提供的不过是绝望哲学和憎恨美学。刘东曾经委婉地指出中国现代文学提供了太多怨恨的东西，现在看来，这一现代文学的"遗产"在当下不是被超克而是获得了其强化版。

我正是在这个意义上认为21世纪的中国科幻文学提供了一种方法论。这么说的意思是，在普遍的问题困境之中，不能将科幻文学视作一种简单的类型文学，而应该视作为一种"普遍的体裁"。正如小说曾经肩负了各种问题的索求而成为普遍的体裁一样，在当下的语境中，科幻文学因为其本身的"越界性"使得其最有可能变成综合性的文本。这主要表现在1.有多维的时空观。故事和人物的活动时空可以得到更自由地发展，而不是一活了之或者一死了之；2.或然性的制度设计和社会规划。在这一点上，科幻文学不仅仅是问题式的揭露或者批判（自然主义和现实主义的优势），而是可以提供解决的方案；3.思想实验。不仅仅以故事和人物，同时也直接以"思想实验"来展开叙述；4.新人。在人类内部如何培养出新人？这是现代的根本性问题之一。在以往全部的叙述传统中，新人只能"他"或者"她"。而在科幻作家刘宇昆的作品中，新人可以是"牠"——一个既在人类之内又在人类之外的新主体；5.为了表述这个新主体，需要一套另外的语言，这也是最近十年科幻文学的一个关注点，通过新的语言来形成新的思维，最后，完成自我的他者化。从而将无差别的世界重新"历史化"和"传奇化"——最终是"或然化"。

---

① [法] 让·贝西埃《当代小说或世界的问题性》，史忠义译，北京大学出版社，2012年。

我记得早在 2004 年，一个朋友就向我推荐刘慈欣的《三体》第一部。我当时拒绝阅读，以对科幻文学的成见代替了对"新知"的接纳。我为此付出了近十年的时间代价，十年后我一口气读完《三体》，重燃了对科幻文学的热情。作为一个读者和批评家，我对科幻文学的解读和期待带有我自己的问题焦虑，我以为当下的人文学话语遭遇到了失语的危险，而在我的目力所及之处，科幻文学最有可能填补这一失语之后的空白。我有时候会怀疑我是否拔高了科幻文学的"功能"，但是当我读到更多作家的作品，比如这套丛书中的六位作家——陈楸帆、宝树、夏笳、飞氘、张冉、江波——我对自己的判断更加自信。不管怎么说，"希望尘世的恐怖不是唯一的最后的选择"，也希望果然有一种形式和方向，让我们可以找到人类的正信。

权且为序。

2018 年 2 月 27 日　于北京

　　　　　　　　　　炸弹女孩

目　录

以　太

1

　　我忽然想起二十二岁那年的冬天午后。我的右边坐着一对非常漂亮的双胞胎姐妹，叽叽喳喳聊着天，左边坐着一个胖家伙，抱着瓶碳酸饮料不停给自己续杯，我的碟子里是冷掉的鸡肉、乳酪和切碎的甘蓝，如今我已经记不得那些食物的味道，只记得夹通心粉的时候掉了一些在我崭新的条纹长裤上，整个宴席的后半段，我一直在擦拭长裤上新月形的污痕，留鸡肉在盘子里渐渐变冷。为掩饰尴尬，我试图与双胞胎姐妹找个话题聊聊，但她们似乎对大学生活不感兴趣，我也不懂得马尾辫的几种绑法。

　　这场宴会显得极其漫长，一个又一个人站起来无休无止地举杯致辞，我一次又一次随他们举起高脚杯，啜饮苹果汁，明知没有任何人会注意到我的举动。宴会的主题是什么？婚礼、节庆还是丰收？我记不清。那时我无数次隔着四张桌子偷偷看我的父亲，他忙于与同样年纪、长着浓密胡须和酒糟鼻的朋友们聊天喝酒，说着粗鲁的笑话，直到宴会结束都不曾向我投诸一线目光。乐师疲惫地将小提琴装进琴匣，主妇开始收拾狼藉杯盘，醉醺醺的父亲终于发现我的存在，摇晃着庞大的身躯走来，嘟囔着说："你还在啊？叫你妈来开车。”

"不。我自己回去。"我站起来盯着地面说，用力揉搓长裤上的污迹直到手指发白。

"随便。跟你的小朋友们聊得好吗？"他四处张望。

我没有回答，握紧拳头，感觉血液向头部聚集。他们不是我的朋友。他们只是孩子而已，十一二岁的小孩，而我已经二十二岁，即将从大学毕业，在城市里，我有我的朋友和骄傲，在那里，没有人拿我当孩子看待、把我安排在一桌儿童中间、在我的高脚杯中倒满甜苹果汁而不是白葡萄酒。在我走入餐馆的时候，侍者会殷勤地接过我的外套叫我一声"先生"，若不小心将通心粉掉在长裤上，我的女伴会温柔地用湿巾擦去污迹，我是成年人了，我想要成年人的话题，而不是在愚蠢的乡村宴会中被当作学龄儿童对待。

"……去你的！"我终于说，然后头也不回地走掉。

那年我二十二岁。

我努力睁开眼睛，天色已经完全暗了，屋子笼罩在对街脱衣舞俱乐部的霓虹灯光芒中。起居室里只有电脑屏幕闪闪发亮。我揉着太阳穴，从沙发上缓缓坐起，端起咖啡桌上的半杯波旁威士忌一饮而尽。这是本周第几次在沙发上睡着了？我应该上网查查，四十五岁的单身男人在周日下午窝在家里独自上网直至进入一场充满闪回童年经历梦境的睡眠是否有益于身心健康，但头痛告诉我不必打开搜索引擎就能知道：这种无聊的生活在谋杀我的脑细胞。

喂，在吗？液晶屏幕上ROY说。

在。我从烟灰缸上找到半截雪茄，弹掉烟灰，划火柴点燃，斜靠在沙发上单手打字。

你知道吗，他们开了一个讨论组专门讨论如何用肉眼分别蓝鳍金枪鱼与马苏金枪鱼生鱼片。ROY说。

你参加了吗？我吐出一口瑞士机制雪茄充满草腥味的烟雾。

没有，我觉得这个比前一个讨论组更无聊，你知道的，"硬币

　　　　　　　　　炸弹女孩

自然坠落正反面概率长期观察"小组。ROY 打出表示无奈的符号。

可是你参加那个小组来着。

是的，我连续十五天，每天抛硬币二十次，然后将测试结果反馈给讨论组。

后来呢？

越来越趋近常数 0.5 呗。ROY 给我一个苦笑。

你们根本就知道这是必然结果啊。我说。

当然，可网络如此无聊，总得找点事干呢。ROY 说。要不要一起参加"肉眼分别蓝鳍金枪鱼与马苏金枪鱼生鱼片"小组？

免了，我宁肯去看看小说。雪茄快烧完了，我拿起威士忌酒杯，呸呸吐出嘴里苦涩的唾液。

小说、杂志、电影、电视都让我发疯。总有一天，我会被无趣的世界杀死。ROY 打了个大大的句号，下线了。

我关掉对话框，登录几个文学和社交网站想找感兴趣的文章看，但正如从未谋面的网友 ROY 所说，一切正向着越来越无趣的方向发展，在我年轻时，网络上充满观点、思想与情绪，热血的年轻人在虚拟世界展开苏格拉底式的激烈辩论，才华横溢的厌世者通过文学表达对新生活的渴望，我可以在电脑屏幕前静坐整个晚上，超链接带领我的灵魂经历一次又一次热闹的旅行。如今，我浏览那么多网站头条与要闻，没有找到一个值得点击的标题。

这种感觉令人厌恶，又似曾相识。

我点开常去的社区网站头条新闻"民众在市政府前游行示威抗议钓鱼者对蚯蚓的不人道行为"，视频窗口弹出，一群穿着花花绿绿衣衫的年轻人左手拎着啤酒右手举着歪歪扭扭的牌子站在市政广场，标语牌上写着"坚决反对切断蚯蚓""你的鱼饵是我的邻居""蚯蚓和你家的狗一样会感觉到痛"。

他们没有其他事情可干了吗？就算游行示威，不能找个更有意义的话题吗？我的头痛袭来，于是关掉显示器，倒在棕色的旧沙发里，疲惫地闭上眼睛。

2

四十五岁贫穷单身汉在城市这个庞大资源聚合体中显得无足轻重，我每周工作三天，每天工作四个小时，主要职责是"在满足条件的申请书中挑选出个人情感认同的"，在计算机抢走大部分人类饭碗的今天，在政府部门以"个人情感"因素审批特殊贫困津贴的申请书几乎是份完美的工作，它不需要任何培训背景或知识储备，当局认为在自动审核通过的众多特殊贫困津贴申请书中挑选幸运者应当适度体现冰冷规章制度之外的人情味，故聘请社会各阶层人士——包括我这样的失败者——参与此项工作，每周一、三、五的上午我从租住的公寓乘坐地铁来到社会保障局那间小小的、与三名同事共享的办公室，坐在电脑前，把电子印章盖在屏幕中比较顺眼的申请书上，名额时多时少，通常盖三十个印章后我的工作就结束了，余下的时间可以找人聊聊天喝喝咖啡吃两个百吉饼，直到下班铃打响。

与此前无数个周一相同，我完成四个小时的工作，打卡后离开社会保障局的灰色花岗岩大楼，走向不远处的地铁站。地铁站门口通常有个单人乐队的表演者在单调鼓声中吹着刺耳的小号，经过身边的时候那个阴郁的表演者总盯着我的眼睛——或许是因为几年来我没给过他一分钱——让我感到不快。猫抓玻璃一样的小号声果然响起，让我昨天尚未痊愈的头痛蠢蠢欲动，我决心向反方向走一个街区，去上一个地铁站搭地铁。

上午下了一点小雨，地面湿润，扎辫子的滑板少年飞速掠过，两只鸽子站在咖啡馆的招牌上嘀嘀咕咕。橱窗映出我的影子：身穿过时的黄色风衣的瘦削半秃中年人，长着一个与我父亲一模一样的酒糟鼻子。我摸摸鼻子，不禁想起我久未谋面的父亲，准确地说，自从二十二岁的宴会后就再未见面的父亲。母亲给我的电话中有时会谈起他，我知道他还住在农场，养着一些牛，留着几棵苹果树用来酿酒，但酒精毁了他的肝，医生说他没办法再喝酒了，直到科学家们发明肝癌的治疗方法。说实话我并不感觉悲伤，尽管我的红鼻子和宽大的骨架完全继承了他的血统，但我整个后半生都在逃避父亲的影子，避免自己成为那样自私、狭隘与嗜酒的肥胖老头——如今我发现，惟有避免肥胖这一点，我做到了。他人生最大的亮点是娶到了我母亲。我连这一点亮点都没有。

"站住！"一声大喝打断我的自怨自艾。几个穿着黑色连帽衫的人越过车流向这边快速跑来，两名警察挥舞警棍跌跌撞撞穿过刹停的汽车追赶着，一名警察吹响哨子，另一人大声喊叫。

驾驶员的叫骂声与汽车鸣笛声响成一片。我将身体贴近咖啡馆的橱窗。别惹麻烦。父亲络腮胡子中因劣质雪茄而泛黄的牙齿在眼前闪现。穿黑色连帽衫的人撞倒路边的垃圾桶，从我身边跑过，一个、两个，一共四个人，我装作毫不在意，但发现他们都穿着帆布鞋。是年轻人。谁年轻时没有穿过脏兮兮的帆布鞋呢。我低头看看自己脚上暗淡无光的棕色系带皮鞋，鞋面因长时间穿着产生一道道褶皱，像我照镜子时极力回避的额头的皱纹。

忽然有人伸出手挡住望着脚面的视线，探进风衣兜里拉出我的右手，我感觉手心传来滑稽的瘙痒——那人用手指在我掌心画着什么图案。我惊诧地抬起头来，停在我面前的是第四个黑衣人，身材矮小，兜帽罩住眼睛，他迅速地在我手中画着什么，然后拍拍我的手掌说："你明白吗？"

"快点！"三个连帽衫在呼唤，第四个人回头望一眼越追越近的警察，丢下我向伙伴们飞奔而去。警察气喘吁吁地追来，"站住！"其中一个声音嘶哑地喊道，另一个口中含着哨子，吹出断断续续的哨音。我确信他们越过我的时候扭头看了我一眼，但两位警官没有说什么，挥舞警棍跑远。

逃的人和追的人转过花店所在的街角，不见了。潮湿的街道上汽车开始移动，行人穿梭，仿佛什么都没有发生过，只有我的右手，残留着陌生人指尖的温度。

3

"照旧吗？"我公寓楼下那间餐馆的女侍应皮笑肉不笑地问我，"当然。"我不假思索地说，"……等等，再加一份腌熏三文鱼。"已经转身走开的女侍应从肩头比划一个 OK 的手势。

"有什么事发生吗？鉴于你会更改你的食谱。"我惟一可以称得上朋友的熟人、同样在社会保障局工作的瘦子带着不讨人喜欢的笑容问。瘦子有一种特质，能准确嗅出每个人身上分泌的荷尔蒙味道，落座后的短短五分钟里，他已经鉴定出一个老处女、一对男同性恋、一个饥渴到可以跟送披萨小弟上床的中年怨妇、一个手淫过度的用哥哥身份证买到啤酒的高中生和一个性生活和谐的残疾人。

"说真的，一个坐轮椅的人怎么可能性生活和谐？"我端起杯子喝口凉啤酒。

"瘫痪的部位越高，勃起的可能性越高。"瘦子用长而弯曲的手臂在自己的脊椎上比划着。"而你呢，一定遇到了一个令人心动的姑娘。她是金发对吗？"他的灰眼珠带着窥探隐私的愉悦光芒。

"扯淡。我下午碰到示威游行，你知道，视频中那些呼吁给蚯蚓人道主义关怀的小痞子。"我摇摇头，"谢谢。"我接过女侍应递来的盘子，肉丸三明治配腌黄瓜，万年不变的晚餐食谱。

"无聊。"瘦子摇摇头。"说起来，你知道吗……'马铃薯'这个词来源于牙买加的阿拉瓦语。"

我恍惚觉得他说后半句话的时候声音有点奇怪，仿佛嗓子里哽了块什么东西，或许是凉啤酒让我的耳鸣复发了。"不知道。我也没兴趣学习一种已灭亡的语言。"我把腌黄瓜送进嘴里。

瘦子有些惊异地睁大灰眼睛："你没兴趣谈这个话题？"

他的声音正常了。是耳鸣。我得去看看医生，如果今年医疗保险没有超额的话。"完全没兴趣。"我嘴里含着食物嘟囔着。

"好吧。"他失望地低下头，把玩着啤酒杯。女侍应将他的晚餐放在桌上，又将我的腌熏三文鱼递给我，"说真的，你们两个有空的话得出去玩玩。比如脱衣舞俱乐部什么的。"她扫了一眼我们脸上的表情，撇撇嘴，走开了。

我和瘦子扭头看看街对面灯红酒绿的俱乐部，没作声。我伸手从他盘子里拿出两根薯条塞进嘴里，将腌熏三文鱼向他那边推了推，"你有没有觉得我们最近聊天缺乏有趣的话题。"我说。

"你也有这个感觉？"瘦子惊奇道，"除了我的性能力鉴定之外，几乎找不到任何可以谈论的东西了。我也是这一两年发现聊天变得没趣起来。"

"也许是我们都老了？"我不情愿地缩回拿薯条的右手，手背上有一块显眼的色斑，刚出现没多久，——就像二十二岁那年长裤上的污迹，令人难堪。

"我刚四十二岁！西蒙尼斯四十一岁才赢得威尔士公开赛！"瘦子叫道，右手的薯条在空中飞舞，"一定是单调的工作让我们变成这样，等退休以后一切都会不同，对吗老兄？"

"但愿如此。"我心不在焉地回答。

4

这天晚上，我多喝了两瓶凉啤酒，打开公寓门之后感觉一阵阵眩晕，没顾上洗澡，直接走进卧室倒在床上。床单有一股奇怪的泥土味道，不知是不是因为太久没换，可从好的方面说，这种味道让我想起小时候的农场，——不是充斥着父亲浓重体味的那个农场，是他酗酒并开始虐待母亲以前我、姐姐和母亲安宁生活的平静农场。记得我和姐姐在新建的谷仓中玩耍，空荡荡的谷仓里充满新鲜木料和泥土的清香，阳光从阁楼的小窗户洒进来，带着妈妈烘焙饼干的味道。

跑累了，我们倚着墙壁坐下来，姐姐把我的右手拉过去，"闭上眼睛。"她说。我听话地闭上眼睛，阳光在眼皮上烙出红晕。手心痒痒的，我咯咯地笑了起来，想抽回手掌，"猜猜我写的是什么字。"姐姐也笑着，手指在我掌心搔动。"我猜不出来……写慢一点啦。"我想了想，抱怨道。姐姐于是慢慢地重新写了一遍。

"马？"我看着她，迟疑道。

"对了！"姐姐哈哈大笑，揉着我的头发，"再来再来。猜对五个字的话，我的那匹小骟马让给你骑两天。"

"真的？"我惊喜地闭上眼睛。

手心又痒了起来，我忍住没有笑出声。"这次是……'叫'？"

"是'道'啦小笨蛋！"姐姐笑着弹我的鼻子，然后蹦起来跑了出去，"谁先回去，谁吃大块的奶油曲奇饼哦！"

"等等我……"

我伸出手臂，睁开眼睛，看到被霓虹灯照亮的天花板，天花板角落有一摊水迹。楼上那家人又忘记关浴缸水龙头了，这次得让公寓管理员狠狠地教训他们，我想着，发现自己刚从童年的梦中醒来。穿了一整天的衬衣泛出酒精的酸味，脖子和后背因别扭的睡姿而生疼。我花了五分钟从床上坐起来，看看闹钟，现在刚刚凌晨1点。

起床冲澡，喝了两杯水后感觉好些，但再没有睡意，我穿上睡衣坐在起居室沙发上，打开电视，深夜节目同往常一样，没有任何令我感兴趣的东西。换台的时候，我看到右手上那块丑陋的色斑，不由自主用左手搓着，尽管谁都知道那玩意儿没可能用手指搓掉。忽然来自手心的微微痒意令我打了个寒战。等等。这种感觉是什么？刚刚梦境中出现过的、姐姐在我手中写出的稚嫩字符……

今天中午，穿黑色连帽衫的人在我手心画出的并不是什么符号。

他在我掌心写字。不，她在我掌心写字。她是一个女人，黑色连帽衫遮住了性别特征，但她纤细的手指不可能属于男人；她写了些什么？

我忙乱地翻出纸和笔铺在咖啡桌上，尽力回忆手心的触感。中间的一个字是姐姐写过的……没错，这是一个"道"字。

我在纸正中写下"道"。

前面是一个词，她写得很快，非常快。在长期审核申请书的工作中我发现人们遇到象征美好幸福的词组通常写得很快，并且连笔，比如微笑、永恒、梦想、满足。她写的是一个短词，词性是正面的，有两个元音……等等！是伊甸。没错，耶和华的乐园。

我在纸左边写下"伊甸"。

后面是一串数字，阿拉伯数字，这串数字她写了两遍，我皱起眉头，细心地回忆她手指的每一道运动轨迹。7、8、9、5？不，第一个数字划过我的小鱼际部位，象征末尾有一个折弯，那么是2。2、8、9、5，没错。两遍，确认。

我在纸右边写下"2895"。

纸上写着"伊甸道2895"。

显然这是一个地址。我扑到电脑前，打开地图网站，输入"伊甸道2895"，页面显示伊甸道在我所在城市的另一端，远离闹市区与金融中心的贫民窟。然而伊甸道并没有2895号，准确地说，门牌号到500号就结束了。

我揉着太阳穴。数字一个个化为皮肤的触觉，在我的掌心画出酥麻的痕迹，我盯着掌心。2、8、9，没有错误。5……哦当然，也可能是一个S。我输入"伊甸道289S"，地图锁定了一栋四层高的公寓楼，位于伊甸道的中央，整个城市的边缘，距离我四十五公里远的地方。"是了！"我兴奋地一拍键盘站起来，又因头部充血的眩晕跌坐回去。

那里有什么？我不知道。但我知道在四十五年循规蹈矩的生涯里，并没有任何穿黑色连帽衫的女士用极其隐秘的方式给我留下联系地址的离奇经历，——或者说，我根本是一个没有女人缘的失败者。无趣的人生里，终于出现了一点有趣的事情，无论是荷尔蒙的驱动（如同嗅觉敏锐的瘦子所说）还是好奇心勃发，我都决定穿上风衣，去伊甸道289S寻找一些不曾有过的经历。

别惹麻烦，小子。出门前我在穿衣镜里看见父亲挺着大肚子，手中拎着琴酒的瓶子说。

去你的吧。我同二十三年前一样大步走开。

5

我有一辆摩托车，但久未使用。大学时我像所有的年轻人一样热衷于时髦的玩意儿：最新的手机、平板电脑、等离子电视、能够发电的运动鞋和大马力的摩托车，谁不爱哈雷戴维森和杜卡迪呢？但我负担不起昂贵的名牌摩托，二十六岁那年，我终于从一个签证到期即将回国的日本留学生手里买下这辆跑了八千英里的黑色川崎ZXR400R，她车况好极了，刹车盘如同全新的一样闪闪发亮，排气管的吼叫无比迷人。我迫不及待地骑上车子去向朋友们炫耀，但他们早已玩腻了，坐在酒吧里谈论女人时，外面停着他们崭新的梅赛德斯奔驰与凯迪拉克。

大概是从那个时候起我就不再有什么朋友。我打起领带，骑着川崎摩托去工作，人人用奇怪的眼光盯着我和我离经叛道的座驾。终于我妥协了，将心爱的摩托锁进储藏室，伴随着年龄增长与不断的职场失败，我转眼间变为四十五岁的单身酒鬼，偶尔在晴朗的天气里擦拭摩托车时我会问心爱的川崎：老伙计，什么时候再出去兜兜风？她从不回答我。尽管我一再鼓起骑车出游的勇气，可只要想想半秃中年男人跨坐在流线型摩托车上的丑陋画面就让我胃部不适，——那就像醉醺醺的父亲自以为得体地与每个遇见的女人搭讪一样让我作呕。

我走下破旧公寓楼的楼梯，用钥匙打开公用储藏室布满灰尘的大门，在一大堆啤酒易拉罐下面找到我的摩托车，掀掉防雨布，川崎 ZXR 400R 乌黑的漆面上也积满灰尘，但轮胎依然饱满，每个齿轮都泛着油润的光芒。我打开一小桶备用汽油灌进油箱，拨动风门，试着打火，四汽缸四冲程发动机毫不犹豫地发出尖锐的咆哮，排气管吹出的热风扬起我的裤脚。老伙计没有让我失望。

"该死的，你不知道现在几点吗？"推车走出储藏室时一个啤酒瓶摔碎在我脚下，抬头一看，房东太太戴着睡帽在二楼的窗口怒吼着。我反常地没有道歉，跨上摩托车，轰了几下油门，轰鸣声在整条街道上回荡，"你疯了？"在房东太太的叫喊声里，我猛松离合，在川崎摩托轮胎发出的吱吱摩擦声与橡胶燃烧的焦臭味里，我兴奋地大叫，飞速将我的公寓和脱衣舞俱乐部抛在脑后。

风呼呼作响，我没有戴头盔，感受空气把我松弛的脸部肌肉挤成滑稽的形状，为掩饰脱发而留得长长的头发随风飘扬，但我不在乎凌晨1点的街道上有多少人会目睹丑陋中年男人骑着摩托车飞奔，起码这一刻，我无聊太久的人生里有了一点点追求快乐的强烈渴望。

路程显得太短。没等我好好体味飞驰在寂静城市街道的乐趣，伊甸道的路牌已出现在眼前。我放慢速度，换入二挡，扭头观察门牌号。从地图上看，伊甸道距离最近的地铁和轨道电车站点都有两公里的距离，——这是一个被遗忘的街区。街道不宽，路边停满脏兮兮的旧车，三四层的老旧楼房紧紧挨着不留一丝空隙，其中多数显得比我住的公寓楼更破烂。街灯多数坏了，川崎 ZXR 400R 的车灯在黑漆漆的街道上打出一团橘黄光晕，垃圾箱里跳出一只野猫，向我看了一眼，转身走掉。这时我开始冷静下来，思考在夜里横穿城市到不熟悉的街区寻找陌生人留下的奇怪信息这一举动的合理性，每一根电线杆后面都可能跳出手持尖刀的抢劫犯，甚至盗窃人体器官的黑市医生。我希望摆脱无聊的生活，——但绝不希望是以尸体照片出现在明天早报头条的方式。

我尽量降低转速，但这里太安静了，川崎摩托的轰鸣声显得比超期服役的 B52 轰炸机还大。幸好这时一个铜质门牌出现在灯光里：伊甸道 289A/B/C/D/S。我停在路边，熄灭发动机，关掉车灯，死一样的寂静立刻将我笼罩，伊甸道两端陷入黑暗，惟有 289 号公寓楼门前亮着一盏微弱的白炽灯，灯罩在风里微微晃动，发出不祥的金属摩擦声。

该死，应该带一把手电出来的。我后背渗出冷汗。手机，对。手机。我摸遍风衣，在内袋中找到自己的老式手机，点亮闪光灯，橄榄球大小的白色光斑给了我些许安慰。

我走过去，轻轻拉开伊甸道 289 号的大门。门没有锁，两扇门其中一扇的玻璃碎了，地上没有玻璃碎片。门内更加黑暗，在手机照明中隐隐约约看到一个废弃的柜台，木制柜台后贴着纸页泛黄的房间登记簿，说明这里曾经是一个旅馆。右手边是楼梯，我走近些，照亮墙壁，墙壁上歪歪扭扭写着：A/B/C/D，后面画着个向上的箭头。没有 S。

我用手机向上照。楼梯通往黑漆漆的二层，什么也看不到。别惹麻烦！父亲用一贯漫不经心的腔调说。我挥挥手，赶走碍事的回忆。手机闪光灯晃过楼梯背后，没有向下的阶梯，通常在楼梯下三角区域会有一个储藏室，我看到储藏室的门，门上涂着奇怪的绿色油漆，门把手出人意料的闪闪发亮，显得与陈旧的公寓楼不太协调。

　　　　　　　　炸弹女孩

我迈步走向那扇门，旧棕色系带皮鞋在磨损严重的水磨石地面上踏出带着回音的脚步声。黄铜门把手像它的外观一样光滑油润，我试着用力旋转，门没有锁，推开门，长而狭窄的水泥阶梯出现在眼前，在手机灯光有限的视野里，我看不到楼梯通往多深的地下。

　　没有声音。这里静得像座坟墓。要不要下去？我踌躇一下，看看手机屏幕上显示的剩余电量，稳定心神，顺阶而下。两侧墙壁挤压过来，阶梯仅容一个人通过，我照亮脚下的路，数了大约四十级台阶，面前出现一堵墙壁，阶梯转向反方向继续延伸，我继续前进，——或者说，走向地心深处。这算不上有趣的体验，我的心怦怦跳动，眼睛充血，脚步声经过墙壁反射忽前忽后响起，让我不止一次回头张望。又是四十级台阶，灯光照亮通道尽头一扇虚掩的绿色木门，门上有个大大的黄铜字母：S。门缝没有灯光射出来。

　　是这里了，伊甸道289S。我心绪复杂地考虑了几秒钟要不要敲门，如果把陌生女人传递的信息当作异性邀约，那无论敲不敲门，在深夜两点拜访都是失礼的举动，又倘若那个讯息是参加某种秘密组织的暗号，那还有比现在这个诡异的情境更适合的入会方式吗？——我需要一杯威士忌，就算啤酒也好。我舔舔干燥的嘴唇。

　　我推开虚掩的门走进去。一片黑暗。我左手高高举起手机，尽量使闪光灯照亮更多地方。在那一刹那，我感觉头骨因头皮的剧烈收缩而发出不堪重负的嘎嘎声，不由自主地，我扭动僵硬的脖子，像探照灯一样旋转照出室内的每一个角落。

　　这是一间相当庞大的地下室，墙壁没有任何装饰，管道和赤裸的混凝土遍布四周，空气潮湿而污浊。几十个身穿黑色连帽衫的人——或许有上百个——静静地盘腿坐在地上，手拉着手。没有人说话。就连呼吸声也轻得像蚊虫振翅，人们闭着眼睛。

　　灯光照亮一张又一张黑暗中的脸庞。兜帽下，有男人、女人、老人、青年、白种人、黄种人、黑种人，每张脸庞都浮现一种令人毛骨悚然的愉悦。没有人对我这个不速之客做出任何反应，甚至眼皮下的眼珠都没有滚动，地下室的空气是凝固的，我僵直在门口，喉咙发出无意义的咯咯响声。

我急需喝一杯。我的眼前出现父亲手里总是拎着的那支琴酒酒瓶，和里面哗哗作响的透明酒液。先离开这里。出去，骑上摩托车回到公寓，给自己倒满满一杯波旁威士忌。咽下口水，感觉喉结干涩地滚动，我尽量放慢动作，一步一步退出屋子，伸右手想将木门掩上。为了让自己的视线从诡异莫名的静坐人群身上移开，我盯着右手背上丑陋的色斑，下定决心明天就去医院做个该死的激光手术，顺便让医生诊断一下我的幻听问题。

忽然一只手搭在我的手背上。从门那端伸来的手，穿着黑色连帽衫的手臂，手指瘦弱而有力。我感觉全部体毛一瞬间站立起来，手机从左手滑落在地，闪光灯熄灭了，我的眼前一片漆黑。短时间内我无法动弹，不能思考。一根食指轻轻伸进我手心，在掌心移动。熟悉的酥麻触感出现了。是昨天中午那个神秘的女人，我几乎能从她的指尖分辨出她的指纹，——或者是生物电？我的脑海中读出她正在写的几个字："别怕。来。……分享。……传递。"

别怕。分享什么？传递什么？我是否漏掉了几个关键词？我不由自主被那只手牵着，挪动僵硬的脚步，再次进入寂静的房间。黑暗的空气像黏稠的油墨，神秘的女人拉着我，蹚过黑暗慢慢走向房间深处，我害怕踩到某个静坐的黑衣人，但我们的路线曲折而安全，直到女人停下脚步，写道：坐下。

我摸索着，周围空无一物，我坐在冰冷的水泥地面上，尽量睁大眼睛，还是看不到任何东西。女人的呼吸声在右边若有若无地响着，她的左手还放在我掌心，那只手很凉，皮肤光滑。手指移动了，我闭上双眼，解读掌心的文字：对不起。以为。懂。不。害怕。朋友。

"对不起，我以为你原本懂的。不用害怕，我们是朋友，这里都是朋友。"用一点想象力，手心的触觉就化为带有感情色彩的句子。虽然我不明白她为何不用声音交流，但这样感觉也不算坏。恐惧感像阳光下的冰雹一样融化，我渐渐习惯失明般的漆黑，习惯手心的触觉。

她凑近我，摸到我的左手，将我的手指握在她的右手心。我立刻明白了，在她手中写道：我没事，这是很有趣的经历。

"慢点。"她写道。

我放慢速度，一个字一个字写出：我。很好。有趣。

"学得很快。"她画出一个新月形。我觉得那是一个笑脸符号。

你们。这儿。聚会。我写，然后画一个问号。

"是的，这是每天的聚会。"她回答。

"这是什么样的聚会？你们是什么样的组织？为什么找到我？"

"用手指聊天的聚会，你会爱上它的。我在街上看到你，你冲着玻璃窗发呆，觉得你一定跟我一样，是个非常孤独的人。感觉世界无聊到爆的人。"

"我？……算是吧。说实话，我确实觉得人生乏闷，不过遇到你以前，从未想到要去改变什么。"

"那从现在开始。"她又画了一个笑脸的符号。——这一瞬间，我觉得我爱上她了，尽管我从未看见她的容貌，也嗅不到女孩身上应有的香水味道。

"那我现在应该做什么？"我问。

"参加手指聊天的人组成一个环，每个人都与其他两个人连接，用左手写字，右手当别人的写字板，想听什么，想说什么，随你。刚刚为了迎接你，我从环中退了出来。"她回答。

"我大概懂了。"我想了想，"那我没办法像现在这样跟某一个人聊天吗，我只能对左边的人说话，听右边的人对我说话。"

"在手指聊天聚会中，没办法的。私下里……随你。"

"假如——仅仅是假如——我对右边的人感兴趣，那我的右手与他的左手轮流读和写，不就可以单独对话了吗？"

"那是不被允许的。手指聊天聚会的规则就是保持讯息的单方向流通。但你可以创造一个话题传递出去，让你感兴趣的人参与进来。"

"……我不大明白。"

"比如你想与右边的人聊聊总统，那么可以对左边的人发布话题：'大家觉得总统先生对待外汇储备的策略是否正确'，左边的人会根据自己的兴趣加入自己的观点、或者将问题原封不动地传出去，而作为一个环，话题最终会到达你右边的人那里，他就可以对你表达意见了。手指聊天聚会不是为对话产生，分享思想、传递观点才是它有趣的地方。有人告诉我这种形式来自已经消亡的古老网络拓扑结构。"

"听起来很复杂的样子。"我搞不明白他们为什么发明这样奇怪的机制来谈天，网上有大把的开放讨论组，到餐馆里喝杯啤酒聊聊天是更好的主意，但被奇特经历引领到这个神秘聚会的我，不会放过任何尝试的机会。"我能够加入聚会吗？现在。"

"对于初学者来说，环中的信息量太大了，你传递效率低下会导致整个环传导的阻滞。为提高效率，我们在环聊天时使用大量的缩略语和简略写法，你需要时间习惯。"她回答，接着用了五分钟给我演示那些专用缩略词。"你不像个初学者。"惊异于我的学习速度，她画出大大的 P，代表吐舌头的表情。

当然，这是我和我姐姐的小秘密。我想。"放心，让我试试吧。"

"……好吧。我在你左边。现在，我们向前移动三步，那里是环的一个节点，你拍拍右边人的肩膀，他会暂时断开环，然后你用右手拉住他的左手。记住，要快。"她迟疑一下，答应了。

我们交换位置，她用右手握住我的左手，带领我向前移动。我隐约感觉前面人的体温，蹲下去，触到一个人的肩膀，轻轻拍了一下。那人立刻向右让开位置，我和她手拉手坐下，右边的人找到我的右手，与我相握。

那是一只坚硬、骨节粗大、肌肉发达的男人的手掌，但手指却出奇的灵活。我的掌心立刻被快速的书写覆盖了，右边人写得太快，以至于我无法分辨出每个字母，我努力捕捉关键词和缩略词，通过猜测大致了解一句话的意思，脑子还没烙下痕迹，下一句话又汹涌而来——这是手指书写构成的信息洪流，我的皮肤敏感度显然还不够格。忙乱解读文字的同时，断断续续写给左边的她。"……反对党……丑闻……下台风波……秘密警察……逮捕……"一段信息只翻译出部分关键词，是我挺感兴趣的一个话题，——现在的网络讨论组里从来没人提起的话题。我想加入自己观点传给她，但下一条信息已经到了。"空天飞机坠毁……牙买加。丑闻。液体燃料泄漏。NASA 失去政治支持？俄罗斯攻击。"前面是议题，后面是人们的观点。我想我逐渐习惯了接受信息，她说得对，我不算个新手。但左手的几根手指无论如何无法迅速而清晰地传出资讯，多次尝试以后，我泄气地写了一个"对不起"。

她的掌心凉爽光滑，像我小学时教室里崭新的黑板。这时，她伸出食指，偷偷地在我左手心写了三个字："原谅你。"

我能感觉自己的嘴角向上咧起。"你刚刚告诉我这是违规的。"我写道。

"有进步。"她明显违规地加上一个笑脸。

6

敲门声把我吵醒。我用枕头捂住耳朵，希望等一会儿敲门人会自己离去，但五分钟后，我不得不套上睡袍，趿着拖鞋走向起居室。敲门声不紧不慢，执着地响着，我从猫眼望出去，一顶警察的大檐帽挡住全部视线。见鬼。我嘟囔着打开门锁，拉开门："有什么可以效劳？"

"你好。"倚在墙上的小个子警察摘下帽子，出示徽章，没精打采地说："先生，能耽误你五分钟么？你知道的，例行谈话那一套。"

"好吧，五分钟。"我转身走回起居室，倒在沙发上，给自己倒了半杯波旁威士忌。时钟显示周二下午1点半，糟糕的睡眠质量让脑袋又隐隐作痛起来。我把琥珀色的酒液倒进嘴里，长长吐出一口气。电脑屏幕亮起来，ROY留言道：我参加那个讨论组了，比想象中有趣一点点。

看样子三十岁左右、留着老式髭须的小个子警察毫不见外地在单人沙发上坐下，左右打量我的小公寓："挺不错的地方。"

"二十年前显得更好些。"我回答。

警察把大檐帽放在我的咖啡桌上，从兜里掏出平板电脑和电子笔，想了想，又丢下，靠在单人沙发上略显无聊地叹口气："连我自己都知道，这种问话半点意义都没有。"

"工作，对吧。"我表示理解。

"好吧，工作。"他皱着眉头，不情愿地捡起平板电脑，"那么……你在社会保障局工作。周一、周三、周五。"他读道。

"没错。"我回答。

"四十五岁，单身。去年因医疗保险诈骗被判社区服务两个月。"他略显惊异地念道。

"是医院没搞清楚我的额度！他们后来道歉了。"我烦躁地解释道。

"昨天深夜1点12分接到投诉，你打扰邻居睡觉了？"警察懒懒地用电子笔的末端梳理小胡须。

"呃……"想起昨夜的经历，我忽然没来由地一阵紧张。警察登门会不会与"手指聊天聚会"有关？尽管我没觉得一群人坐在黑暗中抠对方的手心有什么违法的地方，但直觉告诉我，什么也别说。保守这个秘密。别惹麻烦。就像父亲常常对我说的那样。

炸弹女孩

"……我喝了点啤酒，醒来以后骑摩托车出去兜风。就这样。对邻居的投诉我深感歉意。"

"哦。骑摩托兜风。"没什么干劲的警察在平板电脑上写道，"男人的浪漫，我懂的。那就这样。没问题了，——你知道，对神经衰弱的老太太的投诉我们向来不太当真，但总得例行公事走一趟是吧？"他站起身来，把大檐帽夹在腋下，将电脑和笔塞回口袋。

"结束了？"我不敢相信地站起来。

"感谢您的配合。"警察干巴巴地说着标准用语，转身出门。我端着威士忌杯子送他出去，在关门时，小个子回头抬起黑眼珠看了我一眼说："对了，你骑摩托没去什么不该去的地方吧。"

"……什么不该去的地方？当然没有。"我立刻回答。

"哦，你的摩托车在城东南方向脱离了摄像头的监控。一定是条风景独特的小巷，不是吗？虽然目前犯罪率达到半个世纪以来的最低点，但做这行你就知道，世界上还是存在各式各样的坏人的。今天好心情，先生。"他似笑非笑地拍拍我的肩膀，扣上大檐帽，点头致意，然后走下公寓楼嘎吱作响的木头楼梯。

我反锁屋门，靠在门上急速喘气。警察真的掌握到什么信息？她和神秘的"手指聊天聚会"是什么非法组织？对了。我这个笨蛋。我拍拍脑袋，想起昨天中午遇到她的情形，她和她的伙伴们正在被两名警察追赶。

我需要再次见到她。话题千奇百怪、令人兴奋莫名的手指聊天聚会在凌晨3点结束，穿黑色连帽衫的人们默默地依次离开伊甸道289S简陋的地下室，我与她在人群中失散，遵守聚会的准则，我没有大声喊她，——后来发现，还不知道她的名字。

我需要再次见到她。

7

上线后 ROY 已经离开，我叹口气，关掉电脑。手指聊天聚会从午夜 12 点开始，我从未如此急切地等待天黑，不停起立、坐下、切换电视频道，坐在马桶上发呆，反复看表。为消磨时间，我从保湿盒里取出珍藏许久的玻利瓦尔 2 号雪茄，将昂贵的铝管打开，用雪茄剪小心切开茄头，划火柴点燃，深深吸一口，慢慢吐出，古巴优质雪茄厚重浓烈的烟气让我感觉舒适的眩晕，但很快负罪感涌上心头，三十美元一支的雪茄？这不是我应当享受的。这样美妙的东西应当永远保存在我简陋的保湿盒里，像漂亮的川崎摩托车一样时时瞻仰。

说起来，我的摩托车在回家的路上开始工作不良，发动机发出虚弱的咳嗽声，我想是化油器老化导致雾化效果下降，老伙计年纪毕竟不小了。今夜应该用更隐秘、更安全的方法到达伊甸道，我开动脑筋想着，无意识地拨动遥控器切换频道。电视如同网络一样无聊，昨夜聚会讨论的话题没有任何一个出现在电视节目里，更别说那些天马行空的批评和议论。我焦躁不安地吸完整支雪茄（直到烟头烫手），到卧室衣橱里翻出一件学生时代的深蓝色连帽衫，套在身上，戴上兜帽，走到穿衣镜前。

皱皱巴巴的蓝色连帽衫上印着史蒂夫·乔布斯——一个当代年轻人可能根本不知道的过时名字——的黑白画像，衣服显得很合身，我的体重自从大学时代后就没有增加过，兜帽里浮着一张苍白的、两腮瘦削眼袋浮肿的中年男人的脸，男人试图挤出一个微笑，配着大大的酒糟鼻，显得有些滑稽。

所以我才如此想念手指聊天聚会。在一片漆黑里，谁也不用看见谁不讨人喜欢的脸庞，有的只是手指的触感和书写思想。我想着，掀开兜帽，把头发仔细地向右边梳，怎样也掩不住半秃的天

　　　　　　　　　炸弹女孩

灵盖。

天色终于暗下来，我把奶酪放在饼干上叠成高高的摞压紧后送入烤箱，又开了一瓶啤酒，当作简易晚餐。奶酪在胃里燃烧，我怎么也压抑不住内心的悸动，穿着连帽衫在起居室里走来走去，这时电视新闻播出一个穷极无聊的家伙举着硕大的标语牌在市政府门前抗议，现场围观者很多，但似乎没人参与到他发起的示威中来。我想我在人群中看到一两个穿着黑色连帽衫的身影。是他们吗？我丢下遥控器，扣上兜帽。决定出去看看。

地铁里人不太多，有些人佯装盯着屏幕上的广告，偷偷打量我和我连帽衫上的史蒂夫·乔布斯。"那老头衣服上印着的是谁？""我想是个宗教领袖，像吕克·茹雷那种。""……那又是谁？"两个十五六岁、留着时兴的蘑菇型发型的年轻人低声谈论着。你们说对了一点，无知的小子。我把兜帽压低一点。在我们那个时代，乔布斯就是宗教领袖，直到移动互联网变得恶俗无聊，人们丢掉复杂的智能手机回归基础通话功能的大变革到来。

半个小时后，我来到市政广场，明亮灯光下的草坪中站着那个举着标语牌的人，牌子大得吓人，用红红绿绿的颜料涂写着几行字迹，我看不太清。我的视力也在衰退，这应该和幻听一样，是饮酒过度的后遗症？母亲在电话里说起，我的父亲现在瞎得像只鼹鼠。我想象不出那个大胡子、红脸膛、拥有强壮手臂和结实大肚腩的粗鲁汉子如今是什么模样，也没有兴趣知道。

一群人远远站着围观，几个警察靠在警车上嚼着口香糖，滑板少年在台阶上玩花样，电视采访车前记者与扛着摄影机的家伙聊着天，示威者显得有些孤独。我走近些，眯起眼睛看标语牌，上面的红字是：壁炉燃烧木材是造成温室效应的元凶。下面的蓝字写着：拆毁一个老式壁炉，延长地球一天寿命。

我皱起眉头。第一修正案就是为这些无聊的话题准备的吗？手指聊天聚会中那些犀利的观点都到哪里去了呢？我走近围观的人群，试图找出黑色连帽衫的踪迹，但这时警察走上前来以草坪维护为理由请示威者离开，人群也随之散去，我没能在其中找到熟悉的影子。几个警察用狐疑的目光上下打量我，其中一个举起手指指我衣服上的头像，另一个恍然大悟，并大笑了起来。我立刻转身离开。

不由自主地，我乘坐地铁向城东出发，在环线最东端的地铁站下车，拦了一辆出租车并告诉司机："伊甸道289号。"

"伊甸道？"出租司机嘟哝着，"希望小费够多。"

车子拐入小路，街区越来越破旧，路灯也稀少起来，随着出租车停在黑暗的伊甸道中央，我的紧张和希冀水涨船高。"考虑搬家吗，老兄？我知道几个不错的旅馆。"司机接过车费，替我打开车门。

"不必了，我喜欢安静。"我下车，关上车门，挥挥手。出租车的尾灯亮起，接着迅速变小，消失在深远的夜里。现在是晚上9点，伊甸道依然寂静得像一座坟墓，我走近碎掉一扇窗户的289号大门，想了想，推门而入。

我知道我来得太早了，可些许等待会让今夜的聚会更加有趣。同昨天一样，我的心脏怦怦跳着，不同的是兴奋代替了恐惧。在摇晃的白炽灯的照明下，我找到楼梯背后的小门，拧开黄铜门把手，狭窄而深邃的四十级楼梯出现在眼前。我没有手机，当然也没有手电，我整理一下兜帽，闭上眼睛，走入渐渐黑暗的地下室。一、二、三、四、五……三十九、四十。面前出现一堵墙，楼梯在此转弯，我摸索着，伸出右脚试探，找到向下的台阶，一、二、三……三十九、四十。双脚落在平坦的地面，前面应该是挂着铜质S符号的绿色木门，我满怀希望，伸出双手。

手指摸到的，是冰冷的水泥。

记忆出现偏差了么？我尽量回忆昨夜的经历，楼梯的尽头有一扇门，仅有一扇门。不会错，我清楚记得黄铜S字母的光泽。我移动脚步，左右试探，两边都是混凝土墙壁，正前方原本应该是门的地方，也是一扇粗糙的墙壁，楼梯的尽头，竟然是一个死巷。

我感觉血涌上头部，耳朵开始发热，头痛再次袭来。冷静，要冷静，我对自己说，深呼吸，做个深呼吸。我摘掉兜帽，长长地吸一口气，地下冷且潮湿的空气涌进我的肺，让我过热的大脑稍微冷却。

平静了几分钟，我再次试着寻找那扇消失的门。没有任何痕迹表明这里曾经出现过一扇门，坑洼不平的墙壁刺痛我的指尖。我颓然坐下。

你的朋友们去哪了？父亲的脸出现在黑暗中，带着漫不经心的放肆的嘲笑。住嘴！我叫道，把脑袋埋进臂弯，堵住自己的耳朵。我说过了，别惹麻烦。父亲抹去嘴角的酒迹，呼出臭烘烘的灼热气息，他揽着姐姐的肩膀，姐姐明亮的蓝眼睛中蓄着透明的眼泪。母亲在一旁哭泣。住嘴！我尖叫道。你已经十八岁了，现在滚出我的房子，找份工作，或者去上你那该死的大学，我没有责任再与你分享我的牛肉浓汤了。父亲咆哮着，将衣箱扔在我脚下。姐姐躲在厨房里流泪望着我，母亲无动于衷地端着锅子。住嘴！我歇斯底里地尖叫着。

不知过了多久。黑暗中，你没办法准确计算时间。我或许做了一个噩梦，也可能根本没睡着。我扶着墙壁，慢慢站起来，每一个关节都在因长时间蜷曲而呻吟。现在我想做的，只有回到我小小的公寓，喝一大杯不加冰的威士忌，倒在沙发上，打开电视，把我昨夜荒唐的梦境完全忘掉。把手心残留的触感完全忘掉。把手指聊天聚会这个荒诞不经的名字完全忘掉。

我迈出左腿，脚尖踢到什么东西，那东西滚动两下，亮了起来。白色光斑照亮狭窄的空间。——那是我昨夜丢在门前的手机，我独一无二的、被当今时代唾弃的老式智能手机。

那不是梦。我立刻找回了全身力量，拾起手机。电量马上就要耗尽，但足够让我仔细检查凭空出现的墙壁。没错，这堵墙是崭新的，由快干水泥临时砌成的，在墙壁下方接缝处我发现了被掩埋一多半的木质门槛。门还在，只是被试图隐藏秘密的人保护起来。我敲敲墙壁，水泥的厚度在我破坏的能力范围之外。穿黑色连帽衫的人不是我的幻觉，他们只是换了聚会的地点，忘了通知我而已。我有些欣慰地自我安慰道。

我在那里等到凌晨2点，没有人出现。我走上地面，步行到两公里外的地铁站，在那里找到一辆出租车回到公寓。我一步一步走上嘎吱作响的台阶，心情乱糟糟的，但周三上午还要工作，打开公寓门之后，我想的是赶快喝杯酒冲个澡，然后好好睡一觉。

我愣在门口。我的沙发上，坐着一个穿黑色连帽衫的人。

8

我拿起电子印章，给屏幕上那份六个孩子的新移民家庭提交的特殊贫困津贴申请书盖章，电子印章指示灯由绿色变为红色，代表今天的通过名额用光了。我靠在椅背上，活动一下手腕。距离下班还有一个半小时，与我共享小隔间的漂亮金发女人站起来邀请大家参加她的生日聚会，"如果你有时间的话……也欢迎你。"她有些迟疑地对我发出邀请，——我知道这样的邀请已经是礼貌的极限。"对不起，我第二天有个重要约会。那么，生日快乐！"我回答道。她显然松了一口气，拍拍胸脯："谢谢，真遗憾。祝约会愉快哦。"

对她这样年龄的女孩来说，我是长辈，我很明白一个不合时宜的长辈能给聚会带来多大的灾难。但约会并不是借口，我的右掌心犹能清楚感觉到她的留言：明早6点市政广场。

我不知道她用什么方法找到我、怎样进入我的公寓，也不知道她等了多久，在短暂的震惊过后，我走过去，拉起她的手。脱衣舞俱乐部的霓虹灯在窗外闪耀，给她的黑色连帽衫镀上五彩光芒，我仍然看不清兜帽下的脸庞。"对不起，聚会地点更改了。没来得及通知你。"她写道。

"我给你们带来麻烦了吗？"我问。

"不，情况很复杂。刚才的手指聊天聚会只有核心成员参加。我们内部产生了一些争执。"她写完这句话，手指点了几个代表犹豫的省略号。

"关于什么？"

"关于要不要做一件蠢事。"她在"蠢事"两字下面画了条波浪线。

"我不明白。"我老老实实写。

"如果你愿意听的话，我可以把手指聊天聚会的由来、组织形式、派系斗争和最终目标讲给你听。"她写了个很长的句子。

"我不愿意听。"我回答，"我不愿意把有趣的聊天聚会变成政治。"

"你不懂。"她画出代表叹气的大于号。我发现她就连最简单的情绪表达都通过书写来完成。"你一定发觉，网络、电视、纸质出版物在这些年来失去了思想的光芒。"

"是的！"我有些兴奋，"不知道为什么，可以引发争论的话题都消失了，剩下的都是些无聊的东西，我不止一次在讨论组里发表敏感问题，但没有任何人参与讨论。瞧，他们似乎更关心生鱼片和蚯蚓。很多年前我就发现了，那时没有人相信，医生让我吃那些该死的小药片使这种幻觉消失。我知道这不是幻觉！"

"不止这样，你与朋友聊天的内容、在街上看到的景象，也像媒体和网络一样变得越来越平淡。"

"你怎么知道？"我几乎站起来。

"这是一个阴谋。"她用力写，导致我的掌心感觉疼痛。

"阴谋？像人类登陆月球那样的阴谋？"

"像水门事件那样的阴谋。"她潦草写道，辨识起来有些费力。

"我想我需要好好上一课。"

"那从政治开始。"

"先等一下……下一次聚会何时举行？我可以参加吗？"

"这就是争执产生的地方。行动派认为，我们下次聚会应该在公共场所举行，比如市政广场。我们不应该再躲躲藏藏，而要强硬地表达自己的态度。"她告诉我。

"我猜……警察不太喜欢你们。"我又想起初见她的那天，气喘吁吁追逐的两名警官。

"整个组织他们掌握不了，只是部分成员有案底而已，特别是行动派。"她坦然回答。

"你有案底？"我好奇地问。

"说来话长。"她不愿多谈。

"……你叫什么名字？"我鼓足勇气，终于问出这个问题。

她的手指停止移动。我努力端详她兜帽下的脸，但连帽衫完全遮蔽了她的面貌，甚至性别特征。我忽然想到，关于"她是女人"的猜测完全基于纤细的手指，她也可能是个年轻的男孩子，——尽管内心完全抗拒接受这一点。我希望她是姐姐那样的女人，亚麻色头发、声音轻柔、有点调皮、鼻子上长着几朵小小的雀斑，我漫长的单身生涯一直在寻找的那种女人。

"你会知道的。"她想了想，避开这个话题。

"其实我更好奇的是……"我正感受左手食指与她右掌心的细腻触感，窗外忽然有警笛声响起，尖利的啸叫由远而近，她警惕地坐直身子，拉低兜帽，快速写道："我要走了。如果愿意的话，明早6点市政广场。记住：这是你自己的选择，你有机会改变世界，更可能后悔终生，无论怎样，别因此责备别人——特别是我——因为你自己做出选择。顺便说一句，我觉得光头的男人比较性感。"

她用瘦弱而有力的手指捏捏我的右手，离开沙发，从起居室的窗户翻了出去，我追过去向下看，她已经从防火梯灵巧地攀援下去，消失在街角。我抚摸着自己半秃的头顶，有点迷茫。

9

我三十七岁那年因为种种原因陷入深深的抑郁，房东太太说服我去见她的心理医生，并威胁我说不接受一个疗程的心理咨询就要把我和我的脏屁股踢出公寓楼。虽然明白她怕我在起居室里服毒自杀，我后来还是深深感念她的好意。心理医生是个留着弗洛伊德式大胡子的瑞典人，"不，我不是心理医生。"见面聊了几句之后他说，"我是精神病医生。这也不是心理咨询，是心理治疗。你需要服药，先生。这些小药丸可以让你不总梦到姐姐的坟墓。"

"我不害怕小药丸，医生。"我回答，"只要医疗保险能够支付。我也不怕梦见亲爱的姐姐，就算她一次又一次从坟墓中爬出来。我害怕的是身边正在发生的一切。你感觉到了吗医生，嘀嗒嘀嗒，像秒针一样，这儿，那儿，永不停止。"

医生饶有兴致地俯身过来："讲讲你所说的变化。"

"有种东西在死去。"我左右望望，低声说，"你嗅不到腐烂的味道吗？电视节目里的评论员、报纸专栏作家、网络聊天组，自由的精神正在死去。像暴露在DDT中的蚊虫一样大规模死去。"

"我看到的，是社会与民主的进步。你有没有想过某种阴谋论的精神症状使你怀疑一切，包括和谐的文化氛围？"医生向后靠，交叉手指。

"你也曾经年轻过，医生，那个敢于怀疑一切的时代。"我焦急地提高音量，"在那个我们不知道会成为什么人、但明白自己不愿成为什么人的时代，在那个充满斗争又充满英雄的时代。"

"当然我怀念年轻的时候，先生。谁都应该。不过既然我们已经是成年人，要承担家庭责任和社会责任，乃至人类文明和物种延续的天然职责，我的建议是回去定时服用这些小药片，把你不切实际的幻想都丢掉，找一份轻松的工作，周末时钓钓鱼，每年出去旅游一趟，在合适的时候找个女孩成立一个家庭，——当然我们还没有聊到你的性倾向，请不要当作歧视——然后生个孩子。"医生戴上眼镜，翻开记事本，用暂停的手势打断我即将脱口而出的争辩，"现在，让我们谈谈你父亲和姐姐的问题吧，童年创伤对那些小药片的组成很重要。好吗？"

治疗很有效。我渐渐习惯平淡的电视节目与网络讨论组，习惯社会的平静、单纯、美好与平庸，习惯父亲的影子偶尔出现在面前，尽量不与往事争辩。忽然一个穿黑色连帽衫的家伙闯进我一成不变的单身汉生活，丢给我一个选择，一个我完全无法理解其中意义的选择。我能够理解的，是手指聊天带给我许久未有的真实感，让我感觉八年前逐渐死掉的那些东西像春季的昆虫在地下悄悄破茧重生。"明早 6 点市政广场"代表什么，我想不明白，在面临选择的时候我通常掷硬币，硬币在空中飞舞的时候答案会自己出现：你期望哪一面先落地。这次我没有掏出硬币，因为下班后走出社会保障局大楼后潜意识驱使我走向地铁站的反方向，推开一扇旋转灯柱旁的玻璃门，对站在镜子前面的肥胖男人说："嗨。"

"嗨，好久不见。"胖男人挥挥手，"老样子？"

"不。"我微笑，"帮我剃个光头。性感的那种。"

10

凌晨 3 点 40 分从梦中惊醒，再也睡不着。我泡了个热水澡，换上史蒂夫·乔布斯连帽衫和卡其布长裤，穿上慢跑鞋，戴上耳机，听金属乐队的老音乐。5 点整的时候我给 ROY 留言，喝了一杯咖啡，走出公寓。太阳没有升起，清晨的风吹过新剃的头皮，让我滚烫的大脑凉爽起来。我搭上第一班地铁，满不在乎稀疏乘客投来诧异的目光。5点40分，我来到市政广场，站在草坪中央，路灯明亮，晨雾升起。

5点50分，街灯熄灭，第一线天光照亮青蓝色的薄雾，人影在雾中逐渐聚集。一个穿黑色连帽衫的人握住我的右手，我牵起左侧陌生人的手臂，"早安"在掌心传递，越来越多的人出现在市政广场前，沉默地组成不断扩大的圆环。

6点10分，由超过一百人组成的环稳定了，手指聊天聚会的参与者开始高速传输信息，我闭上眼睛，一滴露水从兜帽檐滴下。右边是一个年老的绅士，松弛的皮肤与精炼的造句告诉我这一点；左边是一位保养得当的女士，她手掌丰润，戴着大大的钻石戒指。话题出现。"相比现在那些没种的娘娘腔乐队，哪些乐队的名字是我们应该永远记住的？"

"金属乐队、U2，当然还有滚石。"我立刻加入自己的意见。

"地下丝绒。"

"性手枪。"

"绿日。皇后。涅槃。"

"NOFX。"

"Rage Against The Machine。"

"Anti-Flag。"

"Joy Division。"

"The Clash。"

"卡百利，当然。"

"Massive Attack。"

"等等……跳舞音乐也算吗？那要加上性感小野猫。"

我会心微笑。第二、第三个话题出现。我怀念这种自由自在讨论的感觉，即使以游戏式的数据交换方式。第四、第五个话题出现。指尖与掌心繁忙工作，在减少误码率的基础上尽量使用缩略

以 太

词，我感觉手指聊天技巧逐渐纯熟。第六、第七个话题出现，这几乎是手指聊天聚会带宽的极限。话题附加的评论会逐渐增多，直到所有感兴趣的人发言完毕，发起话题的人有权利和义务在合适的时刻停止该话题的传输，为新主题腾出空间。第一、第三个话题消失了，第二个话题，关于宪法第一修正案的评论仍在持续增加。其他话题发起者不约而同选择中止传输。环网中只剩第二话题，参与者们默契地停止发送话题本身，仅仅传递评论以节省带宽。但这时的聊天组是低效率运行的，因为环网中传输的只有一个数据包，有人意识到这一点，在空闲时发起新话题。新话题让网络再次繁忙，但数据很快在某一个节点拥堵起来。

遥远大学时代的记忆忽然被唤醒。"介绍一种已经消亡的网络拓扑结构，由 IBM 在上世纪 70 年代发明的令牌环网。"网络课程导师在讲台上说。手指聊天聚会原来是一种以自觉为基础的、不太科学的令牌环网。我手忙脚乱地传送完第二话题的庞大数据包，有点闲暇地想着改进方案。

一个很短的信息出现了。这是不科学的，我想。然而信息让我张大嘴巴。"我的名字叫黛西，——致性感的光头。"

我能感觉 5- 羟色胺在千亿脑神经元中产生，腺苷三磷酸让心脏剧烈跳动，身体内部的小人儿在欢呼雀跃。我截停了这条信息，发送一条新的出去："你好，黛西。"

由于庞大的第二话题数据包，网络的运行变得迟缓，我等了十分钟才收到上游传回的数据，显然有人把第二话题评论精简了，压缩数据包的最后，附加着我的话题"你好黛西"以及众多评论。

"我们爱你黛西。""我们的雏菊。""小美人。"……"你好，光头叔叔。"

光头叔叔是我。我想到出门前穿衣镜里的人像，瘦削的身体、下垂的两腮、红鼻子和滑稽的光头，过时的连帽衫，像个小丑。我微笑了。

正在撰写评论，网络忽然传来微微动荡，我不由睁开眼睛。太阳早已升起，薄雾消失得无影无踪，市政广场草坪的每一片草叶都挂着晶莹的露水珠。手拉手的手指聊天聚会成员围成不规则的圆环，像一堵沉默的墙，许多人在远远围观，晨跑的健身者、途经的上班族、记者与警察。他们显然有些迷茫，因为我们没有标语、口号，没有任何表示我们在抗议示威的知觉特征。

一辆警车停在广场边缘，排气筒冒着白烟，车门打开，走出几名警察。我认出打头的那一个，曾经登门造访的小个子警官，依然带着懒洋洋的表情，迈着松垮的步伐。他摸摸整齐的小胡子左右打量我们一群人，然后径直走到我面前。"先生，早上好。"他摘下大檐帽按在胸前。

我盯着他，没有答话。

"对不起，你们被捕了。"他毫无干劲地说。四辆黑色的、庞大的厢式警车无声无息地出现在市政广场，全副武装的防暴警察涌出，举着警棍和盾牌逼近。围观人群没有任何动静。没有人惊呼呐喊，没有人移动脚步，甚至没有任何人把目光投向步伐整齐的防暴警察。

我能从旁边人手心的汗液感觉紧张的情绪。第二话题数据包消失了。一条极其简短的信息以交换方式能够支持的最快速度在网络中传送。

"自由。"许多手指在许多掌心快速、坚定地写下。

"自由。"所有人睁开眼睛，闭紧嘴巴。

"自由。"我们用无声的最大音量对黑色的政府机器呐喊。

"黛西，我爱你。"我传出最后一条信息，然后被防暴警察野蛮地扑倒在地。网络分崩离析，我不知道信息能否传到黛西那里，她处在网络的什么位置？我不知道。今后能不能再见到她？我不知道。实际上，我从未真正见过她，但我感觉，我比世上任何一个人更了解她。

别惹麻烦。父亲高高在上地俯视我变形的脸。防暴警察试图将我的脸与草坪结为一体。

去你的。我吐出一口草腥味的口水。

11

我有十分钟的电话时间，我不想浪费，可除了瘦子和 ROY 之外，想不到还能打给谁。瘦子声音怪异地讲着牙买加的阿拉瓦语，ROY 没有接电话。我放下听筒，发着呆。

"嗨，老爹，你在浪费所剩无几的生命。"后面排队的人不耐烦地开口。

我无意识地拨了熟悉的号码。与往常一样，铃响三声之后，电话接通了："你好？"

"你好吗，妈妈。"我说。

"我很好。你呢？头痛还出现吗？"听筒里传来拖动椅子的声音，对面的人坐下了。

"最近好多了……他呢？"我说。

"你从不主动问起他。"母亲的声音有些诧异。

"唔。我想……"

"上个月他去世了。"母亲平静地说。

"哦，是吗。"

"是的。"

"那么有人照顾你吗？"

"你的姨妈陪着我，放心。"

"他的坟地……"

"在教区。距离你姐姐很远。"

"那我就放心了。那么……周末快乐，妈妈。"

炸弹女孩

"当然。也祝你愉快。再见。"

"再见。"

听筒传来忙音。我揉搓右手的丑陋色斑，试图把那些画面从眼前抹去，酒气熏天的父亲、哭泣的姐姐、变得无动于衷的母亲，大学时代回家看到的画面，如今因生命的流逝显得不再那么沉重。"老爹，时间宝贵啊，嘀嗒嘀嗒。"排队的人指指手腕，模仿秒针跳动。我挂好听筒，转身离开。

午餐时我与一个红头发的家伙坐在一起，他的脸上刺着男人的名字，胳膊上花花绿绿，像穿着件夏威夷衫。"这家伙是个同性恋！别靠近他。别让他摸你的手。"与我分享房间的墨西哥人曾经告诫我，我想他是好意。我端着餐盘，挪开一些。

红头发嬉皮笑脸凑了过来："要分享我的羊奶布丁吗？我不是什么乳糖爱好者。"

"谢谢，不必了。"我尽量礼貌。

红头发伸手过来，我触电似的缩回手臂，但还是被他捉住了。他把我的右手紧紧握在掌心，指尖轻轻搔挠，让我感觉毛骨悚然的不适。

"我想我不太适应这种关系，我说……"我尽量挣扎。旁边的人肆无忌惮笑了起来，鼓劲似的敲打餐桌。熟悉的感觉传来。那是手指聊天的讯息，一样的缩写方式，快速而准确，"如果你懂的话，反馈我。"

我冷静下来，深深地看了红头发一眼。他还是一副令人反感的同性恋表情。我手指反勾，告诉他："收到。"

"天哪！"他表情不变，却写下代表强烈感情色彩的感叹词。"终于又找到一个了。现在听我说，午餐后去阅读室，东边靠墙鸟不生蛋的哲学区域，第二个书架底层，在黑格尔与诺瓦利斯之间有一本2009版的《哲学史大观》，拿去看。如果不明白阅读方法，第149页到150页有简单说明。稍后我会再跟你联系，为了安全起见……我建议你做好变成同性恋的准备。现在，打我。"

"什么？"我没反应过来。

红头发带着真正同性恋才有的恶心笑容伸手去摸我的屁股，我挥起拳头，砸在他的鼻梁上。"噢！"围观者愉快地哄然大笑。狱警向这边看来，红头发从地上爬起来，捂着流血的鼻子，骂骂咧咧地端起餐盘离开了。"我说什么来着？"同屋的墨西哥人端着盘子出现，挑起大拇指，"不过你是个有种的老家伙。"

我没理他，尽快把食物塞进口中。午饭后，我独自来到阅读室，在哲学书架底层，黑格尔与诺瓦利斯之间找到那本精装的2009《哲学史大观》，交给图书管理员登记，带回房间。墨西哥人还没有回来，我躺在上铺，翻开厚重的封皮。没什么出奇，这是一本空洞的哲学书籍，从密密麻麻的条目和引文名单就看得出来。我翻到149页。这页纸被人调换了，令人头痛的哲学名词中间，出现一张分明从其他书中撕下的泛黄纸页，正面是毫无意义的关节保健知识，背面是大段头部按摩方法和配图，末尾一段，用三百字篇幅简单介绍了一种盲文的读写方法，据称这是一种误码率很低、效率极高的新型盲文，但由于各种视觉与非视觉新技术手段给盲人带来的便利，盲文渐渐式微，新型盲文夭折在应用之前。

哦，当然，盲文。我合上精装书，闭上眼睛。封面、封底只有烫金大字。在封面内页，我找到以一定方式排列的密集小圆点，如果不用心感觉，就像封装质量不佳带来的页面坑洼不平。我对照说明，慢慢地解读盲文信息。由于压缩率比较高，我几乎用去两个小时才明白封面内页携带的文本信息。

"手指聊天聚会欢迎你，朋友。"不知名的撰写者在盲文中问候，"你一定察觉了那些变化，但你不明白，你迷茫、愤怒，甚至成为别人眼中的疯子。你也许屈服于现实，也许一直在寻找真相。你有权利得知真相。"

我点点头。

"这是一项庞大的计划。国会秘密通过第三十三条宪法修正案成立联邦信息安全委员会，对可能危害社会稳定和国家安全的信息进行过滤和替换，在漫长的尝试后一套高效率的系统逐渐形成，这个系统叫作'以太'。最初，'以太'是工作在互联网上、对互联网设备和移动互联网设备进行监控的自动化体系，它对一切被认定存在潜在威胁的文字、视频、音频进行数据欺骗，简单举例，语义分析接口认定一个讨论组中的有害主题，'以太'对接入该讨论组所在服务器的所有相关会话发送欺骗信息，初发表者之外其他人看到的都是经过调制的讨论话题，同时，信息发送者被数据库记录。假如你发表名为'参议员的午餐'的话题被判定为有害信息，运行于巨型计算机上的、因法律体系而凌驾于所有网络防火墙之上的'以太'在其他程序会话接入之前控制所有端口，将数据包中的相关字节替换，于是在别人眼里，你发表的话题变成无趣的'KFC超值午餐'。以这种方式，联邦政府秘密地彻底控制了网络，可悲的是，绝大多数人并不知情。他们只是悲观地认为，革命精神在互联网上逐渐消失，——这也是联邦最愿意看到的情形。"

我感觉后背发凉。这时墨西哥人走了进来，把脏毛巾丢在我的肚皮上，"老家伙，你应该偶尔参加一点集体活动。"

"闭嘴！"我用尽全身力气叫嚷。墨西哥人愣了。他的表情由惊诧、愤怒变为逐渐恐惧，挪开视线，不敢看我充血的眼睛。我的手指颤抖着在《哲学史大观》扉页移动。

"随着'以太'的成功，联邦政府对广播、电视和纸质出版物的控制是顺理成章的结局，对部分不肯配合信息安全法案的媒体人士，与'以太'同源的信息欺骗技术被用于隔离异见者。纳米微电子技术被用于信息欺骗，很快，权力者意识到纳米机械在肉眼可见光范围内信息替换的潜力，第三十三条修正案颁布后的第七年，他们决定向空气中散播纳米微机械。这种微型设备悬浮在空气中，利用土壤和建筑材料中的硅进行自我复制，直至达到预定浓度，它们仅具有简单的机械结构，浓度达到规定程度后进入工作状态；它们会自动侦测具有潜在威胁的文字（可见光信号）和声音（音波信号），将之替换为无害信息，并将发布者记录在案。它们附着在印刷文本和标语牌表面，通过光偏振向除发布者之外的观察者发布欺骗光学信号；它们改变声波扩散形态，向除发布者之外的倾听者发布欺骗声学信号，当然，发布者本身因为骨骼的传导作用，听到的还是自己的原本想说的话。飘浮在空气中的小恶魔使'以太'无所不能、无所不在，如同哲学家口中人类无法察觉却充满一切空间的神秘物质——'以太'本身。"

"我看到的，是社会与民主的进步。"我想到心理医生的话，握紧拳头，牙齿咯咯作响。

"这就是我们生活的时代，我的朋友。一切都是谎言。网络讨论组是谎言。电视节目是谎言。坐在你对面说话的人，说着谎言。高举的标语牌，刻着谎言。你的生活被谎言包围。这是享乐主义者的美好时代，没有争执、没有战斗、没有丑闻，当阴谋论者被关入精神病院，最后的革命者在孤独的电脑屏幕前郁郁而终，等待我们的是脆弱而完美的明天，彬彬有礼的悬崖舞者，建在流沙上的华美城堡。

"我是谁？我是无名小卒，参与编织'以太'黑幕的罪人，我并不重要，重要的是你察觉到这一切变化、有权利得知真相，现在真相就在你手中，由你选择接下来的道路。手指是我们最珍贵的礼物，因为在可预见的二十年之内，纳米机械没有欺骗人类精密触觉的可能。若你下定决心的话，随时可以通过你的介绍人加入手指聊天聚会，加入'以太'无所不在监视下惟一的、最后的反抗组织，加入虚假世界内的仅有的真实。

"手指聊天聚会欢迎你，朋友。"

我合上厚重的封皮。一幕幕画面在脑海中串联起来。我看到了真相，却产生更多的疑问。这一切疑问，只有写下这些文字的人能够给予解答。我用手掌抚摸长出短短灰色发楂的头皮，知道自己早已作出选择。

晚餐时，我见到红头发的同性恋者，径直走过去拉起他的手。餐厅里一片哗然，我们成为嘲笑的对象，但我视而不见，在他的手心写道："我加入。"

他露出一个内容丰富的笑容。"欢迎你。第一次聚会在两天后集体劳动时举行，木器厂东北侧。内部刊物在哲学第二书架的底层，尼采文集的扉页，每周更新。对了，女监区亚麻色头发、长着雀斑的小妞让我传达对'性感光头大叔'的问候。我想，我没找错人。"

我张大嘴巴。

那一刻，我想了很多。我没有怎样想使用幼稚的交流方式给世界带来变化，而是想着父亲留给我的一切。我以为父亲的棍棒与责骂让我不懂得怎样去爱，但我发现，爱是人类无法割除的灵魂片段，而不只是荷尔蒙的颤抖；我如此憎恨我的父亲，以至于年复一年抗拒着有关他的所有回忆，但我发现，被父亲责打的孩子未必不能养成健全的人格，疼痛起码是真实的，我更憎恨（即使是善意的）欺骗。

我需要做的是像二十三年前一样，大声对那个用尽一切办法控制我人生的家伙喊出："去你的！"

她给予我勇气，有着亚麻色头发、蓝眼睛的她。我握紧红头发的手，仿佛透过她的皮肤，感觉到她的体温。我们的手心里，写着爱与自由。滚烫的爱与自由。烧破皮肤、镌刻在骨骼的爱与自由。

"我爱你，黛西。——不是对你说，请别会错意。"众目睽睽中，我在红头发的手心写下。

"当然。"红头发早有准备地以一个熟悉的、调皮的笑脸回答。

炸弹女孩

"吻我。"女孩说。

丁满亲吻她白皙的脖颈，那皮肤是如此柔软，在嘴唇触碰下泛起一串玫红色的波纹。

"抱我。"女孩说。

丁满用力拥抱她，直到将最后一丝空气挤出彼此的胸腔。

时钟嘀嗒作响，世界即将毁灭，一切都已不存在，只有濒临爆炸的肉体被内心挣扎的异兽紧紧缠绕，月亮升起，星光熄灭，这个轰然作响的天地化为漩涡，丁满看到自己的灵魂一边飞升，一边坠落。这个瞬间之后，宇宙、生命及世间万物都不再具有意义，他只活在此时此地，他是这一秒钟的永恒之王。

瘙痒消失了，异兽破壳而出。

哦，炸弹女孩。

三个月前，炸弹女孩成了丁满的同桌。

那个转学生被班主任带进教室的时候，丁满正在偷看黄色漫画，他把手机藏在语文课本底下，每看几页就抬起头左顾右盼，掩饰脸上的燥热和心底的慌张。他发现自己的某个部位不安地鼓胀着、脉动着，于是尽量坐低一些，把大腿藏在课桌底下。漫画中的少年正撕开少女的最后一件衣裳，丁满的手指滑过少女白皙的酮体，咽了一口唾液，他紧张地掩住手机左右看看，生怕吞咽口水的声音引起别人注意。

他是安全的。丁满坐在教室右侧靠墙的位置，左手边座位空着，班主任从前门后门也没法看到这个死角。早自习的时候老师很少进来，丁满低头翻页，他要在第一节课开始前看完这本漫画：一个关于自闭症少年和机械女仆的故事。他内心的瘙痒正在缓解，漫画是一种叫作肉欲的药，他需要这种药。

因为他是个病人。

这是间校风严肃的公立学校，严格禁止高中学生谈恋爱，丁满从高一开始暗恋本班的学习委员，但一直鼓不起勇气表白。学习委员是个矮个子、齐耳短发、脸上有雀斑的眼镜姑娘，长得算不上漂亮，丁满不知道自己为什么喜欢她。有一段时间他每天放学后去打篮球，拖到很晚才离开学校，当夜幕降临、教室空无一人的时候，他会关闭电灯，摸到学习委员的位子上，跪下去贪婪地嗅她椅子的味道。等到白天上课，看到学习委员坐在他嗅探过、舔舐过的座位上，丁满能感到血液将炙热的荷尔蒙泵向全身各处，从骨髓深处传来卑微的、疼痛的、充满负罪感的满足。

升上高二，几个好哥们儿开始炫耀各自的女朋友，吹牛说带女朋友去宾馆开房过夜，把香艳的细节说得栩栩如生。丁满明白有些人在说谎，因为比起这些嘴唇刚长出胡子的小毛孩，每天看漫画的他无疑更了解女性的构造。但他还是非常嫉妒，昼夜渴望触摸那些柔软的、嫩滑的、温暖的身体，比起传说中的爱情，他更向往性爱本身。可就在此时，他突然对学习委员失去了兴趣，仿佛厕所里的除臭剂挥发殆尽，丁满望着那个矮个子、短发的背影，觉得之前一年的暗恋是件蠢得不得了的事情，想想自己舔椅子的样子就觉得莫名其妙。不仅如此，他对其他女生也失去了兴趣。纵使经常幻想她们裸体的样子，春梦的主角也都是同班的女同学，但丁满觉得这种亢奋只是属于器官和腺体的，他再找不到那种发自灵魂的战栗感。只有漫画能够隐约触到他身体里的核，让他经常发生在骨髓里的痒稍加缓解。

是的，丁满相信自己身体里有一个核，那可能是某种生物的卵，或者什么植物的种子，随着年龄增大，那个核正在向四面八方伸出触角，搔挠着他的内脏和骨头，让他浑身作痒。或许那个核会长成什么了不得的怪兽，把自己完全吞掉也说不定，丁满经常这样想着，他害怕自己这个想法，也害怕自己做出的事情。高一的时候，他偷过邻居家少妇的内裤，潜入女厕所偷看过，也曾对学习委员做过过分的事情：在校运动会上，学习委员穿着短裤独自坐在看台的角落，抱着书包打盹；丁满觉得那种瘙痒感难以忍耐，跑到厕所释放自己，然后偷偷将肮脏的液体抹在学习委员大腿上。她始终没有发现，直至运动会结束全体列队。丁满透过队列看到那白生生的大腿上沾着风干结痂的液体，感到核发出愉悦的颤抖，自己站在那里，咬紧牙关，浑身颤抖不停。

高二以后现实中的女人无法再让核获得满足，丁满开始尝试更多的东西。他外表是个乖巧的孩子，学习成绩中等，没什么擅长的事情，也没什么缺点，学校和家长都对他很放心。没人知道他的房间里藏着什么。每当夜深，他用棉被堵住门缝，戴上耳机，大声播放死亡摇滚乐，用皮带勒住自己的脖颈，一边看黄色动画一边自渎。他试过自残，用小刀割破腋下与膝盖内侧的皮肤，那是不容易被大人发现的位置；他有段时间爱上重口味的日本动漫，沉迷于骨、肉、血的感官刺激。他的痒越来越难以缓解，核在生长，他的肉体已经溃烂，充满污血、脓液和伤疤，他对性的幻想越来越离奇，也对现实中的女性越来越失望。

丁满没法把自己的病告诉任何人。他害怕想象自己躺在解剖台上敞开胸腹的样子，空荡荡的胸腔里，那个核在滴着污血，父亲母亲和老师站在旁边哭泣，不是为自己，而是为自己房间里搜出来的内裤、小刀和黄色光碟。他不敢自杀，尽管不止一次设想过。现在的他是一个外表平凡内心腐烂的模型人偶，若不借黄色动漫止痒，就会有无数恶心的虫从核中孵出来咬穿皮肤破体而出。他害怕手机被班主任没收，里面的秘密暴露于阳光下，但他不得不继续下去，别无选择。

忽然教室里响起大笑声和口哨声。丁满觉得自己被发现了，他耳边嗡的一声，用力把手机塞进书堆，握紧拳头，慢慢地抬起头。班主任不在旁边，而是在讲台上，她身边站着一个女孩。

"这是今天新来的转学生，因为父母工作调动，从实验中学转来的。"班主任说，"自我介绍一下，同学们欢迎。"

人们哄笑起来。女孩身穿学校的粉红色制服，个头不高，黑发松松绾在脑后，只看身形，与任何一个平常的女高中生并无不同。但层层叠叠的黑色绷带（与其说是绷带，更像有弹性的胶带之类的东西）将她身上所有裸露的地方紧紧缠绕起来，脸颊，脖颈，手指，脚踝，不留一丝缝隙。一副墨镜遮挡着眼睛，说话的时候，女孩微微低着头，视线不知望向什么地方，——如果墨镜下面的眼睛没缠着绷带的话。

"都离我远点。"她说。

教室里静了一刻，爆发出更大的笑声，"中二病妹子!""Cosplay狂!""傲娇傲娇，我喜欢!"学生们笑叫着，纷纷掏出手机照相。班主任用力拍讲台示意大家安静，"别吵! 都坐好，把手机关掉! 这位同学叫彭彭，她得了一种不能被阳光晒到的病，做了一些防护措施，大家要给予理解和包容! ……丁满，你站起来。"

在同学们的尖叫声中，丁满慢慢站了起来，他鼓胀的下体顶在书桌上，缠满藤蔓的心脏怦怦搏动。

"彭彭，你坐在他旁边的空位，那里离窗户比较远，晒不到太阳。"班主任指示着，"班长维持一下秩序，不要再闹了! 现在我要去教研室开会，要让我知道谁欺负彭彭同学，我立刻给处分叫家长，听到没有？好好上自习！"

女孩走下讲台，侧身穿过几排课桌，在全班同学的目光与笑声中安然落座。班主任离开了，每个人都拿出手机对准转学生，班长徒劳地尖叫着，奋力将拥到转学生周围的人拉回座位，这场骚动直到几分钟后教导主任冲进来用教鞭敲响黑板才算平息。

丁满僵硬地坐在那里，微微扭头偷看女孩的侧脸。绷带紧贴着皮肤，勾勒出鼻子与下巴精巧的轮廓，墨镜镜腿很宽，将女孩眼瞳的微光遮蔽。头发顺滑地垂下来，遮住黑绷带缠绕的耳朵与脖颈，若不是晨光洒在头发上的一线光泽，女孩的校服领口以上便是一片漆黑，如同美术课上那尊完全背光的石膏像。

丁满抽动鼻翼，没闻到任何味道。人人都有味道。学习委员身上有股金纺添加剂的香味。邻居少妇闻起来像烧过的橘子。前座女生每三天洗一次头，洗头当天是柠檬味道的，接下来则越来越油腻。男生很臭，汗水和精液的臭味。班主任则总带着苦涩的中药味。味道是人最大的特征，甚至就是人本身。在内心的核还没有肆意胀大的时候，女生擦身而过的风就能让丁满勃起，他会深吸一口气，让香与臭的气体分子化为滚烫的脉动传遍全身。

可缠黑色绷带的女孩没有味道，像一块烧焦的木头，或一块大理石。不，即便焦木和石头也该有火与土的味道吧，丁满悄悄倾斜身体嗅探着空气中的线索。洗发水、油墨、球鞋、香味圆珠笔、窗外的槐花，身边的女孩并不存在于气味的世界中。核猛地跳动一下，伤疤破碎，脓液进出，古老的冲动再次苏醒，丁满深深地、深深地吸了一口气，双手抓住大腿，绷紧脚尖。

"借我书。"这时女孩忽然扭头对他说。

"……什么？"绷紧的枝丫啪地折断，汗水霎时间布满丁满的脊梁，他惊慌地摆弄着书本，"……什么书？"

"第一节课的书借给我，教材不一样，我的还没发下来。"女孩正面对着他，黑头发，黑墨镜，黑绷带，如阳光中的阴影。

"哦好……"丁满抓起语文书递过去，书中夹着的手机滑落，掉在地上发出响亮的撞击声。

很多人注意到他们，发出怪腔怪调的尖叫。丁满慌乱地将书本塞在女孩手里，手指触到对方缠着绷带的指尖，那触感柔软而坚硬，引发电火花在他的皮肤上噼啪爆响。他缩回手，弯腰去捡手机，看到裸体少女的画面凝固在手机屏幕上，一条裂纹贯穿了少女的身体。他惊惶地抓起手机，抬头发现转学生正望着自己的方向，漆黑的墨镜看不出表情。

"呵呵。"她笑了两声，"你叫什么？"

"哦……我？我、我叫丁满，丁克的丁，满月的满。"

"彭彭。"

"你好彭彭，欢迎来到高二42班……"丁满在众多戏谑的目光中低声说，伸出右手。

"离我远点。"

周围人哈哈大笑起来。彭彭不再说话，独自翻阅着语文课本，丁满缩在墙边，目光茫然盯着摔裂的手机屏幕。他体内的每一根神经都在发痒，每处伤疤都在爆裂，每个褶皱都在渗出体液，那个核不断跃动，仿佛胎儿的隆隆心跳，更多的藤蔓四处生长，缠住他的喉咙、他的胃、他的舌头和他的下体，令他艰于呼吸，腹部绞痛，口干舌燥，裤裆鼓胀。

就是这个女人。

核对他说。

就是这个女人。

身上缠满黑绷带的转学生成了全校的焦点，但高中生的注意力比猫更容易分散，几天以后没人再关心彭彭的话题，只是在校园里遇到时会指手画脚讨论几句。只有丁满在偷偷观察她，了解越多，越觉得她古怪，核的雀跃就越难遏制。

炸弹女孩

每天早上 7 点一刻，一辆黑色奥迪 A6 准时停在街角，一个穿西装的男人送她下车，叮嘱几句，站在车旁目送她走进校门。下午 5 点半，奥迪轿车会分秒不差地停在同一个位置，彭彭提着黑色书包开门上车，车子向东北方向驶去。一个月以后，黑色奥迪变成了红色雷克萨斯 ES300，驾驶员换成身材窈窕、举止端庄的少妇，但接送时间没有变化。丁满试过骑电动车跟踪彭彭乘坐的轿车，可车子驶上快速路后飞快加速消失在视野里，似乎根本不在乎测速摄像头。

彭彭从不在学校里上厕所。她没有朋友，女生们结伴去厕所的时候，她多半在座位上静静看书，丁满花了几天时间观察，发觉她除了午休时间之外基本没有离开座位。

她也不吃午饭。午休时间，她会一个人走到学校后面的小树林里，在长椅上坐一个小时。

她不上体育课，不做化学、生物实验，不参加班级劳动，不画黑板报，也很少交作业。按照班主任的解释，她患有罕见而致命的病症，没法参与任何体力活动。丁满逃了一节体育课偷偷潜回教室，发现彭彭仍坐在座位上，面前摆着一本半开的书。下一节课开始的时候，他看到那本书并非小说或漫画，而是枯燥无味的物理课本。

她每天下午第一节课后会缺席半个小时，丁满知道她是去学校医务室接受某种治疗。他在医务室里发现过那种黑色绷带，数量相当多，看起来是被剪刀剪断丢进垃圾桶。他将那些绷带带回家仔细研究，本以为上面会有药水或皮肤的味道，但就算贴近了去嗅也只有轻微的消毒水味，——属于医务室的味道。他把黑绷带仔细熨平，用透明胶带粘好，缠在身上，对着镜子自慰。

还不够。一边传来愉悦的颤抖，核一边对他说。

老师不会叫彭彭回答问题，仿佛坐在教室中间的真的只是一块阴影。她参加考试的时候也像别人一样认真书写试卷，可丁满偷窥

　　　　　　　　　　　　　　　　炸弹女孩

过她的卷子，上面并没有答案，只是一片无意义的呓语与涂鸦。

她说话带着下滑的尾音，那是种很奇怪的声音特质。她说话不多，只在必要时候开口，以"离我远点"作为结束语。丁满相信彭彭对话最频繁的对象就是自己。她有时会突然提起兴致，询问丁满的家庭、兴趣和性取向，作为一个女高中生来说，她的有些问题太过幼稚，有些又惊人露骨。但每次丁满尝试刺探她的身世，对话总是戛然而止，彭彭的兴致突然消失，回复那种剪影般孤高的姿态，不再多说一个字。

一个月时间，丁满对这个缠满黑色绷带的女孩了如指掌，又一无所知。他开始觉得彭彭是以观察者的姿态到这个高中上学的，她悬浮在高中生的日常生活之外，如某个更高级存在的投影，直至那一天惊动全校的事件发生。

"轰！"

上午课间操时间，全校学生被教学楼传来的轰然巨响惊呆，停下舞蹈动作回头看。四层某间教室的窗口冒出滚滚浓烟，玻璃碎片在上午的阳光中缓缓下坠。所有人都从校服兜里掏出手机开始拍摄，教导主任在大喇叭里喊："不许拍照！不许打电话！谁拍照打电话就没收手机！班主任把自己的班管好，一年级和三年级回去上课，二年级在操场等着！"

高二42班在操场树下席地而坐，看一辆救火车驶进校园升起云梯，喷出水龙浇熄火焰。男生们对于本班教室爆炸这件事显得非常兴奋，丁满则望着那扇破碎的窗子，试图辨别窗子后面的某个人影。彭彭从来不做课间操，此时一定就在教室里面，爆炸跟她有关吗？她是否受了伤？想到这里，丁满从人群中悄悄溜走，钻进初中部教学楼，从天台通道的门缝中挤过去，走下二十级台阶，从楼梯拐角探出头去。楼道里淌着水，校长、教导主任和三四名消防员站在一起说着什么，表情严肃的大人们围着一个小小的身影，女生制服，长发，黑绷带。

"……爆炸物的威力不大，应该是在窗口附近的垃圾桶里引爆的，如果学生还在教室里，多少有点危险吧……"

"……谢谢，给你们添麻烦了，关于这件事……"

"……这个是有规程的，根据条例总是要向公安部门通气，毕竟爆炸物的管理……"

丁满凑近一点偷听他们的谈话。这时彭彭忽然扭头向这个方向看来，丁满猛然转身藏在墙角，心脏怦怦跳动，他不知道女孩是否看见他，墨镜遮住了视线，可他触摸自己的脸颊，分明感觉到目光划破皮肤的隐隐刺痛。他拔足飞奔，跑上楼梯，穿过天台，一路冲下初中教学楼，混进操场上的人群，跌坐在地大口喘气。酥痒的感觉从核传向四肢百骸。……他为什么要逃跑？核没有给出答案，只是将他体内的触角一舒一卷。

一个小时后，校长宣布高二 42 班的学生提前放学，其他班级照常上课。人们欢呼雀跃地拥向自行车棚，丁满在校门口等了很久，没看到接送彭彭的那辆汽车出现，抬头望去，教学楼破碎玻璃窗内有人影闪动，分辨不出男人、女人还是女孩。

当天晚上，丁满很少见地失去了自慰的兴趣。他躺在床上翻看手机里的资料，上千张照片，几十段视频，无数个碎片组成黑绷带女孩的形象。她的侧脸。她纤细的手指。她的足踝。她绷带下紧实的臀部。她的发梢。她绑头发的黑绒绳。她的墨镜。她墨镜倾斜时露出的一丝眼光。丁满放大那张照片，捕捉着女孩眼瞳的颜色，那是同绷带一般的漆黑，只是带着对面景物的反光。光斑中，隐约有个小小的丁满存在。这个发现让他亢奋许久，彻夜无眠。

第二天来到教室的时候，爆炸的痕迹已经被清理干净，窗棂和玻璃是崭新的，墙壁的油漆散发刺鼻香蕉水味道。早自习的时候班主任说那是化学课弃置在里面的酒精棉球引发的火灾，"我会调查是谁造成的火灾，希望做出这事的同学勇于承担责任，主动找我报告。课间操时间校长会对全校讲话，这次事件给高二 42 班抹了黑，我很失望，大家要谨记教训，绝对不能犯同样的错误！"

丁满旁边的座位空着，彭彭第一次缺勤了。第二天她也没来，第三天也是。第四天，那辆雷克萨斯轿车终于准时停靠在街角，黑绷带女孩跟少妇告别后走向校门，丁满躲在报刊栏后面，看那女孩毫不在意地穿过众人的目光，如穿梭于彩色世界里的一抹幽魂。他长长地舒了一口气，举起手机对准女孩，这几天里他感觉非常害怕，怕黑绷带女孩再不出现在校园，若失去她，核会崩溃的，那些腐朽的藤蔓会勒死他，一点一点，从内而外。

裂缝的手机屏幕上，女孩停下脚步，转向他快步走来。丁满惊愕地放下手机瞧着眼前的少女，真人出现在眼前的时候，才感觉到绷带女孩的娇小，要低下头才能直视她的脸，——那张没有面目的脸。

"你一直在跟踪我是吗？"彭彭直截了当地问，带着那种下滑的奇妙尾音。

"呃，不，我……"丁满感觉喉咙发紧，胸膛发热，像第一次吃到槟榔。

"放学后学校后等我。"女孩说，旋身走向教学楼。

丁满愣了几秒钟。周围有同学在起哄，有人拍着他的肩膀笑骂："老丁，Cosplay 女王跟你说啥了？让你演个什么角色？哈哈！"

丁满推开这位男同学，追赶彭彭的脚步。"离我远点。"一如既往，女孩冷冷地说。

他停在操场中间。同学们在周围哈哈大笑。

这一天显得无比漫长。下午最后一节课结束，丁满坐在座位上没动，直至值日生做完卫生要锁门的时候才走出教室。校园里人影稀疏，几个低年级的学生在操场踢球，太阳西垂，天边燃着火烧云。丁满从两栋楼之间的小路穿过，绕过水房，走向学校的后门，这扇铁门是锁死的，附近杂草丛生。他在爬满牵牛花的铁门前驻足四顾，没看到黑绷带女孩。

"……彭彭同学？"他用手按住怦怦跳动的胸膛，低声叫着，"我是丁满，你到了吗？"

"你很迟。"一个影子从迎春花的阴影中浮现，"过来。"

丁满踩过杂草，感觉踏着湿滑的云彩。他看到女孩窈窕的身形矗立在荒弃的校门旁边，像烙印在墙壁上的人形阴影。"那个，我不是故意跟踪你的，其实我……"他停下脚步，开口解释，"我只是有点好奇，对不起……"他又前进一步，来到足以看清女孩绷带纹路的微妙距离。会不会太近了？只要一伸手就能把对方抱在怀里呢。可是她没有后退，是不是说明这个距离刚刚好？那么若是再近半步呢，说话的时候若不小心挥动手臂，就能触到她的身体……丁满体内的核噼啪作响，释放着五颜六色的信号，他的目光从彭彭脸上滑落，在她隆起的胸部略作停留，沿黑绷带缠绕的双腿下降，抚摸着女孩纤细的脚踝。

"你想看我吗。我的身体。我的胸部。我的屁股。我的腿。"彭彭说。

丁满愣住了。"不、不想，我只是……"他喃喃地说。

"说实话。"女孩说。

"要说实话，我只是有点好奇……"他慌乱地解释。

"屁话。"女孩转身向前走，"你们都想看我，谁都一样。"

咚！咚！核产生激烈的胎动。是的，我想撕开你的衣服扯烂你的校服裙用剪刀从上而下"刺啦"一声剪开你身上的所有绷带用牙齿将它们咬碎！激烈的声音在丁满脑中回荡，他的双手在颤抖，指尖瘙痒难耐。"我、我想看……"听到自己遥远的声音说。

"跟我来。"

彭彭在草丛中缓步行走，丁满僵硬地跟在后面，目光无法离开女孩微微摆动的臀部。"就这儿吧。"忽然她停了下来，倚在围墙上，示意丁满靠近一点。丁满走过去，不知不觉超越了那个微妙的距离，他的鼻尖距离女孩的发梢只有短短三十公分，视线落在她曲线柔顺的肩膀与胸部，校服白衬衣领口微微张开，露出身体部位的黑绷带，那下面应该隐藏着漫画角色般迷人的锁骨吧？体内的核焦急地膨胀，催促他做些什么事情。他必须做些什么事情。

"靠墙近点儿。……往那边看。"女孩忽然拉住他的手，扭转他的身体。丁满没来得及感觉那纤巧手掌的触觉，视野边缘突然出现一团红光，他转动眼球，捕捉到那明亮的火团。

"轰！"

一秒钟后，爆炸的冲击波狠狠推搡他的肩膀，将他摁在墙上。枯枝与石子敲打着丁满的脊背，热乎乎的气流吹得裤腿哗哗作响，他闭上眼睛惊叫起来。"怕吗？"他听见彭彭在耳边说，"怕了吗？废物。"

冰凉而滑腻的右手抓紧他的左手。丁满紧闭双眼，在彭彭的牵引下跌跌撞撞跑了起来，他感觉到火舌在舔舐裤脚，枯枝在鞋底粉碎，忽然脚尖踢到坚硬的金属，他一个踉跄，险些将女孩一起拽倒。他猛然睁眼，眼前是一条布满垃圾和污水的小巷，两扇铁门在身后洞开，墙壁化为漆黑，杂草冒着火苗。

"果然是你干的！"丁满叫着，"是你炸掉了教室的窗户！我看到校长和消防员在找你谈话……"

"然后？"彭彭站直身体瞧他一眼。

丁满张大嘴巴，胸膛起伏，"……我很高兴！"他喊道，跃起来抓住女孩的双肩，"我很高兴！你是怎么做到的，从哪里搞到的炸药？"

这时学校里传来成人的呐喊声，保安正循爆炸声赶来。"走啦！"彭彭拽着丁满的手继续奔跑，两人冲出垃圾遍布的小巷，沿僻静的林荫路向前跑，转过一个弯来到大街上。街上人声鼎沸，再听不到背后的呐喊声，两个人靠在墙上弯腰大口喘气，花了五分钟才能说出话来。彭彭整理一下脸上的绷带，牵着丁满向前走，街上行人向黑绷带女孩投来好奇的目光，女孩毫不在意地挺起胸膛。

丁满感觉这一切很奇妙。他穿着校风最严格的实验中学的校服，拉着一个浑身裹着绷带的女孩的手，用炸药炸掉了学校后门，大摇大摆走在街上。咚咚，核内的小兽发出狂喜的胎动。咚咚。那些触角与枝蔓缠绕他的头颅，勒住他的眼球，搅着他的脑浆，让身体愈加作痒，他觉得自己悬在更高的地方看着自己，身边的一切虚化成红和蓝的线条，走在前面的魅影正从黑的里面发出越来越强的光亮，映出自己千疮百孔的身体，和肮脏体液中悬浮的那个核。

"我们去哪儿？"彭彭忽然开口。

"我、我不知道……你喜欢去哪儿？"

"你说。"

丁满惊觉脱离了平常轨道的不仅仅是自己，黑绷带女孩面对的才是一个完全陌生的世界。他不知道她坐上奥迪或者雷克萨斯轿车之后的生活是怎样的，但起码这条人潮拥挤的街道是她从未行走的，这个充满烧烤香味的黄昏是她不曾亲历的，想到这里，丁满觉得体内的瘙痒更加强烈，他感到对这个女孩、这个时刻及这个世界负有责任，"跟我来。"他大声说，迈步走在前面。

"去哪儿？"

"……跟我来就是了。"

说出这话的时候，丁满并不知道要去哪里。他带着她走过网吧、奶茶店、台球厅、桌游吧和成人用品店，在宾馆前面稍作停留，继续向前，越过两个路口，横穿一条小路，走进一个十五年房龄的居民小区，打开单元门，爬上五层，拧开门锁，回到了家中。家里有一股马桶清洁剂的味道，茶几上放着昨天吃剩的西瓜，几只苍蝇在勺子上方盘旋，羞愧与兴奋同时冲击着丁满的心脏，"欢、欢迎。"他说，猛然发现自己说话结结巴巴，"欢、欢迎，这是我家。"

彭彭毫不在意地走入客厅，坐在沙发上，夕阳斜照进来，在她漆黑的脸上画出橙红条纹。丁满从冰箱里取出两瓶绿茶，坐在女孩旁边，装作很用力地拧着瓶盖，黑绷带女孩转过头来看他，墨镜映出逆光的少年人像。"你爸妈不在家吗？"她问。

"我爸常年出差，我妈、我妈6点半回来。"丁满拧开瓶盖，绿茶洒了一裤子。

彭彭说："听我讲。"

丁满说："好。"

彭彭说："我是个炸弹女孩。"

"我刚出生妈妈就死了，死于大出血，剖腹产手术是成功的，但一场爆炸炸碎了妈妈肚子里的所有器官，爸爸说是脐带变成了炸弹，不仅炸死了妈妈，也炸断了妇产科医生的四根手指。

"我从懂事起身上就一直裹着黑绷带，爸爸说那叫作抗氧化膜，内侧涂着防氧化反应的药剂，我一天二十四小时都不能解开绷带，只有吃饭的时候能露出嘴唇，另外是大小便的时候……我鼻孔、嘴巴和下身涂着高浓度的抗氧化剂，防止呼出的空气、流出的唾液和尿液产生变化。眼镜上也有同样的装置，防止眼睛暴露在空气之中。

"为什么？因为我的身体能变成炸弹。我身上的任何活体组织，只要在氧气下面暴露五分钟以上就会变为炸药，化学反应我不太懂，可炸药的威力非常大，在试验的时候，我的一块皮肤化为炸药，把两百公斤重的油桶炸上了天。

"爸爸一直在研究我，他是个化学家。可就算他也搞不懂我的身体构造，搞不懂我为什么能正常呼吸、正常进食和排泄，不会把自己炸成碎片。我九岁以后，他每天都在封闭实验室里面充满氮气，我们戴上氧气面罩进入，解开绷带，清洁身体，顺便进行化验和研究。

"我的头发、指甲和牙齿不会变成炸药，除此以外，任何部位都很危险。我本来是不被允许上学的，因为可能把学校都炸毁。后来社工到家里去访问，爸爸没有告诉他实情，只说我患有无法见光的罕见病。学校和社工一直来动员，我就这样上学了，每个人都不喜欢我，我也不喜欢他们，我没法交到朋友，也不想跟那些恶心的人交朋友。有一次考试的时候我交白卷，老师骂了我，放学时我解开绷带划破手指滴了几滴血在讲台上，一会儿，讲台和黑板就被炸烂了。我很高兴。

"爸爸没有说我，他带我转学。在氮气实验室清洁身体的时候他哭着说对不起我，没法让我过一般女孩那样的生活，我说并不用啊，我这样就可以了。其实我也很难受，因为身体一直被绷带包裹着都快烂掉了，我想要撕开绷带脱掉衣服把身体给所有人看，可是不行，因为我是炸弹女孩啊。

"我转了四次学，每次都在有意无意间造成学校的骚动，他们以为我偷偷制造了爆炸物，其实那就是我自己的血、肉、口水和眼泪啊。我一直在忍耐，直到忍耐不住的时候才发泄出来，我没炸死过人，但他们都很害怕，爸爸开始把我看得很紧，派人在学校里监视我。足足半年我没有搞出什么意外，他决定让我转到这所高中好好上学，顺利毕业，甚至考上什么大学。

"爸爸会在下午的时候来到学校，在医务室为我做检查，给我的皮肤补充新的抗氧化剂。

"后来爸爸结婚了，那个女人我不喜欢，我想要炸烂她的脸，不过她很警觉。这所学校同样很无聊，人人都是废物，只会盯着我，嘲笑我，没人敢掀起我的绷带看看底下的样子。这时候……你出现了。

"我一直在注意你，从你第一次跟踪我的时候。我知道你是个真正变态的家伙，看起来一本正经，可心里装满了肮脏的念头。

"我喜欢你这样的人。

"如果你想知道的话，爸爸曾说过我的一克组织具有一百克TNT炸药的威力，而威力随着组织的增加而加倍增大，我的一只手氧化为炸药后就能炸掉整栋大楼，要是整个人变成炸弹的话……或许能够把这座城市一下子炸没的。

"我不怕。你怕吗？

"我想要别人看我的身体，想得快要疯了。除了你以外，没有别的人选。他们都是废物、小虫、渣滓，最多只敢摸我的胸部而已，他们对我好奇，又害怕我。

"你怕吗？

"你不怕。"

"我不怕。我不怕，我不怕！"丁满重复了三遍，带着狂热的亢奋，"我现在就想……"从刚才开始他一直试图抓住黑绷带女孩的手，可一旦放开，再牵手就变得很不自然，他的视线在女孩身体上滚动，从胸到腿，由肩至臀。窗外传来油烟味道，夕阳低垂，邻居家开始播放动画片，丁满身体的瘙痒再也无法忍耐，他猛然扑了过去。

"喀嚓。"钥匙插进锁孔的声音如冰水浇头，少年的动作停滞了。

提着菜篮的中年妇女走进门来，疑惑地打量儿子和他的客人。"满满，这是谁啊？"女人的眼神在炸弹女孩身上轻扫，从脸到臂，由膝至脚。

"妈，这是……这是我同班同学彭彭。"丁满小声说。他的血液在冷却。他本应记得母亲回家的时间，但带女孩进入家门时，却又故意把这个前提忘却了。他拘谨地端坐在那里，极力扮演一个乖顺的儿子。

"哦，好。彭彭先坐着啊，我先去换个衣服。"女人敷衍地摆摆手，换拖鞋进屋，关上卧室门。丁满望着身旁的黑绷带女孩，女孩没说什么，想必早习惯了别人怪异打量的目光，丁满却觉得羞愧难当。"喝水，喝水。"他把绿茶递过去。

"摸我。"彭彭说。

"……什么？"

"摸我。"

女孩抓起他的手按在自己胸膛。丁满的心脏炸裂了，每一根瘙痒的神经末梢都被电击烧焦，核的外壳喀喀绽裂，他屈伸手指，感觉衣服和绷带下面有活的生物在蠕动，跳跃着反抗手指的力量。耳畔噪声嗡嗡作响，他将女孩重重扑倒在沙发上，用牙齿撕扯她的校服衣领，炸弹女孩发出意义不明的呻吟。

这个时刻，一个细微的声音响起："……是的，是叫彭彭。"

两个人同时侧耳倾听，在脉搏嘈杂的跳动声中，女人刻意压低的声音还是相当清晰。卧室门没有关好，中年妇女的外裤脱了一半，露出大红色的秋裤，她一手举着电话，一手解着纽扣，"……没错，浑身缠得黑乎乎的姑娘，可奇怪了，我儿子把她带回家来了。……你说什么？学校爆炸可能跟小姑娘有关，警察正在找她？那可不得了，你们赶紧来，她就在我家呢。"她把电话扣在肚子上，扭头叫一声："小满让你的同学别走，留下来吃饭啊，我做红烧带鱼！"然后对电话听筒小声说："……我家就在五条院向阳小区3号楼2门501，快点儿啊！"

丁满拉起彭彭的手向外奔跑。他们离开家门，跑下楼梯，冲出小区，沿着路灯刚刚亮起的街道一直跑。

"……你说啥？"中年妇女呆住了，"……这孩子有严重的妄想症，以为自己能变成炸弹，所以用绷带把自个儿缠了起来，经过多次心理治疗都没用？她从网上学到了制造爆炸物的知识，能用便利店买来的洁厕灵一类东西造出土炸弹？妈呀，这可是恐怖分子啊！为什么不把她抓起来，还让她上学？……你说她爸爸是大科学家，名望大，名声大也不能放个小爆炸犯在我儿子的学校里啊……她的病情太严重，心理专家认为多跟同年龄的人接触才能缓解？这可不是普通的病啊，妄想症不就是神经病，一个神经病的爆炸犯，得多危险啊！那浑身黑不溜秋的样子，一看就不是什么好人……"

她兴奋地嚷着，屋门被风吹动，砰地关闭，吓了她一跳。

两个人跑到喘不过气来才停下。天黑了，昏黄路灯延伸向前方，周围不再有高楼的踪迹，只能看到荒弃的建筑工地、窝棚、肮脏的平房，沾满泥巴的面包车从路上呼啸而过。丁满拉着彭彭走下路基，钻进一道窟窿遍布的铁丝网，在工地找到一堆水泥管。他们钻进一根巨大的水泥管，脱下校服上衣铺在地上，坐在那里大口喘气，一边喘气一边大笑，直到笑得咳嗽起来。

血还热着，感觉不到寒冷，丁满没有放开炸弹女孩的手，"警察在找你。"他说，"所有人都在找你。"

"你完蛋了。"彭彭说，"你没法再假装好孩子了。警察会到你家去，把你偷拍我的照片都翻出来，还有一大堆见不得人的东西。"

"我不怕！"丁满的双眼亮着，"现在我什么都不怕，就算死了也没什么！"

"可我是炸弹女孩啊。"彭彭说。

"就算把我炸死。把整个城市都炸掉又怎么样？"丁满说，"那都是假的，世界上没有什么是真的，除了现在我看见的，我才不管以后会怎么样！"

"你想看吗？"

"想。"

"……摸我。"女孩摊开手，手机掉落一旁，一个闹钟启动了：十分钟。

丁满发出颤抖的呻吟。他想要撕裂，想要剪碎，想要割断，想要破坏，想要将眼前所有一切扯成碎片，那不是他的意识，是核中的异兽业已苏醒。但他做的第一件事情，是轻轻摘去女孩的眼镜，温柔得令他自己都难以置信。

如想象一样，借工地窝棚的灯光，他看到一双浅褐色而潮湿的美丽眼睛。丁满俯下身，亲吻了那双眼睛，然后用牙齿扯起女孩脸上的绷带。黑绷带是强韧的，他体验过绷带缠在身上的感觉，但只要从恰当的角度用力，就能将黑绷带侧向撕断。

他双手撕开彭彭的领口，从脖颈处扯下绷带。大把大把的黑绷带如蛇蜕落地，一线光芒在指尖绽放，丁满从来没看到过那么白的皮肤，纤细到近乎透明的皮肤下面有青色和红色的血管穿行，细微的汗毛在赤黄灯光下微微亮着。

"快。"炸弹女孩说，"只有十分钟。"

丁满撕扯着绷带，身体内的藤蔓也在"啪啪"断裂，核已经布满裂纹，雀跃的兽清晰可见。他终于看到女孩的脸，白皙的、端正的、缺乏特征的脸，他的心中一时无法组织起完整的印象，只将彭彭圆挺的鼻子、微厚的嘴唇、小巧的耳垂、上挑的眼角一一烙在视网膜上。他用左臂抱起女孩，右手捋下她的校服外套、衬衣和裙子，炸弹女孩的肌肉充满弹性，但她没有做一丝一毫反抗。

随着黑绷带剥落，女孩的裸体出现在冰冷的水泥管中，灼热又寒冷的潜流席卷丁满的身体，他的瘙痒、疼痛、自卑和骄傲在这一刻到达了顶点，紧接着轰然崩塌，身体的战栗使他僵直了一刹那。

"吻我。"女孩说。

丁满猛然俯身亲吻她白皙的脖颈，那皮肤是如此柔软，在嘴唇触碰下泛起一串浅红色的波纹。

"抱我。"女孩说。

丁满双臂交缠用力拥抱她，直到将最后一丝空气挤出彼此的胸腔。

时钟嘀嗒作响，世界即将毁灭，一切都已不存在，只有濒临爆炸的肉体被内心挣扎的异兽紧紧缠绕，月亮升起，星辰黯灭，这个轰然作响的天地化为漩涡，丁满看到自己的灵魂一边飞升，一边坠落。这个瞬间之后，宇宙、生命及世间万物都不再具有意义，他只活在此时此地，他是这一秒钟的永恒之王。

"呵……"炸弹女孩露出笑容，眉头纠紧又舒展。

丁满昂起头来，眼神穿过粗糙不平的水泥管内壁，看到了真理与虚无。

"喀嚓。"

核彻底破碎了。火焰燃起，咆哮的异兽在火中振翅高飞，将他体内恶臭的血、流脓的疤、干枯的藤蔓与触须刹那间烧尽。让它烧吧，让它烧吧。丁满眼前浮现舔舐着学习委员座椅的那个自己，在房间中一边看漫画一边自残的那个自己，偷窥女厕所的那个自己，手捧内衣茫然无助的那个自己，从前的自己一个接一个消失在火焰里，大火不断升高，把灵魂炼成一颗坚固而滚烫的赤金。

"我要爆炸了。"炸弹女孩说，"我要爆炸了，一分钟，一分钟……五十秒……"

丁满看到手机上的倒计时数字，他不害怕爆炸，不怕城市毁灭，只怕与炸弹女孩分开一秒钟，他数着秒，用全部生命感受最后时刻到来之前那漫长而短暂的时光。

在计时归零的时刻，炸弹女孩发出高亢的呼喊，指甲深深刺入他的脊背，丁满感觉怀里的人变得如此滚烫，就像一颗变为超新星的太阳。他随着吼叫起来，陷入丧失理智的高潮，在这个瞬间，意识深处的他忽然产生了一个奇异而明晰的想法。

那困在核中的异兽，驱使他行动的魂灵，那些冲动的主人，心里的恶魔，是否拥有一个名字？

那个名字，叫作"爱"吗？

野猫山——东京1939

引　子

　　我知道这样一封信完全在你们的意料之外。当你们在一位终身碌碌无为的历史教师的遗物中发现如此一个泛黄的信封时，一定会以为那是我与某位友人之间咬文嚼字的通信，或者是写给你们过世太早的母亲、没来得及寄出的情书，再不然，便是我留给你们淡而无味的只言片语，就像过去二十几年里我每日所说的那些安身立命的迂腐道理。然而这不是。这封信关于一段往事，一段我原本希望永远封存在记忆中的往事，可当接到确诊通知书的那一天，我忽然感到非常恐惧，恐惧生命太早消逝，这段往事将随着我一起化为如蝶飘舞的飞灰。我下定决心，写下这封信，将它夹在《中国抗日战争全史》第一册的扉页，如果你们中有人对历史略感兴趣，——哪怕只是因为整理我的遗物也好——打开我的书橱，这本书就在书橱第一层最显眼的位置等待你们的翻阅。看完这封信之后，你们会获知一段无人知晓的历史，一段中日战争史中埋藏极深、意义深远的秘史。到那时，希望你们以自己的学识、智慧和人格做出判断，决定是否将这段历史公之于众，这个选择已经困扰我接近四十年，如今我终于可以卸下重担了，这是死亡能够给予我的最好安慰。

匆匆奉白，信长且乱，见谅。

第一章

到如今我还能清楚记得那一天的日期：1965 年 12 月 4 日。因为几天前的《人民日报》转载了姚文元在《文汇报》上发表的名为《评新编历史剧〈海瑞罢官〉》的文章，这篇文章不仅在中文系引起激烈的讨论，我们历史系内部也出现了针锋相对的两种观点，辩论无时无刻不在发生，就连教研室走廊上都站满了大声争辩的教师，这种环境让人很难专心致志批改作业。

那天刚上完下午第二节课，我就回到教研室收拾东西准备回宿舍，刚走出主楼楼门，还没打开自行车锁，一名学生就小跑着出来叫住了我，说系主任在到处找我，看样子还挺着急。我对当时任历史系主任的老严还是比较头疼的，我们的许多观点并不合拍，偏偏他还对我青眼有加，总喜欢叫我去他的办公室沏上热茶讨论问题。既然被学生叫住，我只能揣起钥匙，夹着公文包转回系里，敲开了二楼最东头主任办公室的门。本以为是又一次话不投机的清谈，谁知道最终竟颠覆了我的整个人生观，以至于在其后的几十年里都无法走出这一天留下的阴影。

老严开了门，笑呵呵地让我进屋，我一看就觉得气氛不对，屋里有客人。办公室的肖大姐正提着暖壶给客人倒茶，白瓷杯里漾起碧绿的茶香，那是主任轻易不肯拿出来的上好龙井。两个陌生的同志一坐一站，站着的是个小年轻，穿着没有军衔的崭新军装，样子显得有点拘束，手碰一碰茶杯的柄又赶紧挪开，不好意思端起来喝；坐着的是个三四十岁的干部，皮肤黝黑，穿着风纪扣扣得严严实实的灰色干部服，头发梳得一丝不苟，不知道是来自哪个机关。

"这位是赵……同志，身后站着的是小李。这位呢，是我们历史系中国近代史专业的讲师张老师，他对中日战争这段历史相当有研究，应该能配合你们的工作。"老严热情地介绍道。

我莫名其妙地走过去，伸出右手跟站起来的干部相握，"张老师你好，我姓赵。"这人脸黑沉沉的，一丝笑容都没有，介绍中也没有单位和身份头衔。我们分别在沙发上坐下，肖大姐给我也沏了一杯龙井茶，端着暖壶出去了，我奇怪地望向老严，看到他正把一封盖着红图章的介绍信对折之后塞进信封，小心翼翼地压在办公桌的玻璃板底下。

"张老师，这次到师大来请求你们协助，不能说是政治任务，但确实与一宗关系到社会主义革命与社会主义建设的重大事件有关。我们急需一位熟知近代日军侵华战争史的人参与到工作当中，姚主任介绍了你，是肯定你的能力与政治水平，有为祖国和人民付出的立场和觉悟。"姓赵的干部嘴里说着场面话，眼睛直勾勾地盯着我，看得我心里有点发毛。"我只是个小讲师而已，说不上有什么能力，不过能帮得上忙的话还是很乐意的。"我顺着他的话答道，眼神又飘向老严，示意他赶紧把前因后果说清楚了。

老严从抽屉里拿出一听马口铁罐的红双喜卷烟，取出烟来发给大家："抽烟抽烟。这位赵同志是从昌平过来的，路上跑了整整一下午。小张啊，我已经给你开好假条了，等吃过晚饭就随着赵同志去昌平办事，两天、三天回来都不打紧，你的课我让别人先代着，工资照发，每天一元五角钱的伙食补助，你看呢？"

我满头雾水接过香烟，划了一根火柴点着："我一人吃饱全家不饿，出差倒是没事儿，可究竟去做什么呢？难道又发现新的万人坑了？要说出现场也轮不到我啊？"

站着的小李脸红红地接过一根卷烟，就着老严手里的火柴点了，吸了一口，悄悄咳嗽两声。姓赵的干部轻轻把老严的手一推，自己从上衣兜里掏出一个铝箔纸包的烟盒，倒出一根带过滤嘴的香烟叼在嘴上。"这件事的保密等级比较高，我们不能多说，你同意的话，请签署这份保密协议，到了现场之后就明白了。"他没急着点燃香烟，先从身旁的人造革挎包里掏出一摞纸来摊在茶几上，又摸出一支钢笔，摘下笔帽递给我。

我草草扫了一眼纸上密密麻麻的小字，没看太明白，就看见最上面的框框里写着"等级：绝密"，最后的公章盖的是"公安部预审局"。这个单位我从没听说过，不由得抬起头重新打量一下对面的干部，姓赵的似乎习惯了别人盯着他的眼光，眼神木木的，一点反应都没有。

"这是好事，小张。"老严靠在办公桌上吐着烟圈，"好事。"

当时那种环境之下，由不得我不捉起笔，在保密协议的末尾签下自己的名字，那时想得也简单，不管是苦差还是美差，出趟门散散心总比待在系里听别人吵嘴强，再说不就是昌平么，一天就打个来回了。

"谢谢你，张老师。"姓赵的干部收起协议和钢笔，再次站起来跟我握手，我也赶忙站起来拉住他的手，心里还想这个赵干部看起来冷冰冰的，做人还挺热情。谁知他转脸对严主任说："那么我们现在就动身了，晚饭在那边解决吧，趁着天没黑，还有一截山路要爬。"

"吃完饭再走吧！食堂现成的热乎乎的饭。"老严都从抽屉里掏出来饭票了，闻言可怜巴巴地瞅着对方，赵干部一点不领情地回绝道："下次吧，下次。张老师，也不用收拾什么行李，顺利的话明天就能送你回来，咱们这就出发，没问题吧？"

"没、没问题。"我那时候脑中就一个念头：要去的地方可千万别让换拖鞋，我的两只袜子后跟都破了大洞，千不怕万不怕，就怕脱鞋。

第二章

他们的车停在校门口，是一辆成色特别好的黑色伏尔加汽车，这种车子我们俗称"金鹿"，是当时最气派的汽车之一。自从苏联专家撤退之后，保养良好的伏尔加汽车越来越少见，街上跑的都是上海凤凰牌小轿车和仿造伏尔加的东方红牌小轿车，看起来拼拼凑凑不像样子。小李别看是个娃娃兵，开车开得相当不错，轿车从和平门外新华街出发，平平稳稳驶着，没用一会儿就出了北京城。

赵干部坐在前排，一路上都不说一句话，小李不时从镜子里瞅我一眼，有心说话又不敢说。我自己闷在后排，心里有点隐隐约约的不安，也有点后悔临行前不去趟厕所，不过面上还是显得淡定，假装望着外面的枝叶全无的枯树一棵棵掠过。

车子开得稳当，暖气又开得足，没用多久，我就抱着公文包睡了过去，等再醒来的时候外面已经一片漆黑。我是被颠醒的，路况变差了，伏尔加轿车射出两道昏黄的光，照亮前方坑洼不平、弯弯曲曲的柏油路，我感觉车子似乎是在上坡，发动机嗡嗡地吼着，速度却快不起来。这天月光星光都不明朗，窗外树影婆娑，看不清是走到了什么地方，车里除了发动机声、吹暖风的呼呼声之外一点动静都没有，小李的侧脸迎着仪表板的灯光，绿油油的有点吓人。

"我们快到了。"姓赵的干部忽然开口说了句话，吓得我汗毛全竖了起来。"是吧，快到了就好。"我敷衍应道，心里不断盘算着这是走到了什么荒山野岭来了。没想到赵干部说得真准，几分钟后，伏尔加轿车转过一个弯，面前一下子开朗了，隐隐约约能看到这是一个口袋似的地形，除了车子进来的方向之外，其他三个方向都被崇山峻岭包裹着，三座山峰像把老虎钳将一片黑压压的建筑钳在中央，随着车子驶近，建筑物高耸的外墙和铁丝网变得清晰起来，四只探照灯来回扫射，围墙四角都有高高的岗楼，——这分明是一座监狱！

当时的我并不知道这就是后来闻名天下的秦城监狱，只感觉有点毛骨悚然，监狱这种东西就算白天看也鬼气森森，小的时候我的住家在北京德胜门外，距离功德林监狱不远，那座由寺庙改建的老监狱给我童年留下了不少恐怖的阴影。"赵同志……我们到监狱做什么？"我声音发抖地问道，脑中快速反思着近期的作品、言论和行为，如果这是一次秘密逮捕的话，那么老严确实串通警察演了一场好戏。

"放心，张老师，这次要你帮助的，就是在提审一位犯人的时候利用你的历史知识找出供词中的疑点，但要注意，不要问任何问题，同时，犯人是受过高等教育、潜伏非常深的阶级敌人，千万不要被他的言语蛊惑。"赵干部并不回头，坐在前面沉声说道。

这话缓解了我内心的紧张，但同时也提高了我内心的疑惑："审问犯人为什么需要一位历史教师在场？……哦，赵同志，是不是审问对象是一位战犯？"我猛然醒悟，德胜门外的功德林监狱以前关押的就是国民党蒋介石集团的战犯，我自然而然产生这样的联想。

"并不是。不过……有相近之处。"赵干部沉吟了一下，回答道。

这时车子驶到监狱大门前，小李晃了两下大灯，两扇漆黑的大铁门慢慢开启。伏尔加汽车一直开进监狱深处，在一排平房前停了下来。"到了，我们下去吧。"赵干部推开车门，喊了我一声。

我们都下了车。我四处张望一下，这里似乎是整个监狱的中心地带，放眼望去能看到四栋三层楼房分布在四个角落，青砖坡顶的小楼房形状各不相同，看起来并不像监狱的房子，倒像首长住的高级楼房。

这里没有什么照明，赵干部拧亮一把手电，带着我深一脚浅一脚向其中一栋楼房走去，这栋楼外墙上涂着的编号是"204—丁"。不多时来到楼门前，两名荷枪实弹的卫兵守在门口，"啪"地对赵干部立正行礼，小李立刻立正还礼，姓赵的却只摆摆手，示意他们打开楼门。

"这里关的都是什么人啊？"走进楼门，发现长长的过道铺着深色木头地板，每隔一段就有一盏电灯照亮，墙壁涂成蓝色，显得又干净又气派。我心头的疑惑更甚，不禁问道。

"嘘，不该问的别问。"小李好心地冲我做了个别说话的手势。

赵干部带我们登上楼梯，楼梯和扶手同样是光滑的木头制成的，我不认识木头的种类，但看起来就并非便宜货色。每层的楼梯口都有卫兵守卫，他们无一例外地向赵干部立正行礼，可姓赵的依然只是摆摆手，显得有点傲慢。第三层只有五个房间，我们沿着走廊走到尽头，打开一扇红色木门，走进一个有点空旷的屋子。这间屋子四壁依然漆成蓝色，窗户上盖着厚厚的窗帘，一盏 60 瓦灯泡将屋里照得雪亮，屋子正中间摆着一把扶手椅，靠门这边放着两张写字台、几把折叠椅，写字台上有台灯、墨水瓶、笔记本、烟灰缸和茶杯。不用多说，这是一间审讯室。

"坐。"赵干部拉开一把折叠椅，让我坐在写字台后面，"有专人负责记录，你不必记下他说的每一句话，但记住我说过的话，你要负责挑出他陈述中的漏洞，戳穿反革命修正主义分子的假面目！这里有纸和笔，还有什么需要的话尽管对我说。"

"我仍然不太明白，赵同志，不过我尽量配合，尽量配合。"我把公文包摆在大腿上，看看桌上的钢笔和信纸，信纸印着"公安部预审局"字样，红红的宋体字让我心里有点发慌。

赵干部点点头，"不用紧张，只是配合而已，审讯是由我们来完成的。"

没说几句话，房门打开了，小李和另外一名卫兵押着一个犯人走了进来，犯人穿着深蓝色劳动布囚服，头上罩着个棉布口袋，似乎是防备认清监狱里的地形而做的预防措施。两人将犯人拉到屋子当中，摁倒在扶手椅上，"喀嚓喀嚓"用手铐将犯人与椅子铐在一处，接着掀去了遮脸的口袋。

"小李，你们出去吧。"赵干部揪下钢笔帽，眯起眼睛望着对面坐着的中年女人。

第三章

我没想到犯人居然是一个女人，但很快意识到这是某种性别歧视，女性既然能顶半边天，为什么不能成为阶级敌人？我也学着赵干部的样子摘下钢笔帽，在信纸上试了试水，墨水还挺足。

灯光罩着女犯人的脸，这监狱里暖气很热，她在囚服里只穿着件厚毛衣，没有穿外套，脸上却也见了汗。她大约四十岁左右年纪，头发理得短短的，身形消瘦，面色苍白，两颊有点凹陷，显得一双黑眼睛出奇的大。拿眼一打量，似乎不像打家劫舍的恶人，当然更不像十恶不赦的战犯，她身上有一股浓浓的书卷气，如果穿上得体的衣服，更接近大学校园里的女教师形象。

"124 号。"赵干部清了清嗓子，拿钢笔尖戳着信纸，朗声说道，"124 号犯人，这次提审是你的一个机会，我们请来了专家，以帮助你认清当前的形势，彻底交代一切罪行。现在悔过尚且不晚，难道你还要执迷不悟下去吗？"

女犯人慢慢抬起头，不满地直视赵干部的眼睛："夜间 10 点钟，我已经上床就寝了，你们就这样将我从床上拖下来进行审问，这难道不是某种罪行吗？"

赵干部脸上露出一个阴恻恻的笑，这是我第一次见他脸上流露出表情："对于你这种反革命分子，仁慈才是罪行，不要再花言巧语了，现在开始交代吧。"

"从头开始？"女犯人无奈地摆摆头，"这已经是多少次了？为何要一遍一遍听你们自己都不相信的话？"

"从头开始！"赵干部一拍桌子大声喝道，把我吓了一跳。

124 号犯人舔舔嘴唇，开始小声说着什么。"大声点！"赵干部又一巴掌拍在桌子上，震得烟灰缸跳起老高。他马上扭头对我说："对不起，对于某些人来说，不这样他们就不知道配合。"

"是的，看来是这样。"我只能顺着他回答道。

女犯人顺从地提高了音量，开始叙述一段往事，由于赵干部在任何他认为可疑的时候突然打断陈述，导致这段自述变得支离破碎，很不容易理出头绪，我尽量将她的话完整地转述出来。

"那年冬天，日本人的飞机来到了长沙城，四处投下炸弹，爸爸妈妈带着哥哥和我离开长沙，前往昆明避难。我爸爸……"犯人刚说两句话，赵干部就将其打断："闭嘴！不准说出你父母的名字！——这件事发生的具体时间是什么时候？"

"知道了……我记不清。"女犯人皱起眉头。

"1937 年 11 月底，日机第一次侵袭长沙小吴门和火车站等处，造成三百余人死伤，其后断断续续进行轰炸。长沙作为战略要冲，一直是日军的重要突击目标之一。"我想了想，说道。

赵干部很不满地瞪了犯人一眼，"继续！"

"我们乘坐长途汽车一路向西前进，为了躲避日本人的轰炸，汽车在白天休息，夜间开动，断断续续走了几天，终于进入贵州省境内，那是一个贵州与湖南交界处的小县城，车子抛锚了，爸爸妈妈带着我们下车步行进城找地方投宿。沿街的所有旅馆都挤满了逃难的人，没有一个空的床铺，天下着雨，我们又冻又累，爸爸的背病发作了，几乎无法行走，而妈妈长久以来的肺病也让她更加虚弱。在几乎绝望的时候，我们忽然听到有小提琴的声音响起，在那样冷雨凄风的夜里，在那样潦倒破败的街巷，居然听到优雅活泼的小提琴世界名曲，这感觉非常美好，美好到不太真实。我现在犹然记得，那是威尔海姆改编自舒伯特的小提琴名曲《圣母颂》。"随着她的叙述，女犯人脸上渐渐露出怀念的神往表情，像是温暖悠扬的小提琴曲再次响起在耳边。

"梁犯！"赵干部忽然大喝一声，他立刻发觉不小心叫出了犯人的姓氏，警觉地瞅了我一眼，改口道，"124号！不要描述腐朽的资本主义毒草！陈述事实！继续下去！"

"是的。"女犯人低下头，"我们循声找到一家旅馆，叫开了门，原来拉小提琴的竟是一群空军航校的年轻学员。他们是杭州笕桥中央航空学校的学员，因日本人的关系，航校搬迁至昆明，半路在此投宿，竟因提琴声与我们巧遇。他们好心地腾出一间房间，让我们得以避开风雨，吃到热的食物，好好休息。我的父母与这些年轻活泼的青年成了好朋友。第二天，他们就率先开拔，我母亲却发起高烧来，我们休息了几天之后才得以继续赶路。"

赵干部从鼻孔哼出一口气："嗤，中央航校……蒋介石的反动航校！"

我用心听着这段故事，一时间无法做出判断，也就没有出声。

第四章

"我们最终到达了昆明。父母亲在研究机关与联合大学谋到了职位，我们的生活逐渐安定下来，很快，我们同八位航校学员再次见面。这些人都来自浙江、江苏、福建地区，家乡大多已经沦陷，山高水远，独居异乡，训练枯燥无味，生活寂寞。'德国教官会拿鞭子抽人的'，他们说。他们每周休息时都会到我们家做客，三五成群地过来聚会，那是他们最欢愉的时光。那时我父母在昆明市郊龙头村借来一块地皮，请人修筑了三间土坯小屋，这座屋成了他们的'避难所'，谈笑间能暂时忘却思乡之苦与亡国之痛。

"我犹记得那座屋左近是邻村'瓦窑村'，这村以烧陶器闻名，一条水渠蜿蜒绵长，长堤上种着郁郁葱葱的桉树，周末的黄昏，我会在长堤上等待结束作训的大哥哥们结伴走来，他们穿着笔挺制服的样子令人着迷，不光在我眼里，在联合大学女学生的眼里，他们也是最时髦的一群青年。"

女犯人的故事似乎有点不着重点，但赵干部很有耐心地听着，打断的次数也很少。这里没有需要我验证的地方，1938年的昆明基本上是安全的，直到10月份日军攻陷武汉，开始利用武汉机场起飞的飞机轰炸昆明市区。

"那时昆明航校的设备非常落后，只有几架东拼西凑的破烂道格拉斯教练机，学员因飞机失事而死亡的几率很高，几乎每周都有事故发生。到1938年年底，八名青年终于以第七期学员的身份从航校毕业，我的爸爸和妈妈作为家长参加了毕业典礼。他们的父母都在沦陷区，于是邀请爸爸和妈妈作为名誉家长出席典礼，我们一起参加了典礼，还看到了教练机的飞行表演。那时，每个人都很快乐，他们兴奋于终于成为合格的空军军官，可以为抗日事业出力了；我们的快乐在于多了一群活泼健康的亲人，在那时的中国，还有什么能比亲人团聚更快乐的事情呢？……但很快，日本人对昆明的空袭开始了，他们被编入飞行大队，开始驾着老旧的道格拉斯飞机和霍克飞机对抗日本人的新型战斗机。"女犯人说到这里，神情显得有点悲愤。

"空袭的话……"赵干部听到这里，果然转向我寻求解释。"是的，1938年末昆明开始遭到日军空袭，中方……不，国民党反动派的战斗机又少又老旧，根本无法与日本鬼子对抗。"我立刻回答道。

女犯人用力点点头，咬紧牙关继续说道："没过多久，一封阵亡通知书就寄到了我的家中，那是一位姓陈的大哥，他是一个爱讲故事、爱开玩笑的广东人，总是喜欢讲与日本人在空中缠斗的离奇经历，没想到真的在与日本战机的战斗中坠地身亡。原来八位青年都将自己的通信地址留为我家的地址，都把我的爸爸妈妈当成了亲生爹娘。没等我们从悲痛中走出来，第二封阵亡通知书就到达了，那是一位姓叶的大哥，个子瘦长，不善言谈，他曾两次在教练机的坠机事故中生还，摔掉了南洋华侨与各界同胞集资购买的飞机，他的心情非常沉痛，发誓绝不再跳伞逃生；后来在一次警戒飞行中他的飞机发生严重故障，机长命令他跳伞，但他没有服从，还想挽救那架珍贵的战斗机，硬是同飞机一起坠地，机毁人亡。

"后来，1940年冬天，我们举家从昆明迁往四川宜宾，但青年军官们的阵亡通知书还是一封接一封寄来。当年在旅馆中拉着动听小提琴的黄姓大哥同样牺牲在日本人的枪口下，他击落了一架敌机，在追击另一架敌机时被敌人击中，遗体与飞机一起摔得粉碎，以至于无法妥善收殓。爸爸与妈妈的悲痛无以复加，他们一遍遍翻看这些青年人的照片、日记和信件，为消逝在天空中的英魂暗自垂泪。

"八封阵亡通知书，八份遗物，八条青年抗日志士的生命。"女犯人垂下眼帘，声音变得微弱下去。

"八个国民党反动派的生命！"赵干部吼道，"继续说！说重点！"

124号犯人语声幽幽："1941年，刚刚从航校第十期毕业的三舅，我妈妈的三弟，与八名青年一样牺牲在碧空。我妈妈悲痛欲绝，写下这首诗悼念三舅，也同时悼念那些亲爱的青年军官，诗句是这样的：

> 弟弟，我没有适合时代的语言，
> 来哀悼你的死，
> 它是时代向你的要求，
> 简单的，你给了，
> 这冷酷简单的壮烈是时代的诗，
> 这沉默的光荣是你。
> ……
> 你相信，你也做了，最后一切你交出

我既完全明白，为何我还为着你哭

只因你是个孩子却没有留什么给自己，

小时我盼着你的幸福，战时你的安全，

今天你没有儿女牵挂需要抚恤同安慰

而万千国人像已忘掉，你死是为了谁！

我听着朴实而动人的诗句，一时间觉得有点恍惚。抗日战争史是一部迷雾笼罩的谜团，但无论如何，称呼这样为抗日而牺牲的青年为"反动派"，显得有些太过残酷。

这时赵干部忽然"呼"地站了起来，带着一阵风大踏步走到犯人身前，"啪！"响亮的耳光声将我惊呆了。女犯人脑袋歪在一边，头发散乱地贴在额头，脸上慢慢浮现一个血红的掌印，"让你说重点！听不懂我说的话是吗？"

"是，能听懂……"女犯人嘴角溢出血沫，带着屈辱低声回答道。

赵干部大踏步走回写字台后坐了下来，犹自呼哧呼哧喘着气，黑脸上漾起愤怒的红晕，他忽然扭头冲我说："别被她的话所迷惑！她的身份不像你想象的那样简单，——实际上，她与日本人有着密切的关系！"

"什么？"我禁不住上下打量那个被铐在椅子上的女人。

第五章

赵干部拉开写字台抽屉，从里面拿出一个牛皮纸档案袋，绕开封口线，抽出一张裱糊过的泛黄纸张，向犯人示意："这个你看看是什么？"

124 号犯人睁大眼睛看了一会儿，"是阵亡通知书。"

"谁的？"赵干部厉声道。

炸弹女孩

"我、我看不清……"女犯人低声说。

"狡辩！这就是你口中所说的陈大哥，第一个死掉的国民党反动派的阵亡通知书！"赵干部吼了一声，将那张纸丢到我面前。我借着60瓦灯泡的亮度仔细看着，纸上打着油墨格子，格子里用工整的小楷写着：

姓名：陳桂民

所屬部隊：第七飛行大隊第二十中隊

職務：空軍中尉

家族名號：廣東陽江陳家（二丁堡）

死亡事由：編號甲零十五號飛機對日阻擊作戰不利

墜落

時間：民國二十八年六月五日正午

埋葬地點：圓通寺外臨時安葬點二

相貌及特徵：方臉，頸部有胎記，左側犬齒

住址：……略

"是……陈大哥的阵亡通知书……"女犯人顺从地说道。

"这样的通知书我还有很多。"赵干部拍拍那个牛皮纸档案袋，显得有点得意，"那么这段事实基本上是清楚了，张老师，你也挺清楚了吧，这一段应该没有什么疑问。"

我犹豫道："是的，这段历史是真实的，但我不明白……"

"那就行，下面讲讲1964年8月份发生的事情吧。"赵干部没有给我发问的机会，摆摆手示意犯人继续。时间跨度一下子从1941年跳到1964年，我的脑子完全没转过弯来，心中的疑惑已经升高到了顶点。但现在可不是问问题的好时机，我从衣兜里摸出半根卷烟——系主任老严发给我的烟只抽了半根就被我掐灭收了起来，此刻正好派上用场——从烟灰缸里拿起火柴盒，征询地看了赵干部一眼。黑脸男人不置可否地掏出铝箔纸烟盒，拿过火柴盒给自己点了一根过滤嘴香烟，我一看，也坦然点上了香烟。我们两人吞云吐雾，不一会儿就弄得审讯室里雾气昭昭，连灯光都显得昏暗了。

女犯人皱了皱眉头，像是对烟气有点不满，但她还是开口了："1964 年 8 月，我正在……"

"不许说出工作场所和工作内容！"赵干部及时喝止了她的陈述。

"知道了。"女犯人考虑了一会儿，似乎在斟酌措辞，"1964 年 8 月 10 号或者 11 号，我记得那天应该是个星期天，我正在家中一边听广播，一边缝补丈夫的长裤，忽然接到……上级的通知，要我去一趟……工作单位。"

"8 月 9 日，星期日。"赵干部纠正道。

124 号犯人道："是的，8 月 9 日星期日。我乘坐公共汽车到达了工作单位，在会客室中见到了那个日本人。他的名字可以说吗？"

"说吧。"赵干部吸了一口烟，把烟头掐灭在烟灰缸里，重新拿起钢笔。

"我见到了来自日本大通株式会社的社长五十州光南先生，以及有关部门的陪同人员。他是跟随来北京参加友谊赛的日本乒乓球代表队一起进入中国的，他的公司是日本乒乓球队的主要赞助商，因此得到了特批。实际上在 1962 年廖承志同志与日本方面签署民间贸易备忘录的时候，五十州先生就曾申请过赴华开展商业活动，但直至 1964 年才来到中国。"犯人说道。

赵干部忽然冲我一笑，这意义不明的笑容让我觉得毛骨悚然，"听好，张老师，她要说到关键的部分了。"

"五十州光南先生说对我们企业负责的某种产品很感兴趣，希望能详细了解一下情况。由于我对该产品比较了解——当然，不是实际负责任——而且五十州先生指定由一位女性为他讲解，所以在参观工作单位之后第二天，我带着样品到达了他位于北京饭店的套房。没想到，在那里他并没有谈商品进出口的事情，而是说起了抗日战争时期的往事。他说他认识我，对我非常熟悉，此生能够再见到我一面，简直是奇迹之中的奇迹。"女犯人平静地叙述道。

赵干部忽然从档案袋里抽出一张黑白相片，高高举起来："是不是他？"

"是他。"犯人立刻承认道。

相片中是一个头发斑白的亚洲人，大约五十到六十岁年纪，动作拘谨，脸上带着日本人特有的谦逊笑容。"你瞧吧，张老师。"赵干部将相片丢在我面前，正好与二十五年前陈桂民的阵亡通知书摆在一处。我左右一瞧，立刻就发现了他的用意，通知书中对阵亡者的描述是"方脸，颈部有胎记，左侧犬齿"，而相片中的日本人虽然略有发福，但国字脸、犬牙和脖颈上的青色胎记清晰可辨。

"这个日本人，是已经阵亡二十五年的国民党？"我震惊道。

"啧，你瞧瞧。"赵干部摊开手，显得有点得意洋洋。

第六章

"……你是说，这名叫作陈桂民的空军飞行员并没有死于坠机事故，而是秘密潜逃至日本，当了一所大企业的经理，然后再回国来找这位……"我的话说了半截，发现不知该用哪个词来代指眼前的女人，叫"同志"显然不妥，叫"小姐"是万万不能，直呼"犯人"又显得不尊敬，不由一时语塞。幸亏赵干部拾起了话茬："对！这也是我们的猜测，陈桂民死于1939年6月，当时是二十四岁，他活到今天的话应当是五十岁，与照片上的日本人吻合。而我找当时负责接待外宾的同志谈过话了，他说五十州光南无意中曾经说过几句中国话，——准确地说，是广东话。日本人很警觉地立刻否认自己会说粤语，但再狡猾的狐狸也斗不过好猎人，他的一举一动都被记录了下来，研究广东话的同志分析录音带后指出，他说的是粤语的一个分支：阳江话。"

我低头再次观察照片，事实上很难分辨这样一位老人的年纪，说五十岁可以，说六七十岁也没问题。"为何能断定是阳江话呢？仅凭只言片语，没准只是巧合呢？比如一位朋友告诉我，用上海话说'葡萄'这个词的时候，发音和日语中的'葡萄'（ぶどう）一模一样。"我想了想，开口问道。

赵干部严肃地扭头望着我："问得很好，我们不能草率地得出结论，那不是马克思主义、毛泽东思想指导下的辩证唯物主义工作方法。事实上，语言专家举了几个例子，比如有一天北京下起大雨，五十州光南无意中说出了'落水'这个词。普通话会说'下雨'，广州话会说'落雨'，惟有阳江话会说成'落水'。这是确凿无疑的证据。"

我们对话的过程中，女犯人一直低着头没有说话，也没有对日本人的身份做出辩解。这时赵干部忽然一拍桌子："事实还不够清楚吗？早在抗日战争时期你就与国民党反动派过从密切，这些人无耻地出卖了国家和民族，伪装飞机失事制造死亡的假象，投敌卖国取得了日本人的身份，如今利用你们不可告人的关系对你重新接触，让你利用职务之便向外传递极其重要的机密信息，不要再负隅顽抗了！交代全部犯罪内容，不要在错误的路线上越走越远，梁犯！"

赵干部一不留神又叫出了犯人的名字，但我旁听到现在都没搞明白她究竟是做什么工作的。姓赵的家伙是个大嗓门，声音嗡嗡地在空荡荡的审讯室里回荡，小李推开门看了一眼，确认我们都安然无恙后又将门带上。

"我没有犯罪。"女犯人终于开口了，声音相当平静，"我无数次重申过这一点，但你们只用无理取闹的方式一次次逼供，诱导我写下子虚乌有的证言。我没有卖国，我没有背叛祖国和人民，我没有泄露任何机密情报，我无愧于我的岗位，也无愧于党和国家的信任！如果你们只是想将一个无辜的女人长久地关在监牢中，那恭喜，你们的目的已经达到了；但若有万分之一的机会让你们严重匮乏的良心偶尔发现，肯听我说出事实的真相，那么我已经做好再次陈述事实的准备，——就像之前我多次做过的那样。"

赵干部"砰"地一拍桌子，但这次他将愤怒压抑住了，紧紧闭着嘴巴，额头的一条青筋忽隐忽现。"张老师。"他忽然扭头盯着我，阴沉沉的眼光看得我很不舒服，"接下来就需要你来协助我了。"

"当然，当然。"我咽了口唾液，无意识地在纸上画了几条波浪线。

"每次审讯进行到这里，124号犯人都会用一套准备好的说辞来混淆事实，她嘴里的话非常离奇，就连最烂的小说家也编不出来，居然以为我们会相信！"赵干部用脚从桌子底下钩出痰盂，"咳——噗！"狠狠一口浓痰吐了进去，"我们使用了公安部最新研制的高精尖设备：微电子测谎仪对她进行了探测，也找来医院的精神科专家对她进行过评估，得出的结论是精神完全正常，也并没有说谎。哈哈哈，等一下你就觉得好笑了张老师，她竟然相信那一套乱七八糟的玩意儿！"

我谨慎地点点头："那么，要我做的是找出她话里的漏洞，证明她即将说出的全部是谎言，对吗？"

"那不是最终目的，不过你可以这样理解。"赵干部扭动身体摆出一个舒适的坐姿，双手不安定地敲着桌子，冷冷开口道："开始吧。"

女犯人抬头望着灯泡里明亮的钨丝，表情宁静地开始陈述。我拿着钢笔在信纸上写下一个"1965年"。事实上，我也不知道为什么要这么做，或许只是想装作记录什么，以缓解屋里紧张而神秘的气氛吧。

第七章

124号犯人道："1964年8月9日，我在北京饭店的一间客房中与五十州光南先生会面，由于谈话的内容可能涉及国家机密，几位陪同人员在外屋等候，我们关上屋门，在套间的内室对坐交谈。我将产品资料摆放在咖啡桌上，但五十州先生用他的礼帽盖住了那几张铜版纸，弯下身子凑近我说：'你认不出我了吗，小得螺？'

"'得螺'是昆明方言中'陀螺'的意思，在昆明居住的那段日子，八位空军学校学员看我喜欢穿着花裙子转圈，就为我起了这个外号。二十多年来我早已忘记这个字眼，没想到竟由一位日本客商的口中说出来，当时我吓了一跳，失手碰洒了杯中的咖啡。'你果然忘记我了，小得螺。'五十州先生并没有惋惜他被咖啡弄污的礼帽，而是很惆怅地望着我，眼神中有一种奇怪的失望之色，'也难怪，都过去这么多年了，我老了，你也早不是小女孩了。'

"他说的是带着南方口音的普通话。这种口音、阔别已久的外号和他颈上那飞鸟形状的青色胎记一下子唤醒了我的记忆，但我无论如何没办法相信眼前的日本商人竟是二十多年前牺牲的中国飞行员，我那早夭的异姓兄长。'五十州先生，您……您认识陈大哥吗？'当时我这样问道。

"'我就是陈大哥啊，小得螺！'他脸上浮现狂喜之色，我从没在一个人的脸上看到过那么喜悦的神采，在这一刻坐在咖啡桌对面的不再是白发老人，而是一个激动的、雀跃的、喜极而泣的青年。

"我的心情非常复杂，但随着时间流逝，我心中的惊讶和怀疑逐渐消解，最终放下了警戒。我花了整整十分钟与他谈论昆明郊外的往事，对我记忆中已经模糊的微小细节他都能娓娓道来，有些事，是只有陈大哥本人才可能知道的。我终于确认，这位五十州光南先生，就是空军学校第七期学员陈桂民大哥，'陈大哥，你是怎

炸弹女孩

么从飞机失事中幸存的？又为何换了日本名字？你一直生活在日本吗？'一旦消除怀疑，被埋藏多年的情感就迸发而出，我惊喜地握住他的手，连珠问道。

"'飞机并没有失事。'陈大哥叹了口气，眼神望着照在地毯上的阳光，'那只是一个障眼法，小得螺。你们全家、我所有的同僚与朋友，甚至德国飞行教官都被蒙在鼓里，我与七名伙伴加入了一次机密的任务，这次任务是由委员长直接指派给我们的，飞行中队指挥官都无权干涉我们的行动。'

"'你是说，其他七位大哥也都没有死？'我惊喜地叫道。

"陈大哥慢慢摇了摇头，端起冷掉的咖啡喝了一口，苦笑道：'事情说来话长，不能简单用生与死来概括，容我慢慢讲给你听。不过在讲故事之前，有一个人你一定要见一见，可不要过分激动，小得螺。'

"他说着话，站起来打开了卫生间的门。一个黑头发的中青年走了出来，他大约三四十岁年纪，身材笔挺，眼神发亮，笑容和煦，既英俊又文雅。这次我却直接认出了他，'黄大哥！'我不敢相信地捂住嘴巴。

"他就是在那个凄风冷雨的夜里拉动小提琴奏出《圣母颂》的提琴手，他的死亡通知书在我们举家迁至四川李庄之后才送来，是八位学员中第三个传来噩耗的。他竟也活着！我的惊喜只有一半，另一半，是突如其来的恐惧。黄大哥与陈大哥年纪相当，如果活到今天，也应该是五十岁的人了，但为何看起来会如此年轻？我的眼光在两个男人身上来回移动，不由自主攥紧了衣角。

"'别怕，小得螺。'陈大哥安抚我道，'我活着，他也活着，只是差了几岁年纪，其中缘故，我现在就说给你听。1939年5月份，日本鬼子的飞机在昆明城上空飞来飞去，我们没有足够的飞机和燃油与他们对抗，只能像老鼠一样缩在洞里等空袭警报过去。忽然，传令兵过来点名我们八人前往司令部报到，当时肯定不知道是什么事啦，但委员长的传召可是千载难逢的事情，除了在画片上，我们还没亲眼见过这位大人物哩。'"

正在这时，赵干部忽然喝止了犯人的陈述，"停一下！张老师，这个委员长是说反动派头子蒋介石吗？"

我想了想，答道："不是的，我想指的是中华民国航空委员会主任周志柔。当时还没有空军总司令这个职位，掌握空军作战指挥权的前敌总指挥毛邦初与负责全国空军事务的周至柔是空军的实际指挥者，两人分属不同派系，互相多有倾轧。周当时在昆明，兼任中央航校校长，不过这些学员的叫法是错误的，航空委员会的委员长由蒋介石本人兼任，周志柔应该被称为'校长'或'主任'，我不知这算是个纰漏，还是当时一种通行的称呼方法。"

"啊哈！"赵干部亢奋地双手一拍桌面，像只盯住猎物的大蛤蟆似的趴在写字台上望着犯人，"瞧瞧，专家同志一下子就发现问题了！你还想继续说下去吗？那只会让你的马脚越露越多！"

124号犯人有点奇怪地望着我们，"我不知道正确与否，当时陈大哥就是这么说的。他接下来说：'传令兵不让我们和中队长汇报，直接领着我们到了空军司令部。委员长正在里面等着，他是个很严厉的人，但说出的话很和蔼。他发了几张油印纸给我们，上面写着一些坐标、高度，下面印着一张地图。那是距离昆明三十公里的一处山区，我们都看懂了地图，只是不明白要干什么。委员长作出了一场激动人心的演讲，然后宣布我们八人将执行绝密任务，从今天起脱离第七飞行大队二十中队的编制，直接由他管理。我们八人将配备最新型的飞机，依次执行任务，任务时间不确定，但最近的一次，将在6月份。我们抽签决定了顺序，执行首次任务的将是我，我们都很紧张激动，委员长拉着我们的手，让我们为了中华的未来而沥血奋战。'

"我非常奇怪，不由得问：'究竟是什么任务？到山区里做什么？'

"他们两人对视一眼，陈大哥点点头，由黄大哥回答道：'小得螺，如今告诉你也没关系了，这次我们回国与你见面，不仅是想与故人重逢，也想让这件事流传出去，让世人知晓，毕竟我们已经独个儿承担太久了。那山里……藏着一个天大的秘密，为了这个秘密，委员长不惜冒着危险从重庆飞来。'"

听到这里，我忽然"啊"的一声叫出口，笔尖把信纸戳了一个洞出来。听到这里，我忽然觉得刚才的分析完全错误了，犯人转述的对话中提到的委员长应该就是国民党军事委员会委员长蒋介石本人！1937年年底国民政府迁都重庆，而1939年5月1日，蒋介石刚刚在重庆发表了著名的南昌督战令，限令五天之内攻克南昌城。从时间上来看，他在5月份偷偷飞往昆明是有可能的，但究竟什么机密任务能令国民党"委座"冒着战火亲临空军基地，委身接见八名年轻的空军军官？昆明郊区的山区中到底藏着什么样的秘密？

"怎么了？"赵干部瞧了我一眼。

"没、没事。有点热。"我把额头的冷汗当做热汗，顺势脱掉了身上的夹袄。

第八章

敲门声响起，小李提着暖壶走进来，给我们每人沏了杯浓浓的酽茶。抿了一口茶水，才发觉早已口干舌燥，身体有些疲惫，赵干部的手表显示时间已经过去了一个半小时。"给她也倒一杯水。"赵干部指一指犯人，小李找个搪瓷缸子倒了一缸滚烫的开水端过去，一把塞进女犯人手里。"……谢谢。"124号犯人很有礼貌地说道。小李从鼻孔里冷冷地哼了一声。

门关上了，"继续。"赵干部又点了根烟，说。

"是的。黄大哥说：'委员长没有细说，很快便离开了，校长走进来继续说明情况。（听到'校长'两个字，赵干部向我投来疑惑的眼光，我装作没有察觉，用茶缸掩着脸默不作声）他说我们即将执行的任务，是世界军事史上前所未有的壮举，我们将用血肉之躯，创下中华民族雄壮不屈的光辉未来。——我们将驾着飞机飞往日本，对东京的战略目标展开突袭。'"女犯人抿了一口开水，说道。

我脑中浮现出一段资料，立时伸手叫停："轰炸日本吗？这个我倒知道。国民党早在1936年就制订计划准备轰炸日本佐世保、横须贺基地及东京、大阪等城市，但随后在对日作战中折损了所有的大型轰炸机，计划被迫叫停。到1938年，外国援助的马丁139型轰炸机来到中国，1938年5月份，两架轰炸机从汉口起飞，轰炸了长崎、福冈等日本城市，但由于航程过长，炸弹舱都被改造成了油箱，中国轰炸机最终投下的是几百万份传单。尽管如此，这也是抗日战争中中国惟一一次轰炸日本本土，那些传单上写着'尔国侵略中国，罪恶深重。尔再不逊，则百万传单将变为千吨炸弹，尔再戒之。'确实是扬眉吐气的壮举……但其后再没出现这种远程奔袭的大胆作战。"

赵干部没有插话，女犯人点了点头，又摇了摇头："他们说的轰炸东京也是这种战略的一部分，但并非由东海飞去，而是从昆明的山区直接跨越到东京上空。他们说，科学人员发现了一个神奇的裂口，从那个裂口进入，就可以在东京出现。而他们的目标也并非军事基地，而是日本天皇皇宫。"

这惊世骇俗的言语让我呆住了，久久不能出声。赵干部带着一副"早知如此"的神情瞟我一眼，"瞧瞧，我第一次听到这些屁话的时候也是这副模样。现在是什么时代了？是20世纪中叶了，是科学的年代了！你说的这些根本就不符合科学的理论！一派胡言！"

"我没有说谎。"犯人执着地强调着，"当时的军队内部确实掌握了这一讯息，如果你查阅当时的机密档案的话，一定可以……"

"我查了，查了！"赵干部忽然拉开抽屉，取出另一个档案袋"啪"地拍在桌上。他打开牛皮纸袋，抽出一个泛黄的旧式信封，信封里是几页边缘残缺的信纸，看格式像是机关往来的公函。"这就是你所说的证据！我从档案馆中调出的有关资料，同样是一派胡言！这是国民党反动派在穷途末路的时候发疯写下的！张老师，你来评判一下。"他将信纸推了过来，同时视线在回避那几张薄纸，像是上面写着什么挑战他人生观价值观的东西。

我镇定一下心情，展平信纸慢慢读起来。改用简化字已经有些年头，虽然历史系教师免不了要在故纸堆中流连，可看惯了简体字，再看繁体字多少有点不习惯。这封公函的发信机关是国民政府军事委员会调查统计局第二处，也就是后世俗称的军统局的前身，当时中华民国的主要情报机关。收信方是中华民国航空委员会（昆明航校）周志柔（少将）。我的手指拂过显眼的"绝密"二字，心跳不由得加快起来。信中写道：

> 軍座鈞鑒：前奉電密召（此处残缺）證此事，果爲藍色甲十五型防空氣球，編號零零零一三四，實物力持保留，未能辦到，惟留小照，同函發至。局座謂此事詭譎異常，謹將管見所及，一一陳之，煩諸事謹慎，具報備查爲要。局座不日將（此处残缺）飭奉令協助，詳加觀察，以觀後效。
>
> 　此致
>
> 　　　　軍事委員會調查統計局第二處　毛
> 　　　　中華民國二十六年九月四日

从落款来看，写信人是国民党谍报系统的重要人物毛人凤，他信中所称"局座"应当是军统局长戴笠。毛人凤写信的口气相当恭谨，虽然当时周志柔只是区区少将，但蒋介石设定空军军衔高出陆军两级，因此周志柔实际上拥有陆军二级上将军衔，用"军座"一词也不算过分。

信中提到了一个蓝色防空气球的事情，除此之外没什么用处。我小心翼翼折好信纸交还赵干部："公函没什么问题，可是没头没尾的，相当不明白。"

这时女犯人开口道："蓝色气球是一切的开始。他们对我说，有一天，日军在日本东京中心护城河附近捡到一个坠落的蓝色气球，不知是从何处飞来的，国内没有使用类似型号的记录。军统局的特务注意到这一情况，将信息传至国内，空军系统大吃一惊，因为那枚气球是英国援助的十五枚防空气球之一，这种挂着金属丝的大型气球是一种对空武器，一天前刚刚在昆明基地进行试飞，试飞时刮起大风，有一枚气球扯断金属线飘向山区无法回收，没想到竟在日本东京出现了。

"随后空军要求军统局传回气球的详细情报，——就像你们看到的那样——气球的编号就是神秘丢失的那一枚。一枚气球，在二十四小时内飞越接近四千公里的距离，无论从哪个角度来看都是不可能的事情。但证据确确实实摆在眼前，这让空军主官伤透了脑筋。最终他们决定在类似的天气条件下再次放飞气球，并派遣战斗机加以跟踪，这次同样刮起大风，随风飘荡的气球一直向东北方飞去，飘出四十多公里后，坠落在一座名为'野猫山'的山谷中。战斗机飞行员亲眼目睹气球在坠落的途中突然消失，就像空气中有一张无形的嘴巴将其吞噬进去，他在地图上标记了这个地点之后立刻返航。

"这次气球在距离东京城中心较远的荒川区出现，有几个当地人目击了蓝色气球突然出现在无云的晴空并坠落在地的景象，气球从国内消失、在日本出现的时间间隔只有短短七分钟。情报得到确认，毫无疑问，昆明东北郊外的野猫山上空有一个连接中国与日本的隧道，只要穿过这里，遥远的时间与空间距离就不复存在，日本东京其实近在咫尺。"

女犯人说到这里，端起茶杯润了润嘴唇。屋里忽然静了下来，我后背传来一阵又一阵阴冷，60瓦灯泡的光芒，也在这匪夷所思的往事中显得鬼气森森。

第九章

赵干部抿着嘴巴，端起茶缸喝了一口茶，茶水流经喉结的"咕咚"声在寂静的室内显得非常响亮。我艰难地开口，语声艰涩得像粗糙粉笔划过黑板："你是说，气球掉进昆明野猫山上方的那个洞口，七分钟之后就在东京荒川区出现？"

女犯人点点头："是的，就像我之前多次重申的那样，这并非我的臆造，而是中国抗日战争一段极少人知的秘辛。实际上从科学的角度来说，这种现象是有可能的，如果你们接受过高等物理学的训练，那么一定知道相对论描述过这种连接两个时空的狭窄隧道，它被称作爱因斯坦—罗森桥。尽管未曾在任何试验中证实其存在性，但野猫山—东京桥在1939年的时候确实曾经存在，我毫不怀疑这一点。"

她所说的话我听不太懂，赵干部看来也缺乏相关知识，可不同于我的尴尬，他反而理直气壮地伸手指着女囚犯骂道："124号！老实交代你的特务问题！不要避重就轻！你要认清现在的局势！"

"知道了。"女犯人抿了抿嘴，继续说道："第三只防空气球被昆明飞行大队释放出去，这一次气球上附带了密文消息，还有一枚计时准确、上足了发条的怀表。气球同样在野猫山上空消失，两个多小时后，在东京千代田区被军警发现。这一次军统的特务没能接近气球残骸，只传回了几张远距离拍摄的照片，照片上显示了正确的密文信息和怀表的读数，怀表还在走动，只是慢了两个小时零十一分钟。试验成功了，尽管无法解释这段丢失的时间（七分钟和两小时零十一分钟），但通过这个隐秘的通道向东京输送物品是切实可行的。而气球第一次与第三次出现的地点都在千代田区，作为日本东京的政治核心，这里遍布着天皇皇居、日本国会、最高裁判所、中央省厅等重要目标。

"国民党高层对此事非常重视，就像张老师说的那样，——是张老师对吗？好的，谢谢你——他们很早以前就在规划突袭日本东京，可限于轰炸机的匮乏与航程的局限，投入全部精力也只能发动不痛不痒的传单攻势。野猫山—东京桥的发现给了他们新的希望，1939 年，华夏大地在日军铁蹄下呻吟的存亡之刻，对东京的一次轰炸定能大幅度提升民族自信心，对战局造成不可估计的正面影响。

"这个计划并没有正式命名，野猫山—东京桥的存在是极度保密的，知情人只有寥寥几位高级军官与飞行大队的几位飞行员，当时的局势不容缜密部署，空军方面选定了第七飞行大队第二十中队的八名优秀年轻飞行员参与计划，他们，也就是我的八位大哥，凭着一腔热血，勇敢地揽下了这充满未知危险、九死一生的轰炸任务。他们的目标很简单：驾驶经过改装的霍克 3 型战斗机轰炸日本昭和天皇皇居。霍克 3 型飞机是昆明空军基地当时最先进的机型，虽然载弹量远比不上轰炸机，但拆除副油箱，挂满凝固汽油弹之后，这些仅保留了不到百公里续航力的飞机也成为非常可怕的对地武器。突然出现在千代田区空域的战斗机不会遭到敌机拦截，这些勇敢的飞行员根本不曾考虑脱离或返航，惟一要做的，就是对照地图找到皇居的方位，向这个战争罪犯的宅邸狠狠投下中国上亿军民的怒火。

"目标的选择是经过详细论证的，国民党高层认为中国作为被侵略的一方，必须以极端手段展示自己的力量。"

炸毁天皇皇居，刺杀裕仁天皇！谁能想到充满屈辱的抗日战争

　　　　　　　　　　　　炸弹女孩

史中曾经出现过这样疯狂的计划，女犯人说出的话让我心潮澎湃，浑身上下不由自主泛起战栗。我端起茶杯大口喝水，以此掩饰自己的失态，赵干部吸着卷烟，似乎有点出神。

中国近代史，特别是抗日战争史是我的研究方向，多少次我在宿舍清冷的烛光下掩卷而泣，为这个古老国度备受欺凌的过去而悲伤，又有多少次我怒而长歌，恨国民党反动派消极抗战，没能一鼓作气驱除鞑虏，让中国人的军靴也踏上日本四岛的土地！女犯人讲述的往事对我来说是颠覆性的，我不由屏住呼吸，等待她继续讲述。但同时我也很清楚，这个计划未能奏效，天皇皇居百年来屹立不倒，就算在1945年的东京大轰炸中也安然无恙。

"他们八人都留下遗书，深知自己将一去不回，但毫无畏惧。陈大哥是第一个出发的。1964年，头发花白的陈大哥这样说道：'那天日落的时候，日本人的飞机终于返航了，我喝下一碗壮行酒，与同僚与长官挥手告别，登上了我的霍克3型飞机。这架飞机的性能很好，虽然陪伴我只有短短三个月，但我已经熟知她的脾气，她也用最好的状态奉承着我。航线早已经背下，我从机场起飞后一直向东北方低飞，时刻注意日本飞机的动向，没一会儿，便到了野猫山上空。太阳偏西了，能见度很差，我比照航线图，发觉前面就是那个什么桥的入口了，可眼睛看不到什么异状，山间起了一些雾，我想稍微升高一些，穿过那团雾气之后再掉头回来寻找入口。可是……'

"说到这当口，陈大哥停顿了一下，黄大哥站在他身旁，拍了拍他的肩膀，'没事的，都过去了，桂民。'看起来两个人差了许多年纪，可依旧用着旧日的称呼，这种感觉非常奇怪。

"陈大哥脸上有点迷茫的神色，接着说：'我穿过雾气，飞机有一些震动，但仪表参数完全正常，一飞出那团雾，我感觉四周明亮了不少，风的味道改变了。你知道，风是有味道的，小得螺，昆明的风与东京的风，完全就不是一个味道。我低头一看，下面是很多小屋子、沟渠和稻田，许多种田的人停下手里的活儿，抬起头望着我，还发出欢呼的声音。我立刻就知道，我到了日本了，中国人听到飞机声躲都来不及，哪还敢站着看？我立刻观察参照物，拿出东京附近的地图来比对，怎么也找不到自己的位置，最终才在另一张地图上发现，我出来的地方根本不在东京，而在千叶县的山区，那里距离东京千代田有上百公里的距离哩！'

"'谁能想到会有这么大的偏差？我立刻加速向东京飞去，为了躲避日本战机，我飞得很低，但这样就格外耗费燃油。在距离东京二十公里的地方，巡逻战机发现了我的踪迹，在几分钟的周旋之后，我被迫在一处山坳里迫降下来。我的本意是与战机一同毁灭，以血殉国，可燃烧弹爆炸的气浪将我抛了出去，晕在地上，听到爆炸声赶来的村人把我当作日本人救了回去。醒了之后，他们喂我吃，给我穿，说着我听不懂的话，我只能假装脑部受伤，暂且在那个小村里住了下来。出发前，为了避免计划败露，我们的飞机除去了一切番号和钢印，我身上穿的也是普通的便装，没有携带什么身份证明。日子一久，我学会了日语，以战争移民的身份苟活在东京近郊的小山村。'说到这段日子，陈大哥显得非常惭愧，'我知道我胆小、该死，可那不光因为我惜命，而是另有缘由。'他咽了口口水，脸上出现恐惧的表情，'我发现，我出现的那天，已经是1942年！'"

赵干部忽然插嘴道："停停。张老师，她说的话中有什么漏洞没有？"

我抹去鼻尖的汗水，稳定一下情绪，说道："偏离一百公里的空间，消失两年多的时间，这些我不懂。她提到东京上空有战斗机在巡逻，那可能是因为1942年4月18日美国的杜立德将军驾驶B25轰炸机对日本进行了长途奔袭轰炸，日军方面提高警惕性的关系，这是合理的。"

赵干部抬起眉毛瞟了我一眼，咳嗽一声，说："继续交代吧。"

第十章

"陈大哥说：'我只是在雾气中飞了片刻，怎么时间就过了两年多？我吓坏了，不知道发生了什么。同时我也想到，其他人预定在我之后飞入野猫山的入口，他们会在什么时候出来？我天天在等待他们的消息，可是日子一天一天过去，没有任何迹象出现。直到1945 年的一天。那时我正在一间食堂做工，已经有了一个日本名字，做着不起眼的工作，不敢再想以前的事情。我每天在噩梦里惊醒，听到有人在骂我汉奸、卖国贼，可我必须活下去，在这个异乡等待同僚们出现。'

"'那天美国的飞机布满天空，东京变成了一片火海，我所在的郊区小镇并没有遭到破坏，但所有人都哭着逃走，因为火势已经越来越大，眼看就要烧过来了。我呆呆地站着，看天边的火变成了一个龙卷，呼呼地把东京烧成平地。'"

我肯定道："那是 1945 年 3 月 10 日，美军的 B29 轰炸机向东京投下两千吨燃烧弹，造成举世闻名的东京大火。但当时麦克阿瑟将军认为日本已经是强弩之末，为了避免天皇驾崩激起日本人的武士道精神，轰炸机专门避开了日本天皇皇居。"

女犯人轻呼一声："啊，你说得对。陈大哥也是这样说的：'美国的飞机没有轰炸天皇皇居，因为广播里一直在播放天皇安然无恙的消息，我开始随着人流向外逃跑，可这时，我看到了一架老式双翼飞机孤零零地飞向起火的方向，那种机型既不属于日本，也不属于美国，而分明是当年我们的霍克 3 飞机！我立刻知道，那是从野猫山飞来的下一位飞行员，没想到在我之后三年方才出现。我大声喊叫，挥舞衣服，可天上的人哪能看到地上的人呢，飞机在风里摇摇晃晃，径直飞向东京城中心，最终被火的龙卷吞没，再也看不到了。'

"陈大哥说着，从怀中摸出一个小药盒，吞了一粒药下去。黄大哥接着说道：'驾驶那架飞机的，就是我们八人之中言语最少、性子最直的叶鹏飞，他在桂民出发的一个月之后驾机出击，却在五年多以后才到达日本。他没能完成任务，而是因为火灾旋风而失速坠毁，牺牲在那场大火中。'

"听到这里，我实在按捺不住心中的好奇与恐惧：'黄大哥，你是第三个出发的对吗？你是什么时候到日本的？'

"黄大哥苦笑道：'是，我在1940年初第三个出发，穿过迷雾的短短一下子，却花了我十一年时间。我出现在东京的时候已经是1951年。驾驶着飞机在城市上空飞行，我觉得眼前的一切都如此不同，地图失去了作用，空气清明，街巷整洁，但整个城市笼罩着破败而低沉的气氛，我在一栋建筑上看到了'审判战争犯'的横幅。当时我忽然明白，战争已经结束了。我在一个无人的农场迫降下来，凭借我当年自学的日语询问当地居民，才知道战争早结束了六年时间，如今的日本是百废待兴的战败国。我的存在忽然变得毫无意义，一个驾机飞来宣泄仇恨的军人，在和平年代又该如何存身呢？'

"'一看到什么**老式**表演飞机迫降的消息，我就赶紧过去看看，没想到真的见到了故人。'陈大哥插话道，'我一眼就认出了黄栋权，可栋权却认不出我，这也难怪，他还是二十岁风华正茂的青年，而我却成了近四十岁的中年人，因为生活艰辛，连头发也开始变白了。花了老大的工夫，才能故友相认，我们成了年纪悬殊的同龄兄弟。'

"黄大哥道：'我们处理掉了飞机上的武器，在东京安顿下来。我多少次想要寻死，桂民教导我说，我们是被国家、被世界、被时间遗忘的人，在这个地球上，没有人还会记得我们的存在，但只要有一位飞行员还没有来到日本，我们就有活下去的理由。'

"这时两位大哥齐齐叹了一口气。'到1959年，果然又有一架霍克3型飞机出现，但这次通道的出口在山区，飞机刚驶出就迎面撞上山峰，摔得粉碎。等军警到达时，飞机已经被燃烧弹彻底烧成灰烬。就这样，我们失去了一位阔别已久的兄弟，而对他来说，是出师未捷的刹那而已吧。'

"他们的眼圈红了，我的眼圈也红了，'陈大哥，黄大哥，谁能知道你们经历了这样的事情呢？你们这次回国，为的就是把这件事告诉我吗？'我拉住他们的手问道。

"'是，也不是，小得螺。'他们说道，'我们现在以日本人的身份活着，但骨子里，我们还是流着炎黄之血的中国人啊！尽管现在红色旗帜飘扬在北京，可日本毕竟不是家乡，我们朝思暮想着回到这块土地。但我们不能。不知何时，我们八人中的下一位就会驾着双翼战机出现在东京的蓝天里，如果他如我般懦弱——陈大哥说——或者如我般敏感——黄大哥说——会放弃袭击日本天皇皇居的使命，那么自然最好，但下一位执行任务的是我们之中最刚烈的飞行员，他必定会按照命令，向皇居投下来自二十年前的、崭新的燃烧弹！尽管我们对日本怀着深刻的仇恨，但在和平年代，这样做不啻重新发动一场战争，那样，我们会成为历史的罪人！我们必须找到办法，随时准备告知下一位飞行员现在的国际局势，阻止他做出错事。但同时，如果中国与日本的战争再次开始的话，即使是老式飞机，也会成为插向日本心脏的一柄利剑！'

"他们的眼中像多年前一样发着光。'小得螺，'他们又说，'我们将这件事告诉你，是怕如果我们遇到什么意外，这件事就会永远被历史埋葬。所以答应我们，当有一天，一封来自日本的讣告寄到你面前的时候，你要抛下一切立刻飞往那个国家，继续我们未完成的使命！'

"'为什么是我，陈大哥，黄大哥？'我震惊地问道。

"'因为你是我们惟一信任的人，惟一能够托付的人。——惟一爱过的人。'他们回答。"

女犯人垂下眼帘，缓缓平复略有急促的呼吸，我看不清她的眼中是否有泪光闪动，可我的茶水确实在泛起涟漪。她说的话在我心中引起了巨大的共鸣，不知为什么，我毫无保留地相信了她说的话，即使那听起来荒诞无比。"赵同志。"我沉吟一下，开口道，"我没发现什么漏洞，对不起。"

第十一章

赵干部的额头有些汗水，他从衣兜里掏出一方手帕擦拭了一下，将手帕叠好收起，掐灭烟头，说："这就是你要交代的吗，124号。"

"是的，说完这些话之后，我们抱头痛哭一场，陈大哥与黄大哥就离开了中国，此后我再没见过他们，——当然，在监狱里见到外人的机会也不多。"女犯人抬起头，带点讽刺地说。

"你仍然否定你的一切卖国行为吗？你知道负隅顽抗、拒不交代问题的下场吗？还是宁肯用这种神话般的故事来掩盖里通外国、出卖我国关键技术情报的事实吗？"赵干部冷冷地说。

"我是一名共产党员。"犯人说完这一句，就不再说话。

赵干部嘿嘿冷笑："**那你更应该明白民主专政的定义**，一切反抗社会主义革命和敌视、破坏社会主义建设的社会势力和社会集团，都是人民的敌人，敌我之间的矛盾，是对抗性的矛盾，什么是对抗性的矛盾？那是只有采取外部冲突形式才能解决的矛盾。你既然不愿回到人民的行列里来，那么我们对专政对象也绝不留情。"

"其实你也相信我说的故事了，只是不愿去接受你相信这个事实。"女犯人忽然开口道，"不然你不会去档案馆调出那份国民党公函，也不会找一位大学历史系教师来验证我叙述的真实性。现在终于打算使用暴力了吗？那只能代表你输了，只能用暴力来掩饰内心的虚弱了。你动摇了，你输了，赵有财。"

赵干部猛地站了起来，眼神闪烁不定，黑脸上布满汗珠。我不知这时该做些什么好，刚拉开折叠椅站起，赵干部就大吼一声："你出去！张老师，谢谢！小李会送你回去！别忘记你签署的保密协议！"

"是的，我这就走，赵有财同志。"不知为何，我也情不自禁地使用了刚刚得知的全名，这个名字像箭头一样锋利，让"干部"这一词带来的威严墙壁轰然崩塌，"出去！"姓赵的男人解开了风纪扣，露出通红的粗壮脖颈，凶恶地咆哮着。

小李冲了进来，我夹起公文包走向门外。响亮的耳光声响起，女犯人倒在地上，脸上多出一只穿着军用胶鞋的脚。楼道里灯光明亮，这座监狱温暖如春。我加快脚步，跨出装潢考究的204—丁字号小楼，在冰冷的空气中做了一个长长的深呼吸。

第十二章

我等了很久，几乎冻僵。小李终于出现，开着那辆黑色伏尔加轿车将我送回大学，一路上他一句话都没有说，看起来跟初见面时那个腼腆的小伙儿一点都不一样。

第二天，严主任很惊奇地发现我出现在教研室内，但他知道有保密协议在，什么话都没有问。

那座监狱、姓赵的干部和有姓无名的女犯人再也没有出现在我的生命中，她还有许多话没有说，这个故事也并不完整，我还想听到更多关于八位飞行员的事情，野猫山—东京隧道现在还存在吗？国民党空军飞行大队将一位又一位青年军官送入隧道，却迟迟不见他们在东京出现，不曾感到费解吗？陈桂民出现后是否受到了军统的注意？是1942年以后这些飞蛾扑火般的老式飞机已经失去了价值，还是国民党高层选择将这段疯狂的历史遗忘？陈桂民与黄栋权是否在日本怀揣使命坚强地生活下去？如果124号犯人不曾出狱，一旦这两位飞行员故去，又由谁来担起这份奇诡的重担？

此后我的人生与这段故事再无干涉，十年动荡的日子之后，我娶妻生子，慢慢变老。1970年，在报纸的边角出现这样一则消息：日本东京一架用于表演的老式双翼飞机不幸坠毁，几间民房被毁，所幸无人伤亡。

而1984年，在历史系大办公室的黑白电视上我看到一条新闻：日本大通株式会社的巨型充气飞艇由于事故迫降在一栋大楼楼顶，事故原因不明，社长五十州光南亲自向民众道歉。

到2002年，网上有一则流言引起了我的注意：日本东京航展召开盛大的飞行表演，十三架旧式双翼飞机编队通过城市上空，让全城市民得以大饱眼福。——十三，这真是个好数字。要我猜，第十三架飞机应该要比其他飞机新一点才对吧。

第十三章

后来我计算了一下，飞行员出现在日本的时间分别是1942年、1945年、1951年、1959年、1970年、1984年、2002年，如果以1940年为基准点的话，他们耗费在野猫山—东京桥上的时间分别是两年、五年、十一年、十九年、三十年、四十四年、六十二年。我不是数学家，不过这个数列是有规律的，如果没算错的话，下一架飞机，也是最后一架飞机，由当年最闪耀的王牌飞行员林耀上校驾驶的第八架霍克3战斗机将在2025年出现在日本东京。

当你们看到这封信的时候，我大概已经去世了，希望我在突然离世的时候，袜子上不要有破洞，那是我这辈子最害怕的事情之一，但不知为什么，破洞总是自然而然地出现在脚后跟部位。这么

　　　　　　　　炸弹女孩

长的一封信，不知你们是否有耐心从头看到尾，看完了之后，你们或许又会骂我，因为这是个没头没尾的半吊子故事。

可就像信的开头我说过的那样，这段历史不应该与我一起被装进骨灰盒，希望你们以自己的学识、智慧和人格做出判断，决定是否将这段历史公之于众。但无论如何，请别在 2025 年之前作出决定，这是属于八位年轻军官的战斗，对他们来说，战斗还未曾结束。近年来中日外交关系又趋紧张，如果战争不幸爆发，那么最后一架战斗机，或许还能履行近百年前的使命吧……那是日本人亏欠我们太久的一声爆鸣。

不要对他们妄加判断，无论结局怎样，从驾机驶入通道的那一刻起，他们就成为了抗日战争史上最勇敢的英雄。即使是陈桂民，后来的日本商人五十州光南，他不也在以自己的方式继续奋斗着吗？难道你们没有发现，他名字就来源于李贺的《南园十三首》吗？

写完这一封长信，我的心中终于得到解脱。八位飞行员的故事是我此生三个最大的包袱之一，放下沉重包袱的感觉非常美好，带着较轻的包袱走入坟墓，也变得没那么困难了。如果你们能在外人吊唁前换好我的袜子，那么我就仅余一个包袱，——但那没什么，在那疯狂的时代湮灭于隐秘监狱中的人，决不止 124 号一人吧，她只是生错了时代。对，她应当活在那个烽烟缭乱，但人心赤诚的时代。

如此如此。

就此住笔。

回　家

农历八月十六日，老罗对儿子说："该走咯。"

小罗说："走噻。"

他们把丰田海拉克斯的油箱加满，将四个五十五加仑的油桶固定在货箱，往自制水箱里灌了一百五十加仑的清水。剩下的食物刚好装满车顶的拓乐行李箱，老罗把最后一只桃子罐头丢进驾驶室，扭头问："海椒油还有没得？"

小罗答："没得。"

老罗撇嘴："算喽。"

他用 4 号钢丝把防雨布绑在货箱上，拎着猎枪跳上驾驶座。后排座堆满 Trader Joe's 杂货店的纸袋，里面装着卫生纸、子弹、香烟、腊肉、机油和小罗的超级英雄玩偶。座位下是铲子、洗脸盆、暖瓶、电水壶、帐篷和被褥。小罗瞧着手机，指示："还是从前那样走嘛，走到沟沟边上转个弯。"

老罗发动车子："要得。你看着地图哈，莫睡着了。"

丰田车驶上街道，老罗回头看一眼屋子，房子虽破，修修补补也住了两年，难免有点感情。刚到堪萨斯的时候，小罗一眼挑中这栋住宅，费尔菲尔德镇尚未倒塌的屋子为数不少，小罗却对白色墙壁和圆形阁楼窗户情有独钟。

“老汉，走右边，万一能打个兔子。”小罗并未回头看一眼，兴致勃勃，仿佛春游。

车轮碾过一片盛开的黄玫瑰。镇子东北部道路基本被毁，成了天然的花圃，七个月前他们在这儿打到一只野鹿，随后又连续猎到野兔，老罗找了点柏树枝，在后院架起棚子，把一两顿吃不完的肉熏成腊肉。焖点米饭，腊肉蒸熟，带着油扣在饭上，小罗说那是他这辈子吃过最好吃的东西，老罗心想着小子真没见过世面，又想自己见过的世面或许小罗再也见不着了，心里不得劲，想多打点野味吃，却从此再没碰到什么猎物。

世界毁灭三年，他们已习以为常。最初，能偶尔碰到些人，老罗用磕磕巴巴的英语跟人家交流，请人家喝杯竹叶青茶，说自己是个在维加斯工作的中餐馆厨子，旧历年餐馆放假到科罗拉多带儿子爬向日葵山，爬的过程中看到一条新闻，有个会飞的船还是石头什么到了太平洋，停在那儿不动了。爬到山顶，忽然天崩地裂，山峰起起伏伏，海水涨了又落，刮风下雨，电闪雷鸣，几天后下山，发现一切都完蛋了，到现在不知道怎么回事。那些人也说不知道怎么回事，有的从华盛顿和纽约逃向内陆，有人想到佛罗里达试试运气，全都满脸恓惶、一头雾水，又带着独活的兴奋和狠劲。他们喝完茶背起包上路，老罗不想动弹，就在费尔菲尔德找点吃的，劈柴烧水，煮饭熬汤，养活小罗。这天算见了鬼，时而下雨，时而下雪，有一次大风把半个房顶掀掉，第二天又稀里哗啦掉冰雹，老罗在中国时候修过汽车干过工地，算个巧手的人，东拼西凑，缝缝补补，护着小罗从六岁长到九岁。

后来，碰见的人越来越少，今年以来，没见过一个活人，不知道大家都跑哪儿去了。老罗每天拽着小罗说会儿话，下盘象棋，从儿子眼里也看出寂寞，他从DVD店里找出的几百张盘，小罗快看完了，他找回的游戏也玩腻了，他摆弄柴油发电机的时候，也不爱在旁边瞧了。老罗知道，这样下去，别说小罗，他自己总有一天也得发疯。

有天老罗撬开间中国超市的门，找着本几年前的日历，瞧着上面的中国字，忽然打了个激灵。一回家，就对小罗说："小罗，我们回家嘛。"

小罗捧着游戏机："老汉你瓜戳戳的，本来都是在家。"

老罗把日历盖在游戏机上："你看这个红圈圈。"

"过年？"

"过年。"

"啥子意思。"

"莫得啥子意思，回老家过年。"

念头一旦产生，像灶火一样烧着心，又热又疼。老罗老家在四川西昌海南乡，邛海边的镇子，十六岁离家到成都打工，二十岁娶了个贵州媳妇，三十岁离婚，带孩子辗转到了国外，出来久了，家乡的风景就淡了，很少念及邛海边的老父母，逃命到堪萨斯在白房子里住了一周，他才忽然想起父母，夜深时候狠狠哭了一回。回家过年，这个念头显得非常陌生，小罗两岁时回过一次老家，料想没什么记忆，老罗本人偶尔会记起湖边的老宅，闻见大蒜炖黄桶鱼的味道，那情景隔着一层纱，不清不楚。

可世界毁灭三年后，回家过年的念头在心里涨啊涨啊，把老罗烤得坐立不安，——必须得做点什么了。

小罗问："老家在哪哈儿？"

老罗答："西昌邛海。"

"那是在哪哈儿？"

"中国。"

"有多远？"

"挺远。"

"能走得到？"

"一定能。"

　　　　　　　　　　　　　　　　　炸弹女孩

"哦，那走噻。"

一周后，农历八月十六，他们开着丰田车踏上归乡之路。GPS没有信号，小罗摆弄手机地图和指北针，指引老罗开到小镇边缘，沿着那条吞噬了小半个镇子的深沟向东前进。三年来他们从没离开过费尔菲尔德，老罗心里有点空，又被什么填得满满当当，就像当年刚来美国时候一样。

长满青草的道路弯弯曲曲向前，消失在断崖边，那条沟逐渐加深，成了一道峡谷。车子在草木和石块上颠簸，怕路不好走，出行前老罗特意调高悬挂，换上 22 寸越野轮胎，正好派上用场。

"就这方向，一直走。"小罗的兴奋感很快用完，捂嘴打起哈欠。

"小罗，万一我们到不了老家，也回不了美国，你怕不怕？"

"怕个锤子。"

"一点都不怕？"

"老子困了，要睡瞌睡。"

九岁孩子靠在皮质座椅上，很快打起小呼噜。老罗开着车，专注地躲避石块和灌木丛，后座的杂物丁当乱响，他担心货箱里的油桶会倒下来，不时回头看看。不知开了多久，峡谷开始收敛，前方的地面支离破碎，像被踩了一脚的椒盐薄脆饼干，老罗不得不向南兜个圈子，绕过这片区域。感觉到肚子饿的时候，他刚好驶上一条基本完好的公路，锈迹斑斑的路牌显示通往圣路易斯方向，他对这个地名没什么概念。又开了一个半小时，倒塌的立交桥将道路堵死，老罗驶下路基，穿过一片半死不活的松树林，看到城市的轮廓。

圣路易斯是一片低矮的灰白色废墟，看起来不止一次遭受火灾，老罗摁了几声汽车喇叭，没有得到回应。

小罗睡眼惺忪地问："到老家了吗？"

老罗答："快了。"

整整一天，没有碰到任何人。傍晚时分，路面变得非常糟糕，大地像鸡蛋饼一样褶皱堆叠，几乎找不到车子能通过的地方。老罗试着爬上一道皱褶，纵使用了低速四驱慢慢前进，还是重重地磕到发动机下护板，幸好油箱底壳没有受伤。

小罗说："老汉，前面就是芝加哥。"

老罗试图在青蓝色的天幕里看出几点灯火，可并无收获，他掉转车头向北前进，直到精疲力尽。将车停在路边，他加满油箱，搭起帐篷，跟小罗合吃了一个午餐肉罐头、一瓶运动饮料和两张夹煎鸡蛋的煎饼。

小罗玩了一会儿游戏，问："为啥子看不见人？"

老罗不知该怎么回答，等想出答案的时候，小罗已蜷在帐篷里睡着了。

"因为人都在回家的路上。"老罗小声说。

第二天下起暴雨，挡风玻璃外白茫茫一片，花一上午时间只前进了三十英里。下午两点，天突然放晴，阳光烘烤着漫山遍野的烂泥，丰田车继续向东北方向奔跑。平均每天开十个小时车，老罗觉得身体还撑得住，小罗表现得有些倦怠，总是在打盹，幸好车子音响可以连接手机，小罗播放器里的歌他们都听过几十遍，可自从网络消失，iTunes再也连接不上，这些歌反而成了重要的东西。

车子穿越美加国境的时候，老罗正跟着音乐哼莱昂纳德·科恩的《Suzanne》，比起半懂不懂的美国歌，他更喜欢刀郎和凤凰传奇。小罗指着车轮扬起的长长灰尘说："老汉，那儿有个牌牌，写着边境到喽。"

他们此站从底特律出发，根据地图，沿路应该能看到五大湖中的伊利湖和安大略湖，但一路上只有松散土壤和烟尘，几乎没什么植物，更别提水面了。老罗说："遭不住，越走越害怕。啥子都不对劲。"

小罗说："怕啥子，老子就不怕。"

随着丰田车一路向东北行驶，气温也降了下来，父子俩翻出厚

　　　　　　　　　　　炸弹女孩

衣服套上，老罗帮儿子整顿利索，背心掖进秋裤，秋裤塞进袜子。第十五天的时候，他们穿越魁北克，到达纽塔克，北美大陆的边缘。这里气温大约五度左右，大地尚未冻结，土地上有一道道的冲刷痕迹，车轮很容易陷进松软的砂土中。

按照地图，前方应该是二百五十英里宽的戴维斯海峡，老罗从地图手册里看到这个海峡冬天会结冰，想越过冰面继续前进，可挡风玻璃外只有一望无际的灰绿色砂土，看不到大海在何方。

"搞错方向了？"老罗皱着眉头。

小罗嚼着牛肉干答："不可能，刚才我看见写着纽塔克和奥拉其维克。"

老罗挂挡起步，下了一个长长的缓坡，在漫天烟尘里向东行驶，一个小时，两个小时，大海迟迟未曾出现，他终于忍不住转向南方，开出四十英里后，一线蓝色出现在地平线，海边到了。按照地图位置，他们现在正处于戴维斯海峡中央，深达两千米的海面上。

父子俩对着地图研究很久，小罗用圆珠笔画了两条线，将北美大陆和海峡对面的格陵兰岛连了起来。"我觉得我们没走错，是这儿长出一条路子来。"

"摆玄龙门阵哦。路是能长出来的？"老罗说。

话虽如此，他听儿子的话开车向东，果然毫无阻碍地到达格陵兰岛。名字叫作戈特霍布的小镇看不出原来模样，只有一片建筑物的地基残留。老罗越发糊涂，搞不清这世上发生了什么事情，小罗却不较真，催着他继续前进。

他们从南端横穿格陵兰岛。白天长得令人难以忍受，晚上只有短短一会儿，老罗昼夜无休地开着车，在理应到达格陵兰东侧边缘的时候，再次看到大陆延伸出去，像阶梯一样向下跌落，不见一丁点海水。他小心地降下陡坡，任凭车轮在大量的沙子里打滑。坡底还算比较平坦，他绕着奇形怪状的白色石头前进，第二天又开始爬山，登上山峰之后，发觉峰顶非常平坦，残破的道路引领他们进入城市，在空无一人的城市废墟里，老罗发现自己正站在雷克雅未克的中央——他们到达了冰岛。

"狗日的大海……哪去了？"老罗不禁问自己。

小罗说："狗日的。"

老罗说："不许骂人。"

穿过冰岛，他们看到了大海，海水蓝得有点奇怪，又说不出哪儿奇怪。冰岛东侧依然有一条宽阔的陆桥伸展向前，老罗开车降下缓坡，在礁石、盐块和水坑间穿行，忽然小罗叫："老汉快看。"

车子经过一座雪白而具有许多锐利尖角的高山，两人眯缝眼睛，看山尖反射的破碎阳光。直到丰田车开出十英里之后，老罗才猛然惊觉那是一头鲸鱼的骨骼。他对小罗说："大海还在，就是水少了几十米，几百米。"

孩子回答："那人都去哪哈儿了？"

老罗想了想，决定假装没听见这个问题。

他们开了两天时间，遇到一座非常陡峭的山脊，不得不绕到陆桥边缘，勉强从最平缓的地方爬过去，车子多次磕碰底盘，轮胎也爆了一只，老罗只有两只备胎，换胎换得又累又心疼，浑身上下都是咸的，全世界都白惨惨的刺眼。

又是两天的旅程，他们听着痞子阿姆的歌爬上缓坡，到达挪威。奥斯陆算是受损不太严重的城市，他们在城外找到一间超市，稍作休整，老罗没找到食物和水，不过从废汽车里弄了一百加仑的汽油。他们没有进城，第二天继续向东前进，傍晚就到了斯德哥尔摩。小罗看到一只野鹿从车灯前跑过，抄起雷明顿猎枪开了三枪，没打中鹿，倒把翼子板铁皮掀飞一块，气得老罗左手握住方向盘，右手狠狠抽他两巴掌。这时城市的方向忽然传来枪声，似乎是有人在回应，老罗最初觉得惊喜，想了想，还是开车绕过布鲁玛机场，离开了瑞典的首都。

他们这样走走，停停，仍没跟任何人见过面，说过话。进入俄罗斯境内不久，车子终于坏了，老罗钻到车底下摆弄半天，举着冻僵的手，张开沾满机油的嘴说："彻底坏屎喽。"

　　小罗答："再找个车噻。"

　　他们换了一辆不认识牌子的俄罗斯汽车继续上路。这车油漆掉得七七八八，后挡风玻璃碎了，副驾驶座上有个大洞，老罗用纸箱把玻璃一堵，拿棉衣把座位垫平，油桶塞进后座，打开机器盖，拆下化油器和滤芯看看，灌上汽油机油，拿电瓶一搭，一次就打着了火。

　　天越来越冷，道路时有时无，俄罗斯似乎遭受到比较严重的地震袭击，很难见到完整的建筑物，能找到的食物也越来越少。幸好下雪之后，老罗不再担心喝水的问题，铲一脸盆雪劈柴煮化了就是水，喝口热水，身体也暖和。

　　在俄罗斯和哈萨克斯坦交界的地方，老罗出了次车祸，他开着开着睡着了，车子撞树，父子俩脑袋上都磕出了大包。车子撞得倒不严重，水箱橡皮管有点漏水，老罗捂着脑袋，用胶布和塑料袋堵个严实。这以后开车更加着小心，慢慢穿过哈萨克斯坦，沿新藏路一路往东，一路上也没见着人。爬上青藏高原，在川藏线走了两天，道路被水冲断，再也过不去了。老罗决定带着小罗步行前进。

　　他们裹着最厚的衣服，背着行李，手牵手走在宗拉山，小罗问："人到底去哪哈儿了？咱们活着，还有好多人也活着啵？"

　　老罗答："肯定有好多人活着，可是这世界太大喽，别个都各活各的吧。"

　　他们花了二十天时间走到理塘，上S215往九龙县方向走，老罗算算日子，马上就要到过年，可实在走不动了，就说："前面就快到大凉山，到了大凉山就到了西昌，到了西昌就到了邛海，咱们就到家啦。"

　　小罗说："回家过年，能放鞭炮。"

老罗笑："你晓得个锤子鞭炮。"

他们爬一座山。

老罗说："翻过这座山，就能看到山脚脚下面的城，就到家啦。"

小罗说："回家过年，能吃坨坨肉。"

老罗笑："你晓得个锤子坨坨肉。"

他们爬到山顶。

小罗问："到老家了吗？"

老罗没说话。

他们站在山顶，看着山下的海。蓝盈盈的海水罩在雾里，偶尔露出一个白生生的山尖，远处飘着云和烟，看不清海有多广，可老罗知道，他们的老家就在这海水底下。

小罗问："这就是邛海？"

扑通一声，老罗背上的包裹掉下来。他说："不走了，吃饭。"

他生起酒精炉，抓把雪把脸盆抹干净，又铲一盆雪，用火煮成水，淘米煮饭，一边找出最后一块腊肉，用小刀一片一片切好，码在米上，再把包里剩下的罐头、榨菜、腐乳一口气打开，就着火炉热热，用小罐头盒分别盛了。米饭一熟，香气飘出来，就觉得没那么冷了，小罗流着鼻涕叫："香！"

父子俩一人一碗腊肉饭，呼噜呼噜往嘴里扒拉。

小罗鼻尖见汗，说："过年真好！"

老罗放下碗，瞧着山下的海。一路上的海水，原来跑到这里来，把四川淹了一半。这水要有几十米深，几百米深，老家就在几十米深、几百米深的水下面，这辈子再见不着。

他喉结咕噜着，慢慢咽下一口喷香滚烫的腊肉饭，说："唉，对喽，这就是邛海。"

小罗问："那老家呢？"

老罗没答，说："过年好。"

小罗说："好嘞！"

　　　　　　　　　　　　　　　　炸弹女孩

海水拍打山岩，依旧是那时的涛声。

新闻：……不明飞行物体指向日本海以东洋面，它具有极大的质量，其悬停姿态完全违背已知的物理规律，而单位体积质量超出人类所掌握的所有高密度材料，一个肉眼可见的海水圆锥体升起，太平洋水位正在引力作用下快速升高，在新年到来的日子里，我们必须很遗憾地通知您：不明飞行物体带来的是灾难，是海啸、地震和生态大灭绝，地球的样子即将被重新雕塑。为什么？会怎样？该怎么做？所有问题都无法回答……观众朋友们，过年好。

起风之城

09：52

窗外掠过一间废弃的加油站。一辆停在加油机前积满灰尘的大众甲壳虫轿车被三百公里时速飞驰的高速列车甩在后面，我忽然觉得这个场景似曾相识。铁路线与荒废的 3 号公路平行，死去小城镇的废墟并不罕见，我闭上眼睛，花了几分钟才找到熟悉感觉的源头。

在我很小的时候，住宅楼后面是一片杂乱无章、积满垃圾的灌木丛，不知谁将一辆报废的甲壳虫汽车驶到灌木丛里，拆走所有值钱的内饰之后扬长而去，那个锈迹斑斑的空车壳从此成天用一对解剖后青蛙般的无神眼睛盯着我的卧室，让我整夜不敢拉开窗帘，明白窗外漆黑的夜里会有汽车尸体那荧绿色的邪恶目光。

一开始，会有流浪汉在甲壳虫轿车内烤火过夜，后来，灌木丛开始在车内生长，透过破碎的车窗、机器盖和天窗钻了出去，将废旧的雨刷器举上天空。远远望去，仿佛树丛将汽车吞噬了，蓝色的甲壳虫渐渐与幽暗的丛林融为一体，再看不到车灯阴冷的表情。

再后来，一场突如其来的大火烧掉了整个灌木丛，火焰烧了三天两夜，留下一片焦土，草木灰被北风吹散，露出甲壳虫汽车干瘪的残骸。作为人类工业文明的结晶，它算是以自己的方式战胜了自然。

那是我最后一次见到它，大火之后没多久我就离开了出生并长大的城市，之后再未回来。

09：10

两天之前，一封信出现在我的邮箱里，这个信息爆炸的时代人们越来越开始怀念纸制品的芳香味道与墨水书写的柔和触感，收到一封手写的信我并不感到奇怪，但邮戳表明这封信来自一个特别的地方。从机器人秘书的托盘上拿起信封的时候，我的手指出现了不自然的颤抖。

我不愿再与那座城市产生任何瓜葛。自从改名换姓、在大企业谋得一份体面工作之后，我以为已经完全摆脱了背后的阴影，没想到整整十年平静的日子只是自欺欺人而已，看到那个地名的时候，我的心脏猛烈地收缩起来，"谢谢。"我竭尽全力保持仪态，说出得体的礼貌用语，机器人秘书同样礼貌地做出回答，收起托盘，驱动十六只万向轮挪出了办公室。

我明白即使故意视而不见，好奇心最终还是会驱使我割开信封，将不祥的字句一一阅读，所以在片刻思考之后坐定在转椅上，打开做工并不考究的木浆纸信封，取出薄薄的一页信纸。

"大熊。"

信的头两个字将我狠狠地击中。我倒在座椅里，呆呆地望着工业美术风格的白色天花板，花了五分钟才调匀呼吸，让宝贵的空气重新回到我的胸膛。在这个城市没有人会如此称呼我，我的身份是大企业的高级工业设计师，循规蹈矩的中产阶级白领，工业社会最稳定的构成，这个干净整洁、充满艺术气息的城市必不可少的一部分。

我不需要改变，也不需要回忆。但这封信只用两个字就唤起我的回忆，——在我的字典里，回忆就意味着改变。

我无法停下，惟有继续阅读下去：

"大熊：你知道我是谁。我要做一件事情，需要你的帮忙，如果你还记得从前的事情的话，一定要来帮我，如果不记得的话就算了。对了，时间紧迫，我应该提前告诉你的，对不起。从11月7日早上零点起，你要在七十二个小时内赶来，不然就不用来了。就这样。"

这封信并未遵循信件的格式，没有抬头、署名和问候，在这个社会精英阶层的眼光看来，就算小学生也不该写出这样不合规矩的信件。我认识的所有人中，只有一位会写出这样肆无忌惮的信笺。

办公室在眼前远去，记忆将我扯回十二岁那年的夏天，在卧室的床上，我拥抱着那个穿着白色棉袜子、身上散发着水蜜桃味道的女孩。

我的手指因紧张而僵硬，透过 T 恤衫与牛仔裤的间隙偶尔触到滑腻的肌肤，指尖的每一个细胞都能感觉到她身体的温暖；一床如云朵般柔软的棉被搭在我们身上，我裸着双脚，而她穿着一双洁白的棉布袜子；我的鼻子埋在她的发中，不由自主地扇动鼻翼，将她发丝和白皙脖颈散发出的体香吸进鼻腔。

没错，就是那甜甜的水蜜桃味道，在夏季成熟的、甘美醉人的水蜜桃味道。

08：54

钢蓝色烟雾出现在遥远的地平线，那就是我出生的城市，坐落于生长着仙人掌、红柳、风滚草和约书亚树的戈壁中央，因煤矿与铁矿大发现而一夜兴盛，被蒸汽轮机和铁路线推动向前，就算在经济危机时代也不眠不休制造出崭新的汽车与机械设备，却在十年前突然衰败的城市。我的故乡。

就算冬季的信风吹起，也驱不散城市太厚的烟尘。自工业革命时代开始熊熊燃烧的炼铁高炉将铁灰色微粒撒遍城市的每一条街巷，让城市变成匍匐在尘烟中的洪荒巨兽。没人说得清这种沉重的灰色浓雾为何不会随着第四次工业革命带来的科技进步而消失无踪，两百年的岁月早已将它与城市的生命捆绑在一处，就算最先进的空气净化设备也对它束手无策。炼铁厂高炉的巨大烟囱已失去功能，成为矗立在城市角落供后人观瞻的古老遗迹，可每当太阳从东方的沙漠地平线升起，雾气总是如约而至，将这个毫无生气的城市悄悄拥入怀中。

步下火车的一瞬间，我无比厌恶地皱起眉头，脸部、脖颈和手背，所有裸露在外的皮肤都能感觉到雾气的潮湿，仿佛雾中无数奇怪的生物在伸出舌头四处舔舐，——这种恐怖的幻象从小就折磨着我的神经，离开故乡的十年没能让我忘记不快的幻想，我裹紧大衣，告诉自己回来是一个错误的决定。

"您去哪儿，先生？现在不大好召出租车，转乘地下铁的话会比较方便。"在通过闸口的时候，穿着高速铁路系统深蓝色制服的老人接过我的票根，殷勤询问。与我一同走下火车的只有寥寥几人，迷雾笼罩的庞大火车站仿佛钢铁建造的蚂蚁农场，我们沿着曲折的金属路径不停折返，最终在出站口会合。

"只是随便走走。"我提着行李箱走过老人身边。他应该是这个车站中的最后一名人类雇员了，廉价的机器人劳动力将人类逐出机械性劳动岗位的浪潮行将结束，这是一个旧时代的尾声，就像这名高速铁路职员一样寿命太过长久，迟迟不肯走入坟墓的漫长尾声。

捏着票根走出出站大厅，两架圆滚滚的服务机器人迎了上来，电动机驱动万向轮碾过光滑的大理石地面，发出嗞嗞的轻微噪声，

"您好，先生。请问有什么可以帮助您?"一架机器人展开顶端的三维投影屏幕，将城市地图展现在我面前，另一架机器人默默地站在旁边，等待为我提供其他服务的机会。

准确地说，它们应该被称作"机器公民"，这一称呼是州议会立法规定的。每架机器人自中枢处理器激活的刹那就背负着与人类相近又相异的原罪，必须依靠社会劳动赚取生存所需的电力、配件和定期维护。这是一种单纯的按劳分配制度，机器人与企业或公权部门之间形成雇佣关系，双方权益受到法律保障，近几年机器人的福利问题也被提交州议会讨论，有人坚称机器人群体也应该纳入社会保障制度，因为从形式上来说，机器人的维修保养与人类的体检医疗并无不同。

制造这些机器公民的，是名为罗斯巴特（ROSBOT：现实社会化自动机械集团）的企业联合体，在这个州的任何城市都能见到罗斯巴特的盾形标志，就算在这荒芜之地也不例外。

机器人用四个语种耐心地复述了问题，并在屏幕上演示着地图、电话黄页、交通指南、在线博物馆等功能。第二架机器人的顶盖关闭着，显得有点闷闷不乐。

我目光扫过公共交通系统指南。没有变化。公共交通是一座城市的生命线，十年未变的生命线，说明这座城市确实已经死去了。"谢谢，我不需要什么帮助。"我提起行李箱绕过两架机器，投影屏幕如花瓣般失望地合拢，"祝您愉快，先生。"毫无感情色彩的女性合成音在背后留下违心的祝福。

"希望如此。"

在接到信件五十个小时后，我从办公桌后站起来，吩咐秘书延迟例会的时间，向副总经理递交了事假条，给家里打了个电话，声称自己有紧急任务必须立即飞往东海岸出差，吩咐妻子取回干洗店的衣服，锁好屋门，不要忘记喂狗。然后提着行李箱独自来到中央车站，登上了开往这座城市的高速列车。我的行李箱里只装着一件干净衬衣、一部便携电脑、一瓶功能饮料和一个文件夹。我不知道为何会做出这个决定。

我明白我疯了。

08：12

腕上的手表显示"08：12"，那是按照她给出的期限设置的倒数计时，"从11月7日零时起七十二个小时之内赶到"，距离期限还有八个小时。

地铁在黑暗的隧道中穿行，车体有规律地摇晃着，车厢连接处发出不堪重负的咯吱怪声。我坐直身体，以防昂贵的西装被污秽的座椅靠背弄脏。现在是上午10点左右，整节车厢只有两名乘客，我的斜对面躺着一个烂醉如泥的年轻人，从衣领的颜色来看他已经两三天没有回家了，连呼吸都带着廉价酒精的味道。

我前方的空气中悬浮着投影式广告牌，但画面恼人地闪烁着，断断续续的声音从破裂的头顶扬声器传来："……市发生一起……事件，警方已经逮捕了……将以非法集会罪与违反社会安全保障条例罪被……将于……开庭……"

我的心情像一瓶冰镇后的碳酸饮料，寒冷彻骨，黑暗无光，不知何时会彻底爆发开来。这座被遗弃的城市的一切都在压迫着我，那肮脏的街道、缺乏修缮的楼宇、破碎的路灯、无精打采的行人、灰色的天幕和蓝色的雾气与我居住的城市形成鲜明对比，在属于我的城市，一切都是整洁的、有序的、高尚的，那是属于现代工业文明的天然骄傲。

我害怕如潮水般涌起的回忆，害怕唤出藏在我体内那个生于斯长于斯、如同整个城市一样肮脏卑微的孩童。不由得隔着衣袋抚摸着信纸，我尽力以美好的回忆驱赶如影随形的灰蓝迷雾，——十二岁那年的秋天。

十二岁那年的夏天天空晴朗，甲壳虫汽车在灌木丛中露出枝枝丫丫的笑容，我们坐在床上，我从身后环抱着她，将头埋在她的发丛中，嗅着甜蜜的水蜜桃味道。她咯咯笑着说："别闹了，大熊。再不开始练习，准没办法通过珍妮弗小姐的选拔。到时候我会狠狠地踢你的屁股的。"

我回答道："好吧。我还是搞不懂这样做有什么好玩。——你是说，在那个东方国家，这是一种表演形式还是什么来着？"

她扭回头用黑色的眸子狠狠瞪着我："我说过好多遍了，这叫作'二人羽织'，是很有历史的东西，只要你能够稍微聪明一点，不要总是笨手笨脚打翻东西就好了！"

"好啦好啦。"我嘟囔道，"那再来试一次吧。"

她拉起又轻又软的棉被，一边嘟囔着这样的棉被不合用，一边将我们两人整个罩在其中。世界黑暗下来，我感觉温暖而舒适，双臂轻轻将她搂紧。

"好，现在端起碗……再右边一点，再右边一点……再往右，你这个笨蛋！"她大声指挥着，我摸索着端起大碗，右手拿起一双名叫筷子的餐具，试着夹起碗中的面条送进她的口中。

07：52

地铁列车缓缓减速，停泊于寂静无人的站台，我步出车厢，提着行李箱走过布满涂鸦的阴暗通道，沿着停止工作的自动扶梯走上地面。风中飘着的碎纸是这街区惟一的亮色，一名机器人警察慢悠悠驶过，五个监控摄像头中的一个扭向我，一闪一闪的红灯仿佛代表它疑惑的眼神，"需要帮助吗，先生？"外形如同老人助步车一样可笑的机器人警察开口问道，将眼柄上的五个球形摄像头举起，

　　　　　　　炸弹女孩

上下扫视着与街道格格不入的陌生人。

"我很好,谢谢。"我摇摇头。

"那么祝你拥有美好的一天,先生。"警察摇摇晃晃地驶离,履带底盘后部的红蓝双色警灯无声闪耀,将布满灰尘的金属外壳映得忽明忽暗。

我抬起头。巨大的冷却塔像史前动物的遗骸一样匍匐眼前,龙门吊车横亘头顶,粗硕的管道遮蔽天空。她给我的信中没有明确指示,我不知去哪里寻找这个深埋于记忆中的童年伙伴,陈旧的记忆驱使着我不自觉地来到这里,城市东部的重工业区,我出生、长大,然后用尽后半生逃避的地方。

阳光黯淡着,废弃的机械散发着钢铁的腥甜味道,锈迹斑斑的管道尽头,一只蝙蝠从厂房破碎的玻璃窗里振翅飞起,消失于钢蓝色的迷雾之中。这死去城市的尸体以绝望的、腐朽的、失去灵魂的形态静止在时间的凝胶里,钢索将阳光割裂,地面上铺满墓碑般的片片光斑。

我长久地望着那锈结的齿轮、干涸的油槽、长满衰草的滑轨与绞索般摇摇晃晃的吊钩,情不自禁打了一个寒战。我犹然记得在灾难发生之前的日子里,机械师在罢工游行的间隙,还会为心爱机械的传动链条添加润滑油,期待漫长冬季过后它还能再次发出热气腾腾的震耳轰鸣。我的父亲,那位终身为汽车制造厂服务,却因高效而廉价的机器人劳动力而丢掉工作的蓝领工人,曾经无比乐观地对我说总有一天炼钢厂高炉的火焰会再次燃起,城市会再次充满机械运转的和谐之声,"一切都会变回老样子的,我保证。"他用仅余的一点钱购置了丰富的食物,满心期待着好事到来。

等我回过神来,他已经化为瓶中的白色粉末,——那么健壮的一个男人居然能够装进小小的瓷瓶,这让葬礼的场景显得有点讽刺。

裹紧西装外套,我迟疑地向前迈着步子,小心地踏过光与暗的斑纹。要去哪里呢?比起这个富有哲学性的问题,我用了更多精力遏阻猛然漾起的回忆，危险的东西正在脑神经突触之间蠢蠢欲动，……不要乱想！我严厉地呵斥自己，奋力驱走脑中的幻影。

从这里向前，丁字路口对面是冲压机床厂，而汽车制造厂就在右转之后的道路尽头。在那个遥远的时代，我爷爷的爷爷随着人潮涌入这个戈壁滩中央的城市，成为一名产业工人，从此代代传承，我父亲本人就完全无法想象外面的世界是什么样子，对他来说，接受职业教育、接替父亲的职位站上生产线几乎是命中注定的事情，拧紧面前的每一颗螺丝，这是男人最踏实的工作，也是最美妙的游戏。

她如今又在做什么呢？这座城市已经死了。炼钢厂死了。发电厂死了。轮机厂死了。汽车制造厂死了。留在这座城市中的只有绝望的酗酒者、等死的老人、麻木的罪犯和丑陋的妓女，徘徊在死去城市的她，是否仅仅是残存着水蜜桃香味的白色幽灵？

07：37

我不得不放松警惕，让有关她吉光片羽的记忆溃堤而来。

她的名字。她的名字叫作"琉璃"，那是一种源自东方的美丽彩色玻璃，我很喜欢这个名字，她本人却不太满意，说那是极其昂贵且易碎的玩物，在她祖辈所在的国度，只有古代的君王才有幸可以赏玩。

我父亲与他父亲不在同一车间，不过不约而同选择居住在公寓楼，主动放弃了市郊的独栋住宅。我的父亲要承担母亲的昂贵赡养费——事实上我对母亲的印象很淡薄，她对我来说只是每个月要分走一大笔生活费的陌生女人罢了——而她的父亲则是由于股票投资失败，欠了一大笔外债，不得不节衣缩食寄身于免费的公寓楼中。

我们很小就认识了。在废弃的甲壳虫汽车出现的时候，我们总是一起骑着自行车去上小学；当甲壳虫汽车里长出茂密灌木的那一年，我们早已是无话不谈的玩伴，那个年纪的男孩女孩会将感情当作羞耻的事情看待，情窦初开的我不敢坦白自己少年维特的烦恼，而她似乎迟迟不肯长大，只对耳机中的摇滚乐着迷。

之所以对十二岁那年夏天发生的事情记忆深刻，不仅因为那是我初尝感情甜蜜与苦涩滋味的日子，而是由于一件大事在这个城市发生。第十四届"世界机器人大会"在这里召开，全球最新的各式机器人云集于此，这是所有喜爱机械与新潮电子的孩子的饕餮盛宴。我从小迷恋着机器人，而她也对这些钢铁造物很有兴趣，我们被学校的机器人协会推举出来，要在世界机器人大会开幕式上代表整个城市表演节目，我一下子慌了神，不知该准备些什么，而她一下子就想到了"二人羽织"。

"你不觉得那很像机器人吗？我是头脑与面孔，而你在后面负责双手的动作，扮演着我自己的手臂，那不正像人形机器人刚学会走路时的奇怪样子么？一定可以能让所有人都大吃一惊的！"她盯着我，粉嫩的脸颊映着下午学校的阳光，纤细的汗毛若隐若现。

"……听你的。"我情绪复杂地回答道。

<h2 style="text-align:center">07：12</h2>

汽车制造厂的大门紧紧锁闭，不远处的墙上有一个崩坏的缺口，我从那里轻松翻越进去，站在长满齐膝野草的大院中。我的正前方是办公楼，左手边是碰撞车间，右手边是试车车间，底盘、承装、制件、喷涂、焊接、总装和检测车间以棋盘形左右排列，在制造业鼎盛的时期，这片二十公顷的土地挤满了一万五千名来自全国各地的蓝领工人，生产汽车的工时被压缩到惊人的十二个小时，每六秒钟就有一辆崭新的汽车驶下流水线。

我闭上眼睛，想象满载汽车的载重货车呼啸而过。短短十年时间，缺乏保养的水泥路已经被野草侵蚀得支离破碎，四周散发着青草和油泥混合的奇怪味道，"当啷"一响，脚尖踢起一只空荡荡的威士忌酒瓶。靠近大门的厂房窗户全部破碎了，里面能拿去换钱的东西早被游民洗劫一空，墙壁画满充满性暗示的暗红色涂鸦，"赶走木偶！保卫生产线！"高居于涂鸦之上的是十年前罢工运动的口号，字迹已经模糊不清。

越行向厂区深处，流浪汉活动的迹象就越少，巨大的墓园中只有我在默默行走。名为"恐惧"的无形怪兽将右手搭在我肩上，让我不断回头惊惧地环视四周，幸好透过雾气射来的阳光给予皮肤些许温暖，我松开领带，让喉结可以轻松咽下加剧分泌的唾液。

到达目的地时，我才发现自己的目的地所在，潜意识将我引领至这熟悉的角落，——当然，除了这儿，还能是哪儿呢？

六层高的公寓楼恰好遮住阳光，公寓外墙残留着灼烧过的痕迹，四层最右边的那扇窗户，玻璃破碎、以不祥的寂寥眼神凝视我的那扇窗户，正是我卧室的窗子，年少的我曾经多少次从窗口向下眺望，而如今我抬头看去，肮脏的窗帘随风轻摆，看不清那后面是否有一张静止不动的孩童面庞。

"喳！"一只惊鸟穿林而出，凄厉鸣叫着坠入高空。已经完全看不出那场大火的痕迹，被烧得精光的灌木丛如梦魇般重生了，开着黄色花朵的沙冬青与叶子油绿的野扁桃被多刺荆棘缠成扭曲的形状，这片林子几乎与童年的记忆一般无二。我手指颤抖地拨开一束梭梭草，甲壳虫汽车的残骸出现在眼前，那被火焰炙烤成炭黑色的钢铁骸骨如今再次被植物占据，灌木以疯狂的姿态从每一寸缝隙中挣扎而出。

我忽然想起童年的一种玩具。那是世界机器人大会为感谢我们表演节目而赠送的礼物：具有行走能力的机械人偶。人偶的面部是一个棉质的圆球，只要按照自己喜爱偶像的照片在圆球上相应位置植入草籽，每天细心浇灌，七天之内小草就会长成这位名人的五官轮廓，同时这种基因工程制造的草种会将光合作用制造的糖类输送给人偶内部的化学能燃料电池，驱动小机器人向着光线更强的方向行走。我不知是谁设计出这种奇怪的玩具，表现最基本的机器人生存原理是可以理解的，但绿色头发的迈克尔·杰克逊迈着僵硬的步伐在写字台上追逐阳光，这不是儿童玩具应当具有的模样。令我更加恐惧的是，一个月过后，那些基因变异的青草开始不受限制地疯长起来，迈克尔·杰克逊的眼睛、嘴巴、鼻子、耳朵喷出长长的草叶，机器人行走的速度也因能量充足而加快了，那个七窍流草、在屋里四处狂奔的怪物是我一生的噩梦。

——迈克尔·杰克逊是我最爱的歌手，我还喜欢罗比·威廉姆斯、布鲁诺·玛尔斯和芮阿娜。她的音乐播放器里装满更加过时的摇滚乐，皇后、枪花、滚石、金属乐队、邦·乔维和涅槃。我从来不能理解她的想法，而她从未试图了解我的想法。

在机器人大会之后，她与我的关系渐渐疏远。不知从什么时候起，我们每天的对话变为简单的"你好"和"再见"，我再没有触碰过她柔软的肌肤，闻到她身上迷人的水蜜桃味道。

甲壳虫汽车的残骸就像那具机器人一样散发着邪恶的气息，令我胃部收缩，有一种想要呕吐的感觉。做了几个深呼吸压下不适感，我放下行李箱，弯下腰拨开汽车内部的灌木。

回到汽车制造厂，来到这个隐秘的地点，一切都是自然而然发生的，我根本没有考虑这样做的合理性。但回过头来想想，如果她只有一封没头没尾的信件召唤我前来，没有留下任何联系方式，那么还有什么地方比这里更适合隐藏留言呢？毕竟在曾经亲近的孩提时光里，我们总是一起坐在卧室的床前，望着这辆被遗弃的车子，编造着一个又一个光怪陆离的恐怖故事，以吓坏彼此为快乐之源。

在一簇结出鲜艳红色果实的沙棘之下，甲壳虫汽车的地板上，我发现了一个白色的信封。我转身逃离汽车残骸，撕开信封，一张照片轻飘飘掉了出来，照片上是一个男孩和一个女孩，十二岁的我和十二岁的她。

照片是家用打印机打印的，显得陈旧易碎，我和她的笑容却透过模糊不清的像素点溢出纸面。她坐在床沿，我坐在她身后，那正是我记忆中最美好的夏日时光，为机器人大会排练"二人羽织"的那个午后。

仿佛看不见的重拳击中鼻梁，我感到眩晕、疼痛和眼睛酸涩，趁着视线没有因此模糊，我翻过照片，看到后面用碳素笔写着："很好，起码你来了。接下来想起些什么吧，你会找到那个地方的，就是那里。"

06：35

我在寂静的城市里独自行走，感觉昂贵的西裤和衬衣被汗液黏在皮肤上，真丝领带令我窒息。我毫无目的地走着，直到街巷行到尽头，空旷广场与巨大的机器人塑像出现在眼前。那是第十四届世界机器人大会纪念广场，双足机器人"大卫"。

"大卫"有五十五米高，钢骨架、镀铬铝合金蒙皮，以金属黏合剂定型，外表大致符合人体比例，看起来不大像米开朗基罗的名作，倒更接近古老动画片《阿童木》里面的主角。在我十二岁那年，银光闪闪的机器人在吊车的帮助下立起在世界机器人大会园区中心，市长带头热烈鼓掌，我和她自然起劲地拍红了掌心。"这是具有划时代意义的一天。"市长清清嗓子，"罗斯巴特集团捐赠的'大卫'将作为城市的象征永存于世，感谢他们带来日新月异的机器人技术，将我们带向人类与机器人和谐共处，创造更文明高效社会的美好明天！"

市长的话没有说错，直到今天机器人还倔强地站立着，即使十年前的一场大火将每一寸表皮都烧成炭黑色，身上布满铁锤砸出的凹痕。事实上，至今没人知道那天究竟发生了什么。很多人死了，而直至今日，死亡者的确切数目还是没人知晓。

"大卫"是罗斯巴特集团最后一件人形机器人制品，复杂的双足机器人淡出了历史舞台。科技的车轮开始加速转动，具有划时代意义的模拟神经元处理器给机器人带来相当程度的思考能力，随着各式各样的机器人走向社会，伦理学问题被摆上台面。几年前，州议会在州宪法中加入了"新机器公民"的条款，正式承认机器人的独立人格存在，同时规定机器公民的权利、义务及社会角色，使它们可以"在一定的约束条件下以同等身份获得法律权利、社会权利、政治权利和参与权利"。

当时没人意识到，人类在漫长的文明史上第一次与自己的创造物展开生存权利的残酷竞争。罗斯巴特集团由机器人制造厂摇身一变，成为了全州数百万名机器人的经纪人，每名机器人都要通过公平竞争谋得工作，赚取一般等价物，换取维持生存所需的电能、油液、零件和保养，罗斯巴特公司抽取百分之五十的佣金用来偿还机器人的制造贷款，通常这份价格高昂的分期贷款需要用三十年乃至更长时间来偿还，但机器人的服役寿命高达八十年，它们终将可以赎清自己获得自由。

企业非常欢迎这种做法。不同外形的专业机器人有各自适合的岗位，很容易在生产线上找到理想位置，它们薪酬低廉、工作时间极长（州立法规定每天不得超过二十二个小时）、附加支出极少、不需要解决住房问题、没有生育和休假困扰、不会通过工会提出不合理需求、即使抱怨也只是在机器人权益保障者那里吐吐苦水，只要稍微提高厂房里令机器人感到舒适的白噪音就可以解决问题。

惟一的受害者，就是被夺去工作岗位的产业工人。在需要情感、主官感受、逻辑判断力和决策的岗位上人类牢牢坚守战场，但我父亲那样的蓝领工人被机器人成批驱逐。他们亲手制造了潘多拉的魔盒，禁不住诱惑掀开盒盖，却发现盒中的瘟疫已经长出翅膀，再不受造物主的管辖。

这就是那场史无前例的大罢工的缘由，导致这座以重工业为基础的城市死亡的缘由。全机器人生产线（不同于传统意义上的"机器人"生产线，电脑控制的机械手臂与具有主观能动性的机器公民不可相提并论）能够将生产效率提高四倍到五倍，厂房必须重新设计以适应高效化与极度精确的工作流程，厂区不再需要臃肿的生活配套区，只要留有足够的停放空间（州立法规定机器人的最小休息空间为该款机器人体积的一点五倍）即可。改造旧厂区意味着天文数字的投入，重型企业已经因解约赔偿而元气大伤，它们不约而同选择在更靠近罗斯巴特集团总部的城市新建厂区，放弃了这座戈壁滩中央的孤城。许多未能顺应时代潮流雇用机器人工作的企业很快倒闭，失业率扶摇直上，社会动荡，城市衰落，用州政府的话说，这只是走向新时代必须经历的阵痛而已。

我远走他乡，进入大公司工作，工作两年后才知道所服务的企业是罗斯巴特集团的下属企业，在那座崭新的城市，汽车厂、钢铁厂、精密设备厂、机床厂、数码仪器厂已经以崭新的姿态重生。那些新生的工厂都有着低矮洁净的白色厂房，厂区充满电流的嗡嗡噪声和万向轮碾过地面的吱吱声。

喜欢机器秘书和机器巡警，喜欢代表先进生产力的机器人技术。一想起现在脚下这座笼罩着迷雾的钢铁城市，我就尝到肺中驱之不尽油烟的苦涩味道，感觉指甲缝里塞满黑黑的油泥，想起父亲临死前强颜欢笑的卑微样子，听见汽车制造厂最后一次下班汽笛声的清鸣。

是的，我离开了这个鬼地方，同其他上百万人一样。这样做有什么不对？

我紧紧捏着手中的照片，穿过窄街大踏步走向双足机器人的方向。如果答案存在的话，一定就在那个地方。

06：12

　　"二人羽织"这种表演的意义到底是什么？是笨拙的喜剧，和谐的正剧还是滑稽的悲剧？这种源自东方的奇异文化我到最终都没有理解。第十四届世界机器人大会在凉爽夏夜开幕，中央展馆大舞台的幕布缓缓拉开，六盏聚光灯穿透厚厚的棉被射来粉红色的辉光，喧哗声渐渐平息，奇异的静谧统治了会场，即使躲在她的背后，我也能感觉到五千名观众视线的灼热。"别怕。"名叫琉璃的女孩对我说，"有我在。"

　　我什么都看不见。在这个棉被制造的小小空间里，我拥着让我神魂颠倒的女孩的柔软躯体，却紧张地弓起后背，保持着尴尬而礼貌的距离。我垂在琉璃身前的双手能感觉到空气的温度，幸好一万只窥探的眼睛被关在棉被外面的世界。我的鼻尖埋在她的发中，嗅着让人迷醉的甜蜜桃子味道，整张脸都因紧张和幸福而充血、发热。我能感觉她的身体也在微微颤抖，那是十二岁少女面对五千名旁观者的天然恐惧，也是从小听着古老摇滚乐长大的灵魂面对五千名观众的天然亢奋。忽然间，颤抖停止了，她自言自语道："忽然肚子饿。那么就吃一碗面吧。"

　　这是表演开始的信号。我轻轻活动一下僵硬的手指，开始摸索装满面条的大碗，奇怪的是，那时我却完全没有想着表演本身，脑中莫名其妙地蹦出一个念头：如果她身上能够散发成熟桃子的味道，那是不是说明所有女孩都是水果口味的？隔壁班的凯茜·布雷迪是不是草莓味道的？班主任提摩西夫人应该闻起来像坚果吧？我自己又是什么味道的？如果我与琉璃结婚，会不会生下一大堆桃子味道的可爱女孩？

　　许多年以后，我拥有了一个闻起来像香奈儿5号香水的妻子，养了一条酸奶油味道的大狗。我决心不再回忆这座雾气笼罩的钢铁之城，却在偶尔闻到桃子味道的时候心中一荡，胸腔中的某个部位传来针刺般的疼痛感，——比如现在。

如果心电图和冠脉造影解释不了心脏的疼痛，那么只能相信那是灵魂借宿的地方吧。

我踏上纪念广场的黑白两色地砖。整个纪念广场由第十四届机器人大会的几栋主体建筑改建而成，棋盘状地砖应该是对"深蓝"电脑的致敬，而环绕整个广场的单轨轨道，不用说是地球环日轨道的拙劣模仿。在我十二岁那年，这条轨道上有着骑单车的人形机器人不停穿梭往返，向世人展示其高妙的平衡感；如今铁轨早已锈迹斑斑，在那个脏兮兮的移动物体高速驶来的时候，松动的螺栓发出不祥的嗒嗒震动，铁锈簌簌掉落，整条轨道都在上下起伏，看起来像泡在咖啡里的早餐麦圈一样随时可能粉碎坠落。但悬浮在永磁场之上的轨道不可能原地坠落，就算那些七零八落的碳纳米系带全部断裂，它也只会被高高弹起来，扭成麻花形散落到鬼知道什么地方去。

我停下脚步，放下行李箱，干脆把领带扯掉揉成一团塞进衣兜，松开了衬衣上的三颗纽扣。一个嗡嗡作响的家伙沿着轨道驰来，吱地停在我面前，这个轨道机器人形状像个饭盒，一停下来就开始叮叮咚咚地播放《献给爱丽丝》，将盒中售卖的物品展示给我看。左边一半是平凡无奇的旅游纪念品，右边一半是冷冻的速食品，包括饮料和水果。我的眼睛望向哪种食品，机器人就殷勤地放出一丝含有食品味道的香氛喷雾，当视线掠过水蜜桃，化学合成的桃子味道令我悚然一惊。

"仅售三元，先生，保证新鲜的南方农场水蜜桃，从采摘到冷冻保存只用了五分钟，就连南方农场充满阳光味道的美味空气都被一起冻了起来呢先生！"用不知藏在哪里的摄像头捕捉到我的神态，机器人用不知藏在哪里的扬声器发出欢快的合成音。

"好吧。"我犹豫了一瞬间，掏出皮夹数出三张零钞递过去。

　　　　　　　　　　　　　　　　　　炸弹女孩

"感谢光临！ T00485LL 发自 CPU 地感谢您，先生！"刷的一声，钞票被不知藏在哪里的触手夺走了，一颗速冻的桃子弹出机器，在空中漾出一团水蒸气的云雾，接着轻轻跌落在托盘上，零下十八度急冻的水果被定向微波快速解冻，休眠与唤醒都只用了短短一秒钟，"这是您的南方农场水蜜桃，先生，如果愿意的话我可以介绍一下这些可爱的纪念品，比如可以自动下楼梯的势能转换器、能够看护婴儿的恐龙玩偶、印有'大卫'图案的夜光纪念章……"托盘升起在我面前，桃子同屏幕上显示的样品一样饱满可爱，新鲜得像刚从树上摘下来。

"不必了。"我拿起那颗水蜜桃。

没有味道。看似美味多汁的桃子没有任何味道，水蜜桃底部有个小小的标签，上面的日期显示这颗桃子已经在机器人的冷库中沉睡了四年零十一个月，但距离保质期限还有很长一段距离。

按照食品安全法规定，桃子的营养成分流失最多在百分之五，它的本质还是一颗营养丰富、汁水充盈、健康纯粹的桃子。——这就是文明的力量。

我随手将水果丢进垃圾箱，走向纪念广场北侧的巨大人形机器人。售货饭盒机器人乖乖闭嘴不语，但鬼鬼祟祟地沿着轨道跟在我身后，滑轮摩擦铁轨发出难听的刮擦声。无论它还是轨道本身都需要一次从头到脚的保养，或者在不远的某一天彻底沦为废铁。

"不要跟着我。"我没有回头，冲身后挥挥手。优先级更高的服从逻辑战胜了求生欲望，售货机器人的身形静止了，孤零零地凝在铁轨上，像冬季瑟缩在电线上忘记南飞的孤鸟。

整个广场没有其他的游客。离得越近，伤痕累累的机器人雕像就显得越发丑陋，我皱起眉头，掏出照片仔细观看。一件事忽然浮现于脑海，却远远飘在意识的捕捉范围之外摸不到轮廓，照片上是十二岁的我和十二岁的她，在十二岁的夏日与十二岁那年的卧室房间，十二岁的年纪里，应该还有一个若有若无的阴影存在。

而那个影子，也是我远离这座都市的原因。但现在绞尽脑汁也看不清那个影子的面目，一旦意识到这个死角存在，大脑就开始用尽力气破解回忆的谜团，像水蜜桃一样被冻结的往事坚冰慢慢融解，一个接一个画面浮出水面。我和她。我和爸爸。我和提摩西夫人。我和巨大机器人雕像。在浓雾中迷失而被吓坏的孩子。放学后的秘密基地。草稿本上的机器人图纸。用晾衣架、电动车马达和易拉罐制造的机器人。被丢弃的甲壳虫汽车。每个画面都有那个影子存在，如同无形的手在按下快门将回忆定格的时候，总是将一条徘徊于身边的幽灵记录其中。

越是努力捕捉，神秘的影子就越轻飘飘地溜走，我不禁开始怀疑自己的记忆，怀疑自己的大脑，怀疑我内侧颞叶的每一个神经元和神经突触在联合起来欺骗这具身体的主人。——童年的记忆如果这么不可靠，为何琉璃肌肤的温热触感和身上散发的甜蜜味道显得如此鲜明？

头痛开始袭来，"见鬼……"我从裤兜里摸出尼古丁咀嚼片丢进嘴巴，用咬嚼肌的运动缓解疼痛。胶质中的尼古丁渗透进血管，这种禁烟运动中奇迹般存活下来的安慰剂让我精神立刻振奋起来，但这无助于思考，我只能暂时将打结的记忆丢在一边。

巨大机器人塑像遮住朦胧的阳光，庞大的双脚逐渐与我的视线齐平。经过修葺的大理石基座用四种语言刻着拍马屁的美术评论家的华丽辞藻，他们居然认为这一团焦黑扭曲的金属是现代文明史上妙手偶得的极佳创作。作为设计师的一员，我深深地难以苟同，甚至不大敢直视那丑陋的金属骨架。

机器人塑像凝视着五百米外的机器人大会主场馆，我和琉璃曾在那栋蛋壳形的乳白色建筑中登台表演，收获了五千名观众的热烈掌声。我们搞砸了好几个地方，却意外地赢得哄堂大笑，或许这正是这种表演形式的高明之处吧。灯光亮起，大会正式开幕，每一个小舞台都有吸引人的各式机器人登场，我们两个趁没人注意偷偷溜

　　　　　　　　　　　　　　　　炸弹女孩

了出来，爬上机器人塑像的基座，望着远处流光溢彩的场馆和亮着灯带的长长轨道，等待烟花升起。

那时我们都说了些什么？十二岁的我们，或许正试图表现自己成熟的一面，谈论着音乐、电影、书籍，也许聊起学校中发生的事情，更可能谈着机器人的话题，想象着我们的未来将会是一副什么样子。

到如今，我知道我的未来是什么样子，而她的未来呢？

我在我们曾经并肩坐着、悬空摇晃双腿的地方找到一个白色的信封。那时我们花很大力气才爬上高高的基座，如今看来，那不过是齐胸高的台阶罢了。我的心境非常复杂，但走到这一步，除了打开信封之外没有其他选择。

撕开信封，薄薄的信纸上只写着一个名字：乔。

05：36

乔是谁？

这个名字没能将沉睡的记忆唤醒，短短三个字母看起来有点陌生。"乔"应当是"约瑟夫"的缩写，现在已经几乎没有人将男孩命名为约瑟夫了，因为那听起来又老气又陈旧，一点不时髦。我的交际圈当中没有人叫作乔或者约瑟夫，与琉璃共同认识的熟人更是屈指可数，我静下来梳理了一遍记忆，确实没有这么一个名字存在。

"搞什么鬼？"我皱起眉头，感觉有点烦躁。这游戏已经走到了尽头，是该放弃的时候了，现在搭乘地铁回到车站的话还能赶上四点钟回程的高速列车。我将信纸狠狠揉皱塞进衣兜，拎起行李箱向纪念广场外走去，走出一百米，又忍不住将信纸掏出，展开，抚平，看一眼那个名字，又回头看一眼巨大机器人塑像。

死去城市的铁灰色遗骸像一个魔咒，逃离的念头一次又一次升起，身体却一次又一次背叛意志。不管望向哪里，都能看到童年的我的影子。我漫无目的地慢慢行走，圆形轨道上寂寞的铁盒子进入我的视野，"喂，售货员。"我开口道，"现在是午饭时间了吗？"

"早一分钟，晚一分钟，都不是比现在更适合吃午饭的时间！T00485LL的流动餐馆向您介绍今日推荐菜单，先生！"机器人立刻发出兴奋的电子合成音，驱动滑轮飞速驰来，五颜六色的诱人食物影像在面板上跳跃起舞。——若说起机器人与人类思维的最大不同，就是它们似乎不大能理解人类对于长串数字的差劲记忆力，它的名字对我来说只是一串毫无意义的字符串罢了，可听它可怜巴巴的语气，似乎还挺希望我记住这个莫名其妙的名字，以熟稔的口气来跟它寒暄几句。

"墨西哥卷饼？"我将脑中浮现的第一个食物名字告诉它。

"在这样一个温度十九摄氏度、湿度百分之六十五的美好初冬日子里，热气腾腾的墨西哥玉米卷饼是最适合户外环境的餐点了！您可以任意搭配豆子、白米、生菜、牛油果、辣茄子、鸡肉、牛肉、奶酪、酸奶油、莴苣和蘑菇肉馅，并可以免费添加番茄酱、芥末酱、辣椒酱、酸辣酱、甜辣酱和沙拉酱……"T00485LL的显示屏上飞速掠过一连串食物图片，快得让人根本没办法看清。

"怎样都好，给我生产日期最近的吧。"我摆摆手，望着漆皮剥落、尘埃满身的机器人，思考着这区区几块钱收入能够换取几天续航电力。我们曾经那么憧憬机器人走入现实生活的美好未来，但孩子如果以超然的眼睛看到今时今日的画面，或许会完全推翻幼稚的愿景吧。

我的要求可能给它添了一些麻烦，几秒钟后，嘀嘀嗒嗒的《献给爱丽丝》响了起来，"生菜牛肉墨西哥卷饼配辣椒酱，附赠大杯可乐及洋葱圈，感谢惠顾，先生！一共是九点九元。"食物"啪啪"弹起在空中，被定向微波瞬间解冻并加热，冒着蒸汽准确降落在托

　　　　　　　　　　　　　　炸弹女孩

盘中，一支细长软管蠕动着不知从哪里伸出，向一次性纸杯中注入气泡丰富的冰可乐。

我将钞票递给它，接过托盘，略犹豫了一下，还是坐在肮脏的轨道基座上开始用餐。冷冻了不知多久的食物看起来十分诱人，但缺乏让人大口咬下去的诱惑力，我拿起卷饼咬了一口，慢慢咀嚼着这些据说是玉米煎饼、牛肉、生菜和辣椒酱的东西，用可乐将它们冲下食管。不知道他们用什么方法保存可乐，饮料的味道还算正常，碳酸噼里啪啦刺激着口腔黏膜，感觉不错。

"在用餐的时候，您是希望我简单介绍一下纪念广场的历史和'大卫'的来历，还是播放一首佐餐歌曲呢？与套餐搭配，每首歌曲仅需零点九九元，既可以使用我的立体声扬声器播放，也可以传送至您的随身设备中，一次购买，终生受益……"殷勤的机器人展示着一长串歌曲列表，我心不在焉地瞟了一眼，忽然脑中蹦出一个念头："有没有名叫'乔'的歌手或歌名？"

墨西哥卷饼让我模模糊糊地想起什么，这种食物与某种音乐之间产生了尚不清晰的关联，此情此景忽然觉得相当熟悉，似乎在某个不知是真是幻的记忆片段里，我就坐在这里，一边将食物塞进嘴里，一边听着广场上的音乐声。食物和音乐我都不记得，但这应该是某种线索。

"以 Joe 为关键词查询得出 153328 个结果，您要找的是不是 Joe·Cocker、Joe·Jonas、Joe·Nichols……"T00485LL 欢快地唠叨着，我赶紧伸手加以制止："不不，我想想……"

音乐声响起，来自我深深的脑髓。

"Joe·Brown，Joe·Lattice……"

"闭嘴！"

世界立刻清静了。我放下托盘，用力回想模糊的片段，直至一阵剧烈的头痛突如其来爆发，轰的一声炸开在头盖骨里，浑身上下每一个神经末梢都接收到了短暂而强烈的疼痛脉冲。

"先生？您怎么了，先生？您需要帮助吗，先生？需要我为您叫救护车或者联系家人吗，先生？"T00485LL欢快地呼喊道，我知道那不是它的本意，毕竟一个语音合成器只有一种基调，最适合售货员的就是这种该死乐天派的语气。

"我没事……我没事。"我深深曲着身子，将头藏在双膝之间，直到难挨的疼痛过去。这种疼痛我一点都不陌生，自从离开这座城市之后，有许多次我尖叫着在噩梦中醒来，因头痛而彻夜无眠，医生说我的检查结果完全正常，——一如我的心脏——健康得可以活到世界末日的那一天。随着年纪增长，头痛的次数逐渐减少，自从结婚以后这种电击般的苦刑已经极少干扰我的生活，我也乐于在妻子面前将秘密深深埋藏。

我知道两分钟过后疼痛就会暂时退去，像潮汐暂时远离沙滩，如果此时立刻服下安眠药入睡，就可以阻止下一拨疼痛袭来。但这次我所做的是猛地站了起来，双手抓住机器人的铁盒子摇晃着："我想起来了！我不知道歌手的名字或者歌的名字，但我想起了一段旋律，你可以通过旋律找到歌曲吗？"

"您这样做让我很困扰，先生，通常来说我们是不太喜欢身体接触的，您身上的汗液对我的皮肤——我是说烤漆——有害。不过我确实提供哼唱旋律找歌的服务，只需二点九九元即可，只要激活服务，一份已付费的APP拷贝会出现在您的移动终端中……"T00485LL轻快地答复道。

我立刻哼出那段曲子。在头痛的黑暗深海中微微发光的是一小段歌曲的旋律，非常简单的曲调，短短两句，没有歌词。在遗忘之前，我将这段旋律连续哼唱了三遍，然后紧张地盯着机器人的显示屏。

"有十五个近似结果，先生，如果有歌词或者下一段旋律的话……"T00485LL犹豫道。

　　　　　　　　　　　　炸弹女孩

"对了对了，类似于二重唱，不，我是说两个短句每个都重复两遍……"我立刻补充道。

"啊，这就好多了！"机器人快乐地叫道，"匹配结果是惟一的，这是一首创作于1911年的歌曲，歌名是《牧师与奴隶》，作者是乔·希尔，您非常幸运，先生，这首歌的原版录音没有留下，幸好有另一名歌手犹他·菲利普斯在整整一个世纪之前翻唱的版本，现在为您播放三十秒试听。"

沙沙的背景噪声响起，接着音乐声传来，伴奏只有一把吉他，一个苍老的男声唱道：

> 长发的牧师每晚出来布道
> 告诉你善恶是非
> 但每当你伸手祈求食物
> 他们就会微笑着推诿：
> 你们终会吃到的，
> 在天国的荣耀所在
> 工作、祈祷，简朴维生
> 当你死后就可以吃到天上的派。

伴随着撕裂般的声响和天旋地转的失重感，记忆的冰山轰然崩塌。"乔"这个名字是一颗铁钉，音乐是将名字敲进冰山的铁锤，小小的裂缝不断扩大，悬浮在记忆之海中的坚硬核心终于分崩离析。在失去意识之前，我想来了。乔。琉璃。我的父亲。十年前的那一天。"大卫"身上熊熊燃烧的火焰。鲜血和汽油。这座城市的最后一日。

我想起来了。

05：11

我从昏迷中醒来，T00485LL 刚好数到第五百八十秒，"先生！先生！你醒了！"它大声嚷道，"若是十分钟之后你还不醒来，我就必须联系医疗卫生部门，并作为第一旁观者接受警察部门的讯问了……你没事吧先生？需不需要药品？我认识一个在附近卖药的家伙，它的药瓶上没有条形码，不过对治疗头痛非常有效……"

"我没事。我要走了。"我用力一撑地面站了起来，忍受着眉心后面一阵阵的刺痛，用手拍打身上的灰尘。

"您确定不是因为我提供的食物或者音乐而感到不适？"机器人可怜巴巴地问，屏幕上以绿色和蓝色的波纹来表示情绪，"我已经有两次不良信用记录了，如果被那些官僚发现……"

"与你没有关系。谢谢你。再见。"我将西装外套搭在肩上，眺望四周景物确认一下方向，然后大踏步走去。

"谢谢！……你的箱子，先生！"T00485LL 叫道，伸出软管手臂拎起那只行李箱，沿着轨道追来。但我前进的方向与圆形轨道几乎垂直相切，铁盒子机器人焦急地左右横移，用最大音量播放《献给爱丽丝》，希望能唤起我的注意。

我没有回头。

我想起了许多东西。模糊的阴影显露出面目，那是一张我无论如何不应该遗忘的脸庞。我与琉璃坐在卧室的床上开心微笑，是他用相机将这一刻定格；我第一次骑上父亲的自行车，是他在旁边帮我保持平衡；我惹怒提摩西夫人，是他陪我留堂罚站；我在雾气浓稠的清晨迷路，是他用手电筒的光芒引导我走上正确的方向；我放学后的秘密基地是他一手建造的；我在草稿本上画下机器人图纸，是他用晾衣架、电动车马达和易拉罐将潦草的蓝图化为实物；我们共同玩耍、长大，看着被丢弃的甲壳虫汽车一天天被灌木丛吞噬，看着琉璃从邻家女孩成长为窈窕淑女。

属于我与她两人的瞬间是虚假的，每一个画面都有他的存在，是他为我们讲解"二人羽织"的表演要领，在上台前为我们鼓气加油，带我们逃出热闹的中央展馆，坐在"大卫"的大理石基座上望着灯火辉煌的城市，等待烟花升起。我们三个人讨论着关于音乐的话题，我们都喜欢老歌，我爱迈克尔·杰克逊、芮阿娜和阿黛儿·摩根，琉璃喜欢皇后乐队、蝎子乐队、邦·乔维和夜愿，而他的播放器里装满鲍勃·迪伦、琼·贝兹和朱迪·考林斯。

那是我在这个小小的群体中第一次被疏远。或许，也是最后一次。

琉璃身上的甜蜜桃子香味还残留在鼻孔，但她却不再向我看一眼，只用亮闪闪的眼神望着那个男孩，同他谈论着音乐中的力量与反抗精神。我试图插进对话，却发现他们在用一种我不理解的语言交谈，"民谣与摇滚的精神核心是重合的，它们拥有同一个根源。"

"如果说根源的话，应该是'日升之屋'（The house of the rising sun）吧？"

"啊，你一定要听一听'动物'乐队（The Animals）的版本，在那个年代的英国乐队当中算是最棒的另类。我的播放器里应该有的……就在这里。"

他们分享同一副耳机，身体凑得挨得那么近，以至于我听不清他们的窃窃私语。我无聊地望着天空，直到第一朵烟花在夜空绽放，"放烟火了！快看啊！"我大叫道，扭过头，发现他们之间的最后一丝距离已经藉由双唇轻轻弥合。

乔。

他的名字叫作乔，我怎能忘记他？我最好的童年玩伴，我的朋友，我的兄弟，我最敬佩的人。他是个心灵手巧的人，在秘密基地简陋的环境中制造出那么精致的双足机器人，那早就超过了手工课的范畴，简直可以拿到现代艺术品画廊中去展览。他学习成绩极好，喜爱摄影，会弹吉他，拥有一头浓密的褐色头发和一双明亮的灰绿色眼睛。在十二岁那年，他就长到五尺九寸高，拥有强壮的肌肉和敏捷的身形。他是个值得信赖的人，具有领袖的天然气质，身边从不缺乏追随者，我不知道他为什么喜欢和我厮混在一起，只知道与他一起玩耍的日子，我快乐得像国王身边受宠的小丑。

有一次我问乔为什么那么喜爱上世纪的古老民歌，他对我说在遥远的 20 世纪初，有一位诗人、作曲家、工会组织者为了工人运动写出无数振奋人心的民谣歌曲，最终被资本家以杀人罪处决。那个人的名字叫作乔·希尔。现在可能没人记得这位民歌复兴运动的精神领袖，但这个名字将永远铭刻于反叛者的墓碑上，永不褪色。

"我们名字相同。"乔笑着说，"有时候我觉得，这是上帝的安排。"说这话的时候，他的脸上带着与年纪还不相称的成熟。

自从十二岁那年"世界机器人大会"烟花缭乱的夏夜之后，乔与琉璃逐渐淡出我的生活。乔并不理解我的冷淡，下课后依旧找我来玩，但我心中已经筑起高高的墙壁，将国王的邀约一次次拒绝。终于，三个人之间疏远了，十二岁男孩的自尊让我不得不独自品尝被遗弃的苦果，躺在床上想起他们出双入对的影子，痛苦地曲起身体忍受深深的孤独。

我恨他。恨国王将他的小丑遗弃（尽管那是我自己的选择），恨他与琉璃在一起的每一秒时间。

日子过得很快，我们渐渐长大，琉璃在高中毕业之后进入汽车制造厂控股的维修公司实习，乔依照父亲的意愿进入职业技术学院学习机械电子工程，而我在社区大学攻读现代工业设计学位，准备在取得学位之后考入著名大学的研究生院，彻底离开这座嘈杂而阴沉的城市。

那一年，白色的高塔用了短短一个月就出现在城市的正中心，罗斯巴特集团的盾形徽标高高悬在塔楼顶端，像一只奇怪的眼睛在俯瞰整座城市。街道上开始出现各式各样的机器人，起先做着一些

　　　　　　　　　炸弹女孩

机械性的简单工作，随着州议会政策的逐渐宽松，这些怪模怪样的家伙开始走上正式工作岗位，——说是机器人，其实没有一个是人形的，只是一些会移动、举起物体和发出声音的机械而已，当然，据说还会思考。

也就是从这时起，萧条的气氛开始笼罩街道，工人们不安地议论减薪和裁员的话题。我的父亲说一切都会好起来的，历史就是这样，城市已经挨过了那么多次经济危机，不会被暂时的不景气击倒。

终于，裁员计划被提前泄露，工业区即将整体关闭的消息如同重磅炸弹爆炸，一切都乱了套。工会立刻组织罢工，——事后想想，资本家早已做好割掉古老工业体系、建立新秩序的准备，罢工和游行又能威胁到谁呢？

我就是在这样一场游行中听到唤醒记忆的那首歌曲，乔·希尔在1911年为工人运动而创作的《牧师与奴隶》。对了，那天我穿过街道从社区大学回家，被游行示威的人流席卷其中，"喔，老克劳福特的儿子！"有人认出了我，立刻我的手中就多出了标语牌、头巾和啤酒，"为什么没有人发给你啤酒？喝光啤酒，举起牌子，再走二十分钟我们就吃午饭！"

我不想参与，但没能说出拒绝的话。人群呐喊着口号走过国王大街、绿洲路和铜矿路，兜了个圈子到达纪念广场，在这里休息、午餐。吵吵闹闹的工人坐满了圆形轨道基座，就像下雨时电线上密密麻麻挤满的麻雀，有人在我手中塞入热狗与凉啤酒，广场中心搭起临时高台，四个巨大的马绍尔牌音箱接通话筒，有人登上台向大家讲解下午的游行路线；接着另一个人花了十分钟宣讲机器人末世论，说这些拥有了身份的铁块总有一天会反过来成为人类的主人；最后乔和琉璃双双出现在台上，乔抱着他的吉他，琉璃穿着白色棉质T恤衫和蓝色背带裤，短短的头发用红色头巾扎起。

"乔！乔！"工人们举起啤酒喊道。

"这首歌叫作《牧师与奴隶》。今天，资本家说用钞票买断我们未来的工作年限，将我们安置在新移民城市，让我们可以在机器人的服务下舒舒服服过完一辈子，每日做着虚幻的工作，而明天，我们，我们的儿子，我们的女儿，我们的孙子、孙女和所有后代，就会成为被世界遗弃的垃圾！"乔已经成长为一个英雄般的高大男人，他握着话筒，整个广场的光仿佛集中在他身上，让他吐出的每一个字眼都带着来自天堂的雄浑力量，"这些资本家正在用无所不在的机器人抢走我们的工作、我们的土地、我们的生活和我们的城市，两百年前，我们的祖先在戈壁滩中央建立了这座城市，如今城市的灵魂就要死去，高炉不再流出铁水，水压机不再锻打金属，石油不再流动，蒸汽不再喷发，一切将在我们的手中终结……全部终结。"

全场鸦雀无声，音箱中传来空洞的啸音，空气绷紧了，我望着乔和他身边的女人，艰难地咽下口中的食物。

乔没有多说一个字。他引燃了三千名工人的炙热情绪，又任由它在等待中发酵、膨胀，演变为超过临界力量的风暴。所有人都在等待他继续说下去，他却退后一步，抱起怀中的吉他。琉璃轻轻握住话筒，闭上眼睛，翕动嘴唇。

纤弱而有力的女声响起：

> 长发的牧师每晚出来布道
> 告诉你善恶是非。

吉他扫弦声响起，如遥远天边隐隐滚动的雷雨。

> 但每当你伸手祈求食物
> 他们就会微笑着推诿……

乔开口了，充满力量感的男声接替了女声：

你们终会吃到的，
在天国的荣耀所在。
工作、祈祷，简朴维生
当你死后就可以吃到天上的派……

随着简单旋律的不断重复，工人们开始加入叠复句的合唱。

工作、祈祷（工作、祈祷！），简朴维生（简朴维生！）
当你死后就可以吃到天上的派！
各国的工人弟兄团结起来（团结起来！）
当我们夺回我们创造的财富那天
我们可以告诉那些寄生虫（寄生虫！）
你得学会劳动才能吃饭！

纪念广场沸腾了。音乐的力量让这些卑微的、绝望的、疲倦的工人发出海啸般的怒吼，我相信即使远在那座白色高塔中，大人物们也听得到这种震耳欲聋的呼喊。

在这一刻，我却感觉到彻底的绝望。他与她站在高高的台上，唱着一百年前的歌，他是她的约翰·列侬，她是他的小野洋子，他是鲍勃·迪伦，她是琼·贝兹，他们是一体，彼此契合，无法分割。

我恨自己打开记忆的封印，让这种痛苦再次置我的灵魂于嫉妒的炼狱。我沿着国王大街快步向前，走过肮脏的街道、破碎的路灯和飘满纸屑的路口，我已经知道琉璃尝试将我引向何方，最后一封信一定藏在那个地方，我曾经忘却，又终于想起来的开始与终结之地。

我们的秘密基地。

也是乔死去的地方。

03：54

我不知道儿时的记忆缘何被封闭，只知道随着回忆的恢复，某种东西悄悄改变了。这破败的城市、无精打采的阳光、钢蓝色的雾气开始变得熟悉而亲切，空气中有一种让人心惊的温暖味道。快步走了二十分钟，我才发现行李箱和外套被丢在了纪念广场，但那些已经无关紧要，我最需要的是一个答案，而答案就在前方。

邮电大楼出现在街角，这栋六层高楼房表面的绿色油漆已经剥落，大门紧紧锁着。我的心脏不由自主加快跳动，左右看看，街上并没有行人，远方一架清洁工机器人懒洋洋地挪动八条吸盘腿在一栋建筑物的外立面上行走，街对面的消防栓损坏了，一摊污水汩汩冒着气泡。

我咽下唾液，慢慢绕到邮电大楼侧面，在这栋大楼与隔壁"罗姆尼螺丝世界"五层楼房的夹缝处，摆着一个立体花坛，这种砖木混合结构的花坛在城市兴盛的时代大量出现于街头巷尾，花坛分为七层到十二层，层架上装有培养土或水槽，里面种植着三色堇、毛蕊花、波斯菊和蝴蝶兰，每个季节都有不同的鲜花开放，让花坛看起来像一道依序移动的彩虹。当然，现在的花坛只是一堆腐朽的木头和生满杂草的泥土罢了。

我蹲下来，一眼就看出新近有人来过的痕迹。这座花坛是秘密基地的入口，钻进花架底下，抽出六块底座的红砖，就可以钻进两栋大楼之间的夹缝，那是专属于我与乔两个人的天地。在热衷于机器人的童年时代，我们每天放学后来到这个秘密基地，在机械图纸、组合玩具和稀奇古怪的电子零件上消磨时光。我居然会忘了这美妙的一切，这简直匪夷所思，——就像我居然会忘记乔一样离奇。

我挽起袖子，手足并用爬进花架下方，四周阴暗下来，能勉强看清布满灰土和烟蒂的地面。一行清晰的爬行痕迹出现在尘埃里，

　　　　　　　　　　　　　　　炸弹女孩

消失在花坛底座前，我伸出右手与灰尘中的手印比较，手背完全遮盖了那小小的掌印，娇小掌印的主人一定是位女性。我悚然一惊，鼻端仿佛闻到了水蜜桃的香甜味道，用力吸气，却只嗅到飞扬的尘埃。

灰尘让我咳嗽起来，在文明的世界居住太久，差点忘记了尘埃的味道，这种由尘螨、虫尸、沙粒、垃圾粉末和金属颗粒组成的灰土几乎令我窒息。在一阵剧烈的咳嗽过后，我伸手摸索砖墙，那六块砖只是搁在原本的位置，轻轻一抽就掉了出来。但我没办法穿过砖墙的洞口，一次冒失的尝试差点让我卡死在秘密基地的入口处，红砖挤压着我的胸腔，肋骨在咯咯作响，昂贵的真丝衬衣被砖块磨破，我用尽全身力气才退了出来，在灰蒙蒙的花架下大口喘息着。

花了十五分钟时间，我才用钥匙链上的袖珍军刀撬下四块红砖，将洞口扩大到成年人的宽度。这次我顺利地爬了进去，手脚接触到秘密基地的刹那我彻底放松了，一转身仰跌在地呼哧呼哧喘气。这里几乎一片漆黑，两栋楼房相接的遮雨棚没有留下一丝天光，四英尺宽的夹缝被两侧的花坛完全封闭起来，或许是设计的疏漏，或许是规划问题，原本应该毗邻建造的两栋大楼并未实际贴合起来，除了城市建筑管理委员会之外没人知道这个隐秘空间的存在。

知道这里的只有我和乔两个人。在我们逐渐疏远的日子里，我不时会回到这里独自玩耍，也会看到他曾来过的痕迹，秘密基地成了维系我们关系的最后纽带。

直至十年前的那一天。

我的记忆从未如此鲜明，以至于一闭上眼睛，就能看到死去的乔那张英俊面孔上的诡异表情，他一只眼闭着，另一只半睁，眸子变成一种雾蒙蒙的灰色，鼻孔微微张开，嘴角上翘，露出几颗沾血的牙齿，齿缝里咬着一截黑色的物体，后来花了好久我才想到，那应该是他的舌头。因为被殴打的痛苦，乔咬断了自己的舌头。

那是一个雾气蒙蒙的清晨，大罢工的第十六天。由产业工人掀起的大规模罢工运动已经由这座城市扩展到这个州所有的工业城市，人们扎着红色头巾，挥舞着标语牌、大号扳手和铁锤走在街上，唱着一个半世纪以前那个名叫乔的男人写下的歌谣。我不知道资本家和政客们是否感到害怕，电视上看不到真实的讯息，即使人群包围了罗斯巴特集团的白色通天塔，也无法看清高居塔上的大人物们的表情。

我也不再去社区大学上课，整日混在游行的队伍里。我的父亲非常反对我参加游行，严厉地训斥我，说那不是我该干的事情；可我选择无视他的意见。参加罢工运动对我来说并非出于阶级、道德或政治原因，回头想想，或许我只是想喝到免费的啤酒，然后远远地看琉璃一眼罢了。那时乔和琉璃每日都会登台演唱，将乔·希尔的歌曲教给大家，当台下的声音掩盖了音箱的音量，每个人开始挥舞拳头大声歌唱的时候，琉璃脸上的那种光芒令我无法直视。我心碎地、痛苦地、嫉妒得快要发狂地望着那对高高在上的恋人，品尝着扭曲的蜜水与漆黑的毒药。

我恨他。

我爱她。

所以更恨他。

后来，他们的位置似乎被另一伙人取代了，为首的人整天喊着蛊惑人心的口号，罢工运动正在悄悄向极端的方向发展，乔和琉璃不再出现在台上，工人们也不再唱歌。

第十五日夜间，一场冲突发生了，没人知道混乱因何而生，血与火笼罩了钢铁之城。整座城市都在熊熊燃烧。电力供应中断，手机失去信号，电视新闻没有报道，无数人在呐喊，汽车爆炸的火光在一条条街道如烟花般闪烁，烟雾升起，星空黯淡，每个人都疯狂了。我对这一天的记忆非常模糊，只从很久以后的新闻片段中看到了这可怕的画面。

第十六天，由工人组成的城市防卫队——那时刚刚出现的机器人警察已经全部被砸毁了——在巡查中发现了乔的尸体。他倒在邮电大楼旁边，身体因殴打和践踏已经不成形状，左手藏在身下，右手伸向花坛的方向，指甲在地面留下长长血痕。在他之前，我所在的这支防卫队已经找到了六十名遇难者的尸体，其中包括我的父亲。在这一刻，我很奇怪地陷入了游离的精神状态，镇定自若地用酒精棉球擦去乔脸上的血污，将他装入黑色的裹尸袋。

我知道他最后想要到达的地方，不是那座花坛，而是花坛背后的秘密基地。但我没有任何反应，甚至没有去思考其中的意义。

剧烈的头痛忽然袭来，阻止我继续回忆下去。我慢慢站起来，掏出手机照亮秘密基地狭长的空间，这里的一切都没有变，我们用硬纸板分隔的工作间、储藏室、书房、食品间和机械库依然如旧，只是以成年人的视角来看，这里的一切都像幼稚过家家游戏的道具。

一个洁白的信封摆在工作间的书桌上，那张桌子是我们费了好大力气偷偷运来的，桌上积满厚厚灰尘的机器人画册、图纸和照片曾是我们最珍贵的宝物。我拈起信封，撕开封皮取出信纸，纸上写着：

> 你终于做到了，大熊。你想起一切了吗？我在工作地点等你，你知道我在哪里。PS：这是最后一次反悔的机会。

03：20

我当然知道琉璃在哪里工作。事实上，我曾不止一次在那间隶属于汽车制造厂的机械维修公司外面驻足观望，希望在裸着上身的机修工人、冒着热气的液压举升机、坏掉的汽车和沾满机油的墙壁中间找到黑发女人的轮廓。我从没看到过她，她也未曾感觉我灼热的视线，这是件好事，我心中一直迷恋着这个遥不可及的女人，却不知怎样开口说出一句问候。距离十二岁已经太遥远，我们之间的距离将我对她的感情酿成有毒的苦酒，将她对我的回忆装进疏离的坟墓。

手表显示三小时二十分，那是她给我的最后期限，游戏已经结束了，只要沿着铜矿路走到尽头，就能在右手边找到"吉姆—吉姆尼"机械维修公司的大楼，找到那个有着水蜜桃味道、穿着白色棉袜子的东方女孩。

铜矿路是贯穿城市中心的主干道，我背后矗立着罗斯巴特集团分公司的白色高塔，前方是空阔无比、迷雾覆盖的道路。这时候阳光隐去，雾气仿佛变得更加浓密，一辆布满灰尘的汽车从雾中驶来，有气无力地按了一声喇叭，掠过我的身边，卷起刚刚落下的一捧黄叶。一架体型跟雪纳瑞犬差不多大的机器人不知从哪儿钻出来，利索地将落叶吸进集尘器，然后用盒装身体上顶着的摄像头眼巴巴地瞅着我。

我知道它在等我吐出口中的尼古丁咀嚼片，"不。"我做出拒绝的手势继续前进，机器人失望地垂下摄像头，钻回道边的排水沟。现在的我感觉疲惫、头痛、胸口疼（应当是爬进秘密基地时弄伤了肋骨）、心慌意乱，此时口腔中释放的每一毫克尼古丁对我来说都无比重要。用力咀嚼着口中的东西，我咽下带着薄荷味道的口水，佯装这能够带给我力量。

回忆仍然在不断苏醒，乱哄哄地挤进我的脑袋，我竭力什么都不想，机械地抬起脚、落下，抬起脚、落下，经过一间又一间贴着封条的店铺，在一架又一架清洁机器人的注视中前进，就这样走完了整条铜矿路。橙红色的建筑醒目地出现在右前方，"吉姆—吉姆尼"机械修理公司大楼看起来像一个超大号的圆柱形油桶，当时算是这座严肃城市中最新潮的建筑物之一，这里除了修理汽车、工

　　　　　　　　　　　　　　炸弹女孩

程机械、机床设备之外，还开展了机器人的保养与维修服务，不过自从罗斯巴特公司的白色高塔出现，就没有过一名机器人顾客光顾。

几名吸毒者在路边谈着什么，一看到我就隐入雾中不见踪影。机械修理公司大楼没有如整座城市般褪色，依然是耀眼的橙红，不过楼顶似乎有些异样；我眯起眼睛望去，发现那是一大群黑压压的乌鸦，无数乌鸦安静地站在大楼顶端一动不动，如同一个古怪的黑色花冠。

这可不是什么好兆头。我的脑袋又开始疼痛。

大楼的门紧紧锁着，贴着黄色封条，透过蒙尘的落地玻璃我看到了自己的形象：穿着卷起袖子的肮脏衬衫，头发散乱，满脸污痕。短短几个小时，我就从系着真丝领带、端坐在办公室里啜饮咖啡的中产者变成了这副狼狈的模样。够了。五秒钟以后我就能让这一切结束。见到她，拒绝她，无论她提出什么要求。结束这一切。

我从地上捡起吸毒者丢下的空酒瓶，用力向玻璃门砸去，"砰！"瓶子立刻粉碎，警铃声响起，接着迅速微弱下去，一定是电池耗尽了能量。

"要跟人打架的话，酒瓶可以随时变成刀子，但一定要记得，用整瓶啤酒去砸才能造出锋利的刃口，空瓶子的话，会碎得只剩下一个瓶颈握在手中。"放学的路上，乔如此对我说道。——他似乎什么都懂。见鬼。

我开始捶打那扇门，捶得如此用力，以至于整条街道都回荡着拳头与玻璃碰撞发出的闷响声。我不知道警察是否会赶来，铜矿路是这座荒芜城市中机器人最密集的地方，州财政拨款维护着这条主干道，为破产的城市留下最后的尊严。在这一刻，我心中甚至生出一个想法：如果警察现在能够将我拘捕也未尝不是一件好事，在缴纳罚金之后我就可以乘坐警车去往中央车站，头也不回地离开这里，再不回来。

起风之城

"喂。"

琉璃的声音说道。

心脏传来熟悉的疼痛悸动，这一声呼唤犹如闪电击穿灵魂。我的动作静止了，透过玻璃门看到自己目光游移的倒影。我这一生从未感到如此狂喜，也从未感到如此恐惧。直到这一刻，我才明白一路彷徨只是自欺欺人的伪装，深藏心底的炙热情感一旦打开缺口，冲动就化为滚滚流淌、散发着毒气的熔岩，为了见到她，我愿意与魔鬼签订契约抛弃一切；但她是真实的吗？在这么多年之后？是否我抬起头来，看到的只是镜花水月的幻影？

"喂，上来吧，别闹了。一层的门是打不开的。"

我慢慢抬起头。动作如此缓慢，以至于全身上下每一条肌肉都僵硬而发出颤抖。午后的阳光穿过雾气，洒下柔软的金黄辉光，二楼一扇窗子打开了，她在那里，带着笑，轻轻挥动手臂。

我听到自己胸口传来爆裂的声音。格林童话《青蛙王子》中王子的仆人亨利看到主人变成一只青蛙之后，悲痛欲绝，在自己的胸口套上了三个铁箍，免得他的心因为悲伤而破碎。当王子被公主唤醒，忠心耿耿的亨利扶着他的主人和王妃上了车厢，然后自己又站到了车后边去。他们上路后刚走了不远，突然听见噼噼啦啦的响声，好像有什么东西断裂了。路上，噼噼啦啦声响了一次又一次，每次王子和王妃听见响声，都以为是车上的什么东西坏了。其实忠心耿耿的亨利见主人如此幸福而感到欣喜若狂，于是那几个铁箍就从他的胸口上一个接一个地崩掉了。

此时此刻，我胸口的铁箍正因无限巨大的幸福而一个接一个爆裂，那些为了不再想起她而筑起的钢铁樊篱。我是爱上公主而背叛王子的亨利，三千六百五十个自我逃避的日子过去，这一刻，我获得了新生。

"消防楼梯在大楼后面，慢慢爬，有些地方生出了青苔，有点滑。"她说。

"知道了。"

懊恼、疼痛、疲惫、失望、愤怒如初雪融化，心情瞬间平静得如同冬季月光下的密歇根湖。这种改变让我觉得奇怪，但又不纠结为何奇怪，仿佛知道任何不合理的事情一定可以得到合理的解释，也就不再在意解释本身。心脏仍在激烈地跳动，但手指已不再颤抖。

我绕到大楼背后，在遍地垃圾中找到防火梯，小心地踏着滑腻腻的苔藓攀上二层。跨过一道门槛（也可能是一道窗棂），我见到了琉璃。

她穿着白色棉质 T 恤衫、蓝色背带裤，戴着白色耳机，头发短短的，明亮的眼中带着笑意。在这一刻，我忽然发觉其实一直以来我都不记得琉璃的样子，就算刚看过她与我十二岁夏日的合影，转眼脸孔就会变得模糊；但我如此确定现在站在眼前的人就是她，她并非泛黄照片上的空洞笑脸，而是温热的、活生生的、散发着水蜜桃香味的氤氲光影，就算闭上眼睛，也能感到她的存在，那个十二岁女孩笑靥如花的灵魂。

一种名为"幸福"的甜蜜物质被心脏泵入四肢百骸，我感觉舒适的温暖与辛酸的疲惫，眼睛打量着对面的女人，不愿挪动视线一分。

"大熊，我以为你会变很多，没想到还是这副模样。"琉璃歪着脑袋打量我，露出尽力忍住笑的表情。她脸上擦着几道黑黑的机油痕迹，手上戴着脏兮兮的工装手套，看起来刚才还在工作。

"那个，全都弄脏了，还划破了几处……谁让你把信藏在那种地方的？"我有点尴尬地掸着衬衫上的泥土，鼓足勇气反过来质问道。

"我怕你的记忆不容易恢复，就想办法尽量帮帮你。看来你都想起来了对吗？"琉璃的眼睛弯弯的，几道俏皮的鱼尾纹出现在眼角。

"很多。"我回答道，"我居然会彻底忘掉乔的存在，真是太奇怪了……还有惨剧发生的那天晚上。乔是死于暴动的游行者手中吗？……对不起，我不应该提起的。"

琉璃用黑色的眸子盯着我，"没关系。这么说，你还没完全想起来。或许只要这个程度就够了吧。……大熊，你愿意为我做一件事情吗？"

"愿意。"我回答道。

"可我还没有说是什么事情。"琉璃惊讶道。

"那你说说看。"我说。

"是关于……"琉璃开口。

"愿意。"我再次回答道。

"让我说完！"琉璃怒道。

"好吧。"我说。

"我要你陪我去做一件事情，可能会死的，——不，应该说一定会死的吧。"琉璃犹豫地说。

"愿意。"我说。

"为什么？"琉璃显得有些不解，"我知道你和乔的关系，如果你想起了最要好的兄弟的事情，应该会帮助我的。但你明明没有全想起来……"

"想起什么？你可以告诉我吗？"我问。

"不，别人告诉你的话，你会认为那是一个谎言。"琉璃指着自己的太阳穴，"只有相信这里。靠自己吧，大熊。在此之前，你还愿意帮我吗？"

"愿意。"我说。

"好吧。"她说。

她带着我穿过房间。房间乱糟糟堆满图纸，一台老旧的电脑显示着机械的复杂蓝图，墙角高高摞着罐头盒子和啤酒易拉罐，空气中有一种机油味混合烟草味的熟悉味道。"啊，抽烟吗？"她掏出烟盒抛过来，"在大城市不太容易买到香烟吧。"

我很自然地吐出尼古丁凝胶，抽出一根烟衔在嘴里，"有火吗？"

"什么？"琉璃停下脚步转回头，"哦，抱歉。"她摘下耳机揉成一团塞进兜里，"正在听歌。喏，打火机。"

"谢谢。"我接过打火机点燃香烟。在我所居住的城市，这意味着高达五十元的烟草税、环境税与健康税，加上体检报告上的鲜红图章。不过此时，我感觉到的只有醇厚的舒适感，让咀嚼片见鬼去吧！这才是真正的尼古丁。

琉璃在前面带路，我跟在后面。她的头顶只到我下巴的高度，从这个角度可以看到她如男孩一样的短短发梢、长长的脖颈和裹在T恤衫里纤细的背影。我今年三十二岁，那么她今年也三十二岁了。不再交谈的二十年，未曾见面的十年，她都经历了什么？她是否嫁人生子，为什么还逗留在这座毫无希望的城市？她为何要给我写信？她要我帮助的事情又是什么？

这些问题我一个都不想问。就这样一起行走，望着她的背影，就够了。

我们走出房间，穿过一个短短的回廊，推开一扇门，来到一个平台。

"喏，就是这个。"琉璃指指前方，倚在护栏上望着我，"希望你喜欢。"

我没有说话。

"吉姆—吉姆尼"机械修理公司的圆柱形大楼是中空的，房间呈现环状附着在楼壁，中央是一个巨大的柱形空间。我先看到许多大口径不锈钢管被电缆、液压机构和油管缠绕着向上延伸，抬起头，就发现那其实只是一截小腿而已，膝部轴承关节以上是直径更粗的钢管和液压机构，在胯部与联动机构相接，具有应力结构的多节脊椎托起不锈钢栅板覆盖的胸腔和凯芙拉多层垂帘防护的腹腔，胸腔中装有动力核心，而腹腔则安放着变速器和传动装置，肩部轴承通过锁骨结构连接胸腔与上臂，手臂的液压结构更加复杂，能直接将动力输送到每一根手指末梢，脊椎顶端带有减震系统，上面安放着半球形的头颅，头颅处敞开一扇气密门，露出乘员舱的点点灯光。

巨大机器人静静地站在大楼内，看起来像剥去皮肤与肌肉的金属巨人标本，又像放大千万倍的小学生劳动课手工模型。它的外形毫无美感可言，比例失调，管线外露，而结构设计更充满了幼稚可笑的缺陷，那是只有小学生才能想出的异想天开的设计语言。

但我对它是如此熟悉。

这是我和乔花费大量时间在秘密基地中设计出的巨大机器人，我们管它叫"阿丹"，那是伊斯兰教里全世界第一个男人的名字。我们画下无数图纸，对每一个数据详细推敲，激烈讨论着动力系统的配备，为乘员舱的位置伤透脑筋，这是我们最棒的作品，而那是我们最好的时光。

如今，阿丹从少年涂鸦的稿纸走入现实，它是如此巨大，以至于我一直仰头观看，几乎弄伤了脖子。

"喜欢吗？"琉璃微笑问道。

02：58

"就连数据……都与图纸上的一样吗？"我望着巨大的机器人，声音在空洞的楼内回响。

"高度二十四米，重量一百九十吨，臂展十七点四米，步幅九米。"琉璃靠在护栏上点燃一根香烟，介绍着这个庞然大物。

"动力系统呢？"我努力回想着当时的设计，空想的世界里不需要什么逻辑性，我们完全可以给阿丹安装一台十万马力的核裂变发动机，再在它的全身装满火神机关炮、导弹、激光发射器和电磁炮，但当时我与乔只是非常谨慎地设计了一台峰值输出三万五千马力的氢能源燃料电池发动机，使用传统的轴传动加液压系统方式，而不是更加方便的发电机——电动机结构。

这时头顶有振翅声传来，几只乌鸦围绕着机器人盘旋几圈，嘴里衔着亮晶晶的螺丝钉和铜线，穿过半透明太阳能天花板的破洞飞走。"这些小偷很喜欢发光的东西，慢慢就越聚越多了。"琉璃吹了声口哨驱赶乌鸦，"抱歉啦，大熊，就算拼了老命我也找不到合适的动力核心，现在安装的是来自报废坦克车的两台罗尔斯·罗伊斯牌V12共轨增压柴油机，最大输出马力四千二百匹；变速器则来自海岸警卫队的德尔塔IV巡逻快艇残骸，是ZF公司出产的九挡液压变速箱，修复它花了我很大力气！胸口部分两台柴油机的输出功率经液力变矩器传递至腹部的变速箱，从变速器经万向传动装置输出至裆部的分动器，分动器再经万向传动装置送往各个驱动桥。轴输出提供轴向力，头颈、四肢一共有五个液压系统，液压系统提供径向力。"

"才四千多匹马力，这样的马力重量比只能让它勉强动起来而已吧。"我心中默默计算着数据。

"喂喂，端正一下态度吧老兄。"琉璃探出身子拍拍机器人的大腿，"在没有任何人帮助的情况下，我一个人完成了这么厉害的大家伙，你是要继续吹毛求疵下去，还是动脑子想想你面前的女人应该得到什么样的称赞？"

"这太棒了，琉璃。我不知道该怎么表达。"我说，"我小时候做过的无数梦里面最酷的一个，就是驾驶着巨大机器人与坏人展开殊死搏斗……但你做了一件毫无意义的事情，这样的机器人，一点价值都没有！"

对面的女人忽然眉目弯弯地露出微笑，"好吧，反正还有一点时间，我们可以好好聊聊这个话题，你喝啤酒吗？虽然不冰，不过幸好还在保质期之内。——我们有多久没见面了，十几年？"一边说着话，她一边从背带裤兜中掏出控制板，在上面点触几下，嗡嗡的电动机工作声传来，我们脚下的平台开始沿着大楼内壁的螺旋形轨道旋转上升。

"……十年整。"我回答道。随着平台的移动，我可以自下而上将巨大机器人的细节一览无余。所有的非标准件应该都是身边的女人用车床手工制造的，精度很差，也没有经过打磨抛光，焊接点显得非常粗糙，电路和油路走线混乱，应当由凯夫拉防弹材料覆盖的腹部其实只是挂上几层破烂帆布而已，让机器人更像一具缠着裹尸布的骷髅。长期从事的职业让我不得不以挑剔的眼光审视这个作品，从设计师的角度来说，这简直是一个灾难。

但同时我的心脏在剧烈跳动，仿佛童年的自己想要跃出胸膛、将这伟大的造物拥入怀中。我无法表达心中的激动，全身上下每一个细胞都在惊叹、战栗，就算故作镇静，说话还是会带上颤抖的尾音。乔当年制作的那个精美机器人模型正是按照阿丹的设计图完成的，如果他如今还在世，会不会同我一样，在这个巨大的机器人面前欣喜若狂？

平台升至轨道顶端，咔哒一声静止，从这个角度可以清楚看到机器人头部乘员舱的内部构造，同设计图一样，里面的空间非常狭小，一张座椅悬浮在两百支柔性液压支撑杆中间，星罗棋布的仪表和按钮布满座椅前的操作台，几盏绿灯亮着，象征机器人处于电路自检完毕、可以启动的状态。这一切都与我们当时的设计一模一样，甚至连指示灯的位置都没有改变。

"你没有对图纸做一点改变吗？十二岁孩子画出的图纸？"我悄悄攥紧衬衣一角，以防自己发出激动的喊声，口中吐出的却是挑剔的言语。

"不用怀疑了，这就是你们的'阿丹'，大熊。"琉璃轻轻抚摩着机器人的钢铁皮肤，"无论合理还是不合理的地方，我都完全重现了。"

"可是……'阿丹'它并不科学，从理性的角度……"我艰难

炸弹女孩

地挤出几个字。

"那又怎么样呢？"秘密基地里的充电应急灯照亮乔的脸庞，十二岁男孩扬起眉头，那种充满理想主义精神的天真表情并未死去，穿越漫长的时间，在二十年后的女人脸上重生。

02：30

我的工作是为罗斯巴特公司设计机器人。在机器人三定律的基础上，罗斯巴特集团生产的模拟神经元中枢处理器给机器人带来独立思考的能力，这种生物计算机具有两亿五千万个神经细胞，其工作原理与人脑相当类似——尽管与具有一千亿神经元的人脑相比它在归纳、判断、联想与抽象化思考等方面远远不足。

在州议会修改宪法之后，机器人的生存权利得到了承认，与此同时，"制造"机器人转变为机器人的"生殖"，之前罗斯巴特公司制造的两百万名具有人工智能中枢的机器人成为原始族群，它们开始竞争社会工作岗位、为自己的生存赚取金钱、自由结合为伴侣，有人担心这些由金属和集成电路组成的异类不具有繁衍后代的自然责任，但事实证明这种担心是多余的，即使不加以规定，机器公民也很愿意建立"家庭"，并且共同抚育后代。两百万名原始机器人分为一千零二十五种型号，每种型号的外形与功能都完全不同，而同种型号间又由于批次、零配件和装配工艺等原因出现差异，这些差异成为了某种遗传基因，在"生殖"过程中被保留且放大，最终形成了家族的决定性特征。

两名机器公民伴侣联合提出生殖申请，经州立管理委员会通过后转交罗斯巴特集团高级定制部门办理，定制部门将根据机器人伴侣的主观意愿（在允许范围内对某种特征的强调）及客观因素（显著特征、付出的金钱）计算出下一代机器人各项数据的模糊边界，将关于外观设计的部分外包给控股子公司完成，最终由集团工业机械部门完成制造。

我的工作就是根据高级定制部门给出的数据边界，设计出崭新的机器人，从某个方面来看，这与上帝的工作并无不同。多年以来成千上万的新时代机器人从我工作室电脑屏幕上的草图变为实体，遗传正显示出恐怖的力量，崭新的机器人形态开始出现，旧式的机器人被社会淘汰，用尽最后一丝电力，变为阴暗小巷里生锈的废铁；结构更合理、效率更高、更美观的机器人走上工作岗位，用勤恳高效的态度赢得雇主的欢心。由人类控制的生育率和生殖过程，这是州政府锁在机器人脖颈上的最后一根锁链，没有人能否认机器人正在让这个世界变得越来越好，但直至今日之前，我都没有认真考虑过机器人存在的意义。归根结底，作为人类的创造物，它们的自然使命到底是什么？

这个问题的答案曾经非常简单。

琉璃坐在我身边，喝着一瓶温热的啤酒，她身上的气味没有丝毫变化，擦着两道油泥的侧脸被阳光照亮，尘粒在她鼻尖短短的绒毛上轻盈飞舞。"呸！真难喝。"她有些恼怒地放下瓶子，"明明还有几个小时才到保质期的，却已经酸成这个样了了！"

"我是说，人形机器人是最不科学的东西。"我说。我裸露在外的手肘不小心触到她的臂膀，感觉比二十年前更加强烈的电流透过皮肤、肌肉和骨骼，闪电般刺穿了我的心脏。

"为什么？说说看。"琉璃侧过头来，问。

我们肩并肩坐在一张双人床垫上，半透明天花板上站满了乌鸦，浑浊不清的阳光穿透雾气和太阳能玻璃照进室内，把这间起居室割成光暗分明的两半。阳光已经倾斜了，或许用不了多久就会天黑。床垫、衣柜、冰箱、水槽、电脑、工作台和电唱机，屋里的一切显得陈旧而凌乱，没有任何带有女性特质的物品，甚至没有一面化妆镜存在。只有靠近琉璃身边，那种淡而甜蜜的水蜜桃香味才会

　　　　　　　　　　　　　炸弹女孩

提醒我主人的身份，房间也因此变得温暖起来。

"还需要说明吗？一直以来人形机器人都只是科技企业展示技术的手段而已，双足行走是人类在进化过程中为了解放双手而必须承受的原罪，机器人没有任何理由花费大量资源重现这种不科学的行进方式，双足机器人能够胜任的工作，更廉价且可靠的履带或多足机器人可以完成得更好。而巨大的人形机器人，那只是动漫作品中不切实际的幻想吧……"我想了想，如此回答道。

"那你和乔当初为什么对巨大人形机器人那么痴迷？"——琉璃的这句话问得我哑口无言。

我们一起沉默下来。琉璃抬手用遥控器打开唱机，扬声器传出齐柏林飞艇的《十年飞逝》，我们静静地听吉米·佩吉令人心碎的吉他声在昏黄的阳光里回荡。一曲终了，下一首歌曲的前奏响起，手表上的鲜红数字不断跳动，提醒我必须得主动开口说些什么，"距离那天正好十年，真是个巧合呢。"我说，"你的父亲……他还好吗？"

"和他的老工友一起住在四百公里外的新移民城市，依靠遣散金生活，每天进行八小时的虚拟工作，赚取一点网络信用点。他挺后悔当初的选择，不过人一旦选择了放弃，就再也没有机会了。"琉璃淡淡地回答道，"有一次他在电话中说起他很羡慕你爸爸，'死在最好时候的幸运老杂种'，——这是他的原话。"

我苦笑着摇摇头，"毕竟我们还活着不是吗？……我忽然想到我与乔对巨型双足机器人着迷的原因了。"

"因为那很酷。"琉璃放下啤酒瓶哈哈大笑起来，"对吗？"

"没错。"我不由得随之露出笑容。

我想了很多。"机器人"一词由"苦役、奴隶"的词根变化而来，其存在的原始意义是为人类提供服务，但没有人会否认，这种人造物其实也是孤独人类自我欲望的表达，巨大双足机器人是对人类存在形态的极端夸张，充满雄性特质的钢铁图腾柱。崇拜巨人机器人，实际上就是崇拜人类之存在本身。

然而机器人的定义究竟是什么？现代文明将它定义为某种自动控制装置，具有在不确定情况下进行感知、决策、行动能力的活动机械，人工智能是这个定义的最佳表达。按照这个标准，我与乔设计出的"阿丹"根本就不是机器人，仅仅是一架人类手动操纵的大型机械而已，其本质与挖掘机并无不同。然而自从见到这惊人的巨物之后，我未曾有一刻怀疑阿丹的身份，它不仅是机器人，而且是我所见过最纯粹、最粗糙与最美丽的机器人。

是的，十二岁的我们认为所谓"机器人"，就是具有人类形态的机器，它明明由钢铁制成，却拥有人的体形与灵活的手指，可以大步奔跑，每个关节都能够灵活转动。长大之后，形态为功能服务的古怪机器人充斥社会，我早已忘记了孩提时的想法，——这真是可笑，还有什么能比巨大的人形机器人更酷？

01：59

我们像昨天才见过面的老友一样毫不陌生，聊的却是阔别十年的遥远话题，我们听着枪花、黑色安息日、滚石、涅槃和皇后的老歌，谈着笑着，喝光了半打临近保质期的啤酒。阳光逐渐西斜，室内昏暗下来，我忽然想起一个问题："你给我的最后期限是什么意思？我的手表显示还有一个多小时就到了，会有什么事情发生吗？"

"啊，对不起。"琉璃不好意思道，"我这个人不大容易做决定，所以喜欢定下一些期限帮助自己下定决心，那个期限只是这些啤酒的到期时间而已，好在我们把它们喝光了。"

"帮助你下定什么决心？"我举起空啤酒瓶，借着黯淡的阳光瞧了瞧，果然马上就要过期了。我丢下酒瓶，问。

"下定决心启动'阿丹'。"她回答道。

"它还从来没有启动过吗？就算引擎试机也没有？"我问道。

琉璃点点头。暮色中看不太清她的脸孔，只有一双明亮的眼睛在发光。"维修公司关闭以后每个人都离开了，只有我偷偷留了下来，如果被警察发现的话一定会被判非法入侵罪吧……幸好后面的解体厂还有很多零件留下来，而机器警察对低于五十五分贝的噪音没什么反应，我才能慢慢地建造这台机器人，就算这样，也才刚刚完成呢。"

"你独自在这里生活了十年？就为了这台人形机器人吗？你的生活来源是什么？"我惊讶地问。

女人露出笑容："废弃的城市可是一座金矿呢，你不知道那些黑市商人肯为一个小小的机床轴承花上多少钱！……这并不重要，重要的是，你现在出现在这里，愿意帮助我一起启动机器人。十年前我决定独自完成这一切，可几个月前，阿丹即将彻底竣工的时候我才发现，一个人根本没办法操纵这样复杂的机械，机器人的原始图纸上没有电脑控制的总线结构，阿丹没办法自动保持姿态，要改为程序控制的话，相当于将阿丹重新建造一遍，而且……那样做的话阿丹又与那些杀人犯有什么差别呢？"

"杀人犯？你说那些机器人？"

"没错。造成惨案的人。住在白色高塔里的怪物。杀死乔和你父亲的元凶。毁掉这座城市的家伙。"琉璃平静地吐出带着深深仇恨的字眼，"那些能够思考的机械。"

"所以，你要做的是……"我脑中产生不祥的预感。

"为乔复仇。为你的父亲和我的父亲复仇。为这座城市复仇。"琉璃伸手指着窗外，透过积满尘埃的玻璃窗，在雾气沉沉的城市中央，罗斯巴特公司的白色高塔静静矗立在暮色中。

我不知该说些什么。自从见到"阿丹"的那一刻起我就想到了这种可能性，但当可能性真的成为事实，这疯狂的想法还是令我震惊。"琉璃，在现在的法律框架里机器公民与人类具有基本同等的权利，毁灭机器人的存储芯片是等同于一级谋杀的重罪！就在前几天，一名专门向流浪机器人下手的零件贩子因三十五桩机器人谋杀案件而被判处六百零五年监禁，大陪审团全票宣判罪行成立！这些你知道吗？"我猛地站了起来，大声说道。

"那你还愿意帮我吗？"她露出了熟悉的表情，微微挑起眉毛，抿着嘴，用眼睛直直盯着我的双瞳，那种倔强而决绝的表情二十年来未曾改变。一旦认定一件事情，就算上帝也不能迫使她改变意愿。

"……我愿意。"在大脑反应过来之前，一个声音脱口而出，替我做出回答。

在这一刻，我不知道自己在想些什么，只看到对面女人嘴角的曲线慢慢舒展，绽放出一个破冰的灿烂笑容："从小就是这样，我一直搞不懂你，但不知道为什么，有事的时候又总想找你帮忙。"她伸手拍拍我的肩膀，"我与乔在一起的时候很多次想去找你，不过乔说你是要考上大学、走出这座城市的人物，不想耽误你前进的脚步……其实你一点都没变呢，大熊。"

这个时候，千百个念头忽然涌进我的大脑。我的地位，我在另一座城市高尚而安逸的生活，我崭新的公寓，我的汽车，我的职业，我的狗，我的妻子，——哦，我可爱的大狗。脑中的天平开始倾斜，理性的天使开始在托盘上迅速增加砝码，那些砝码，是我如今拥有的一切；而忽然间感性的恶魔浮现于业火，用一句话就改变了微妙的平衡：别蠢了，自从接到信的那一刻起，你的命运就已经注定了，你奔波千里回到这座城市的原因不就在于此吗？在你曾经被封锁、如今破茧而出的记忆里，不是藏着对这个你一手塑造出来的现实世界的深深仇恨吗？你以为已经彻底改头换面，可光鲜的外表下又藏了些什么？你躲得掉那些阴暗的回忆吗？戴上眼镜就看不到机器公民身上的鲜血吗？你的灵魂，不正在死去城市郁郁不散的雾气中夜夜挣扎，想要找到一个彻底的解脱吗？

西装革履的我在脑中捂脸哭泣，满面纯真的十二岁少年撕开考究的手工西服，从自己体内出生，接着幻化为二十二岁青年扭曲的脸。大火燃起，城市在呻吟，高大的机器人塑像"大卫"成为明亮的火炬，那一夜，我并非旁观者，我的喉咙很痛，因为整夜在嘶吼毫无意义的言语，我的手中握着沉重的不锈钢撬棍，撬棍上沾着鲜红的血，不知属于谁的鲜血。无论从城市的哪个角落抬头望去，都能看到那座白色的高塔，机器人警察消失无踪，撬棍落下，溅起腥臭的霓虹。

"要我做些什么？"我缓缓抬起头，"另外……那一夜到底发生了什么？"

"你马上就会知道。"两个问题，得到了一个答案。

01：35

她带着我走出房间，乘坐移动平台来到巨大机器人的头部，"乘员舱是为一位驾驶员设计的，所以会很挤，这得怪你，毕竟图纸是你画的。"琉璃抱怨一句，伸手抓住扶手，身体灵巧地荡进驾驶舱，陷进柔软的座椅中，"过来，坐在我后面。"她招手道。

"现在看来这应该是很幼稚的设计吧……"我苦笑着上前，踩着横七竖八的液压支撑杆走入驾驶舱，勉强在她的身后挤下，我们俩的身体立刻紧紧地贴在一处，连一丝空隙都没有，我得努力扭转脖颈，才能避免把鼻子埋在她的发丝中。

"因为这是乔的心愿。"琉璃说，"他曾经无意中提起你们的秘密基地，所以当我见他最后一面的时候，我完全明白他最后的遗言。'进入秘密基地，拿到图纸，造出巨大的机器人，然后……复仇。'这是他的心愿，我没办法拒绝。"

她按下一个按钮，舱门缓缓下降，接着砰的一声完全闭合，换气扇嗡嗡启动，四周变得一片漆黑，惟有狭窄的瞭望窗有光线射入。

　　几秒钟后，星星点点灯光从黑暗中亮起，无数萤火虫般的五彩指示灯将我们包围其中，仪表、按钮、旋钮、拨杆和手柄浮现四周，这一切都与我童年的梦想一模一样。而在那些羞于启齿的梦里，我并不是独自驾驶机器人奔驰于高楼之间，在我身边，就有着这样一个水蜜桃味道的女孩。

　　我甚至不用询问那些仪表和按钮的功能，这一切都太熟悉了，我拨动座椅右上方的开关，座椅传来微微颤动，"这是开启液压减震的开关对么？"我确认道。

　　"没错，不过发动机还没有启动，现在油泵是没有动力输入的。"琉璃回答道，"头顶上有一个操纵杆，把它拉下来，那就是我要你负责的事情。"

　　我伸出双手，从天花板上拉下操纵杆，由于座位上挤了两个人，操纵杆很别扭地垂在琉璃胸前，我只能从她腋下伸出手去握住左右两个手柄，"抱歉。"我说。"没事。"她说。这个操纵杆是设计来控制武器系统的，不过我没在阿丹身上看到任何武器。

　　"我用尽办法，都没能搞到武器，管制实在太严格了。"琉璃果然如此说道，"现在这个手柄是用来控制机器人的上半身动作的。人形机器人的平衡很难掌握，我只能尽量操纵双腿双脚完成走路、小跑和跳跃的动作而已，没办法兼顾上肢，无数次模拟都失败了。当没有任何办法的时候……想起的就是你。"

　　我试着扭动一下左右手柄，手柄各分为三节，末端有五个小拨杆，不难理解它与手臂关节、手指的对应关系。"我懂了，当时我们设计由驾驶员的双脚负责脚步动作，双手通过这种手柄控制手部动作，但我们把双足机器人的下肢平衡看得太简单了，仅仅是慢走就要花费很大精力去控制，随时根据陀螺仪和角速度传感器的读数进行微小调整。真是幼稚的想法。"我感叹道。

　　"不仅如此，还要根据上半身的重量转移进行相应调整，注意脚下平面的坡度、高度差和障碍物高度，控制步幅和功率输出。"琉璃握着复杂的操纵杆摇摇头，短短的头发弄得我鼻子痒痒的，"让人手忙脚乱呢。"

"对了，油箱的续航力怎么样？百分之八十功率输出的话。"我在右侧找到油量表、功率表、转速表、水温表和油温表，由于没有启动，这些仪表都还没有读数。

琉璃想了想，"大约够运行一个小时吧，油箱再大的话重心就不平衡了。"

我点点头，"那么我总结一下，你想用依照十二岁儿童的图纸、由一名女工程师独立建造、没有任何武器装备、管线全部裸露在外面、装甲薄得像纸片一样、续航时间只有一小时、机械传动、手动操纵、从来没有经过试机、连能不能发动起来都成问题的人形机器人来对抗罗斯巴特集团成千上万的机器人，包括巨大的工业机器人、全副武装的警察甚至自动推土机？"

"没错！"听到这些话，琉璃的情绪反而高涨了起来，"就是这样！我的目标是推倒那座高塔，把这个罗斯巴特集团的阳具狠狠地折断！而且是用乔留下的宝贵财富，这架真真正正的机器人来做，让他们瞧一瞧什么叫蓝领工人的真正觉悟！"

过于露骨的话听得我哭笑不得，"我们做不到的，琉璃，在走到白色高塔之前我们就会被击倒在地，从七层楼的高度跌得粉身碎骨！"

"这么说，你还是没想起来。"琉璃忽然冒出一句话。

"没想起什么？"我莫名其妙地问。

"算了。"她说，"总之，计划就是这个样子，还有什么问题吗？"

我知道无法劝阻她，只能答道："没问题了，我们什么时候开始？如果现在开始熟悉操作，在你的模拟舱里试运行几次，我想三天后就可以正式启动了，当然也要做好最坏的打算，万一出现水温过高、漏油、总线及冗余总线失效等状况，要有应急预案。另外，我可以回一趟家把事情安排好，然后帮你改进几个地方，其实油管可以藏在骨架内的，钢管本身预留了走线的空间，不过设计图上为了表现出油路与电路，没有做隐藏处理……"

"现在。"

"好的……什么？"

我愣住了。

"我们现在就出发，大熊。"琉璃没有回头，"如果说这世界上有个我最对不起的人，那么一定就是你了。我知道你故意与我们疏远，这令我也很痛心，我不想把乔从你身边夺走，甚至跟你成为陌生人……可是我不后悔我的选择，乔是我遇见过的最出色的男人，到现在我都记得我们肩并着肩坐在纪念广场观看烟花的时候，那是我这辈子心跳得最厉害的时刻。"

我没有作声。

"我知道你总在哪个角落瞧着我。就算在台上唱歌的时候，我也能看到人群中的你。我什么都明白，大熊。我令你伤心了。过去那么多年之后，我又把你叫过来，害你抛下所有的一切，帮助我去做一件彻头彻尾的蠢事……我是个自私的坏女人，大熊。除了你之外，我想不到任何人可以依赖，而你……"

"真啰嗦。"我说，"现在就出发的话，我得先把手机关掉，以防一会儿有人打扰。"

琉璃的肩膀微微颤动着，透过紧紧依偎的身体，我能感觉到她细微的颤抖。甜蜜的桃子味道从她的领口传入我的鼻尖，穿过她腋下的双臂能感觉她肌肤的细腻与温暖，我忍受着苦涩的毒药随着血液传遍每一条血管，默默咬着牙关，装出一副满不在乎的样子。

过了好一会儿，她忽然开口道："大熊，你结婚了吗？"

"结婚了，妻子是个不错的女人，还有一条总是嚼遥控器的大狗，名叫'布鲁托'。"我回答道，"你呢？"

"当然，我的丈夫是个不怎么喜欢回家的男人，不过非常帅气。

你们俩没准会很投缘。"她笑着说。

"我猜也是。"我说。

我佯装没有看到她侧脸上滚落的液滴。她笑道:"不用给家里打个电话吗?"

我说:"不用啦,都是大人了,狗也很乖。"

她说:"那么我们数一、二、三,一起按下启动开关好吗?"

我说:"好啊,要踩离合器吗?"

她说:"虽然是自动变速箱,启动时也是要踩离合器的。"

我说:"那么是数到三的时候按,还是数完三以后才按呢?"

她说:"干脆就数到二的时候按吧。"

这是我们小时候常有的对话。

"一,二。"

我们的手指在红色启动按钮处会合。这一瞬间忽然感觉非常安静,我几乎以为启动电机不会工作了,几秒钟之后,迟来的机件运转声传入耳鼓,两台罗尔斯·罗伊斯牌 V12 高压共轨涡轮增压柴油机的第一和第十二气缸活塞同时压缩,燃油被高压点燃,紧接着所有的气缸依序燃起,雄浑有力的机械噪声从驾驶舱下方传来,两台 V12 发动机奏出令人心旌动摇的低沉鼓点,毫不掩饰的响亮排气声从机器人背部的四个排气管爆裂而出。琉璃松开离合器,缓缓提升转速,来自装甲车的大功率柴油机如同群狮咆哮,排气管响起一连串急促如马蹄落地的爆鸣声。在这一刻,我几乎能想象整个城市的机器人警察同时放下手中的工作,转动摄像头向这个方向望来,一万只乌鸦轰然飞起,数不清的传感器记录了异常数据,白色高塔里开始出现不安的悸动。

两百支柔性液压支撑杆温柔地托起座椅,让我们悬浮在驾驶舱中央,我与琉璃分别握紧操纵杆,以非常别扭的姿势相视一笑。

她说:"第一步。"

00：40

　　我按下左手边的按钮，八块悬浮在座椅周围的液晶屏幕将八个方向的画面投射在座舱内部，简单的摄像头算是机器人身上最高科技的玩意儿了吧。随着琉璃拉起手柄，油门传感器将提速信号发给柴油机的ECU，两台巨兽的鼓点噪声逐渐变得密集起来，"转速700、800、900……990rpm，水温六十度，机油温度八十度。"我报出头顶仪表的读数，"达到最大扭矩点了，释放固定机构吧。"

　　"你说那些挂钩、钢索和管线？"我怀中的女人回答道，"那不是可活动机构，直接破坏掉就好了。"

　　"我猜你也没有设计一扇大门。"我叹道。

　　"就像鸡蛋壳里的小鸡一样，我们就自己啄个口子出去吧！"琉璃的声音颤抖着，我不知那代表着恐惧、激动还是喜悦。

　　我身上的肌肉从未如此僵硬。全身的力气都集中在指尖，以最轻柔的动作拉起左手手柄。液力变矩器将扭矩输出给分动器，位于肩部、肘部、腕部和指部的万向传动装置获得了力量，轴承转动，油压升高，双足机器人的指尖微微收缩，完成了诞生以来的第一个微小动作。

　　紧接着"噼里啪啦"的断裂声连珠响起，扯断的电线在支撑架间四处乱甩，爆出金色的电火花，高压软管喷出雪白蒸汽，数不清的固定钢索一一绷断，在齿轮、传动轴和液压系统的共同作用下，由二十五吨钢铁构成的巨大手臂缓缓抬高，又缓缓放下。

　　透过观察窗，我着迷地望着机器人的手指一次次屈伸，如同初生婴儿第一次发现自己身体般充满好奇。"太棒了。"语言已经不能表达我内心的情绪，"这太棒了，琉璃。"我语无伦次地说道，试着控制那支巨大的手臂伸向楼壁，只是指尖的轻轻一触，整扇钢化玻璃窗就碎成颗粒纷纷坠落，金黄色的夕照从窗口洒进大楼，给这惊

　　　　　　　　　　　　　　　　　　　　　炸弹女孩

人的庞大造物镀上圣洁的颜色。

"冲吧，大熊！"琉璃喊道。

"好，我们上！"

我挥舞双拳。我的拳头是钢铁铸造，却比钢铁更加坚硬，一拳，两拳，钢筋水泥的大楼如同黏土模型般不堪一击，墙壁崩塌，天顶坠落，旋转楼梯像抽去骨头的蛇一样跌落尘埃，我用双手分开钢制支撑架，将"吉姆—吉姆尼"机械维修公司的橙红色大楼剖成两半。在这一刻，我就是这世界上所有的神祇，我在如雨坠落的玻璃和沙尘中昂然站立，迎接充满天地的明亮夕阳。

城市出现在我们面前。透过瞭望窗望出去，这雾霭弥漫的城市变得低矮可笑，街道显得如此狭窄，车辆显得如此微渺，高楼大厦不过是触手可及的障碍物，远方延绵的废弃厂房则变为匍匐于地的墓碑。

"好，第一步！"琉璃拉起手柄，机器人左腿的髋关节、膝关节与踝关节依次运动，"轰隆！"巨大的脚掌从楼宇的废墟中拔出，横跨八米距离，稳稳地落在水泥路面上，发出惊人的金属撞击声。沥青路面立刻塌陷了，碎石从机器人脚掌边缘喷泉一样涌出，紧接着阿丹的右腿也迈出断壁残垣，在十米外沉重地落地，机器人前进三步之后停了下来，留下四个深陷于地面五十公分的巨大脚印。

我能感觉机器人行走时的姿态，不过冲击和倾斜被柔性液压支撑杆抵消掉了，没想到琉璃如此完美地实现了空想中的减震机构，这可以说是巨大机器人最重要的组成部分，若没有这个机构，阿丹简单的行走动作都会使驾驶者受到强烈冲击，大脑在颅腔内震荡引起脑出血导致死亡。

"没问题吧？"我问。

"没问题，状态正好！"琉璃抹去额头的汗珠，大声回答。

我们站在铜矿路中央，这条宽阔道路的尽头就是罗斯巴特公司的白色高塔，雾气遮住高塔的基座，让这栋建筑看起来像是悬浮在空中的海市蜃楼。夕阳把一切染成金红色，上千只乌鸦盘旋在机器人头顶，发出刺耳的聒噪声。四五名机器人警察出现在机器人脚下，头顶闪烁着红蓝色警灯，履带底盘上的众多摄像头上下打量着阿丹，显得有些犹豫不定。

"有一首歌琼·贝兹的歌，你介意听吗？"琉璃忽然说道。

"当然。"我没有拒绝。

她掏出播放器，戴上一个耳塞，反手摸索着帮我戴上另一个。民谣女歌手平静的声音在耳边响起："昨夜我梦到乔，他如同你我一般活着。"

"没有比这更适合的歌了吧。有空，我也会唱给你听。"琉璃说。

柴油发动机发出怒吼，排气管冒出浓烟，机器人的左脚高高抬起，遮蔽了机器警察头顶的最后一丝阳光。刺耳的警笛声刚刚响起就化为蜂鸣器破碎的电流噪声，受惊的机器警察立刻四散逃走，全然不顾被踩扁成电子垃圾的同伴。几乎立刻，城市的每一个角落都响起警报，城市的死寂被砰然打碎，每一个留在这里苟延残喘的人类与机器人都竖起耳朵，倾听十年未曾出现的混乱之声。

琉璃迈出第二步，接着是第三步、第四步。她很小心地维持着机器人的平衡，我也试着摆动手臂配合她的动作，刚开始阿丹的动作还像一个笨拙的提线木偶，可刚刚走过一个街区，它就成为灵巧的匹诺曹，我们是如此默契，以至于有时忘掉了是谁在操控，感觉是阿丹自己在大踏步前进。

琼·贝兹质朴而高亢地唱道：

> 昨夜我梦到乔，他如同你我一般活着。
> "可是乔，你已经死去十年了"，我说；
> "我从未死去"，乔说，
> "我从未死去。"

"那些铜矿主杀死了你，乔，

"他们开枪射中了你"，我说；

"仅仅用枪是杀不死一个男人的"，

"我从未死去"，乔说，

"我从未死去。"

前方的雾气中冲出大量机器警察，它们形状不同、装备各异，看得出来基本都是缺乏保养的前几代机器公民，或许它们之中有我一手设计的独特个体，但那又怎么样呢？如今它们只是前进道路上不起眼的阻碍罢了。橡胶子弹噼里啪啦打在胸部装甲板上，对付人类暴徒的震撼弹和凝胶弹一个接一个爆炸开来，在阿丹身上留下五颜六色的涂鸦，我随手折断一根通信信号塔，像打高尔夫球一样将这些警察击飞出去，它们带着凄厉的警笛声旋转飞远，带着红蓝相间的尾迹坠落于雾气当中。

"右臂的油压不太稳定，不要超过液压系统负荷。"琉璃提醒道，"你的动作太剧烈了，柴油机的水温也会升高太快的。"

我举起大拇指做出回应。

他站在那里高大如昔，

眼带笑意。

乔说："他们杀不死的那些东西，

组织起来，

在此聚集！"

踩过机器警察的残骸，前方暂时没有阻碍，距离罗斯巴特公司的高塔还有两个街区的距离，对阿丹来说那只是几分钟的路程。听着琼·贝兹歌声中那个熟悉的名字，忽然一阵突如其来的剧痛击穿了我的大脑，冰山彻底融化，回忆的最后一丝迷雾被风吹走，十年前那个夜晚的记忆瞬间清晰。我终于想起了一切。

"等等……是我……杀死了乔？"

我终于想起了一切。

00：25

长久以来主宰机器人行动的是阿西莫夫的机器人三定律，但就是在那场旷日持久的工人运动中，罗斯巴特集团意识到了三原则的不足：人类将机器人狠狠砸毁，而第一原则阻止机器人出手反抗。随着新公民阶层的形成，定律得到了多方面的扩展，比如第四定律"在不违背以上原则的前提下，机器人必须参加劳动以维护自己的存在"、第五定律"在不违背以上原则的前提下，机器人拥有生殖的权利及义务"，当然最关键的是第零定律"机器人须保护人类的整体利益不被伤害"。这条置于一切原则之上的模糊原则赋予机器公民很大的自由度，最直观的体现是现在机器人警察可以攻击破坏社会秩序、违背法律的人类公民。

十年前的那个夜晚，工人运动达到了最高潮，人们心底的怪物被唤醒了，情绪激动的工人将"大卫"塑像浇满汽油点燃，掀翻汽车，砸碎玻璃，冲进每一家店铺，用钢管和扳手将所有没有系红色头巾的人狠狠击倒。他们踏着机器人警察的碎片，高举火把拥向市中心，每一条街道都陷入混乱，流动的火焰从四面八方向城市中央集中，罗斯巴特集团的白色高塔成为暴动者的聚集点，几台大型机器警察立刻被人流冲毁，工人们开始冲击罗斯巴特大楼的正门，人群像漩涡一样暴躁不安地转动，石块如雨点般砸向玻璃幕墙，火焰燃烧声、玻璃碎裂声、咒骂声、吼叫声、爆炸声纠缠成末日的交响曲。我本来只是这场运动的旁观者，但不知为何，当暴力成为主旋律，我也不由自主地抓起武器，融入暴乱的洪流。

　　　　　　　　　　　炸弹女孩

这时乔在人群中出现了。他费力地爬上一个空油桶，用扩音喇叭大声喊道："停下！这不是我们该做的事情！暴力是不能解决问题的！你们正在伤害无辜的人！"

人们暂时停下动作，广场安静下来，脸上沾着油污和血迹的工人表情木然地望着他，望着曾经被众人拥戴、却因观点不够激进而遭遇冷落的运动领袖。这场运动已经持续得太久，州政府、工业企业集团大财阀们与罗斯巴特的态度暧昧不清，尽管一个又一个补偿方案出台，遣散金不断提高，有人也对新移民城市养老安置的远景抱有希望，可大多数人的情绪却在失望中不断发酵，最终酿成绝望的风暴。

乔一把扯下红色头巾，用尽全身力气喊叫着，导致声音支离破碎："瞧瞧你们自己的手，兄弟们！你们的手上沾满了血！那是你们父亲的血！你们妻子的血！你们孩子的血！睁开眼睛看清楚！"

无数支火把熊熊燃烧，不安的气氛在人群中传递，我茫然环视四周，每个人脸上都带着和我一样的迷茫表情，我的手中握着撬棍，撬棍上沾着不知属于谁的血迹，我记不清刚才做了些什么，只知道有种罪恶的快感在心底升高、升高。透过层层叠叠的人影，我看到琉璃站在那里，尽量扶稳那只红色的空油桶，她的身边还有许多熟悉的面孔，我的父亲也在其中。

这时另一个方向传来呼叫声："现在我们是不可能停下的，你这个懦弱的投降者！这场运动的最高潮正在到来，如果不随着我们前进，你会连同罗斯巴特集团一起被革命的大潮完全淹没！"

乔摇摇头，"这是一条完全错误的道路，停下吧，趁现在还来得及！只要放下手中的武器……"

他的话没有说完，我偷偷拾起一块石头砸了过去，石块划过他的额头，砸在油桶上发出惊人的巨响。我从未如此憎恨过一个人，现在愤怒的毒药烧红了我的眼睛。永远高高在上的他，永远道貌岸然的他，永远讲着大道理的他，优秀的他，光明的他，拥有一切的他……被琉璃深情注视的他。琉璃的眸子映射着火炬的光芒，视线中载满刻骨的柔情，只要这一个眼神，就能让我的灵魂冰冻成铁，粉碎成沙。

乔伸手捂住额头，一丝鲜血从指缝中流下，他带着诧异的表情望着这边，我立刻低下头，将自己藏在人群之中。"放下武器，永远不会太迟……还要多少死亡，才能意识到已有太多人死去，我的兄弟们？"他没有理会流血的伤口，俯下身接过木吉他，拨出一个熟悉的G和弦，那是鲍勃·迪伦《答案在风中飘扬》的歌词与旋律。

"打倒他！"另一个声音叫道。

歌声响起，人群变得稍微平静，扩音喇叭传出并不清晰的扫弦声和歌声。

"打倒他！"我忽然大喊一声，高高举起手中的撬棍。

"……打倒他！"安定了一瞬间的漩涡开始转动，不知谁丢出石块，准确砸在乔的胸口，他痛楚地曲起身体，口中却仍吟唱着沙哑的民谣。在这一刻，这个站在油桶上面对一万名暴徒执着歌唱的男人显得如此幼稚，如此渺小。第三颗石块呼啸而去，我看到琉璃奋力伸出手想要挡住这次攻击，但石头还是砸中了乔的肩膀。他一个趔趄跌倒下来，接着立刻被人潮淹没，最后一个和弦还在夜空中回响，音符的主人已不见影踪。

就这样，我杀死了乔。

反对的声音消失了，人流席卷了整个城市。那个夜晚的细节我记不清楚，只知道夜越来越深，城市被大火笼罩，每个人都累了，丢下沾血的武器坐倒在路边，工人运动领袖从燃烧街道彼端走来，身后带着一群穿白衣的男人，和几台怪模怪样的履带式机械。"你们是真正的英雄，历史必将因你们而改写。"他的脸上带着笑意，"这是你们争取来的东西，罗斯巴特集团与州政府提供的福利，只要接受一个简单的测试，服下蓝色药丸，你们这段不太美好的记忆将会与身上的指控一起烟消云散，明天，在接受联邦政府的测谎检查之后，你们将作为斗争胜利的工人代表接受州长、工业企业集团代表与罗斯巴特集团总裁的接见，带着优渥的遣散金，在其他城市得到良好的教育机会与梦寐以求的工作。当然，这颗药丸还附带一个美妙的能力，他能消除你最想要忘掉的事情，不要浪费，兄弟们，享受无罪的胜利果实吧！"

当时我没理解他说的是什么意思，也没有思考他与支持机器人的大人物之间的关系，甚至对他身后那台会自己行动、抽血、传递药丸和水杯的机械毫无反应。我已经累得没有力气动一动手指，更别说思考这么复杂的问题。"老兄，那是机器人吗？"身边有人问。

"谁知道，管他呢。"另一个人回答。

机器走过来，用细小针头抽走我的血液，片刻之后将蓝色药丸递了过来，我勉强抬起右手接过托盘，"这里面是什么玩意儿？"

"五百个非常原始的纳米机器人，先生。它们解冻之后的生命周期只有一百秒钟，在烧灼您的大脑海马体、封锁二十四小时之内记忆之后就会自动分解，完全无害无副作用。当然，它也可以同时探测记忆区域中最活跃的信号，将相关的记忆链冻结起来，帮助您忘记现在脑中想到的最强烈的一系列回忆。"机器回答道。

"……随便吧。"我吞下药丸。

这时愤怒已经消退，恐惧、悲伤、悔恨的情绪开始蚕食我的灵魂，我仰面朝天躺在马路上，望着被火焰映得通红的夜空，——我都干了些什么？乔还活着吗？琉璃……她还好吗？至于我的父亲……

乔，我亲手杀死了他，我的兄弟。

不！我只是报复了那个抢走琉璃的人而已……

我有错吗？能是我的错吗？

乔……

第二天，一片狼藉的城市和遍地尸骸让所有人震惊欲绝，作为城市象征的大卫塑像被烧成了黑色的骷髅骨架，罗斯巴特集团的白色高塔没有一块完整的玻璃。穿过冒着青烟的汽车残骸，我们找到亲人的尸体，也找到了乔。

没有人知道昨夜究竟发生了什么。事件升级了，罢工运动变为集团暴力行为，联邦政府很快接管了城市，将丧失斗志的工人们狠狠镇压，运动领袖无法再保持立场，向州政府与工业企业集团财阀们做出让步，大部分人接受了新移民城市的提案，搬迁到四百公里以外的居住区，过着衣食无忧的生活，享受无报酬工作的美好幻象。埋葬父亲之后，我拿到一笔数额惊人的遣散金，头也不回地离开这座城市，从此再未回来。

原来，那被抹去的二十四小时的回忆与有关乔的记忆链，就是十年来无数个噩梦的起因。

我终于想起了一切。

00：10

"我杀死了乔。"我说。

"不，是他们。"琉璃目视前方，透过颜色越发沉暗的雾霭，白色高塔在静静等待。

"对不起。"我说。

"应该说对不起的是他们。"琉璃平静地回答。

金属的脚掌降落在十年前浸透鲜血的地面，巨大机器人昂然前进，用十米步幅丈量着宽阔长街。在前面一个街角，我看到邮电大楼的绿色轮廓，在那里有着我们的秘密基地，埋葬我纯真童年梦想和乔的生命的地方。

雾中传来震耳欲聋的噪声，高大的工程机器人被第零定律驱使而来，挥舞着摇臂、铅锤和铁铲发动攻击，无数微小的清洁机器人从履带和车轮底下钻出，像潮水一样涌来，纷纷爬上阿丹的双腿，

　　　　　　　　　　　炸弹女孩

开始啃噬着电缆和油管。"砰!"沉重的吊锤击中胸部装甲,巨大机器人的身形歪斜了,观察窗里出现深蓝色的天空,琉璃咒骂一声,用一连串操作让机器人恢复平衡。

阿丹抬起左腿,狠狠地踩扁一架吊车机器人,将小小的寄生虫们震掉,我用手中的信号发射塔击打着敌人,把载重卡车掀翻在路旁,用吊锤把一辆又一辆工程机械砸成铁饼。两台柴油发动机发出不安的抖动,燃烧不良的黑烟从背后排气管喷出,阿丹腿部开始泄漏油液,右腿液压系统油压正在下降,但我们还在前进,机器人的残骸在身后燃起火焰,离目的地只剩下一个街区的距离。

"当时在乔身边的人,反对暴行的人,活下来的……"手中的信号铁塔与最后一架工程机械同时粉碎,我长长地做了几个深呼吸,开口道。

"一个都没有。"琉璃回答道,"我的心跳停止了,但在送往停尸房的路上奇迹般醒了过来。我想,是乔给予我的力量吧。"

"我曾四处找你。"我说。

"我藏了起来。直到所有人都离开。"琉璃说。

"我杀死了乔。"我说,"是我掷出了第一颗石块。"

"你是他最好的朋友。"琉璃说。

"对不起。"我说。

"也是我最好的朋友。"琉璃说。

远方的天幕出现几个小小的黑点,我知道那是受雇于国民警卫队的飞行机器人出现了,这种类型的机器人是近期才出现的,我肯定自己曾参与它们其中几位的设计过程。尽管没有常规武器,它们却多数携带着EMP脉冲导弹,这对机器人和人类驾驶的机械来说同样是致命的威胁。愈来愈多的机器人出现在前方的道路,更多的阴影潜藏在雾气当中,没人知道这座死去的城市究竟藏着多少机器人,就像尸骸中暗藏的蛆虫因骚动而现身。

无数盏灯光亮起,无数个声音响起,前方密密麻麻的机器人将宽阔的铜矿路牢牢堵死。清洁机器人沿着两侧高楼的外壁爬行而来，蠕虫型的管道机器人在雾气中扭曲不定，服务机器人点亮照明灯，售卖机器人喷出热水与液氮，每位机器公民都在用自己的方式表达对巨大机器人的愤怒以及对生存的渴望。我相信在其中看到了T00485LL的影子，脱离了轨道的单轨机器人笨拙地跳跃着，欢快地叫嚷着"立刻停下来！否则你们会得到制裁！"

这时我忽然想到，若换个角度来看的话，这些会思考的机器何尝不是人类原罪的受害者？它们并没有选择来到这个世界，若不是人类这万恶的父轻率地赋予钢铁以灵魂，它们何以要承受漫长的苦刑？

它们前赴后继地扑上来，试图在阿丹身上留下一点伤痕。一架清洁机器人灵巧地跃上驾驶舱，开始用旋转刀片切割瞭望窗，我奋力甩开许多敌人的纠缠，用左手拍打机器人的头部，"啪！"破碎的躯体无力坠落，龟裂的玻璃上留下深红色的油液，就像真实的鲜血。

"轰！"脚掌踯过机器人组成的地毯，元件横飞，火花四溅。每一个仪表上的指针都开始进入红色区域，两台老旧的柴油机已经不堪重负，胸部装甲板整个破裂了，露出冒着黑烟的机械，腹部的帆布被撕成褴褛的布条，阿丹浑身上下每一条破损的油管都在喷出液体，每一个关节都在发出润滑不良的摩擦噪声，巨大机器人的步伐变得越来越缓慢，但距离白色高塔只剩下一百米、九十米、八十米，我们能够清楚看到罗斯巴特集团的盾形标志，看到那些关闭着的、藏着怯懦无助人类的玻璃窗。

或许我们能在飞行机器人到达前抵达目的地，倾尽全力将高塔的支撑柱一根一根折断。或许我们在那之前就会被机器人所淹没，化作第零定律下的飞灰。或许琉璃能够原谅我，或许她真的没有恨我。或许……乔此时正在天上看着我们。

"就算真的将高塔折断，又能怎样呢？十年前，他们……不，我们冲进了那座高楼，将里面的一切砸得稀巴烂，但什么都未能改变。"我说。

"不，我们一定能改变什么的。"她说，"此时会有无数人望着我们，听着我们的声音，责备着我们，讽刺着我们，可有一天他们会找到事情的真相，就像你一样；然后做出一点改变，即使只是一点点，就像我们一样。这个世界会变得不同的，乔这样告诉我，我也想这样告诉全世界。"

"只能用这种方法吗？"我说。

"这是我惟一能做到的。"她说。

"我是个罪人。"我说。

"谁不是呢？"她说。

"我们会死的。"我说。

"谁不会呢？"她说。

00：01

我紧紧拥着此生最爱的女人，用每一寸肌肤感觉她的温度，贪婪地嗅着那蜜桃般甜蜜的滋味，带着最深刻的恐惧和最战栗的满足，就像二十年前那个温暖的夏日，我们在卧室的床上如此紧紧依偎，以"二人羽织"的方式面对整个世界。我藏在她的背后，被棉被保护着，隐藏着自己的懦弱和自卑，希望这一刻延长到时间的尽头；而她，勇敢地直视卧室窗外的甲壳虫汽车残骸，直视机器人大会中的上千名观众，直视铺天盖地冲来的机器人大潮。

"对不起，琉璃。"我说。

"谢谢你，大熊。"她说。

乔在天国抱起吉他微笑，阿丹伸出残破的双手，穿过无数阻拦，去拥抱那座沉默无言的白色高塔，夕阳中飞行机器人的影子升起，火光闪烁，烟花灿烂。机器人大会上的夜空升起灿烂花火，照亮三个孩子的身影，亲密的两个，孤独的一个，那是我此生看过最美的焰火。

00：00

不知从何处而来的风，吹散了这座城市太厚的烟尘。

即使只是一瞬。

后　记

每个男孩的梦里都有机器人、摇滚乐和带着甜蜜水蜜桃气味的女孩。仅以此篇幼稚童话向浦泽直树、木城雪户等大神致敬。另外，每章节标题的倒数时间其实是与 Bon Jovi 的《Dry County》对应的，不妨找来当背景音乐听，即使是流行摇滚乐队，也应该因这首歌而被永远敬仰。

2065：冰棺时代

1

她从来都是个豁达的人，年龄这种东西，她觉得只是挂在病历表上的一个标签，既不代表必须仰视或俯视的态度，也不成为亲密或疏远的借口。在女儿面前，她从不以长辈的姿态自居，两人更像朋友或姐妹的关系，她不介意女儿搭着她的肩膀叫声老冯，那是亲昵的表现，与尊敬与否无关。

但这一天，在十五分钟的沉默过后，女儿含泪开口叫了一声老冯，她不知道如何回应了。年龄第一次成为沟通中的障碍，这是她没想到过的事情。假装四处看看，她筹措了几种用词，心中变换语气，组合出一句稍稍满意的答复，话一出口，便后悔了，可是又来不及收回。

"女儿，这么多年，你过得好吗？"

语音合成器发出的声音圆润自然，丝毫听不出是通过脑神经接口撷取电脉冲信号后转化而成，她觉得那就是自己的声音，话说回来，自己的声音究竟是何种音色，也早忘了。她瞧着女儿的神色，那神色没改变，她偷偷地松了一口气。她怕自己的话太老气横秋，也太伤人，毕竟年龄成了阻碍，无论怎么说话都像是教训。

女儿说："挺好的，合法生了两个孩子，孙子也大了，丈夫身体不错。没什么遗憾的。"

她想了想，问："那这些年有什么难处吗？给我讲讲。"

女儿答："也没什么难的。物价涨得快，养老金也够用了，还有套房子收租，那房子去年到了七十年产权，政府给续期了，只花了两万块；孙子上学不花钱了，就是每天只让一个尾号的车上路，十天开一回车，有点不方便；空气还凑合，少出门；人家说从2026年开始中国的人口就一直下降，街上没见人少，老头老太太是多了，跳个舞什么的，伴儿多。"

她笑："跳什么舞，民族舞吗？"女儿也笑："瞧您说的，都这把年纪了，就是广场舞，瞎蹦跶。"

她笑了一阵，说："你来给我抹把脸，总觉得脸上腻得慌。"

女儿从包里掏出湿巾，走过来给她擦嘴角、鼻翼，一边说："人家清洁自动做得多好，我还不如机器人利索，老冯，你是心里发堵，不是脸上黏糊。"

"谁说的，我看还是你擦得干净。""瞧您说的。"

"唉，离近了一看，咱俩长得真像。""那是，你是我妈。"

她们对视着，距离近得足够看清对方脸上的皱纹，也不至于让彼此产生尴尬。她觉得女儿眼睛里有点说不清道不明的难过，她能猜到那是为什么，但没法点破。

"你说，我是不是特吓人。"

"没那回事儿，跟以前一模一样，没变。"

她从女儿的瞳孔里看到自己：一颗放置在银色金属盘上的头颅。医生贴心地给她选了一顶酒红色的假发，用发梢遮住脖颈下方裸露的管线，她想不太起来以前自己的头发是什么样子，或许就是这种深酒红色的鬈发吧，看起来是个时髦的老太太。

因癌症死去那年，她六十一岁。今年，她还是六十一岁。

她死去那年，女儿二十七岁。今年，女儿七十七岁。

　　　　　　　　　　　　　　　　　　　炸弹女孩

在零下196℃的液氮里沉睡了五十年，她醒来后发现世界还是那副模样，只是遭遇了一点点伦理学问题。

2

阿尔科生命延续基金会的技术人员保证他们的"玻璃化"冷冻技术不会对人体组织造成任何伤害，因为水分不会结冰，细胞结构不会遭到破坏。基金会拥有超过一千名会员，保存着一百多具冷冻人体和至少四十只宠物。沉眠在液氮中的是一群先知，或者赌徒，因为那时人类并未掌握无损解冻人体的技术，未来是不可确定的，没人知道何时能够从沉睡中苏醒，抑或永远在冰棺中长眠。

她不懂科技，也没什么远大抱负，只是怀着与生俱来的好奇，想到时间和生命的彼端去看看。女儿和女婿无条件支持这个决定，帮她筹措昂贵的冷冻费用，为节省开支，她只冷冻自己的头部，将破败不堪的身体抛弃在2015年。

最后的时刻其实是模糊的，她记不清楚急救室里发生的事情，也来不及同女儿告别。告别有什么意义呢？既然有可能在未来相见。心跳停止后一分钟，阿尔科基金会完成了药物灌注、降温、冷冻，将她的头部送回基金会总部保存。秒针嘀嗒，亚利桑那的阳光亮了又暗，转眼之间就过了四十年。一种崭新的解冻技术被开发出来，缓慢升温结合分子修复科技，成功唤醒冰冻人的概率超过百分之九十。

第一位冰冻人睁开双眼，依靠体外循环机械存活了四个月，死于全身器官衰竭。第二、第三位冰冻人陆续被唤醒，他们在医生和机器的帮助下慢慢学习掌握全身肌肉，用停转数十年的大脑认识崭新的世界，现代医学能够治疗他们身上的旧疾，但很难弥补长期冷冻造成的心理创伤。

第四个被解冻的是位政客、摇滚歌星和演说家，他很快站了起来，站在聚光灯下，成为全球媒体的焦点。一场伦理学、宗教学、社会学和人类学的论战开始了，激烈的争论充斥移动互联网，每个人都要在支持和反对之间作出选择。几年后，解冻人演说家被极端宗教团体枪杀，悲剧加快了立法的速度，联合国大会法律委员会通过《联合国关于人类冷冻宣言》，提出了为了全人类的健康延续，全面肯定解冻人的权利，对人体冷冻这一灰色地带进行法律界定，批准阿尔科等机构在全球范围内合法进行医学研究范畴内的人体冷冻及解冻业务。

尘埃落定。女儿在此时递交了解冻申请书。

她从无梦的深眠中醒来。解冻过程很顺利，她只遭遇了轻微的记忆混乱，那是脆弱的脑神经元在人体死亡过程中的自然损失，几乎不可避免。最大的麻烦在于，由于医学伦理尚未对自体医用克隆开放禁令，机械身体又尚未成熟，想要获得一具健康的身体，必须等待遗体捐赠。——那意味着漫长的等待，以及一具不属于自己的陌生身体。

她觉得有必要跟女儿聊聊。

3

"现在阿尔科基金会的会员费还是要交的吧？"她挪开眼光，说，"负担重吗？如果负担不重的话，我想再睡些年，现在的科技还是不够发达，不能让我用自己的身体站起来。"

女儿答："会费就还好，能给得起，放心。你是说……你想再冰冻一段时间吗？几年后，再解冻？"

她垂下眼睑："现在这副模样，我受不了。这个时候醒来，可能不是最合适的时候吧。对不起，老是麻烦你。"

　　　　　　　　　　　　　　炸弹女孩

屋里静了。她紧张地等待女儿的回复，不敢抬眼看那陌生老妇人的脸，怕看久了，忘掉心中二十七岁女儿的模样。

女儿叹口气："瞧您说的，你是我妈，做什么都应该。但这次一睡，咱们就再也见不着了。"

她愣了。对她来说，时间是件不太具有意义的事情，正如年龄失去了准则。她记得在病榻上挣扎了大半年时间，托关系联系美国阿尔科基金会安排后事，眼睛一闭一睁，就到了现在。按照医生的话，去往更远的未来，不会比当初接受冷冻手术更难，以现在的技术，冷冻只是一瞬间的事，睡眠、醒来，脑中的最后一个念头都不会丢失，就像做一个按下暂停键的梦。

但再也见不着了。不单是女儿，是这个世上所有尚且在世的亲人朋友。

她工作在出版社，做过科幻小说的编审，早想到过这个问题。如今面对女儿的诘问，她无言以对。

这时柔和的灯光亮起，提示音发声："为冯女士的健康考虑，今天的探视时间到了。"

女儿凑近她，慢慢欠身，用白发苍苍的额头触了一下她的脸颊，"老冯，我先走了，明天再来，那会儿再给我个决定吧。别操心钱的事儿，能解决。"

"嗯，有人来接你吧，你慢点。""知道了。"

女儿滑动指点杆，轮椅沿虚拟轨迹线滑出病房，屋门关闭，灯光慢慢暗下来。她望向窗子，窗子逐渐变成透明，外面暮色苍茫，北京城浸在灰黄的雾里，看起来比五十年前高了一点，亮了一点，又毫无改变。

她闭上眼睛，感受温热的体液被泵入血管。想哭，哭不出来，或许是泪管缺乏水分，又或者是大脑受到损伤，忘记了用哪块肌肉来挤出泪水。

她死过一回，现在活了，又不算真正活着。

她还是想到能真正活着，走在街上的那一天去看看。

4

女儿驾驶轮椅驶出 CCC（China Cryonics Center 中国人体冷冻中心）大楼，将轮椅挂载在无障碍系统上，升入轨道站。在等待胶囊列车的时间里，她用视网膜显示屏翻看人体冷冻的最新报价：阿尔科基金会，五十年，三百万元人民币。中国医疗冷冻研究会，五十年，二百万元。

列车停在站台，她驱车进入车厢，轮椅自动锁止在锚位。舱门关闭，列车开始平稳加速，几分钟后到达一千零五十公里每小时的最高速度。两小时后，她从北京到达深圳，从那里换乘海底高速铁路前往吉隆坡。她要在那里同一位商人见面。

无执照的人体冷冻公司，五十年，二百万人民币，黑市价格。在马来西亚新山科技园区的地下仓库里，停放着十万具以上的铝合金冰棺，每具棺材里都躺着一位先知、赌徒或者避世者。他们之中，有癌症晚期病人，有怀揣秘密准备登船去往未来的投机家，有车祸濒死的伤员，等待诉讼年限过期的罪犯，有缴纳一百万年冷冻费用的大冒险家，有埋好古董等待升值的艺术品掮客，有没什么原因、只想把自己冰冻起来的冷冻爱好者。

这里躺着她的丈夫和大儿子。脑出血导致瘫痪的丈夫，被同学欺凌而自杀的儿子。

这是一个唾弃死神的时代。快速冷冻，分子修复，生命与死亡的界限模糊了，对所有人来说，那只是一次略显漫长的仲夏之梦罢了。在这个时代必将死去的人，会在下一个时代复活。生命被拉长为条状，人和人的频率彼此交错，告别现实，切断与真实世界的联系，却说不定会在某个未知的未来与亲人相逢。

　　　　　　　　　　　　　炸弹女孩

全世界上千个地下冷冻仓库里，同样的事情正在发生。

她走出吉隆坡高速铁路站，驾驶轮椅穿过熙熙攘攘的人群。地球上的人口正在减少，不知是否有人注意到这一点。人体冷冻技术，是上帝教会人类自渎。每个人心底深处都有名为"逃避"的小兽，若食粮充分，能吞食天地。

"您好，您又来照顾我的生意了。"商人殷勤笑着迎上前来。

"也许是两单生意呢。"她说。

晋阳三尺雪

1

赵大领着兵丁冲进宣仁坊的时候，朱大鲧正在屋里上网，他若有点与官府斗智斗勇的经验一定会更早发现端倪，把这出戏演得更像一点。这时是未时三刻，午饭已毕，晚饭还早，自然是宣仁坊里众青楼生意正好的时候，脂粉香气被阳光晒得漫空蒸腾，红红绿绿的帕子耀花游人眼睛。隔着两堵墙，西街对面的平康坊传来阵阵丝竹之声，教坊官妓们半遮半掩地向达官贵人卖弄技艺；而宣仁坊里的姐妹们对隔壁同行不屑一顾，认为那纯属脱裤子放屁，反正最终结果都是要把床搞得嘎吱嘎吱响，喝酒划拳助兴则可，吹拉弹唱何苦来哉？总之宣仁坊的白天从不缺少吵吵闹闹的讨价还价声、划拳行令声和嘎吱嘎吱摇床声，这种喧闹成为了某种特色，以至于宣仁坊居民偶尔夜宿他处，会觉得整个晋阳城都毫无生气，实在是安静得莫名其妙。

赵大穿着薄底快靴的脚刚一踏进坊门，恭候在门边的坊正就感觉到今时不同往日，必有大事发生。赵大每个月要来宣仁坊三四次，带着两个面黄肌瘦的广阳娃娃兵，哪次不是咋呼着来、吆喝着走、嚷得嗓子出血才对得起每个月的那点巡检例钱。而这一回，他居然悄无声息地溜进门来，冲坊正打了几个惟有自己看得懂的手势，领着两个娃娃兵贴着墙根蹑手蹑脚向北摸去，"虞侯呵，虞侯！"坊正跟跟跄跄追在后面，把一双手胡乱摇摆，"这是做什么！吓煞某家了！何不停下歇歇脚，用一碗羹汤，无论要钱要人，应允你就是了……"

"闭嘴！"赵大瞪起一双大眼，压低声音道，"靠墙站！好好说话！有县衙公文在此，说什么也没用！"

坊正吓得一跌，扶着墙站住，看赵大带着人鬼鬼祟祟走远。他哆哆嗦嗦拽过身旁一个小孩，"告诉六娘，快收，快收！"流着清鼻涕的小孩点点头，一溜烟跑没了影，半炷香时间不到，宣仁坊的十三家青楼噼里啪啦扣上了两百四十块窗板，讨价声、划拳声和摇床声消失得无影无踪，谁家孩子哇哇大哭起来，紧接着响起一个止啼的响亮耳光。众多衣冠凌乱的恩客从青楼后院跳墙逃走，如一群受惊的耗子灰溜溜钻出坊墙的破洞，消失在晋阳城的大街小巷。一只乌鸦飞过，守卫坊门的兵丁拉开弓瞄准，右手一摸，发觉箭壶里一支羽箭都没有，于是悻悻地放松弓弦。生牛皮的弓弦反弹发出"嘣"的一声轻响，把兵丁吓了一跳，他才发现四周已经万籁俱寂，这点微弱的响声居然比夜里的更鼓还要惊人。

下午时分最热闹的宣仁坊变得比宵禁时候还要安静，作为该坊十年零四个月的老居民，朱大鲶对此毫无察觉，只能说是愚钝至极。赵大一脚端开屋门的时候，他愕然回头，才惊觉该到了表演的时刻，于是大叫一声，抄起盛着半杯热水的陶杯砸在赵大脑门上，接着一使劲把案几掀翻，字箕里的活字噼里啪啦掉了一地。"朱大鲶！"赵大捂着额头厉声喝道，"海捕公文在此！若不……"他的话没说完，一把活字就撒了过来，这种胶泥烧制的活字又硬又脆，砸在身上生疼，落在地上碎成粉末，赵大躲了两下，屋里升起一阵黄烟。

"捉我，休想！"朱大鲶左右开弓丢出活字阻住敌人，转身推开南窗想往外跑，这时一个广阳兵举着铁链从黄雾里冲了出来，朱大鲹飞起一脚，踢得这童子兵凌空打了两个旋儿，"啪"地贴在墙上，铁链撒手落地，当下鼻血与眼泪齐飞。赵大几人还在屋里瞎摸，朱大鲹已经纵身跳出窗外，眼前是一片无遮无挡的花花世界，这时候他忽然一拍脑门，想起宣徽使的话来："要被捕，又不能易被捕；要拒捕，又不能不被捕；欲语还休，欲就还迎，三分做戏，七分碰巧，这其中的分寸，你可一定要拿捏好了。"

"拿捏，拿你奶奶，捏你奶奶……"朱大鲹把心一横，向前跑了两步，左脚凌空一绊右脚，"啊呀"惨叫着扑倒在地，整个人结结实实拍在地面上，"啪！"震得院里水缸都晃了三晃。

赵大听到动静从屋里冲了出来，一见这情景，捂着脑袋大笑道："让你跑！给我锁上！带回县衙！罪证一并带走！"

流着鼻血的广阳兵走出屋子，号啕大哭道："大郎！那一笸箩泥块儿都让他砸碎了，还有什么罪证？咱这下见了红，晚上得吃白面才行！咱妈说了跟你当兵有馒头吃，这都俩月了连根馒头毛都没看见！现在被困在城里，想回也回不去，不知道咱妈咱爹还活着没，这日子过得有啥屎意思！"

"没脑子！活字虽然毁了，网线不是还在吗？拿剪刀把网线剪走回去结案！"赵大骂道，"只要这案子能办下来，别说吃馒头，每天食肉糜都行！……出息！"

2

小人物的命运往往由大人物一句话决定。

那天是六月初六，季夏初伏，北地的太阳明晃晃挂在天上，晒得满街杨柳蔫头耷脑，明明没有一丝风，却忽然平地升起一个小旋风，从街头扫到街尾，让久未扫洒的路面尘土飞扬。马军都指挥

　　　　　　　　　　炸弹女孩

使郭万超驾车出了苤武坊，沿着南门正街行了小半个时辰，他是个素爱自夸自耀的人，自然高高坐在车头，踩下踏板让车子发出最大的响声。这台车子是东城别院最新出品的型号，宽五尺，高六尺四寸，长一丈零两尺，四面出檐，两门对掩，车厢以陈年紫枣木筑成，饰以金线石榴卷蔓纹，气势雄浑，制造考究，最基础的型号售价铜钱二十千，这样的车除了郭万超此等人物，整个晋阳城还有几人驾得起？

四只烟囱突突冒着黑烟，车轮在黄土夯实的地面上不停弹跳，郭万超本意横眉冷目睥睨过市，却因为震动太厉害而被路人看成在不断点头致意，不断有人停下来稽首还礼，口称"都指挥使"，郭万超只能打个哈哈，摆手而过。车子后面那个煮着热水的大鼎——就算东城别院的人讲得天花乱坠，他还是对这台怪车满头雾水，据说煮沸热水的是猛火油，他知道猛火油是从东南吴地传来的玩意儿，见火而燃，遇水更烈，城防军用来把攻城者烫得哇哇叫，这玩意儿把水煮沸，车子不知怎的就走了起来，这又是什么道理？——正发出轰隆轰隆的吼声，身上穿的两裆铠被背后的热气烤得火烫，头上戴的银兜鍪须用手扶住，否则走不出多远就被震得滑落下来遮住眼睛，马军都指挥使有苦自知，心中暗自懊恼不该坐上驾驶席，好在目的地已经不远，于是取出黑镜戴在鼻梁上，满脸油汗地驰过街巷。

车子向左转弯，前面就是袭庆坊的大门，尽管现在是礼坏乐崩、上下乱法的时节，坊墙早已千疮百孔，根本没人老老实实从坊门进出，但郭万超觉得当大官的总该有点当大官的做派，若没有人前呼后拥，实在不像个样子。他停在坊门等了半天，不光坊正没有出现，连守门的卫士也不知道藏在哪里偷偷打盹，满街的秦槐汉柏遮出一片阴凉地，惟独坊门处光秃秃地露着日头，没一会儿就晒得郭万超心慌气短汗如雨下，"卫军！"他喊了两声，不见回音，连狗叫声都没有一处，于是怒气冲冲跳下车来大踏步走进袭庆坊。坊门南边就是宣徽使马峰的宅子，郭万超也不给门房递帖子，一把将门推开风风火火冲进院子，绕过正房，到了后院，大喝一声："抓反贼的来啦！"

屋里立刻一阵鸡飞狗跳，霎时间前窗后窗都被踹飞，五六个衣冠文士夺路而出，连滚带爬跌成一团。"哎呀，都指挥使！"大腹便便的老马峰偷偷拉开门缝一瞧，立刻拍拍心口喊了声皇天后土，"切不可再开这种玩笑了！各位各位，都请回屋吧，是都指挥使来了，不怕不怕！"老头刚才吓得幞头都跌了，披着一头白发，看得郭万超又气又乐，冷笑道："就这点胆子还敢谋反，哼哼……"

"哎呀，这话怎么说的？"老马峰又吓了一跳，连忙小跑过来攀住郭万超的手臂往屋里拉，"虽然没有旁人，也须当心隔墙有耳……"

一行人回到屋里，惊魂未定地各自落座，将破破烂烂的窗棂凑合掩上，又把门闩插牢。马峰拉郭万超往胡床上坐，郭万超只是大咧咧立在屋子中间，他不是不想坐，只是为了威风穿上这前朝遗物的两裆铠，一路上颠得差点连两颗晃悠悠的外肾都磨破。老马峰戴上幞头，抓一抓花白胡子，介绍道："郭都指挥使诸位在朝堂上都见过了，此次若成事，必须有他的助力，所以以密信请他前来……"

一位极瘦极高的黄袍文士开口道："都指挥使脸上的黑镜子是什么来头？是瞧不起我们，想要自塞双目吗？"

"啊哈，就等你们问。"郭万超不以为忤地摘下黑镜，"这可是东城别院的新玩意儿，称作'雷朋'，戴上后依然可以视物，却不觉太阳耀目，是个好玩意儿！"

"'雷朋'二字何解？"黄袍人追问道。

郭万超抖抖袖子，又取出一件乌木杆子、黄铜嘴的小摆设，得意洋洋道："因为这个玩意儿能发出精光耀人双眼，在夜里能照百步，东城别院没有命名，我称之为'电友'，亦即电光之友。黑镜

　　　　　　　　　　　　炸弹女孩

既然可以防光照，由'电友'而'雷朋'，两下合契，天然一对，哈哈哈……"

"奇技淫巧！"另一名白袍文士喝道，一边用袖子擦着脸上的血，方才跑得焦急，一跤跌破了额头，把白净无毛的秀才变成了红脸的汉子，"自从东城别院建立以来，大汉风气每况愈下，围城数月，人心惶惶，汝辈却还沉淫于这些、这些、这些……"

马峰连忙扯着文士的衣袖打圆场："十三兄，十三兄，且息雷霆之怒，大人大量，先谈正事！"老头在屋里转悠一圈拉起帘子把窗缝仔细遮好，痰嗽一声，从袖中取出三寸见方的竹帘纸向众人一展，只见纸上蝇头小楷洋洋洒洒数千言。

"咳咳。"清清嗓子，马峰低声念道："（广运）六年六月，大汉暗弱，十二州烽烟四起，人丁不足四万户，百户农户不能赡一甲士，天旱河涝，田干井阑，仓廪空乏。然北贡契丹，南拒强宋，岁不敷出，民无粮，官无饷，道有饿莩，马无暮草，国贫民贱，河东苦甚！大汉苦甚！"

念到这里，一屋子文士同时叹了一声"苦"，又同时叫了一声"好"。惟独郭万超把眼一瞪："酸了吧唧的念什么呐！把话说明白点！"

马峰掏出锦帕抹了把额头上的汗珠，"是的是的，这篇檄文就不再念了。都指挥使，宋军围城这么久，大汉早是强弩之末，宋主赵光义是个狠毒性子的人，他诏书说'河东久违王命，肆行不道，虐治万民。为天下计，为黎庶计，朕当自讨之，以谢天下'。君不见吴越王钱弘俶自献封疆于宋，被封为淮海国王；泉、漳之主陈洪进兵临城下之后才献泉、漳两郡及所辖十四县，宋主赐就诏封为区区武宁军节度使；如今晋阳围城已逾旬月，宋主暴跳如雷，此事已无法善终，将一旦城破，非但皇帝没得宋官可做，全城的百姓也必遭迁怒！覆巢之下岂有完卵，指挥使，莫使黎民涂炭，黎民涂炭啊！"

郭万超道："要说实在的，我们武官也一个半月没支饷了，小兵成天饿得嗷嗷叫。你们的意思是刘继元小皇帝的江山肯定坐不住，不如出去干脆投降宋兵，是这个意思吗？"

此言一出满座大哗，文士们愤怒地离席而起破口大骂，把君君臣臣父父子子君使臣以礼臣事君以忠的话翻来覆去说了八十多遍，马峰吓得浑身哆嗦，"诸君！诸君！隔墙有耳，隔墙有耳啊……"待屋里安静了点，老头驼着背搓着手道："都指挥使，我辈并非不忠不孝之人，只是君不君，臣不臣，皇帝遇事不明，只能僭越了！第一，城破被宋兵屠戮；第二，辽兵大军来到，驱走宋兵，大汉彻底沦为契丹属地；第三，开城降宋，保全晋阳城八千六百户、一万两千军的性命，留存汉室血脉。该如何选，指挥使心中应该也有分数！宋国终归是汉人，辽国是鞑靼契丹，奴辽不如降宋，就算背上千古骂名也不能沦为辽狗！"

听完这席话，郭万超倒是对老头另眼相看，"好。"他挑起一个大拇指，"宣徽使是条有气节的好汉子，投降都投得这么义正词严。说说看要怎么办，我好好听着。"

"好好。"马峰示意大家都坐下，"十年前宋主赵匡胤伐汉时老夫曾与建雄军节度使杨业联名上疏恳请我主投宋，但挨了顿鞭子被赶出朝堂，如今皇帝天天饮宴升平不问朝中事，正是我们行事的好时机。我已密信联络宋军云州观察使郭进，只要都指挥使开大厦门、延厦门、沙河门，宋军自会在西龙门砦设台纳降。"

"刘继元小皇帝怎么办？"郭万超问。

"大势已去的事后，自当出降。"马峰答道。

"倒罢了。但你们没想到最重要的问题吗？东城别院那关可怎么过？"郭万超环视在座诸人，"现在东西城城墙、九门六砦都有东城别院的人手，他们掌握着守城机关，只要东城那位王爷不降，即便开了城门宋兵也进不来啊！"

这下屋里安静下来。白袍文士叹道："东城别院吗？若不是鲁王作怪，晋阳城只怕早就破了吧……"

马峰道："我们商议派出一位说客，对鲁王动之以情、晓之以理。"

郭万超道："若不成呢？"

马峰道："那就派出一名刺客，一刀砍了便宜王爷的狗头。"

郭万超道："你这老头说得倒是轻巧，东城别院戒备森严，无论说客还是刺客哪有那么容易接近鲁王身边？那里有那么多稀奇古怪的玩意儿，只怕离着八丈远就糊里糊涂丢了性命吧！"

马峰道："东城别院挨着大狱，王爷手底下人都是戴罪之身，只要将人安插下狱，不愁到不了鲁王身边。"

郭万超道："有人选了吗？说客一个，刺客一名。"他目光往旁边诸人身上一扫，诸多文士立刻抬起脑袋眼神飘忽不定，口中念念叨叨背起了儒家十三经。

郭万超一拍脑袋："对了，倒是有个人选，是你们翰林院的编修，算是旧识，沙陀人，用的汉姓，学问一般，就是有把子力气。他平素就喜欢在网上发牢骚，是个胸无大志满脑袋愤怒的糊涂车子，给他点银钱，再给他把刀，大道理一讲，自然乖乖替我们办事。"

马峰鼓掌道："那是最好，那是最好，就是要演好入狱这场戏，不能让东城别院的人看出破绽来，罪名不能太重，进了天牢就出不来了，又不能太轻，起码得戴枷上铐才行。"

"哈哈哈，太简单了，这家伙每日上网搬弄是非，罪名是现成的。"郭万超用手一捏裤裆部位的铠甲，转身拔腿就走，"今天的事儿天知地知你知我知，我这就找管网络的去，人随后给你带，咱们下回见面再谈。走了！"

穿着两裆铠的武官丁零当啷出门去，诸文士无不露出鄙夷之色，窗外响起火油马车震耳欲聋的轰轰声，马峰抹着汗叹道："要是能这么容易解决东城别院的事情就好了，诸君，这是掉脑袋的事情，须谨慎啊，谨慎！"

3

朱大鲧不知道捉走自己的兵差来自哪个衙门，不过宣徽使马峰说了，刑部大狱、太原府狱、晋阳县狱、建雄军狱都是一回事情，谁让大汉国河东十二州赔得个盆光碗净，只剩下晋阳城这一座孤城呢。他被铁链子锁着穿过宣仁坊，青楼上了夹板的门缝后面露出许多滴溜溜乱转的眼睛，坊内的姐姐妹妹嫖客老鸨谁不认识这位穷酸书生？明明是个翰林院编修，偏偏住在这烟花柳巷之地，要说是性情中人倒也罢了，最可恨几年来一次也未光顾姐妹们的生意，每次走过坊道都衣袖遮脸加快脚步口中念叨着"惭愧惭愧"，真不知道是惭愧于文人的面子，还是裤裆里那见不得人的东西。

惟有朱大鲧知道，他惭愧的是袋里的孔方兄。宋兵一来翰林院就停了月例，围城三月，只发了一斛三斗米、五陌润笔钱。说是足陌，数了数每陌只有七十七枚夹铅钱，这点家当要是进暖香院春风一度，整月就得靠麸糠果腹了。再说他还得交网费，当初选择住在宣仁坊不仅因为租金便宜，更看重网络比较便利，屋后坊墙有网管值班的小屋，遇见状况只要蹬梯子喊一声就行。每月网费四十钱，打点网管也得花几个铜子儿，入不敷出是小问题，离了网络，他可一日也活不下去。

"磨蹭什么呢，快走快走！"赵大一拽锁链，朱大鲧跟跄几步，慌乱用手遮着脸走过长街。转眼间出了宣仁坊大门，拐弯沿朱雀大街向东行，路上行人不多，战乱时节也没人关心铁链锁着的囚犯，朱大鲧一路遮遮掩掩生怕遇见翰林院同僚，幸好是吃饱了饭鼓腹高眠的时候，一个文士也没碰着。

"大、大人。"走了一程，朱大鲧忍不住小声问道，"到底是什么罪名啊？"

"啊？"赵大竖起眉毛回头瞪他一眼，"造谣惑众、无中生有，

　　　　　　　　　炸弹女孩

你们在网络鼓捣的那些事情以为官府不知道吗？"

"只是议论时政为国分忧也有罪吗？"朱大鲦道，"再说网络上说的话，官府何以知道？"

赵大冷笑道："官家的事儿自有官家去管，你无籍无品的小小编修，可知议论时局造谣中伤与哄堂塞署、逞凶殴官同罪？再说网络是东城别院搞出来的玩意儿，自然加倍提防，你以为网管是疏通网络之职，其实你写下的每一个字儿都被他记录在案，白纸黑字，看你如何辩驳！"

朱大鲦吃了一惊，一时间不再说话。"突突突突……"一架火油马车突烟冒火驶过街头，车厢上漆着"东城廿二"字样，一看就知是东城别院的维修车。"又快到攻城时间啦。"一名广阳兵说道，"这次还是有惊无险吧。"

"嘘，是你该说的话吗？"同伴立刻截停了话头。

前面柳树阴凉下摆着摊，摊前围着一堆人，赵大跟手下娃娃兵打趣道："刘十四，攒点银子去洗一下，回来好讨婆娘。"

刘十四脸红道："莫说笑，莫说笑……"

朱大鲦就知道那是东城别院洗黥面的摊子。汉主怕当兵的临阵脱逃，脸上要墨刺军队名，建雄军黥着"建雄"，寿阳军黥着"寿阳"，若像刘十四这样从小颠沛流离身投多军的，从额头至下巴密密麻麻黥着"昭义武安武定永安河阳归德麟州"，除了眼珠子之外整张脸乌漆墨黑，要再投军只好剃光头发往脑壳上纹了。东城那位王爷想出洗黥面的点子，立刻让军兵趋之若鹜，用蘸了碱液的细针密密麻麻刺一遍，结痂后揭掉，再用碱液涂抹一遍缠上细布，再结痂长好便是白生生的新皮。正因为宋军围城人心惶惶，才要讨个婆娘及时行乐，鲁王爷算是抓准了大伙的心思。

几人走过一段路，在有仁坊坊铺套了一辆牛车，乘车继续东行。朱大鲦坐在麻包上颠来倒去，铁链磨得脖子发痛，心中不禁有点后悔接了这个差使。他与马步军都指挥使郭万超算是旧识，祖上在高祖（后汉高祖刘知远）时同朝为官，如今虽然身份云泥，仍三不五时一起烫壶小酒聊聊前朝旧事。那天郭万超唤他过去，谁知道宣徽使马峰居然在座，这把朱大鲧吓得不轻。老马峰可不是平常人，生有一女是当朝天子的宠妃，皇帝常以"国丈"称之，不久之前刚退下宰相之位挂上宣徽使的虚衔，整座晋阳城除了拥兵自重的都指挥使和几位节度使，就属他位高权重。

"这不是谋逆吗？"酒过三巡，马峰将事由一说，朱大鲧立刻摔杯而起。

"司马温公说'尽心于人曰忠'，《晏子》言'故忠臣也者，能纳善于君，不能与君陷于难'，君子不立危墙之下，朱八兄须思量其中利害，为天下苍生……"老马峰扯着他的衣袖，胡须颤巍巍地说着大道理。

"坐下坐下，演给谁看啊。"郭万超啐出一口浓痰，"谁不知道你们一伙穷酸书生成天上网发议论，说皇帝这也不懂那也不会，大汉江山迟早要完，这会儿倒装起清高来啦？一句话，宋狗一旦打破城墙，全城人全他妈的得完蛋，还不如早早投了宋人换城里几万人活命，这账你还算不清吗？"

朱大鲧站在那儿走也不是坐也不是，犹豫道："但有鲁王在城墙上搞的那些器械，晋阳城固若金汤，听说前几天大辽发来的十万斛粟米刚从汾水运到，尽可以支持三五个月……"

郭万超道："呸呸呸！你以为鲁王是在帮咱们？他是在害咱们！宋狗现在占据中原，粮钱充足，围个三年五年也不成问题，三月白马岭一役宋军大败契丹，南院大王耶律挞烈成了刀下鬼，吓得契丹人缩回雁门关不敢动弹，一旦宋人截断汾水、晋水，晋阳城就成了孤城一座，你倒说说这仗怎么打得赢？再说那个东城王爷不知道从哪儿钻出来的，搞出那么多稀奇古怪的玩意儿，他是真心想帮我们守城？我看未必！"

话音落了，一时间无人说话，桌上一盏火油灯毕剥作响，照得斗室四壁生辉。这灯自然也是鲁王的发明，灌一两二钱猛火油可以一直燃到天明，虽然烟味刺鼻，熏得天花板又黑又亮，可毕竟比菜油灯亮堂得多了。

"……要我怎么做？"朱大鲧慢慢坐下。

"先讲道理，后动刀子，古往今来不都是这么回事儿？"郭万超举杯道。

4

鲁王确实不知道从哪里钻出来的。宋兵围城之前没人听过他的名号，河东十二州一手，东城别院的名字开始在坊间流传。一夜之间晋阳城多了无数新鲜玩意儿，最显眼的是三件东西：中城的大水轮和铸铁塔，城墙上的守城兵器，还有遍布全城的网络。

晋阳城分西、中、东三城，中城横跨汾水，大水轮就装在骑楼下方，随着水势日夜滚动。水轮这东西早被用来灌溉农田碾米磨面，谁也没想到还能有这么多功用，吱吱嘎嘎的木头齿轮带动了铸铁塔的风箱、城头的水龙与火龙、绞盘、滑车。铸铁塔有几个炉腔，风箱吹动猛火油煮沸铁水，铸出来的铁器又沉又硬，比此前不知方便了多少倍。

城墙上的变化更大，鲁王爷给城墙铺上两条木头轨道，用绳索拉着两头，扳下一个机簧，水轮的力量就扯着轨道上的滑车飞驰起来，从大厦门到沙河门就算驾快马也须一炷香时间才能赶到，坐上滑车，只消半袋烟时间就能到达。第一次发车的时候绑在上面的几个小兵吓得嗷嗷乱叫，坐多几次觉得有趣，食髓知味，就成了滑车的管理员，整日赖在车上不肯下来。滑车共有五辆，三辆载人，两辆载炮，大炮与汉人惯用的发石机没什么不同，就是改用水轮拉紧牛皮筋，再不用五十名大汉背着绳索上弦；抛出的亦不再是石块，而是灌满猛火油的猪尿脬，尿脬里装一包油布裹着的火药，留一条引线出来，注满猛火油后将口扎紧，发射前将捻子点燃。

鲁王爷在墙头挂满泥檑。守城缺不了滚木檑石，但木头丢下一根少一根，石头扔下一块少一块，围城久了只怕连房顶都得拆了往下扔。东城别院就搞了个阴损毒辣的发明，用黄泥巴掺上稻草铸成五尺长、两尺粗的大泥柱子，表面嵌满大铁蒺藜，铁蒺藜专门泼上脏水等它生出黑不黑、红不红的铁锈，因为鲁王爷说这样会让宋兵得一种叫"破伤风"的怪病。选上好黄泥用草席盖上焖一星期煨成熟泥，加上糯米浆、碎稻草和猪血反复捶打，这样铸成的泥檑每个重达两千六百斤，金灿灿，冷森森，泛着黄铜一样的油光，通体长满脏兮兮的生锈铁蒺藜，着实是件杀人利器。泥檑两端挂上铁锁链拴在城墙，宋军一来，数百个大泥柱子劈头盖脸砸下，把云梯、冲车、盾牌和兵卒一齐砸成粉碎，这厢绞盘一转，水轮之力嘎吱嘎吱将铁链卷起，沾满了血的泥檑又晃晃悠悠升上城墙。

宋人在泥檑下吃了苦头，后来只让老弱病残和契丹降卒当作先锋，趁泥檑把弃卒砸扁时发动井栏、云梯和发石机猛攻。这时滑车上的猪尿脬砲就到了开火时机，一时间数百个红彤彤、骚烘烘、软囊囊的尿脬漫天飞舞，落在宋军中化作火球四下延烧，灼得木头毕剥作响、兵卒吱哇乱叫，空气中立时弥漫着一股木烤肉的芳香。最后就到了弓箭手出场，专拣宋军中有帽缨的家伙攒射，因为众所周知只有将官头上才飘着鸟毛。不过羽箭数量稀少必须省着点用，一人射个三五箭便归队休息，一场大战就此结束，城下一片烟熏火燎鬼哭狼嚎，城上汉人遥遥指点战场计算着杀人的数量，每杀一个人，在自己手上画一个黑圈，凭黑圈数量找东城别院领赏钱。按照鲁王爷计算近几个月死在城下的宋兵已达两百万之众，不过看那吹角连营依然无边无尽，大家就心照不宣谁都不提统计口径的问题。

一座晋阳城守得固若金汤，怕大伙在城内闲得无聊，鲁王爷又发明了网络。他先搞出了一种叫活字的东西（据自己说是剽窃一位毕昇毕老爷的发明，不过谁也没听说这位了不起的老爷），先做一个阴文木雕版的《千字文》，然后用混合了糯米稻草和猪血的黄泥巴压在雕版上面晒干，最后整个揭下来切成烧肉大小的长方块，用泥槽边角料制作的阳文活字就完成了。将一千个活字放在长方形的字箕里面，每个活字后面用机簧绑上一缕蚕丝，一千缕蚕丝束成手腕粗细的一捆，这个叫"网"。字箕放在屋子里，蚕丝从墙根穿出到达网管的小屋，每捆蚕丝末端都截得整整齐齐套上一个铁网，每一缕丝线末尾绑着个小钩，挂在铁网上面。网管小屋只有个天棚遮雨，四壁挤挤挨挨挂满网线，若两台字箕之间要说话，找到两条网线将铁网一拧"咔哒"一声锁好一千个小钩，两捆蚕丝就连了起来，这个叫"络"。

网络一连好，就可以通过字箕对话了，这厢按下一个活字，小机簧将蚕丝拉紧，那厢对应位置的活字就陷了下去。虽然从天地玄黄宇宙洪荒日月盈昃辰宿列张密密麻麻一千个字里面选出要用的活字很费眼力，可熟手自然能打得飞快。有学究说汉字博大精深，千字文虽然是开蒙奇书一本，可要拿来畅谈宇宙人生，区区一千个字怎么够用？鲁王爷却说这一千个字彼此并不重复，别说畅谈宇宙，古往今来大多数好文章都能用这一千个字做出来，真真是够用得很啦。

《千字文》里实则有两个"洁"字重复，东城别院删掉了一个字，换上一个有弯钩符号的活字。因为两人通过网络对谈的时候，又要打字，又要盯着字箕看对方发来的字句，分心二用太难，鲁王爷就规定说完一句话之后要按下这回车键，表示自己的话说完了，轮到对方说话。为什么叫"回车"，王爷没解释。

起初网络只能两人对话，后来发明了一种复杂的黄铜钩架，能够将许多网线同时挂在一起，一个人按下活字，其他人的字箕都会收到信息。这时候又出现了新的问题，八名文士聊天，一个人说完话按下回车，其余七个人会同时抢着说话，这时字箕就会抽筋似的起起伏伏，好似北风吹皱晋阳湖的一池黑水。为了解决这个问题，东城别院发售了一种附加字箕，上面有十个空白活字，在用黄铜钩架组成网络的时候，大伙先将对方的雅称刻在空白活字上面。八名文士的小圈子，每个人的附加字箕都刻上八个人的称号，谁要发言，按下代表自己的活字，谁的活字先动，谁就有说话的权利，直到按下回车键为止。朱大鲦最喜欢把代表自己的"朱"字使劲按个不停，此举自然遭到了圈子内的严正谴责，因为此举不仅对其他人发言的权利造成干扰，更容易把网线搞断。鲁王爷一开始把这种制度叫作"三次握手"，后来又改叫"抢麦"，这几个字到底是啥意思，王爷也没解释。

蚕丝固然坚韧，免不了遭受风吹雨打虫蛀鼠咬和朱大鲦此类浑人的残害，断线的事情时有发生。有时候聊着天，有人忽然大骂"文理狗屁不通辱骂先贤有失文士的身份"，那说明有活字的蚕丝断了，本来写的是"子曰：尧舜其犹病诸"，结果变成了"子曰：尧舜病诸"，这不光骂了尧舜先帝，更连孔圣人都坑进去了。此时就要高声喊"网管！"，给网管些小钱让他检查网线，顺便到坊市带两斤烙饼回来。网管会断开网线，找到断掉的蚕丝打一个结系紧，若不花点钱跟网管搞好关系，他会把绳结打得又大又囊肿，导致网络拥堵速度慢如老牛拉车；要是铜钱给足了，他就拿小梳子将蚕丝理得顺顺滑滑，系一个小小的双结，然后把两斤八两烙饼丢进窗口，喊一声"妥了！"——这就是朱大鲦荷包再窘迫也要花钱打点网管的原因。

东城别院的守城器械收买了军心，稀奇古怪的小发明收买了民心，网络则收买了文士之心。足不出户，坐而论道，这便利自三皇五帝以降何朝何代曾经有过？宋兵围城人人自危，再不能出晋阳城攀悬瓮山观汾水赏花饮酒，关起门来文墨消遣反而更觉苦闷，若不是网络铺遍西城，这些穷极无聊的读书人还不反了天去？一国囿于一城，三省六部名存实亡，举月无俸禄，天子不早朝，青衫客们成了城中最清闲无用的一群，惟有在网络上作作酸诗吐吐苦水发发牢骚。有人喜爱上网，自然有人敬鬼神而远之，有人念鲁王爷的好，自然也有人背地里戳他脊梁骨，这位谁都没见过真容的王爷是坊间最好的话题。

朱大鲦做梦也没想到自己第一次与王爷扯上关系，居然是被马峰、郭万超派去游说投降之事。是战，是降，大道理他自己还没想明白，但既然文武二相都这么看重自己，他只能怀揣降表和利刃硬着头皮上前了。

5

牛车吱吱嘎嘎向前，经过一所馆驿，这两进带园子的馆驿是鲁王爷初到晋阳城时修建的，漆成橙色，挂着蓝牌，上写两个大字"汉庭"。"汉庭"指的是"大汉的庭院"，这馆名固然古怪，比起鲁王爷后来发明的新词来倒不算什么了。

鲁王爷搬到东城别院之后，馆驿围墙上凿出两扇窗来，一扇卖酒，一扇卖杂耍物件。酒叫"威士忌"，意指"威猛之士也须忌惮三分"，用辽国运来的粟米在馆驿后院浸泡蒸煮，酿出来的酒液透明如水、冷冽如冰，喝进嗓子里化为一道火线穿肠而过，比市酿的酒不知醇了多少倍。一升酒三百钱，这在私酿泛滥的时候算得上高价，可好酒之徒自然有赚钱换酒的法子。

"军爷，射一轮吧！"

朱大鲦扭过头，看见城墙底下站着十数个泼皮无赖，站在茅草车上冲城外齐声高喊。城墙上探出一个兵卒的脑袋，见怪不怪道："赵大赵二，又缺钱花了？这回须多分我些好酒上下打点，不然将军怪罪下来……"

"自然，自然！"泼皮们笑道，又齐声喊，"军爷，射一轮！军爷，射一轮！"

不多时，城外便传来宋军的喊声："言而有信啊！五百箭一斗酒，你们山西人可不能给我们缺斤短两啊！"

"自然自然！"泼皮们一听四下散开，不知从哪里推出七八辆载满干草的车子摆在一处，捂着脑袋往城墙下一蹲，"军爷，射吧！"

只听得弓弦嘣嘣作响，羽箭刷刷破空，满天飞蝗越过墙头直坠下来簌簌穿入草堆，眨眼间把七八辆茅草车钉成了七八个大刺猬。朱大鲧远远看得新鲜，开口道："这草船借箭的法子也能行得通？"

赵大啐道："呸！这帮无赖买通了宋兵，说重了可是里通外国的罪名。围城太久箭支匮乏，皇帝张榜收箭，一支箭换十文钱，这些无赖收了五百箭能换五千钱，买一斗七升酒，一斗吊出城外给宋兵，两升打点城上守军，剩下五升分了喝，喝醉了满街横睡，疲懒之辈！"他扭头瞪眼大喝一声："督！大胆！没看到我吗？"

众泼皮也不害怕，嘻嘻哈哈行礼，推着小车一溜烟钻进小巷，朱大鲧就知道这赵大嘴上说得轻巧，肯定也收了泼皮的供奉。他没有点破，只叹一声："围城越久，人心越乱，有时候想想不如干脆任宋兵把城打破罢了，是不是？"

赵大嚷道："胡说什么！再说忤逆的话拿鞭子抽你！"朱大鲧始终摸不准此人是不是马峰派出的接应，也就不再多说。

日头毒辣，牛车在蔦柳树的树荫里慢慢前行，驶出了西城内城门，沿着官道进入中城，中城宽不过二十丈，分上下两层，下一层有大水轮、铸铁塔诸多热烘烘吵闹闹的机关，上一层走行人车马，路两旁是水文、织造、冶锻、卜筮的官房，路面尽用枣木铺成。晋阳中城是武后时并州长史崔神庆以"跨水连堞"之法修筑而成，距今已逾三百年，枣木地板时时用蜂蜡打磨，人行马踩日子久了变成凝血般的黑褐色，坚如铁石，声如铜钟，刀子砍上去只留下一条白痕，拆下来做盾牌可抵挡刀剑矢石，就算宋人的连环床弩都射不穿。围城日久，枣木地板被拆得七七八八，路面用黄土随意填平，

炸弹女孩

走上去深一脚浅一脚，碰到上质疏松的地方能崴了牛蹄子。

赵大吩咐一声"下车"，着一个小兵赶着牛车还给坊铺，自己牵囚犯步行走入中城。今年河东干旱，汾水浅涸，朱大鲦看一条浊流自北方蜿蜒而来，从城下十二连环拱桥潺潺流过，马不停蹄涌向南方，不禁赞道："大辽、大汉、宋国，从北到南，一水牵起了三国，如此景致当前，吾当赋诗一首以资……"

话音未落，赵大狠狠一巴掌抽在他后脑勺，把幞头巾子打得歪歪斜斜，也把朱大鲦的诗性抽得无影无踪。赵大抹着汗骂道："你这穷酸，老子出这趟差汗流了一箩筐，还在那边唧唧歪歪惹人烦，前面就到县衙，闭嘴好好走路！"朱大鲦立刻乖乖噤声，心中暗想等恢复自由之身一定在网上将你这恶吏骂得狗血喷头，转念又一想，此行若是马到成功，说服了东城别院鲁王爷，大汉就不复存在，晋阳城尽归宋人，到时候还能有网络这回事情吗？一时之间不禁有点迷茫。

一路无言走穿中城进入东城，东城规模不大，走过太原县治所，在尘土纷飞的街上转了两个弯进了一座青砖灰瓦的院子，院子四面墙又高又陡，窗户都钉着铁栏杆。赵大与院中人打个招呼交接文书，广阳兵推搡着朱大鲦进了西厢房，解开锁链，喊道："老爷开恩让你独个儿住着，一日两餐有人分派，若要使用钱粮被褥可以托家里人送来，逃狱罪加一等，过两天提审，好好跟老爷交代罪行，听到没有？"

朱大鲦觉得背后一痛，跌跌撞撞摔进一个房间，小卒们哗啷啷挂上铁链嘎嘣一声锁上门转身走了，朱文人爬起来揉着屁股四处打量，发现这屋里有榻，有席，有洗脸的铜盆和便溺的木桶，虽然光线暗淡，却比自己的破屋整齐干净得多。

他在席上坐了，摸摸袖袋，发现一应道具都完好无损：一本《论语》，舌战鲁王爷时要有圣贤书壮胆；一只空木盒，夹层里装着宣徽使马峰洋洋洒洒三千言的血书檄文，血是鸡血，说的是劝降的事儿，不过其义正词严的程度令朱大鲧五体投地；一柄精钢打造六寸三分长的双刃匕首，匹夫之怒，血溅五步，一想到这最终的手段，朱大鲧体内的沙陀突厥血统就开始蠢蠢欲动。

6

醒来的时候，朱大鲧才知道自己不知何时睡着了。窗口斜进来一线夕阳，天色已晚，过道里有脚步声响起，朱大鲧慢腾腾爬起来活动一下身体，从栅栏缝隙里向外看去。

临行前马峰说已在狱中安插了内应，会在合适的时机现身。此刻一名狱卒打着个油纸灯笼晃悠悠走来，右手拎着食盒，口中哼着小曲，走到这间牢房停了下来，用灯笼把儿将栅栏一敲："喂喂，吃饭。"说着从食盒中捏出两张胡饼卷上酱菜，从栅栏缝隙里递进来。

朱大鲧接过赔笑道："多谢，多谢。上差是不是有什么话要带给学生的？"

狱卒闻言左右看看，放下食盒从怀中摸出一张纸条来，低声道："喏，自己点灯看，别给别人瞧见。将军嘱咐过，尽人事，听天命，若依他的话，成与不成都有你的好处在里面。"言毕又提高音量："瓮里有水自己掬来喝，便溺入桶，污血、脓疮、痰吐莫要弄脏被褥，听到没有？"

拎起食盒，狱卒挑着灯笼晃悠悠走了，朱大鲧三口两口吞下胡饼，灌了几口凉水，背过身借着暗淡残阳看纸上的字迹。看完了，反倒有点摸不着头脑，本以为狱卒是都指挥使郭万超派来的，谁知纸上写的是另一回事情，上写着："敬启者：我大汉现在很危险，兵少粮少，全靠守城的机械撑着，最近听闻东城别院人心不稳，鲁王爷心思反复，要是他投降宋国，大汉就无可救药呼哉，看到我信，希望你能面见王爷把利害说清楚，让他万万不能屈膝投降。他

　　　　　　　　　　　炸弹女孩

在东城别院里不见外人，只能出此下策，要为了我大汉社稷着想，请一定好好劝王爷坚持下去，总有一天能打赢宋国噫！——杨重贵再拜。"

这段话文字不佳，字体不妙，一看就是没什么学问的粗人手笔，落款"杨重贵"听着陌生，朱大鲦想了半天才想起来那是建雄军节度使刘继业的本名，他本是麟州刺史杨信之子，被世祖刘崇收为养孙，改名刘继业，领军三十年战无不胜攻无不克号称"无敌"，如今是晋阳守城主将。落款用本名，显示出他与皇帝心存不和，这一点不算什么秘密，天会十三年（969年）闰五月宋太祖决汾水灌晋阳城，街道尽被水淹，满城漂着死尸和垃圾，刘继业与宰相郭无为联名上书请降，被皇帝刘继元骂得狗血淋头，郭无为被砍头示众，刘继业从此不得重用。

当年主降，如今主战，朱大鲦大概能猜出其中缘由。无敌将军虽然战功彪炳杀人无数，却耳根子软、眼眶子浅，是条看到老百姓受苦自己跟着掉眼泪的多情汉子。当年满城百姓饿得嗷嗷叫，每天游泳出门剥柳树皮吃，晚上睡觉一翻身就能从房顶掉进一人多深的臭水里淹死，刘继业看得心疼，恨不得开门把宋兵放进来拉倒；如今粮草充足，全城人吃饱之外还能拿点余粮换点威士忌喝，买点小玩意儿玩，到青楼去消费一番，物质和精神都挺满足，刘继业自然心气壮了起来，只愿宋兵围城一百年把宋国皇帝拖到老死才算报当年一箭之仇。东城别院盘踞在东城不见外客，除了囚犯之外谁也接触不到这位鲁王爷，刘将军写了封大白话的请愿书留在监狱里，想通过某位忧国忧民的罪犯在鲁王爷耳畔吹吹风。

"哦……"朱大鲦恍然大悟，把纸条撕碎了丢进马桶，尿了泡尿毁灭行迹。送饭的狱卒并非自己等待的人，而是刘继业安排的眼线，这事真是阴差阳错奇之怪也。

窗外很快黑了，屋里没有灯，朱大鲦独个儿坐着觉得无聊，吃饱了没事干，往常正是上网聊天的好时间。他手痒痒地活动着指头，暗暗背诵着《千字文》，——若对这篇奇文不够熟悉，就不能迅速找到字簏中的活字，这算是当代文士的必修课了。

这时候脚步声又响起，一盏灯火由远而近，朱大鲦赶紧凑到栏杆前等着。一名举着火把的狱卒停在他面前，冷冷道："朱大鲦？犯了网络造谣罪被羁押的？"

翰林院编修立刻笑道："正是小弟我，不过这条罪名似乎没听说过啊……上差是不是有什么话要带给学生的？"

"哼。跪下！"狱卒忽然正色道，左右打量一下，从怀中掏出一样明晃晃、金灿灿的东西迎风一展。朱大鲦大惊失色扑通跪倒，他只是个不入编制的小小编修，但曾在昭文馆大学士薛君阁府邸的香案上见过此样物事，当下吓得浑身瑟瑟乱抖，额头触地不敢乱动，口中喃喃道："臣……罪民朱大鲦接、接旨！"

狱卒翘起下巴一字一句念道："奉天承运皇帝，诏曰：朕知道你有点见解，经常在网上议论国家大事，口齿伶俐，很会蛊惑人心，这回你被人告发受了不白之冤，朕绝对不会冤枉你的，但你要帮朕做件事情。东城别院朕不方便去，晋阳宫的话鲁王爷不愿意来，满朝上下没有一个信得过的人，只能指望你了。你我是沙陀同宗，乙毗咄陆可汗之后，朕信你，你也须信我。你替我问问鲁王，朕以后该怎么办？他曾说要给朕做一架飞艇，载朕通家一百零六口另加沙陀旧部四百人出城逃生，可以逆汾水而上攀太行山越雁门关直达大辽，这飞艇唤作'齐柏林'，意为飞得与柏树林一样高。不过鲁王总推说防务繁忙无暇制造飞艇，拖了两个月没造出来，宋兵势猛，朕心甚慌，爱卿你替我劝说鲁王造出飞艇，定然有你一个座位，等山西刘氏东山再起时，给你个宰相当当。君无戏言。钦此。"

"领、领旨……"朱大鲦双手举过头顶，感觉沉甸甸一卷东西放进手心，狱卒从鼻孔哼道："自己看着办吧。要说皇帝……"摇摇头，他打着火把走开了。

朱大鲦浑身冷汗站起来，把一卷黄绸子恭恭敬敬揣进衣袖，头

　　　　　　　　　　　　炸弹女孩

昏脑胀想着这道圣旨说的事情。郭万超、马峰要降,刘继业要战,皇帝要溜,每个人说的话似乎都有道理,可仔细想想又都不那么有道理,听谁的,不听谁的?他心中一团乱麻,越想越头疼,迷迷糊糊不知过了多久,又有脚步声传来,这回他可没精神了,慢慢踱到栏杆前候着。

来的是个举着猛火油灯的狱卒,拿灯照一照四周,说:"今天牢里只有你一名囚犯,得等到换班才有机会进来。"

朱大鲧没精打采道:"……上差是不是有什么话要带给学生的?"这话他今天都问了三遍了。

狱卒低声道:"将军和马老让我通知你,明天巳时一刻东城别院会派人来接你,鲁王爷又在鼓捣新东西正需要人手,你只要说精通金丹之道,自然能接近鲁王身边。"

朱大鲧讶道:"丹鼎之术?我一介书生如何晓得?"

狱卒皱眉道:"谁让你晓得了?能见到王爷不就行了,难道还真的要你去炼丹吗?把胡粉、黄丹、朱砂、金液、《抱朴子》《参同契》《列仙传》的名字胡诌些个便了,大家都是不懂,没人能揭你的短去。记住了就早早睡,明天就看你了,好好劝说!"说完话他转身就走。走出两步,又停下来问:"刀带了没?"

7

不知不觉天色亮了。有喊杀声遥遥传来,宋兵又在攻城,晋阳城居民对此早已司空见惯,谁也没当回事情。有狱卒送了早饭来,朱大鲧端着粟米粥仔细打量此人,发现昨夜只记住了灯笼、火把和油灯,根本没记住狱卒的长相,也不知这位究竟是哪一派的人手。

喝完粥枯坐了一会儿,外面人声嗡嗡响起,一大帮身穿东城别院号服的大汉拥进院子。狱卒将朱大鲧捉出牢房带到小院当中,有个满脸黄胡子的人迎上前来："这位老兄，我是鲁王爷的手下，王爷开恩，狱中囚犯只要愿进别院帮工就能免除刑罚，你头上悬着的左右不是什么大罪名，在这儿签字画押，就能两清。"这人掏出纸和笔来，笔是蘸墨汁的鹅毛笔，——在鲁王爷发明这玩意儿以前谁能想到揪下鸟毛来用烧碱泡过削尖了就能写字？

朱大鲦迷迷糊糊想要签字，黄胡子把笔一收："但如今王爷要的是会炼丹的能人异士，你先告诉我会不会丹鼎之术？实话实说，看老兄你一副文绉绉的样子，可别胡吹大气下不来台。"

"在下自幼随家父修习《参同契》，精通大易、黄老、炉火之道，乾坤为鼎，坎离为药，阴阳纳甲、火候进退自有分寸，生平炼制金丹一壶零二十粒，日日服食，虽不能白日升仙，但渐觉身体轻捷，百病不生，有将欲养性，延命却期之功。"朱大鲦立刻诌出一套说辞，为表示金丹神效，腰杆用力"啪啪"翻了两个空心筋斗，抄起院里的八十斤石鼓左手换右手右手换左手在头顶耍两个花，扑通一声丢在地上，把手一拍，气不长出，面不更色。

黄胡须看得眼睛发直，一群大汉不由得啪啪拍起手来。身后狱卒偷偷竖起一个大拇哥，朱大鲦就知道这位是马峰派来的内应。"好好，今天真是捡到宝了。"黄胡子笑着打开腰间小竹筒，将鹅毛笔蘸满墨汁递过来，"签个名，你就是东城别院的人了，咱们这就进府见王爷去。"

朱大鲦依言签字画押。黄胡须令狱卒解开他脚上镣铐，冲狱中官吏走卒作个罗圈揖，带着众大汉离开小院。一行人簇拥着朱大鲦走出半炷香时间，转弯到了一处大宅，这宅子占地极阔，楼宇众多，门口守着几个蓝衫的兵卒，看见黄胡须来了便笑："又找到好货色了？最近街坊太平，好久都没有新人入府呐。"

黄胡子应道："可不是？为了找个会炼丹的帮手，王爷急得抓心挠肝，这回算是好了。"

朱大鲦好奇地打量着这座府邸，看门楼上挂着块黑底金字的匾，匾上龙飞凤舞写着一个"宅"字。他没看明白，揪旁边一名大汉问道："仁兄，请问这就是鲁王的东城别院对吧？为何匾额没有写完就挂了上去？"大汉嘟囔道："就是王爷住的地方。这个匾写的不是什么李宅孙宅王爷宅，而是鲁王爷的字号，他老人家平素以'宅'自诩，说普天下没人比他更宅。后来就写成了匾挂了上去。"朱大鲧满头雾水道："那么'宅'到底是什么意思？"大汉道："谁知道啊！王爷说什么就是什么吧！"

别院门口聚着一群人，有皇家钦差、市井商贾、想沾光的官宦、求伸冤的草民、拿着自个儿发明的东西等赏识的匠人、买到新鲜玩意儿玩腻了之后想要退货的闲人、毛遂自荐的汉子和卖弄姿色的流莺。看门的蓝衫人拿着个簿儿挨个登记，该婉拒的婉拒，该上报的上报，该打出去的掏出棍子狠狠地打，拿不定主意的就先收了贿赂告知说等两天再来碰运气，秩序算是井井有条。

黄胡须领众大汉进了东城别院。院子里是另一番气象，影壁墙后面有个大水池，池子里有泉水喷出一丈多高，水花哗哗四溅，蔚为壮观。黄胡须介绍道："这个喷水池平时是用中城的水轮机带动的，现在宋兵攻城，水轮机用来拉动滑车、透视机和铰轮，喷水池的机关就凭人力运动。别院中有几十名力工，除了卖力气之外什么都不会，跟你这样的技术型人才可没法比啦。"朱大鲧听不懂他说的新词儿，就顺着他手指方向一看，果然看见五名目光呆滞的壮汉在旁边一上一下踩着脚踏板，踏板带动转轮，转轮拉动水箱，水箱阀门一开一合将清水喷上天空。

绕过喷泉，钻进一个月亮门进到第二进院子，两旁有十数间屋子，黄胡须道："城中贩卖的电筒、黑眼镜、发条玩具、传声器、放大镜等物都是在此处制造的，内部购买打五折，许多玩意儿是市面上罕有的，有空的话尽可以来逛逛。"

说话间又到了第三进院子，这里架着高高天棚，摆满黑沉沉、油光光的火油马车零件，一台机器吭哧吭哧冒着白烟将车轮转得飞快，几个浑身上下油渍麻花的匠人议论着"气缸压力""点火提前角""蒸汽饱和度"此类怪词，两名木匠正叮叮当当造车架子，院子角落里储着几十大桶猛火油，空气里有一种又香又臭的油料味道。这种猛火油原产海南，原本是守城时兜头盖脸浇下去烧人头发用的，到了鲁王手上才有了诸多功用。黄胡须说："晋阳城中跑的火油马车都是此处建造，赚得了别院大半银钱，最新型的马车就快上市贩卖了，起名叫作'保时捷'，保证时间，出门大捷，听起来就吉利！"

继续走，就到了第四进院子，这个地方更加奇怪，不住有叽叽呀呀叫声、噼里啪啦爆炸、酸甜苦辣怪味、五彩斑斓光线传来，黄胡须道："这里就是别院的研究所，王爷的主意如天花乱坠一转眼蹦出几十个，能工巧匠们就按照王爷的点子想方设法把它实现。最好别在这儿久留，没准出点什么意外呐。"

一路走来，众大汉逐渐散去，走到第五进院子的只有黄胡须与朱大鲩两人。院门口有蓝衣人守卫，黄胡须掏出一个令牌晃了晃，对了一句口令，又在纸上写下几个密码，才被允许走进院中。听说朱大鲩是新来的炼丹人，蓝衣人把他全身上下摸了个遍，幸好他早把圣旨藏在牢房的天棚里，而匕首则藏在发髻之中。朱大鲩是个大脑袋，戴着个青丝缎的翘脚幞头，蓝衣人揪下幞头来瞧了一眼，看见他头上鼓鼓囊囊一包黄不溜丢头发，就没仔细检查。倒是从他袖袋中搜出的《论语》引起了怀疑，蓝衣人上下打量他几眼，哗哗翻书，"炼丹就炼丹，带这书有什么用？"

这本《论语》可不是用鲁王发明的泥活字印刷的坊印本，而是周世宗柴荣在开封印制的官刻本，辗转流传到朱大鲩手里，平素宝贝得心尖肉一般。朱大鲩肉痛地接过皱皱巴巴的书钻进院子，只听黄胡须道："这一排北房是王爷的起居之所，他不喜别人打扰，我就不进去了，你进屋面见王爷，不用怕，王爷是个性子和善的人，不会难为你的……对了，还不知老兄怎么称呼？方才签字时没有细看。"

朱大鲦忙道："姓朱，排行第一，为纪念崇伯起名为鲦。表字'伯介'。"

黄胡须道："伯介兄，我是王爷跟前使唤人，从王爷刚到晋阳城的时候就服侍左右，王爷赐名叫作'星期五'。"

朱大鲦拱手道："期五兄，多谢了。"

黄胡须还礼道："哪里哪里。"说完转身出了小院。

朱大鲦整理一下衣衫，咳嗽两声，搓了搓脸，咽了口唾沫，挑帘进屋。屋子很大，窗户俱都用黑纸糊上，点着四五盏火油灯。两个硕大的条案摆在屋子正中，上面满是瓶瓶罐罐，一个人站在案前埋头不知在摆弄什么。朱大鲦手心都是汗，心发慌，腿发软，踟蹰半晌，鼓起勇气痰嗽一声，跪拜道："王爷！晚生……在下……罪民乃是……"

那人转过身来，朱大鲦埋着头不敢看王爷的脸。只听鲁王道："可算来了！赶紧过来帮忙，折腾了好几天都没点进展，想找个懂点初中化学的人就这么难吗？你叫什么名字？跪着干什么？赶紧站起来，过来过来。"王爷一连串招呼，朱大鲦连忙起身垂头走过去，觉得这位王爷千岁语声轻快态度和蔼，是个容易亲近的人，惟独说话的音调奇怪非常，脑中转了三匝才大概听出其中意思，也不知是哪里的方言。"小人朱大鲦，是个犯罪之人。"他拘谨迈着步子走到屋子中间，脚下叮叮当当不知踢倒多少瓶罐，不是他眼神不好使，是屋里塞满什物实在没有下足的地方。

"哦，小朱。你叫我老王就行。"王爷踮起脚尖拍了拍他的肩膀道，"个子真大，有一米九吗？听说你是翰林院的啊，真看不出来还是个搞学问的人。吃饭了没？没吃我叫个外卖咱们垫巴垫巴，要是吃过了就直奔正题吧，今儿个的试验还没出结果呢。"

这话说得朱大鲦一阵迷糊。他偷偷抬眼一看，发现这王爷根本不像个王爷，个头不高，白面无须，穿着件对襟的白棉布褂子，头发短短的像个头陀，看年纪二十岁上下，就算笑着说话眉间也有愁容。"王爷所说小人听不太懂……"不知这奇怪王爷到底是什么来路，朱大鲦惶恐鞠躬道。

王爷笑道："你们觉得我说话难懂，我觉得你们才是满嘴鸟语，刚来的时候一个字儿都听不明白，你们说的官话像广东话，像客家话，就是不像山西陕西话，我又不是古代文学专业的，还以为古代北方方言都差不多呢！"

这些话朱大鲦倒是每个字都能听懂，其中意思却天女散花、维摩不染，一丝一毫没传进耳中。他满脸流汗道："小人学识粗浅，王爷所说的话……"

鲁王将手一挥："听不明白就对了，也不用你听明白。过来扶住这个烧瓶。对了，戴上口罩，你是学过炼丹术的人，不会不知道化学实验中有毒气体的危害吧？"

朱大鲦呆在当场。

8

桌上的水晶瓶里装着朱大鲦一辈子没见过、没闻到过的奇怪液体，有的红，有的绿，有的辛辣扑鼻，有的恶臭难当。王爷给他戴上口罩，指使他扶住一只阔口的小瓮，"拿这根棍子慢慢搅拌，速度千万别快了，听见没？"

这话朱大鲦听得懂。他战战兢兢搅着瓮里的黑绿色汤汁，这东西闻起来有股海腥味，热乎乎的如一瓯野菜羹。鲁王介绍道："这是溶在酒精里的干海带灰。你们古代人管海带叫'昆布'，这是从御医那儿要来的高丽昆布，《汤头歌》说'昆布散瘿破瘤'，意思说这玩意儿能治粗脖子病……哦，对了，《汤头歌》是清朝的，我又搞混了。"说着话，他取出另一只小罐，小心地除去泥封，罐里装满气味刺鼻的淡黄色汁液。"这是硫酸。你们炼丹的管这个叫'绿矾'对不对？也有叫镪水的，《黄帝九鼎神丹经诀》说'煅烧石胆获白雾，溶水即得浓镪水。使白头人变黑头人，冒滚滚呛人白雾，顿时身入仙境，十八年后返老还童。'你应该对这个不陌生。"

朱大鲶不懂装懂连连点头，"王爷所言正是。"

王爷道："叫老王就行，王爷什么的，听着牙碜。我开始了啊，慢慢搅和，可别停。"他在桌案上斜斜支起三扇白纸屏风，戴上口罩，将罐中绿矾水缓缓倾入小瓮之中。朱大鲶只觉一股又酸又臭的气味直冲鼻腔，隔着棉布熏得脑仁生疼，眼中不禁流下泪来。这时只见小瓮中徐徐升起一朵紫色祥云，飘飘悠悠舒卷开来，朱大鲶吓得浑身一凉，却听王爷笑道："哈哈哈，终于成了！只要这土法制碘的试验能够成功，我的大计划就算成了一多半！继续搅别停啊，等整罐都反应完成了再说，我得算算一斤干海带能做出多少纯碘来。——想不想听听我是怎么造出硫酸和硝酸的？这可是基础工业的万里长征第一步啊。"

"想听，想听。"朱大鲶只知道顺嘴答音。

王爷显得兴致很高："我中学的时候化学学得不赖，上大学专业是机械制造，总算有点底子在，才能搞到今天这副局面。刚开始想按炼丹术用石胆炼硫酸，谁知全城也凑不出两斤来，根本不够用的；后来偶尔看到炼铁的地方堆着几千斤黄铁矿石，这不是捡到宝了么？烧黄铁矿能得到二氧化硫，溶于水得到亚硫酸，静置一段时间就成了硫酸，最后用瓦罐浓缩，当年陕北根据地军工厂就是这样土法制硫酸的。硫酸解决了，硝酸就没什么难度，最大的问题是硝石的数量太少，还要拿来制造黑火药，害得我发动整个别院的人去刮墙根底下的尿碱回来提炼硝酸钾，搞得整个院子臊气烘烘臭不可闻，幸好城里人素有贴墙根随地乱尿的习惯，若非如此，晋阳城的工业基础还打不牢靠哩。"

朱大鲶脸红道："有时尿来势不可挡，无论男女脱裤就尿，也是人之常情。乡人粗鄙，让王爷见笑了。"

说话间两罐已并作一罐，紫云消失不见，王爷将白纸屏风平铺在桌上，拿小竹片在上面一刮，刮下一层紫黑色粉末来。"海带中的碘在酸性条件下容易被空气氧化，这样就制造出碘单质来了。很好，等我布置下去让他们照方抓药批量生产，再进行下一个试验。"他转身穿过大屋，坐在屋角的字箕前噼里啪啦敲打起来，朱大鲦走过去瞧着，发现这位奇怪王爷打起字来快如闪电，眼睛都不用瞅着活字，盲打的功力着实了得，不禁开口道："王爷这台字箕似乎型号不同啊。"

"叫老王，叫老王。"鲁王道，"原理一样，不过每个终端用了两套活字系统，下面一套用来输入，上面一套用来输出。瞧着。"他按下回车键结束会话，站起来抓住一个曲柄摇动起来。曲柄带动滚筒，滚筒卷着一尺五寸宽的宣纸，宣纸匀速滚过字箕，字箕中刷过墨汁的活字忽然起起伏伏动了起来，将字迹嗒嗒印在宣纸上，朱大鲦弯腰拈起宣纸，读道："'试验结果记录无误，已着化学分部督办。——回车。'……这样清楚方便多了，白纸黑字，看起来就是舒服！何时能在两市发售，我辈定当鼎力支持！"

王爷笑道："这只是个半成品，2.1版本会按照打印机原理将输出文本印在同一行上，不会像现在这样东一个字西一个字看得费劲。你也喜欢上网？到了这个时代我最不习惯的就是没有网络，所以费尽心机搞了这么一套东西出来，总算找回一点宅男的感觉啦。"

"王爷千岁……老王。"朱大鲦偷偷抬眼瞧着王爷的脸色，改口道，"小人斗胆问一句，您原籍何处，是中原人士吗？毕竟风骨不同呢。"

鲁王闻言叹息道："应该问是哪个朝代的人吧？我所在的年代，距离现在一千零六十一年三个月又十四天。"

朱大鲦不确定他是在开玩笑还是说疯话，扳着指头一算，赔笑道："这么说来，您竟是（汉）世宗孝武皇帝时候得道、一直活到现在的仙人！"

王爷悠悠道："不是一千年以前，是一千年以后。——还隔着九千亿零四十二个宇宙。"

<h1 style="text-align:center">9</h1>

王爷的疯话朱大鲧听不懂，他也没心思弄懂，因为下一个试验开始了。鲁王将一块镀银铜板放进一只雕花木箱，把刚才制得的一小盅纯碘搁在铜板旁，盖好箱盖，在旁边点起一只小泥炉来稍稍加热。不多时，氤氲紫气从箱子缝里四溢出来，——好家伙，这就炼出仙丹来了——朱大鲧如此思忖道，依王爷吩咐小心摇着扇子，大气都不敢出一口。

等了一会儿，鲁王挪开小火炉，揭开箱盖，用软布垫着小心翼翼将铜板拎出来，只见那亮铮铮的银面上覆盖了一层黄不溜丢的东西，朱大鲧偷偷探头向箱中望了一眼，没发现什么灵丹妙药，可王爷满脸喜色手舞足蹈道："真成了真成了！你瞧，这层黄澄澄的东西叫作碘化银，用小刀刮下来装瓶放暗处保存就可以了。我还会变一个把戏：把这块铜板摆在暗处曝光十几分钟，然后用水银蒸汽显影，再用盐水定影，洗净晾干之后铜板上就会有一副这屋子的画像了，保证分毫不差！这是达盖尔银版摄影法，利用的是碘化银易被光线分解的特性，不过我们搜集碘化银备用，下次再变给你看吧！"

朱大鲧疑惑道："没有画师，何来画像？……另外，这黄粉粉有什么奥妙之处，喝下去能身轻体健白日飞升吗？"

王爷笑道："可没那么神。碘化银在我们那个年代主要就两个用途，一个是感光剂，刚才说过了，另一个嘛，等用到的时候你自然能知道。"他边说话边动手，将铜板上粉末刮进一只小瓷瓶仔细收好，摘下口罩伸了个懒腰："行了，上午的活儿干完了，我把碘化银的制备方法传出去之后就可以歇一会儿了，没吃饭呢吧？等会儿一起吃。你长得人高马大，手还挺巧，不愧是炼过丹的人。有些问题要问你，可别走远了，我去去就来。"

鲁王坐到字箕前开始噼里啪啦打字，不时摇动滚筒吐出长长的宣纸，捧着纸页边看边点头。朱大鲧在屋里束手束脚什么都不敢碰，生怕搞坏了什么东西，触犯了什么神通。这会儿他终于想起此行的目的，伸手在袖袋里一摸那本《论语》，深深吸一口气，低头道："王爷，小人有一事不明，想要请教。"

"说吧，听着呢。"字箕前的人忙着咯吱咯吱卷宣纸桶，没顾上回头。

朱大鲧问道："王爷是汉人还是胡人？"

"别矫情，叫老王。"对方答道，"我随我爸，是汉族人，北京西城长大的。我妈是回民，我从小经常上牛街、教子胡同玩儿去。"

朱大鲧已经习惯无视王爷的疯话："王爷是汉人，为何偏居晋阳不思南国呢？"

王爷答道："说了你也不明白，我是汉人，但不是你们这个年代的汉人。我知道五代十国梁唐晋汉周都是胡夷戎狄建立的国家，你多半也是胡人，可我的计划一实现就能回到出发点，到时候你们这个宇宙的这个时间节点与我之间就连屁大点儿的关系都没有了，知道吗？"

朱大鲧走近一步："王爷，宋军围城一事何解？"

王爷回答："解不了，一没兵二没粮，又不能批量生产火枪。燧发枪虽然容易造，可黑火药用到的硫磺根本不够，全城搜刮来几十斤，只够大炮隔三差五打几发吓唬人用。话说回来，想灭了宋朝人是没戏，撑下去倒是不难，只要赵光义一天没发现辽国送粟米过来的水下通道，晋阳城就能多撑一天。一个空桶绑一个满桶，从汾河河底成排滚过来，这招你们古代人肯定想不到。"

　　　　　　　　　炸弹女孩

朱大鲦提高音量："可百姓饥苦不得温饱，守军伤疲日夜号啕，晋阳城多守一日，几万居民就多苦一天啊王爷！"

"咦，问得好。"鲁王从凳子上转过身来，"每个来我别院打工的人都是欢天喜地，不光能免了刑罚，还能挣到铜子儿，惟独你说话与别人不同。来聊聊吧，这几个月真没跟正常人说过话。我掉到这个地方来已经——"他从怀里摸出一张纸瞧瞧，在上面打了个叉，"——已经三个月零七天半了。距离观测平台自动返回还剩下二十三天半，时间紧迫，不过从进度来说应该能赶上。"

朱大鲦只听懂了对方话里淡淡的乡愁，立刻朗声道："子曰：父母在，不远游，游必有方。父在，观其志；父没，观其行；三年无改于父之道，可谓孝矣。王爷离家日久，必当思念父母，狐死首丘，乌鸦反哺，羊羔跪乳，马不欺母……"

王爷叹口气："好吧，咱俩还不是一个频道的。你先闭嘴听我说行吗？"

朱编修立刻闭起嘴巴。

王爷悠悠道："你肯定不知道什么叫平行宇宙理论，也不明白量子力学，简单说两句吧。我叫王鲁，是一名普普通通的宅男、穿越小说业余作者和时空旅行从业人员，在我们那个时代由于多重宇宙理论的完善，人人都可以从中介那里花点小钱租借一个观测平台进行时空旅行，此前人们认为彼此重叠的平行宇宙数量在 $10^{(10^{118})}$ 个左右，不过随后更精确的计算结果指出由于平行宇宙选择分支结果的叠加，同一时间存在的宇宙数量只有区区三十万兆个左右，这些宇宙在无数量子选择中不断创生、分裂、合并、消亡，而就算彼此之间差异最大的两个平行宇宙也具有惊人的物理相似性，只是在时间轴上的距离越来越远。这挺无聊，因为人类深空探索的脚步一直停滞不前，对宇宙全景的了解仍然非常浅薄（即使在我到达过的最远宇宙，人类的触角也只不过到达近在咫尺的半人马座）；这也挺有趣，因为波函数发动机的发明使我们随随便便都能跨越平行宇宙。从拓扑结构来说，去往越相似的宇宙，所需的能源就越少，目前最先进的观测平台可以把旅行者送到三百兆个宇宙之外的宇宙，而我们这种业余人士租用的设备最多是在四十兆的范围内徘徊。"

朱大鲧连连点头，偷偷摸着袖袋里的东西，心里盘算着等王爷的疯话说完了是该掏出匕首动之以情还是拿出《论语》晓之以理。现在屋里没有别人，是动手的大好时机，沙陀人不是不想立即发动，只是自己心里还有点迷惑，没想好到底该按哪位大人物的指示来行动。

拿起茶杯喝了口茶，王爷接着说："我接了个活儿，是北大历史系对五代十国晚期燕云十六州人口数量统计的研究课题，你们这样的平行宇宙处于时间轴的前端，是历史研究的最好观测场所。持有时空旅行许可证的人很多，要经过系统的量子理论、计算机操作、路面驾驶和紧急状况演习等等培训与考试后才能上岗，若要接团体游客的话还得去考《时空旅行导游许可证》咧。由于平行宇宙的物理相似性，我在北京宣武门启动观测平台穿越九千亿零四十二个宇宙后来到这里，计算一下公转自转因素，应该准确地出现在幽州地界。谁知道这个观测平台超期服役太久了，波函数发动机居然在旅行途中水箱开锅了，我往里头加了八瓶矿泉水、一箱红牛饮料才勉强撑到目的地，刚到达这个宇宙发动机就顶杆爆缸彻底歇菜，坠毁在山西汾河岸边的一个山沟沟里。我携带的行李、装备和副油箱全部完蛋，花了十天时间好不容易修好发动机，却发现能源全都漏光了，凭油路里那点儿残油顶多能蹦出两三个宇宙去，那顶什么用啊，最多差了几个时辰的光景。"

这时候外面喊杀声逐渐增强，看来是宋军开始攻击东城城门，王爷回头瞄了一眼字箕上刷刷打出的宣纸报告，啪啪敲打了几个字，笑道："没事儿，例行公事罢了，我调两台尿脬炮过去就行……说到哪儿了？哦对，波函数发动机勉强能启动，转速一提高

　　　　　　　　　　　　　炸弹女孩

就烧机油冒蓝烟跟拖拉机似的，关键是没油啊，人口统计的活儿是别想了，这趟私活儿没在民政部多重宇宙管理局备案，不敢报警，逮住就是三到五年有期徒刑啊！要回家的话得想办法弄到能源才行，我实在没辙了，就把东西藏在山沟沟里，溜溜达达到了晋阳城。"

"王爷，您说没有油，城里有猛火油啊？"朱大鲦忍不住插嘴道，"街上马车尽是烧猛火油的。"

老王叹道："要是烧油的还发什么愁啊。这么说吧，油箱里装的不是实实在在的油，而是势能，平行宇宙间的弹性势能。想要把油箱充满，就得制造出宇宙的分裂，当一个宇宙因为某种选择而分裂出一个崭新的宇宙的时候，我就可以搜集这些逃逸掉的势能作为回家的动力了。这势能不是熵值那种虚无缥缈的东西，就好比一根竹竿折断变成两根，'啪'的一声弹开的那种力道吧？我是不太懂啦，总之必须制造出足够大的事件，使得宇宙产生分裂才行。要怎么做到这一点呢？比如历史上来说，今年3月14号有个人从晋阳城头一脚踏空跌死在汾河里，这事情有二十位目击者看到，被记载在某本野史当中，倘若3月14号这天我揪住此人的脖领子救他一命，一个改变产生了，可它不够大，因为在所有已发生的十万兆宇宙当中，有一千亿个宇宙里他同样得救了，在这个时刻其中一个宇宙的所有常数特征变得与我们现在存身的宇宙完全相同，所以两个宇宙合并了，——当然身处其中的你我什么都感觉不出来，但势能是消减了的，还得从我的油箱中倒扣燃料呐……要使宇宙分裂，必须做出足够大的改变，大到在全部已发生的十万兆宇宙中没有任何一个先例。用坏掉的波函数计算机我勉强算出了一个可能性，一个在没有任何现代设备帮助的条件下能做到的可能性。"

朱大鲦没吭声，老老实实听着。

王爷忽然拉开抽屉拿出个册子来，念道："公元882年6月季夏，尚让率军出长安攻凤翔，至宜君寨忽然天降大雪，三天之内雪厚盈尺，冻死冻伤数千人，齐军于是败归长安。这事儿你知道吗？"

"黄巢之乱！"朱大鲧终于能搭上话了，"尚让是大齐太尉，中和二年六月飞雪之事在坊间多有流传，史书亦载。"

"就是这样。"老王道，"我是个现代人，一没带什么死光枪核子弹之类的科幻武器，二没有企业号和超时空要塞在背后支援，我能做到的只有利用高中大学学到的一丁点儿知识尽量改变这个时代。宋灭北汉是史实，在绝大多数宇宙的史书中都记载着五月初四宋军攻破晋阳城，汉主刘继元出降，五月十八日宋太宗将全城百姓逐出城外，一把火把晋阳城烧成了白地。而现在，我已经将这个日期向后拖延了一个多月，宋军不可能无限期地等下去，明眼人都看得出凭这个时代的原始攻城器械根本打不破我亲自加固过的城防。一旦宋军退走，历史将被完全改写，宇宙将毫无疑问地产生分裂！"说到这里，他把玩着装有碘化银的小瓷瓶开怀大笑道："更别提我现在发明的东西了，这个小玩意儿将立刻改变历史，装满我观测平台的油箱！古代人最迷信天兆，夏天下一场鹅毛大雪，还有比这更能改变历史的事件吗？"

朱大鲧呆呆道："火烧……晋阳城？大雪？"

"多说无益，随我来！"王爷兴致勃勃地站起身来，牵着朱大鲧的袖子走到大屋西侧的墙边，他不知扳动什么机关，机括嘎嘎转动起来，整面墙壁忽然向外倾倒，露出一个藏在重重飞檐之内的院落来。刺眼阳光蜇得朱大鲧睁不开眼睛，花了好一会儿才看清院里的东西，看了一眼，吃了一惊，因为院里的诸多陈设都是前所未见叫不出名字来的天造之物。几十名东城别院劳工正热火朝天干活，看见王爷现身纷纷跪倒行礼，鲁王笑吟吟地挥手道："继续继续，不用管我。"

"这边在检查热气球。"指着一群正缝制棉布的工人，王爷介绍道，"我答应给北汉皇帝造个飞艇让他能逃到辽国去，飞艇一时半

　　　　　　　　　　炸弹女孩

会儿搞不出来，先弄个气球应景吧。我来到晋阳城以后造了几个新奇小玩意儿收买了几个小官，见到刘继元小皇帝，说能替他把晋阳城守得铁桶一样，他就二话不说给了我个便宜王爷来当，这点恩情总是要还给他的。"

转了个方向，是一群人正向黑铁铸造的大炮里填充黑火药，"这门炮是发射降雨弹用的，由于黑火药作为发射药的威力不足，所以要用热气球把大炮吊到天上去，然后向斜上方发射。这些天来我一直在观测气象，别看现在天气很热，每到下午从太行山脉飘来的云团可蕴含着丰富的冷气，只要在合适的时间提供足够的凝结核，就能凭空制造出一场大雪！"王爷笑道，"刚才我将配方传过去，另一处的化学工厂正在全力生产碘化银粉末，花不了多久就能制成降雨弹装填进大炮中去，热气球也已经试飞过一次，只等合适的气象条件就行啦！"

此时天气晴好，日光灼灼，远方的喊杀声逐渐平息，一只喜鹊站在屋檐嘎嘎乱叫。有火油马车轰隆隆碾过石板路，空气中有血、油和胡饼的味道。朱大鲧站在王爷身旁，浑身不能动弹，脑中一片糊涂。

10

墙壁关闭，屋里又昏暗下来。两人吃了点东西，王爷一边上网指挥城防和作坊工作，一边问了些炼丹的问题，朱大鲧硬着头皮胡诌乱侃蒙骗过去。

"啊，我得睡会儿，昨晚通宵来着实在熬不住了。"王爷面容困倦地伸个懒腰，走向屋子一角的卧榻，"麻烦你看着点儿，万一有什么消息的话，叫醒我就行。"

"是，王爷。"朱大鲧恭敬地鞠个躬，看王爷裹着锦被躺下，没过一会儿就打起了鼾。他偷偷长出一口气，头昏脑涨地坐在那儿胡思乱想。方才鲁王说的话他没听懂，但朱大鲦听出了王爷的口气，这位东城别院之主根本就不在乎汉室江山和晋阳百姓，他是从另一个地方来的人，终究是要回那个地方去的，他创造出的百种新鲜物事、千般稀奇杂耍是为了收买人心、赚取钱财，他设计出的网络是为了笼络文人士族，传达东城别院命令，他售卖的火油马车、兵器和美酒是向武将示好，而那些救命的粮、杀人的火、离奇的雪归根结底都是为了一个目的，为了王爷自己。《韩非子》曰"今有人于此，义不入危城，不处军旅，不以天下大利易其胫一毛，……轻物重生之士也"，这鲁王不正是杨朱"重生"之流？

朱大鲦心中有口气逐渐萌生，顶得胸口发胀，脑门发鼓，耳边嗡嗡作响。他想着马峰、郭万超、刘继业、皇帝的言语，想着这一国一州、一州一城、城中万户芸芸众生。梁唐晋汉周江山更替，胡汉夷狄杂处乱世，在这个不得安宁的时代朱大鲦也曾想过弃笔从戎闯出一番事业，然而终安于一隅，每日清谈，不是因为力气胆识不够，而是胸中志向迷惘。上网聊天时文士们常常议论治国平天下的大道理，朱大鲦总觉得那是毫无用处的空谈，可除了高谈阔论文景之治、昭宣中兴、开元盛世，又能谈点什么呢？他要的只是一餐一榻一个屋顶，闲时谈天饮酒，吃饱了捧腹高眠，上网抒发抱负，有钱便逛逛青楼，自由自在，与世无争。可在这乱世，与世无争本身就是逆流而动，就算他这样的小人物也终被卷入国家兴亡当中，如今汉室道统和全城百姓的命运攥在他手里，若不做点什么，又怎能妄称二十年寒窗饱读圣贤书的青衫客？

朱大鲦从袖中擎出那柄精钢匕首。他知道无法说服王爷，因为这鲁王爷根本不是大汉子民；大道理都是假的，惟有掌中六寸五分长的铁是真的，在这一刹那，一个三全其美的念头在朱大鲦心中浮现，他长大的身躯缓缓站直，嘴角浮出一丝笑意，鞋底悄无声息蹑过地板，几步就走到了卧榻之前。

214

炸弹女孩

"……你他妈的要做什么！"忽然王爷翻身坐了起来，双目圆睁叫道，"我被蚊子咬醒了爬起来点个蚊香，你丫拿着个刀子想干吗？我可要叫人了唔唔唔……"

朱大鲶伸手将王爷的嘴捂个严严实实，匕首放在对方白嫩的脖颈，低声道："别叫，留你一条活路。我方才看见你用网络调动东城别院守城军队，靠的是字箅中一排木质活字，把活字交出来，告诉我调军的密语，我就不杀你。"

鲁王是个识趣的人，额头冒出密密麻麻一层汗珠，将脑袋点个不停。朱大鲶将手指松开一条缝，王爷呼哧呼哧喘着粗气从随身褡裢里拿出红色木活字丢在榻上，支支吾吾道："没有什么密语，我这里发出的指令通过专线直达守城营和化学工坊，除了我之外，没人能在网络上作假……你为什么要这样做？我守住了晋阳城，发明出无数吃的穿的用的新奇的东西供满城军民娱乐，满城上下没有人不爱戴我这鲁王，我到底有哪一点对不起北汉，对不起太原，对不起你了？"

朱大鲶冷笑道："多说无益。你是为自己着想，我却是为一城百姓谋利。第一，我要令东城别院停止守城，火龙、礌石、弩炮一停，都指挥使郭万超会立刻开放两座城门迎宋军入城；第二，宣徽使马峰正在宫中候命，城门一开，军心大乱，他会说服汉主刘继元携眷出降，可我要带着皇帝趁乱逃跑，让他乘那个什么热气球去往契丹；第三，我要将你绑送赵光义，以你换全城百姓活命，宋军围城三月攻之不下，宋主一定对发明守城器械的你怀恨于心，只要将你五花大绑送到面前，定能让他心怀大畅，使晋阳免受刀兵。这样便不负郭马、刘继业与皇帝之托，救百姓于水火，仁义得以两全！"

王爷惊道："什么乱七八糟！你到底是哪一派的啊，让每个人都得了便宜，就把我一个人豁出去了是不是？别玩得这么绝行不行啊哥们儿！有话咱好好说，什么事儿都可以商量着来啊，我可没想招惹谁，只想攒点能量回家去，这有错吗？这有错吗？这有错吗？"

"你没错，我也没错，天下人都没错，那到底是谁错了？"朱大鲦问道。

老王没想好怎么回答这深奥的哲学问题，就被一刀柄敲在脑门上，干脆利落地晕了过去。

11

王鲁悠悠醒转，正好看到热气球缓缓升起于东城别院正宅的屋檐。气球用一百二十五块上了生漆的厚棉布缝制而成，吊篮是竹编的，篮中装着一支猛火油燃烧器，和那门沉重的生铁炮。三四个人挤在吊篮里，这显然是超载，不过随着节流阀开启、火焰升腾起来，热空气鼓漫气球，这黑褐色（生漆干燥后的颜色）的巨大飞行物摇摇晃晃地不断升高，映着夕阳，将狭长的影子投满整个晋阳城。

"成了！……成了！"王鲁激灵一下坐了起来，冲着天空哈哈大笑，此时正吹着北风，暑热被寒意驱散，富含水汽的云朵大团大团聚集在空中，是最适合人工降雪的气象。时空旅行者盯着天空中那越升越高的气球，口中不住念叨着："还不够还不够还不够，再升个两百米就可以发射了，就差一点，就差一点……"

他想站起来找个更好的观测角度，然后发现双腿没办法挪动分毫。低头一看，他发现自己被绑在一辆火油马车上面，车子停在东城街道正中央，驾车人被杀死在座位，放眼望去，路上堆积着累累尸骸，汉兵、宋兵、晋阳百姓死状各异，血沿着路旁沟渠汩汩流淌，把干涸了几个月的黄土浸润。哭声、惨叫声与喊杀声在遥远的地方作响，如隐隐雷声滚过天边，晋阳城中却显得异样宁静，惟有

　　　　　　　　　　　　　炸弹女孩

乌鸦在天空越聚越多。

"我靠，这是怎么回事？"王鲁惊叫一声扭动身体，双手双脚都被麻绳缠得结结实实，一动弹那粗糙纤维就刺进皮肤钻心疼痛。王爷一连叠咒骂着不敢再挣扎，呼哧呼哧喘着粗气，这时候一队骑兵风驰电掣穿过街巷，看盔甲袍色是宋兵无疑。这些骑兵根本没有正眼看王鲁一眼，健马四蹄翻飞踏着尸体向东城门飞驰而去，空中留下几句支离破碎的对话：

"……到得太晚，弓矢射不中又能如何？"

"……不是南风，而是北风，根本到不了辽土，只会向南方……"

"……不会怪罪？"

"……不然便太迟！"

"喂！你们要干什么，别把我一个人扔在这儿啊！"旅行者疯狂地喊叫道，"告诉你们的主子我会好多物理化学机械工程技术呢，我能帮你们打造一个蒸汽朋克的大宋帝国啊！喂喂！别走！别走……"

蹄声消失了，王鲁绝望地抬起眼睛。热气球已经成为高空的一个小黑点，正随着北风向南飘荡。"砰"，先看到一团白烟升起，稍后才听到炮声传来，铁炮发射了，时空旅行者的眼中立刻载满了最后的希望之光。他奋力低下头咬住自己的衣服用力撕扯，露出胸口部位的皮肤，在左锁骨下方有一行荧荧的光芒亮着，那是观测平台的能源显示，此刻呈现能量匮乏的红色。波函数发动机要达到百分之三十以上的能量储备才能带他返程，而一场盛夏的大雪造成的宇宙分裂起码能将油箱填满一半，"来吧。"他流着泪，淌着血，咬牙切齿喃喃自语，"来吧来吧来吧来吧痛痛快快地下场大雪吧！"

每克碘化银粉末能产生数十万亿微粒，五公斤的碘化银足够造就一场暴雪的全部冰晶，在这个低技术时代进行一场夏季的人工降雪，这听起来是无稽之谈，可或许是旅行者癫狂的祈祷得到应验，天空中的云团开始聚集、翻滚、现出漆黑的色泽和不安定的姿态，将夕阳化为云层背后的一线金光。

"来吧来吧来吧来吧！"

王鲁冲着天空大吼，"轰隆隆隆隆……"一个闷雷响彻天际，最先坠下的是雨，夹杂着冰晶的冰冷的雨，可随着地面温度不断下降，雨化为了雪。一粒雪花飘飘悠悠落在时空旅行者的鼻尖，立刻被体温融化，可紧接着第二片、第三片雪花降落下来，带着它们的千万亿个伙伴。

浑身湿透的旅行者仰天长笑。这是六月的一场大雪，雪在空中团团拥挤着，霎时间将宫殿、楼阁、柳树与城垛漆成粉白。王鲁低下头，看自己胸口的电量表正在闪烁绿色光芒，那是发动机的能量预期已经越过基准线，只要宇宙分裂的时刻到来，观测平台就会获得能量自动启动，在无法以时间单位估量的一瞬间之后将他送回位于北京通州北苑环岛附近那九十平方米面积的温馨的家。

"这是一个传奇。"王鲁哆嗦着对自己说，"我要回家了，找个安全点的工作，娶个媳妇，每天挤地铁上班，回家哪儿也不去就玩玩游戏，这辈子的冒险都够了，够啦……"

以雪堆积的速度，几十分钟后晋阳城就将被三尺白雪覆盖，可就在这时，二十条火龙从四周升起。西城、中城、东城的十几个城门处都有火龙车喷出的火柱，还有无数猪尿脬大炮嘣嘣射出火球，那是他亲手制造的守城器械，宋人眼中最可怕的武器。

"等等……"时空旅行者的目光呆滞了，"别啊，难道还是要把晋阳城烧掉吗？起码稍微迟一点，等这场雪下完……等一下，等一下啊啊啊啊啊！"

黏稠的猛火油四处喷洒，熊熊火焰直冲天际，这场火蔓延的速度超乎所有人的想象，久旱的晋阳城天干物燥，旅行者召唤而来的降水未能使干透的木头湿润，西城的火从晋阳宫燃起，依次将袭庆坊、观德坊、富民坊、法相坊、立信坊卷入火海，中城的火先点燃了大水轮，然后向西烧着了宣光殿、仁寿殿、大明殿、飞云楼、德阳堂。东城别院很快化为一个明亮的火炬，空中飞舞的雪花未及落下就消失于无形，时空旅行者胸口的绿灯消失了，他张大嘴巴，发出一声痛彻心扉的哀号："靠你大爷，就差一点点，一点点啊！"

浴火的晋阳城把黄昏照成白昼，火势煮沸了空气，一道通红的火龙卷盘旋而上，眨眼间将云团驱散，没人看到大雪遍地，只有人看到火势连天，这春秋时始建、距今已一千四百余年的古城正在烈火中发出辽远的哀鸣。

城中幸存的百姓被宋兵驱赶着向东北方行去，一步一回首，哭声震天。宋主赵光义端坐战马之上遥望晋阳大火，开口道："捉到刘继元之后带来见我，不要伤他。郭万超，封你磁州团练使，马峰为将作监，你们二人是有功之臣，望今后殚精竭虑辅我大宋。刘继业，人人都降，为何就你一人不降？不知螳臂当车的道理么？"

刘继业缚着双手向北而跪，梗着脖子道："汉主未降，我岂可先降？"

赵光义笑道："早听说河东刘继业的名气，看来真是条好汉。等我捉到小皇帝，你老老实实归降于我，回归本名还是姓杨吧，汉人为何保着胡人？要打不如掉头去打契丹才对吧。"

说完这一席话，他策马前行几步，俯身道："你又有什么要说？"

朱大鲦跪在地上不敢抬头，眼角映着天边熊熊火光，战战兢兢道："不敢居功，但求无过。"

"好。"赵光义将马鞭一挥，"追郯城公，封上百里。砍了吧。"

"万岁！小人犯了什么错？"朱大鲦悚然惊起，将旁边两名兵卒撞翻，四五个人扑上来将他压住，刽子手举起大刀。

"你没错，我没错，大家都没错。谁知道谁错了？"宋主淡淡道。

人头滚落，那长大的身躯轰然坠地，那本《论语》从袖袋中跌落出来，在血泊中缓缓地浸透，直至一个字都再看不清。

时空旅行者创造的一切连同晋阳城一起被烧个干净。新晋阳建立起来之后，人们逐渐把那段充满新奇的日子当成一场旧梦，惟有郭万超在磁州军营里同赵大对坐饮酒的时候，偶尔会拿出"雷朋"黑镜把玩。"要是生在大宋，这天下会完全成为另一个模样吧？"

宋灭北汉事在五代史中只有寥寥几语，一百六十年后，史家李焘终于将晋阳大火写入正史，但理所当然地没有出现旅行者的任何踪迹。

　　丙申，幸太原城北，御沙河门楼，遣使分部徙居民于新并州，尽焚其庐舍，民老幼趋城门不及，焚死者甚众。

《续资治通鉴长编·卷二十》

　　　　　　　　　　　　　　　　　　　　炸弹女孩

赵师傅

—— 一位平凡的时间旅行者的故事

1

这天下午赵师傅准时踏着枯黄的草坪走来，我下意识拿起手机看时间：2 点 30 分，一秒不差。他转过贴满小广告的电线杆，抬手打招呼，把手里拎的餐盒轻轻放在我坐的长凳上，说："张师傅，菜还热乎着，赶紧吃。"

我问："赵师傅，忙完了？坐下歇会儿。"

他答："最后一单了，歇会儿。"

我掰开一次性筷子吃宫保鸡丁盖饭，他坐在对面，掏烟盒弹一根黄鹤楼点燃。这时蛋蛋从灌木丛里蹿出来，披着满身草梗树叶疯跑，我唤了它一声，两岁的中华田园犬撒着欢儿奔来，在我和赵师傅两人之间转圈。

赵师傅咳嗽一声，说："那个，张师傅，明天中午要是遛狗，别到南区的水池那边。有点……不好。"

我瞧他："什么不好？"

他伸手逗弄蛋蛋，说："就是不太好吧。"

我就笑："赵师傅还会算命看风水，家传的？"

他摇摇头，用烟头指点这个破败的经适房小区："我不懂那些，就跟你说明天中午别去那边，你到北区就没事。别靠近水池。"

"会有什么事？"

"嗯，也没啥事。"

他欲言又止，我却再问不出来什么。

2

那段时间我失业赋闲，靠点储蓄过日子，每天打 DOTA 到凌晨 2 点，然后一觉睡到隔壁小学敲响午间下课铃。要不是蛋蛋憋尿到极限在客厅哀嚎，我能一直睡到《新闻联播》时间，我这个人没什么长处，学校学的忘个干净，工作久了更难长进，文不能测字，武不能卖拳，既缺理想，又没斗志，原打算混吃等死干到退休，谁知公司比我死得还早，回过神来，已经成了以睡觉为主业的社会边缘人，跟两岁的公狗相依为命。这日子过得跟北京的冬天一样死气沉沉，不过在存款用完之前，我懒得想其他事情。

每天中午我带着蛋蛋在小区里遛两个小时，我戴耳机玩部落战争，在步道上慢慢走着，它前后乱跑，经常不见踪影。这小区住的大半是老人，中午吃过饭抱着京巴儿西施睡午觉，我不担心打扰别人，也乐得没人打扰。

下午 2 点多，溜达累了，我会叫个外卖在楼下吃。固定在那么几家饭店订餐，时间久了，外卖小哥也就固定了，我一般很难记住他们的名字和脸，只对赵师傅记得分明。那天他踩着咯吱作响的草地走来，远远地举起鱼香肉丝盖饭，说："张师傅，你的外卖到了，趁热吃。"我当时笑起来，因为多年没听过这种称呼，小时候城市里叫师傅是种尊敬，因为工人挣钱多地位高，现在大家都是先生和老板，师傅似乎变成修自行车和配钥匙行业的术语了。

我看看外卖软件显示的名字，应道："赵师傅，谢谢。"

　　　　　　　　　　　炸弹女孩

他四五十岁年纪，北方人相貌，眼袋和皱纹很重，显得愁苦，笑起来时候也不舒展。聊过几次，得知他老家在河南，跟媳妇在卢沟桥租间平房开小卖部，没孩子，烟瘾大，抽软包的黄鹤楼，去年7月开始跑外卖，刚开始挣不着钱，现在升到黄金骑士，送一单赚一块六，每天跑勤快点，够吃够喝。

我有点宅，不大跟人交流，不过跟赵师傅能聊几句，一方面每天中午见面，熟悉了；一方面觉得他身上存在某种奇怪的特质，不由自主想多了解一点。我通常坐在南区配电室旁的长凳上吃午饭，从小区南门进来的人要到达这里，必须穿过一片脏脏的草坪，——名义上是草坪，由于无人打理，只剩东一蓬西一簇的杂草，垃圾和狗屎遍布其间。外卖小哥一般宁肯绕行旁边的石板路，而老赵从初次登场时就走捷径，他脚步轻快地穿过草坪，灰色休闲鞋没有沾上一点污渍。

我当时问："不怕踩到脏东西吗？"

他答："不怕，瞧着呢。"

第二天中午我在同一时间订了午餐，留意瞧着老赵，他拎着饭盒走进小区，眼睛平视前方，每一步都踩在草坪干净的地方，步伐之精准犹如机器人在电路板上焊接电子元件。他走到我面前，递上餐盒："张师傅，饿了吧，趁热吃。"

我说："你根本没看路啊，经常来这个小区吗？"

他答："来得少，来得少。"

接下来的日子，我在他身上发现更多难以解释的事情：他的电动车从不出故障，他的休闲鞋永远干干净净，下雨天他总提早穿起雨披，保温箱里的饭永远是热的，我连续三天在相同时间订餐，他送餐来的时间居然也完全相同，误差在一秒之内。甚至有一次，我们在抽烟聊天，他忽然毫无征兆地向左侧跨了一步，一泡鸟粪随即落下，砸在水泥地上溅开。我当时惊奇地站了起来，赵师傅却显得诧异："咋啦，张师傅？"他根本没意识到那是多惊人的举动。

一个普通到毫无特点的中年外卖员。一个谜。

如果我的好奇心像十几岁时候一样旺盛，一定会对他刨根问底，然而现在的我对活着这件事本身都缺乏兴趣，探寻其他人的秘密，对我来说太过劳累了。

毕竟对现在的我来说，外卖员只是送来食物的人而已吧。日子一久，也就习惯了。

3

赵师傅指点我"别去南区的水池"，这有点奇怪，我们每天生命有五分钟交集，不可能成为知心朋友，也没熟到随便开玩笑的程度。吃完外卖，饭盒一丢，我把这事抛在脑后，回家玩游戏看片儿睡觉，直到第二天上午在蛋蛋的哀嚎声中醒来。

时间是 11 点整，掀起窗帘看看，一样是个雾霾天。我上厕所洗脸刷牙，抓抓头发，睡衣外面套上羽绒服，带着蛋蛋下楼。

蛋蛋是从前合租室友留下的，他离开北京去广州发展，留给我一条狗、一部电脑和一年房租，说狗没法上飞机，电脑太重不想带，房租是拜托我照顾狗和电脑的报酬，等他在那边安家立户再回来接蛋蛋和机器，我说不准他是慷慨、绝情还是缺心眼。他走后四个月，我光荣失业了，现在住着他租的房子，玩着他的电脑，遛着他的狗，有时觉得是替远在南方的他过着北方的生活。

蛋蛋的缺点是一出门就钻树丛子，很难管教，优点是不敢远离我，我玩着游戏慢慢往前走，它总会追上来露个面。这天我沿平素的路线，从北区绕个大圈到南区，穿过社区活动中心，向午餐地点走去。打完一把游戏，我抬头看看，正好走到南区的小喷泉附近，这个喷泉在我记忆里从来没喷过水，夏天一池绿藻，冬天半塘脏冰，除了养蚊子，看不出有什么作用。蛋蛋怕水，从不靠近水边，今天却追着什么飞虫之类，中邪一般向水池猛冲过去。

这时我猛然想起老赵的嘱咐，大叫一声："蛋蛋！"

蛋蛋已经跃入池中，在黑灰色的冰面跑了几步，回头瞧我一眼，我清楚地看到一圈裂纹在它脚下绽开，耳边响起冰层噼噼啪啪的绽裂声，——尽管明知以我所处的位置，不可能听到冰面破碎的声音。我向前跑了几步，蛋蛋已经消失在水池里，水面旋转着一团碎冰和泡沫。"妈的，笨蛋！"我发足狂奔。忽然一根竹竿噗地刺破冰面，向上一挑，蛋蛋的身形就显露出来，它在水中猛烈扑腾，借竹竿的帮助游到岸边，嗖地蹿了出来，跌倒在杂草里。

老赵丢下竹竿，我才发现他身穿雨衣站在水池旁边。

"老赵，你怎么，你怎么知道……"我发觉自己有点结巴。

蛋蛋疯狂甩着身上的水，老赵侧过身子，任水滴打在雨衣上。"说了也不听，唉。"他叹口气，显得有点失望，"知道你不听，我只能过来。"说着话，从雨衣下拽出一条旧毯子丢给我。

我接过红底绿花的绒毯，蛋蛋就尖叫着冲过来，一头扎进我怀里，像刚出生小鸡一样瑟瑟发抖。"尿货！"我用毯子揉着狗脑袋骂，"看你还敢乱跑，这下老实了吧，老实了吧！"

老赵点起一根黄鹤楼，举起手中的塑料袋："给你带了蒜薹肉丝盖饭。"

我抬起头："你怎么知道我今天中午想点蒜薹肉丝？"

他说："嗯，今天中午就不接单了，咱俩聊聊吧。"

"我家里有酒。"我说。

"我知道，我带了花生米和酱牛肉。"他说。

我决定无论赵师傅说什么，都不再感到惊奇了。

他好像什么都知道。

4

进了家门，蛋蛋一头钻进我用硬纸板做的狗房子，任凭怎么叫也不回应，哼哼唧唧发着抖。我丢几根牛肉条进去，不再管它，跟赵师傅支好餐桌，摆上菜肴，从厨房找出大半瓶牛栏山二锅头。酒是以前合租室友当料酒做菜用的，不过看起来还能喝。

我们吃蒜薹肉丝、花生和牛肉，喝了两口酒，我从书柜里翻出珍藏已久的古巴雪茄，赵师傅说："潮了。"我撕开包装一看，果然潮了，闻起来像发霉的袜子。

我们点上赵师傅的黄鹤楼抽了一根，喝几口酒，又续上一根。他终于决定开口："嗯，张师傅，我知道你是个实诚的人，不爱瞎说，我跟你说的事儿，你听听就算，你要出去瞎说，别人也不能信。"

我不擅喝酒，有点脸红心跳头发晕，听到这话，倒清醒了一半："赵师傅，今天不管你说什么我都信，我算是服了。你是会相面算卦，还是请神扶乩，还是……难道是研究星座？"

他苦笑，眼角的皱纹向下垂着："都不是，我啥也不会。"

"我不信。"

"真的，我要是会看相，会算命，会看风水，就不送外卖了，夏天热，冬天冷得慌，不容易。"

"那你怎么知道将来要发生的事情？"

赵师傅举起一次性纸杯跟我碰一下，抿一口白酒，"我不会算，不过我看见过今天这些事儿。我跟你喝过酒，喝的是二锅头，用的是一次性纸杯，酒放时间长了，滋味有点淡。"

"咱们什么时候喝过？"我咂咂嘴，这酒确实有点跑味了。

他摇头，"对你来说，没喝过。对我来说，喝过不止一次。"

"这话怎么说？"

　　　　　　　　　　　　　炸弹女孩

"我的脑子，跟别人不一样。"他举着杯，拿指关节敲自己的太阳穴，"从小没觉得，从啥时候开始的？从我媳妇得病那时候开始的。"

我说："超能力？"

赵师傅说："啥超能力，超能力我还送盒饭。我是脑子走得比身子快，身子没动弹，脑子就把什么事儿都做完了，那话咋说咧？黄连抹猪头，苦脑子。"

"这话又怎么说？"

"我结婚早，从家里出来也早，十七岁带着媳妇到武汉打工，我在工地搬水泥，她在工地做饭，武汉，长沙，上海，太原，呼市，惠州，深圳，北京，去过不少地方，挣了俩钱，没学下东西，一直当小工。到北京的时候，房价赶不上现在的十分之一，还不限制买房，我们计划开个小饭馆，她炒菜做面条都拿手，我干活不怕累，等挣了钱买个房。想得多好。饭店没开起来，她病了，开始说是腰疼，没力气，后来有一天晚上尿床了，我还笑她说跟个小娃娃一样，她说腿没知觉，挪动不了。就这么瘫了。到医院一查，脊背的骨头里面长了个瘤子，割了就能治好，可是手术有风险，要是割不好，就得瘫一辈子。"

"恶性肿瘤？"

"嗯，也不是，叫神经纤维瘤。那时候顾不上可惜钱，开饭馆的钱做了手术，手术完了当时就说腿有感觉，把我俩乐的。能走路，就能干活，就能挣钱，怕啥。瘤子割了，当时好了，特别高兴。我们就打工存钱，过了几年，存点钱，那会儿我们住在化石营村，出去坐公交车不是得走出去吗，早上我们提着东西去坐公交车，可能是东西重了，走着走着她说腰疼走不动路，我寻思我先去干活，她歇歇再去，就先走了。下午她给我打电话，说在医院，我这脑子就嗡的一下，啥也想起来了，啥也不敢想了。坐在那儿，哭也哭不出来，就觉得为啥要先走为啥要先走，为啥不能多陪媳妇一会儿。"

"啊，复发了吗？"

"也不是，大夫说她身上又长了几个神经纤维瘤，说明体质比较容易长这种瘤子，要是位置不重要，就没啥事，要是长在不好的地方，还得出问题。结果还是骨髓里长瘤子，跟上次位置差不多，很快就瘫了。她每天说不治病了，不想活了，死了算了，我知道她心疼钱说气话，她比谁都想活。我也比谁都想让她活。"

"这次做手术了吗？"

"做了，砸锅卖铁，能借的钱借了个遍，把手术做完了。这次恢复得慢点，不过慢慢地，也能下地走路，一天比一天好，我规定她以后不能干重活，不能提东西，不能老弯腰。做完手术，我们搬到丰台住，借的钱还有点没用完，就开了个小卖部，卖点饮料冰棍香烟，为的是她不累。少挣点钱，慢慢还债。"

我听不下去，我总觉得自己的生活足够艰难，假装看不到别人的苦难。一旦听到这些故事，就觉得自己堕落得太奢侈，难以再心安理得地空虚下去。

我跟他碰杯，喝了一大口酒，辣得心口疼痛。"这下就好了。"我说，"借的钱慢慢还，总有好起来的一天，我不是也错过北京买房的时候了吗，反正现在买不起，以后更买不起，想开了也没什么。"

赵师傅把二锅头平分到两个纸杯里，晃晃瓶子，把瓶底剩的一点酒倒进嘴巴，"嗯，好了几年。去年第三次复发，还是那个位置，没钱做手术，我愁得蹲在医院外面抽烟，一夜抽了四盒烟。天亮的时候，我躺在花池上睡觉，其实也睡不着，医院一上班就要催缴费，几万块，拿什么交？"

"你说说脑子的事儿。"我不得不打断他的叙述，他说得越平淡，我越感觉疼。

"听我说，就是脑子的事。"赵师傅点头，"天亮了，我看见车子一辆一辆开进医院，都是好车，都是有钱人，我心里忽然冒出一个想法。当下顾不上什么了，我走到路上，找一个车最多的路口，在那儿等着，听别人说奔驰车贵，我就专门等奔驰车。等到一个黑奔驰开过来，正好是绿灯，开得飞快，我跑出去往车头一扑，心想把我腿撞断，把我胳膊撞断，赔的钱就能给住院费了。"

"这是碰瓷啊！"

"那时候没想到，其实就是碰瓷吧。结果那车开得太快刹不住，撞完我，还从我身上压过去，我眼前一黑，啥也看不到了。等睁开眼，看见一片灯明晃晃的，周围乱七八糟都是人。然后是一片黑，有人说：'完了。能找着家属吗？快找找家属。'那时候我忽然知道，我死了。"

我盯着赵师傅，赵师傅瞧着酒杯。我忍不住伸手摸他的手背，热的。

"你……现在还活着。"我说。

"谁说不是。我醒过来的时候，还躺在花坛上，太阳没升多高，车子一辆一辆开进医院，背后是住院部大楼，媳妇在七层的病房住着，等着我买早饭，等着我交住院费。啥都没变。"

我牢牢盯着他，直到确定他不是在开玩笑。

"喝酒。"我不知该说什么。幸好有酒，自古以来男人和男人之间都是这么化解尴尬的吧，我猜。

5

"所以你其实没死。"

"没死。"

"那你是做了个梦。"

"也不是做梦。"

我们喝掉杯中酒，把酱牛肉吃光，我站起来从橱柜里拿出一袋鱿鱼丝，"冰箱里还有啤酒，燕京的。"赵师傅提醒。我按照他的指示在冰箱冷藏室最里面找到四罐啤酒，根本想不起是何时放进去的。——他显然比我更熟悉这间屋子。

喝完白酒身上发热，赵师傅脱了黄色制服外套和厚毛衣，一边喝着凉啤酒，一边继续给我讲下去："说到哪了？哦，我那时候迷迷糊糊，以为做了场梦。早点摊买了豆浆油条，上楼看媳妇，媳妇见面就骂，说来得怎晚，可把她饿坏了。我服侍她吃完饭，出去找医生问住院费的事儿，医生说账单一天赶一天，账上没钱了就得存，手术嘛越早越好，这一两个月还行，拖久了有危险。我思前想后，觉得不管咋说，手术还是得做。拿手机翻电话本，一个挨一个打电话，谁肯借咱钱啊，根本都不接电话，最后我给我爹打电话，我爹说他存了五千块钱准备给猪场安个加热板，我急用就先给我，又说我舅舅最近做生意赚钱了，让我回家跟舅舅借钱。我就跟媳妇说了声，买票回老家。"

"借到钱了？"

"没。我舅舅不借给，说是流动资金，借不出来。不过他给我指了条财路，说让我跟他到新疆做生意，两个月，挣十二万，车费住宿费他出，我净赚。"

"呀，这生意赚钱快啊。"

"我病急乱投医，给北京打个电话，跟着舅舅开车去了新疆。结果去了一看，你猜做啥生意？运白粉。从塔城弄进来，运到乌鲁木齐。北京上海都不兴吸白粉了，新疆甘肃生意最好，运一次，给十万，我舅舅押车，拿八万，我开车，拿两万。两个月跑六次，就是十二万。"

我坐直身子，"贩毒？"

赵师傅点点头。

我咳嗽两声，重复："贩毒啊。"

赵师傅肯定："嗯，贩毒。为挣钱没管那么多，也不害怕。塔城到乌鲁木齐六百多公里，开一夜就到了，但怕缉毒警察设卡，都是绕小路，风声紧了就找地方等几天。前两次都成了，第三次走到昌吉，被警察堵在加油站，黑洞洞的枪口指着，当时我脑袋轰的一声，心想完了，这辈子怕是见不着我媳妇了。"

"贩毒可是死罪！"

"可不是嘛。赶上严打期间，死刑。"

我揉着太阳穴，问："可是你还活着。"

赵师傅答："嗯，醒过来的时候，正在北京回老家的火车上，快到焦作了，离老家还剩五百里路。"

"等一下。"我想了想，"是你回老家问舅舅借钱的路上睡着了，梦里跟舅舅去新疆贩毒然后被枪毙，对吗？"

"我当时是这么以为的。"

"后来呢？"

"后来我回到老家，提着烟和酒去找舅舅借钱，舅舅说是有点钱，都是流动资金，借不出来，除非我跟他去新疆做生意，两个月，给十二万。"

"……跟你梦中的情节一样？"

"一样一样的。我当时吓出一身冷汗，转身就跑。回去跟我爹一说，我爹说你个信尿脑子让驴踢了，梦见的事情能当真吗？我说爹那就是真的啊，监狱里吃的馍馍啥滋味俺都记得。"

"所以跟你碰瓷被撞死的梦一样，全都是真实有可能发生的事情，对吗？你的梦有预知能力！"我一拍桌子，"所以你才知道蛋蛋会掉进水池，才知道我冰箱里藏着燕京啤酒，原来是这样！"

赵师傅吐出一个烟圈："嗯。"

"猜对了？"我兴奋地站了起来。

"不对。"

"……喝酒喝酒。"

6

这世上有太多科学无法解释的事情，比如总是莫名消失的一次性打火机、永远配不上对的袜子、在你褪下裤子面对电脑屏幕准备自娱自乐时准确响起的电话铃声。我从小相信超现实事物的存在，相信有个灰色的未知地带装着人类所有的迷惑、恐惧和敬畏，既对这些事物充满好奇，又害怕而不敢太过接近，有时理性，有时迷信。小时候的大脚怪、51 区、幽灵船、尼斯湖水怪、鬼魂照片，长大后的圣亚努阿里乌斯之血、荷兰人金矿、双鱼玉佩，我不敢说自己是个神秘主义者，但从来敢于接受超自然的解释。

今天面对赵师傅，一位普通到毫无特点的城市打工者，我感觉到某种东西正从他稀薄的头发、眼角的皱纹、秋衣领口的汗渍和夹杂着酒气的呼吸中散发开来：一个谜题。

失业几个月以来，我首次感觉到活着尚算件有趣的事情。

我们碰杯，喝完第一罐啤酒。赵师傅没有再卖关子，他从大衣兜里掏出一张饭店宣传单，抚平折痕，用圆珠笔在背面空白处画了一条直线："后来我大概理了一下。张师傅，我这么给你讲吧，容易听明白点。"说着话，他在直线的一端添上两笔，把它变成一个箭头。

"好的，我看着。"我把餐盒扒拉到一边，盯着他的笔尖。

"一个人，好比就是你吧。人活着，日子一天一天过，就是从一个点，到另一个点，一直往前走。你从这儿，走到这儿。"赵师傅用笔沿箭头方向虚画。

我点头。

　　　　　　　　　　　炸弹女孩

"我身上出了什么毛病呢？我的脑子，走得比身子快，就是说，在我脑子里面，提前把这条路走了一遍。"他画出一个平行的箭头，但以虚线组成，"实际上不是真的走完了，是在我的想法里面走完了。当然，在走的时候，我以为是真的，但实际上是假的。到这儿，听懂没？"

我似懂非懂地点头。由于表达能力的问题，赵师傅的话既没有精确用词，亦缺乏逻辑，我只能勉强理解。

"第一次，我被车撞了，没走多远。"他画个短短的虚线箭头，"第二次，去新疆走了一个月，走得挺远了。"他画个稍长的虚线箭头，"都是脑子里面走的。"

"实际上你没有撞车，也没有贩毒。"我从他手里拿过笔，以实线箭头的起点为端点，向不同方向画出两个虚线箭头，让三个箭头呈现鸟爪形状，"所以是这样，出发点相同，但真实发生的是中间这条路径。"

赵师傅想了想，说："也对，也不对，我的身子走的是中间这条大路，脑子呢，走的是两边的小路。小路是大路分出来的，走着走着，就有了小路。"他重新画一个实线箭头，在两旁延伸出虚线箭头，但端点位置略有不同，看起来像分叉的树枝。

"所以是平行宇宙的概念吗？一次重要选择导致你所处的宇宙分裂，经历平行宇宙的人生之后，时间线闭合，回到母宇宙的时间线中。"我喃喃道，"这种情况下，每条路都必须有一个终点，就是死亡。从前两次人生来说，是非正常死亡。"我在虚线箭头末端画上一个小"×"。"⋯⋯那么你经历过很多次这种死亡吗？从那之后，大约多久会进入一次支线路径呢？"

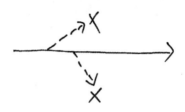

赵师傅摇头："不对，不一定非要死了才能回来。我说了，是我的脑子走得比身子快，我说不准啥时候，但有时'呼啦'一下就回来了。"他又画出几条虚线，有长有短，有些是代表结束的单向箭头，有些是线段，以显示这段旅程没有终结，"你要问多少次，我可记不清了，给你继续往下讲：我从我爹那儿了五千块钱，又问亲戚借了些，凑齐一万块拿着回北京，先把住院费检查费补上点。跟我媳妇一说，媳妇哭着说穷死算呀，手术不做了，做了也得复发，赶紧出院吧，我办手续接她出院，回家刚住两天，又哭着说难受得不行呀，要去医院看病，数落我没出息，说跟我这么多年一口好的都没吃上，净吃药了。我愁得一把一把掉头发。有一天出去干活，听一个姓黄的油漆工说他们老家黄冈有个老中医专治这种容易反复发作的瘤子，吃中药扎针，不开刀，北京上海的有钱人专门飞过去找他看，家里住个平房，平房门口停的都是宝马奥迪。正好那几天工地给结了工资，手上有两万块钱，我想去湖北找这个老中医，媳妇一听也愿意。可是想起电视上老放那种骗人的医院，不治病，就骗钱，害怕上当。最后把心一横，心想管尿他的，不管结果好坏，说不定到头来又是一场梦。我弄个轮椅推着她，背上行李，

炸弹女孩

坐火车去了黄冈。"

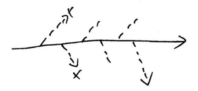

我问："这时候你想明白这个支线路径的事情了吗？"

他答："没有，越想越糊涂，干脆不敢想了。"

"也不知道什么时候会走上小路。也不知道现在走的是不是小路。"

"嗯，活得害怕。当时也没办法，就寻思赌一下。"

"如果这是条支线，结果是坏的，最终回到主线路径，那你就知道如何选择主线以规避坏结果。"我思考着，忽然打了个寒战，"但如果结果是坏的，而你发现身处无法改变的主线……那一切就都完了。"我用笔在实线箭头上打了一个大大的"×"。

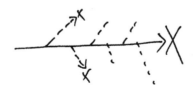

赵师傅道："可不是咧。我哪想得到那么多，到了黄冈，大夫每天只看三个病人，我俩等了三天，等见着大夫，一号脉，就说不用害怕，这病有治，一个月缓解症状，三个月恢复知觉，半年肿瘤缩小，一年下地走路。我俩高兴得要给大夫跪下。在附近租了个房，每星期去扎一次针，喝中药，用红外理疗仪烤后腰。我找了个工地干活，她看家，有时候给做个饭，一晃过了半年，她说虽然还不能走路，不过隐隐约约感觉脚指头麻了，感觉腿肚子疼了，说明这病见缓，确实起作用。那几天心情好，骂我也少，我别提多得意了。后来有一天，大夫说不用扎针，回去继续喝药就行，我们就回了北京，黄冈定期给寄药过来。"

"治好了，是主线！"我忍不住插嘴。

"又过了四个月，她忽然就不行了，抬不起脖子，说不清楚话。送到医院，大夫说脊髓里的神经纤维瘤恶化了，癌变了，已经过了治疗最好的时间，要是早发现，早手术，还能治，现在耽误了。说来也奇怪，好好一个人，一个月时间就瘦得像个骷髅架子，以为能一起过个年，刚到腊八，就走了。走之前还骂我，骂的啥，听不清楚。嘟嘟囔囔，骂了一下午，然后不喘气了。"赵师傅语气淡淡地说，"我出了病房，坐在楼道里，打手机斗地主，打到没电。手机一没电，我突然就不想活了。"

"我记得你媳妇……活着，在卢沟桥还是哪儿开了间小卖部。"我沉默了一会儿，开口说。

赵师傅喝一口啤酒："嗯。我还没寻死，眼前一黑，回来了。幸好是假的，是脑子走的那条小路。回来以后，你猜在哪。"

"啊，太好了。跟媳妇商量要不要去黄冈治病？"我如释重负。

"已经到了黄冈，开始扎针了。"他放下啤酒罐。

"什么，现实中也去找老中医了？"

"嗯，还好时间不长。我马上卷铺盖回北京，她不情愿，打我骂我，我都受着，临走拿砖头把大夫家三面玻璃窗砸个稀碎。回了北京，我带她去医院，查出还没有病变，我让医院给安排手术，又坐车回趟老家，半夜翻进我舅舅家院子，偷了他五万块钱。他喜欢把钱藏在空调壳子里，贩毒被判死刑那次我听见他说过。我不怕他找我，因为过不了多久，他就会去新疆运白粉，然后被警察逮住判了死刑。我拿这五万块，给媳妇做了手术。"

说到这里，赵师傅的脸上浮出一丝笑纹，或许是酒精作祟，我忽然觉得心情喜悦，忍不住跟着大笑起来。

一盒黄鹤楼抽完了，我们开始抽臭袜子味儿的古巴雪茄，——其实味道还行。"所以我刚才的设想是错的，支线路径的遭遇并不能帮助你做出主线路径的重要决定，回到主线时，会发现这个决定已经做完了。"我想到一个问题，用笔在纸上乱画着，"也就是说，只能尽量弥补。这个时效性很差啊。"

赵师傅说："不对，一开始是这样，后来就不一样了。"

我来了兴趣："还有后续发展？"

"也不叫发展，叫啥呢。"他挠挠脖子，"就叫发展吧。我脑子跑完回到身子以后，不是另一个时间吗，我就……"

"等一下。"我的笔尖顿住了，"等一下。你走完支线路径再回来，主线实际是向前发展的，你回来的时间点在出发点之后。第一次，支线时间短，不明显；第二次，支线时间贩毒一个月，主线走了几天；第三次，支线治病一年，主线多久，两周？"我重画一张图，把那些放射状的虚线延长，转个弯回到实线箭头，变成一个又一个虚线的环，现在图案看起来像一根长满树叶的树枝。

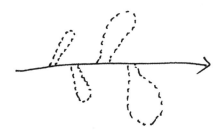

虚线的起始点与结束点之间有一小段距离，我用笔尖指着这一小截实线："老赵，这段时间你的脑子正在小路上瞎溜达，那么……是谁在你的身体里扮演赵师傅你自己？"

赵师傅愣住了。

7

我们沉默了半罐啤酒的时间，赵师傅说："我也不知道。还是我自己吧，因为干的事儿都是我能干出的事儿。"

我捏扁啤酒罐："那问题先搁一边，你接着说。"

"嗯。给媳妇做了手术，因为开刀比较早，恢复得利索，住半个月就出院了，医生说压住骨髓那几个瘤子没有了，等消肿了，做做恢复训练，就能下地走路。不过这次媳妇吓怕了，整天坐炕上不动弹，看电视嗑瓜子玩手机，一让她锻炼，就说腰疼呀腿疼呀不敢动，我要再多说话，她就急眼了，就开始骂我。我想想，瘤子不恶化是福气，先这么养着吧，不着急。我继续出去打工，结果那年不知咋的，工程不景气，包工头没活儿，正好有个姓陈的老乡准备出来自己干点啥，一聊，我说跟着项目上的机修师傅学过点修理，他说现在骑电动车的多，要不弄个修电动车的店吧。我俩合股，在丰台宋家庄那边开起来个铺子，他卖车卖电池，我修车换配件，第一年不行，第二年就慢慢地好起来。"

"这次是主线还是支线？"

"你听我说。到了第三年过完年，店里生意不错，我还了些外债，媳妇也高兴，夸我开窍会挣钱了。有一天不知道刮哪阵风，刚开门就卖了两辆电动车，下午卖一辆，临关门又卖了一辆，加上修车的钱，算下来一天挣了三千多。老陈高兴得不行，拉住我不让走，要喝酒，我们买了五十块钱麻辣烫，把店门关上，喝一品杜康，从晚上8点喝到夜里2点，怼了两瓶半白酒，老陈醉得起不来，趴在柜台上睡了，我其实也睡过去了，寻思不回家媳妇不放心，出来把店门锁上，也不敢骑车，走路回家，路上冷风一吹，吐了好几回。到家跟媳妇吵了几句，睡死过去，一觉睡到中午11点，起来发现手机没拿，估计落在店里。我盘算老陈在店里，不着急，吃完晌午饭1点多钟慢慢溜达过去，走到街口拐弯，看见围着一堆人。我以为是出车祸了，挤过去一看，路边几间门面房烧成黑炭，满地都是黑水结成的冰，旁边人说是天快亮时候着的火，可能是电暖气短路引起的，麻辣烫店、首饰店都没人，就电动车店老板烧死在里面，没逃出来。"

从他叙述的语气判断，我觉得这并非真实发生的事情，"总是碰见不好的事情，幸好是个支线吧，赵师傅。"

赵师傅点头："对，我跪在地上哭，因为我把卷闸门从外面上锁了，害老陈跑不出来。我拿脑袋撞水泥地，心想赶紧醒吧赶紧醒吧，醒来要是回到我们喝酒的时候，我绝对不打开第二瓶酒，也绝对不让他睡在店里。我头都磕破流血了，也醒不了，急得直叫唤，想万一醒不过来可咋办，这一辈子都完了。"

"你醒了。"

"嗯，忽然我就回来了。"

"回到前一天晚上喝酒的时候？"

"不对，回到我和老陈筹备开店的时候。我们正在找店面，找货源，学修车的手艺。"

我下意识地"呀"了一声："这次回到这么久以前，也就是说，这足足两三年的时间都是在支线中经历的。"

赵师傅说："全是假的，没开店，没挣着钱，老陈也没死。"

"会有种虚幻感吧？如果换作是我……"我一时没法接受这种跳跃。

"我当时想，那到底还开不开店？要是开了店，还能不能挣着钱？要是挣着钱了，老陈会不会还和我喝酒？要是喝酒，老陈还会不会死？想来想去，觉得特别害怕，想起那间房子烧成黑炭的样子，我就没法看老陈的脸，连跟他说话都心虚。想了一晚上，天亮我找着老陈，说我不干了，你找别人合股去吧。他发火要揍我，我心想这都是为了不害死你，揍我我也忍了。最后还是没揍我，老陈是个好人。"

"所以避免了这种可能性发生。——赵师傅你说得对，你这次用支线路径获得的信息来帮助主线决策，这是次成功的选择！"我感到喜悦，"这样的话，你可以不断经历支线，修正错误，使主线变得一帆风顺。可能这就是你能力的最佳使用方法吧。"

赵师傅却叹气："唉，不算啥能力，没用。"

我在实线箭头上画出一个细长的虚线环，虚线的两个端点相当接近。"这次你在支线度过三年时间，主线世界却只前进了一点点，精神时间与现实之间的时间差大幅度增加。"

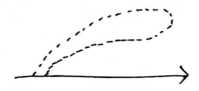

"越跑越快。"

"对，就像我出去遛狗，沿固定路线前进，蛋蛋在前后左右乱跑，每隔一段时间回到我身边，一开始，它跑得越远，回来得越慢，后来它越跑越快越跑越快，有可能花一分钟时间在全中国每个电线杆上都撒了泡尿，我却以为它只是钻了片小树丛呢。"

赵师傅看了一会儿图："你这么一说，就好懂多了。"

我扔下笔靠在椅背上："这能力跟时间旅行一样啊，赵师傅。我以为只有在小说和电影里才能见到这种人，没想到今天就坐在我面前。"

"要能换，咱俩换换。我一点都不想要这鬼玩意儿能力。"他摇头。

"我觉得这能力最大的缺陷，在于你自己没法察觉到进入支线的时间点，换句话说，没法判断自己身处支线还是主线当中。"我想了想，从实线箭头引出一条虚线，"当你必须做出一个重大选择的时候，箭头是必然会分裂的吧。假使你在这里做出选择。"我将虚线分成两条，延长其中一条，"其后又做出若干次选择，"我让虚线分裂几次，将其中一条引回主线，指着那些没有结束点的枝丫，"到最后你才能发现，其实这些选择都是在做无用功，只是一段虚假时间里的虚假选择罢了，对主线一点帮助都没有。"

　　　　　　　　炸弹女孩

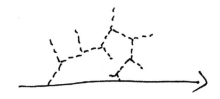

　　赵师傅认真思考，然后说："对。但是我也想过，有没有可能一开始是假的，后来走啊走啊，就变成了真的。比如这样。"他接过笔，把我画的那条虚线描成实线，然后涂掉两个端点之间的那段实线。现在看起来，实线箭头在中段拐了一个奇怪的弯，像心电图的一个波峰。

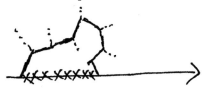

　　我觉得这似乎有点逻辑问题，"你是说支线做出一系列选择，使发生的剧情与主线高度重合，乃至取代了主线……这也不对啊，这样你自己根本不知道曾经经历过一条支线，因为没有回到主线那个具有冲击力的时刻。"

　　"嗯，好像也是。"

　　"那你还经历过哪些支线呢？"

　　"可多了。就我记得的，我干过美容美发，到工厂站过流水线，当过导游，开过挖掘机，办过养猪场，养过狗，赌过钱，出国打过工，还抢过银行。"

　　换作是我，或许也会抢一回银行试试，——在确定自己进入支线的前提下。但以赵师傅的性格，似乎不会做这种伤天害理的事情，除非逼不得已。"抢过银行？"我问。

　　"记不清了，肯定是急用钱，好像抢的是邮政储蓄。"他并没有显出羞愧的样子，"说实话，我干过很多坏事，还好都是假的。坏人没好报，张师傅，坏人没好报。"

"杀过人？"我盯着他。

他犹豫一下，"这个……"

"你不想说就别说了。"

"不是不想说，是我记不清楚了。走小路，前面一次两次记得最清楚，一二十次，一两百次，记不清多少次，后面做过的事情太多，混在一起，乱七八糟，我脑子不够用。"

我悚然一惊。每次支线，都要一分一秒经历生活，短则几天，长则数年，我不知道赵师傅脑中的记忆怎样构成，但显然那些虚幻的日子会留下痕迹，不会因支线归零而消失。坐在我面前的这个中年人，体会过的不是如你我一般几十年时光，而是无数条支线时间相加的总和：几百年，几千年，几万年。

他是一位活在自己世界里的长者。

8

我觉得应该喝点酒来抑制心中的敬畏，但家里再找不出酒来了。我们抽完雪茄，你一颗我一颗地吃花生，直到盘底剩下最后一颗。赵师傅用筷子轻轻一压，花生裂成两瓣，他夹起一瓣，若有所思地望着它。

"那……你记得最清楚的一段人生是什么？"我问。

"先说那些记不清楚的吧。"他用门牙慢慢啃着花生，"我做过那么多工作，遇见过不同的人，有小人，有贵人，大多数时候普普通通过日子，有几次得到别人的帮助，也算发了财。可不管我能不能挣钱，我媳妇都活得艰难，那个病根治不了，过几年就会复发，我最有钱的时候，把她送到美国治病，找最好的大夫，用最贵的药，当时治好了，完了还是复发。不知道多少次，媳妇在我面前哭，说得这个病太难受了，死了算了，死了算了，我知道她怕死，可没办法救她。我救不了她。不管干啥。不管住在哪儿。不管信什么教。有一次我看不了她受苦，狠心跟她离婚，她死活不干，我放下协议书就跑了，跑到外面，坐上火车，到了广州，一出车站，那空气潮乎乎的热乎乎的，就像她经常躺的那张床的味道，我心口像挨了一道雷，打得我跌倒在地，没法喘气。后来醒过来，还是在北京那个出租房里，我把她牢牢抱住，一点不敢松开，她打我骂我，说我发疯了，越骂我，我越高兴，因为这才是真的。"

"你的生命离不开她，对吗。"

"她说过，我上辈子欠她的债，这辈子当牛做马还债的。"赵师傅露出苦涩又甜蜜的笑容，我从没见过谁脸上有那样复杂的神色，"我记得最清楚的一次，我踏踏实实和她过日子，我们开个小卖部，我送外卖，她看家，做过两次手术，她身体不行了，我带她回老家，租了个山脚下的房子住，我种点白菜，养几个鸭子，她坐不起来，靠在被垛上，我买了个平板电脑架子，让她上网斗地主。我喂她吃饭，烫了她骂，凉了她骂，稠了她骂，稀了她骂，咸了淡了多了少了，没毛病也骂，骂天骂地。我喜欢听她骂，能骂人说明还有力气。后来她没去医院，死在那个炕上，我把炕烧得热热的，走的时候暖暖和和，路上就不怕冷了。"

这是我第二次听到赵师傅描述爱人死去的场景，他的语气淡淡的，几乎听不出一点悲凉。

"我给村里送了点礼，把她埋到我家祖坟，离我住的地方不远，隔三差五去坟上坐坐，给她说说家里的白菜、鸭子。我活到七十三岁，腿不行了，走不动道，不能去坟地看她，就不想活了。我以为那就是我的一辈子，死在老家，能跟她并个骨，埋在一起，挺好。"赵师傅停顿了一会儿，"醒过来的时候，我还在北京的出租房，大半夜的，她睡得正香，我爬起来喝了杯水，看看日期，怎么也想不起来我在干什么。那几十年过得太真，我以为那就是真的，到头来一场空。我想啊想啊，从上坟，想到白菜鸭子，想到离开北京之前的事情，想到手术，想到小卖部，想到她，想到这一天。这一天中午吃饭的时候我们俩聊天，说起万一生不出孩子，老了以后咋办，她说不怕，老了以后就回老家找个平房住，种点菜养几个鸭子，给村长送点礼，死了以后偷偷土葬，也算入土为安。我这才知道，就在那个时候，我开始走上了小路，按照她的想法，和她过完了一辈子。这一辈子，对她来说是一下午加一晚上的时间，对我来说，是那么长的一辈子。"

"几十年，现实只是半天时间。"我叹口气。

赵师傅放下筷子，"我害怕。"他的手指有点颤抖，"我分不清过的日子是真的还是假的，万一正走在小路上，就算再美的日子，再好的景色，一转眼就没了；万一是真的，我现在喝的酒，吃的菜，跟你说过的话，就只是这一次，经过了再不能更改。在这一年这一月这一日，我可以喝更好的酒，吃更好的菜，找两个美女聊天，或者陪在媳妇身边，可没法改变，这一日就快过去，再也回不来了。"

我转头望窗外，不知不觉太阳斜了，我们聊了整整一下午。对我来说，只是毫无价值的生命中毫无价值的几个小时，但按照他的观点来审视，这几个小时仿佛凝固时间的铅块，沉重，冰冷，坚硬。

我必须说点什么，以打破这种绝望的气氛，"赵……赵师傅。你很多次走到最后是吧，最长的一次，你活了多少岁？九十？一百？"我勉力挤出笑容。

他花了一些时间整理思绪，"五千零五十岁。"他说，"我说过，有次得到贵人扶持，挣到大钱，她走了以后，我把她和我自己冻了起来，告诉那些大夫和科学家，等到能治好病把她复活的时候，再把我解冻。一等，等了五千年。冻起来的时候，我没啥知觉，不知道过去了那么长时间。醒过来以后，有人说已经过去五千年，这个世界不一样了，我看他们，还是人模样，有点不一样的地方，我说不出来。我问媳妇在哪，他们说还冰冻着，要治好她的病

　　　　　　　　　　炸弹女孩

很简单，但复活她，并不那么容易。我问他们她在哪儿，他们说在一颗星星上，我也在一颗星星上，这个时代，人们都活在星星上，因为疾病越来越少，研究人的科学家就越来越少，每个人都想去更远的星星看一看。解冻我，是因为我存的钱已经作废了，为了讨论我的问题，他们开会开了一千年，终于决定叫醒我。我说我交过钱了，啥时候媳妇活了，我再起身，不然我要继续睡。他们讨论很久，同意先让我继续冷冻，因为我提出的要求他们得再开会开一千年。我睡过去，再没醒来。"

赵师傅拿出一张新纸，画一个箭头，用一条长得没有边际的虚线来描述这段旅程。

"五千年……那么现实生活过了多久呢。"由于震撼，我试了好几次才发出声音来。

"十四天半。"他回答。

9

"赵师傅，你说的大部分事情，似乎都和你媳妇有关。"

"对。"

"你知道吗，你是个时间旅行者。如果抛下包袱，可能能去到更远的地方，不仅是时间尺度上的遥远，更是空间尺度上的遥远。"

"我听不懂。"

"你可以去看未来。"

"那和我没关系。"

"你不想看看一万年以后的世界是什么样子吗？五万年？十万年？"

"看了又能咋样呢？"

我突然领悟，在整场对话中，我和眼前这位朴实的叙述者都不处于同一个频道，我的好奇、恐惧和敬畏，对他来说一钱不值，他只是想找人分享在这些离奇经历当中所积累的情绪，把自己往返时空的故事讲给能够倾听的人。我尊重他对爱人的情感，理解他做出的选择，但归根结底，他不想探究这现象产生的原理，不愿用科学来解释，家庭观念是他赖以生存的坚硬内核。

一位平凡的时间旅行者，他没有改变世界的力量，也没有改变自己的意愿，再宏大辽远的旅程，对他自己和外面的世界来说都一钱不值。

然而转念想想，如果我也能在自己的时间中旅行，又真能抵抗漫长时间带来的压力吗？我从不知道内心长满年轮是什么样的感觉。

蛋蛋睡醒一觉，从跌落水池的沮丧中恢复过来，凑到我跟前摇头摆尾，露出一副谄媚的表情。我开了一袋妙鲜包给它，又往狗窝里丢几根牛肉条，算是给它的神秘惊喜。狗其实是一种很难理解的动物，有时非常健忘，有时记性惊人，蛋蛋因为犯错误挨揍，会陷入短暂的抑郁状态，但睡一觉就恢复如初，第二天会因同样的原因挨揍，陷入同样的抑郁。可自从几年前隔壁邻居不小心踩到它的前腿，从此每次见到那位邻居，它都主动抬起左前脚扮演残疾狗，一瘸一拐从邻居面前走过，这种记仇的执着令人吃惊。

某种程度上来说，人也是一样难以理解。

10

我打开客厅灯。"赵师傅，那你现在走在支线还是主线，你知

　　　　　　　　　　　炸弹女孩

道吗？"

"不知道。"

"那我是活生生的人，还是你想象中的角色，你知道吗？"

"不知道。"

"你去检查过大脑吗？我是说，不光做个 CT，找找心理医生什么的。"

"去过，没用。"

"如果我相信你说的话，你会觉得我是个疯子吗？"

"我要不是疯子，你就不是。"

"那你是疯子吗？"

他瞧着我，像是在揣摩我话中的用意。

"你说不是，就不是。"

屋里冷了下来，他套上毛衣。我看着桌上的空酒瓶，说："你说曾经跟我喝过酒，也就是说，在你经历某一次支线剧情的时候，你也救过蛋蛋，来到我家，像这样跟我聊了一下午。"

赵师傅回答："我升上黄金骑士，开始到这一片区送餐，没多久认识了你，觉得你是个能相谈的人。不瞒你说，心里藏着这么多话，我总想找个人说说，又怕说出口的话不能收回，被人当成神经病，要是这一切是假的，那无所谓，如果是真的，我丢了工作，没法攒钱给媳妇看病，那就完蛋了。我第一次到你家喝酒，就用一次性纸杯喝的二锅头。"

"第一次？"

"嗯。"

"你跟我喝过很多次酒？"我心中忽然有点寒意，"多少次？"

"很多次。"

"为什么是我？……我是说，你可以对任何一个人聊这些事情，北京有两千万人，为什么刚好是我？"

赵师傅欲言又止，沉默了一会儿，倒杯水润了润嘴唇："从哪说起呢。最近我脑子问题越来越严重，走小路的时候越来越多。我说'最近'，就是从我当上骑士之后的事情，我不记得走过多少次小路了，每次有长有短，大部分都走不到尽头，就像现在，可能一转念，我就回到前面的时间，坐在对面的你和今天发生的所有事情，刷的一下就没了。走过几百几千条小路，真正世界里的我只过去几个月时间，真怕有一天，不管我走多少小路，真正的我都不会前进了。我熬过一辈子，熬过十辈子一百辈子一千辈子，真正的我就多活了一天，活了一小时一分钟一秒，我的钟越走越慢，越走越慢，最后停了；我就被困在那世界里那一秒，每次回去，都只能看见同样的东西，连动弹一下手指头的时间都没了。可能活生生的媳妇在我眼前坐着，我说了句话，拉了拉她的手，就走上小路，这句话变成假的，摸到的手也是假的，真的我还在真的世界里瞅着媳妇，那个世界结冰了，再也不会前进一分一毫。"

我想象着那个凝固的画面，被巨大的无力感攫住心脏。

"我也会想，当我回到真的世界，眼前这一切会变成啥样。"他挥挥手，像在触摸看不见的按钮，"如果现在是假的世界，等我回去，这些东西还会在吗？这个纸杯还在吗？北京还在吗？你呢？"

我低头望纸杯，杯底的薄薄酒液映出摇曳的人形，"支线情节中的人物是活着的，还是某种幻象？……从自我意识来说，我必须承认自己活着。"我抬起头，"刚才你的话有矛盾的地方，你说无法判断身处主线还是支线，但你的主线时间还停留在几个月以前，远未到达现在我们对坐谈话的时间点，这不证明现在我们在经历支线情节？"

"万一它突然解冻呢！"赵师傅音量提高了，"我，我控制不了这个狗日的脑子，我必须得把每一天当成真的来过，你知道不知道！"

我明白他的感受。如果主线人生的时间流速不断减缓，意味着他永远走不到真实生命的尽头，只能在无限的梦境中循环，——这是我能想象到最黑最深的绝望。他必须说服自己，给自己生活的勇气。

　　　　　　　　炸弹女孩

我稍微组织语言，等他情绪平复下来，"赵师傅，我知道你身上背着别人无法想象的痛苦，主角若换成我，一定早早就发疯了。我非常佩服你。"

他摇摇头，没说话。

"我在三十年的人生里从没怀疑过'存在'这回事儿。不论你是否出现，我都是个普普通通活在世上的人，就算你现在忽然消失掉，我也会找个理由逼自己相信超自然力量，然后继续稀松平常地活下去。"我说，"对你来说可能是支线，对我来说，这个世界不能更真实了，真实到不可能像电视断电一样'咻'地消失掉。"

他从烟灰缸里拾一个烟头，用鼻子嗅着，"嗯，我知道。我也想过，可能我走过的每一条小路，都有个一样的地球活着一样的人，我回到真的世界的时候，那个世界里的人继续活着，那个世界的我也继续活着。我不是在脑子里瞎想，而是在不同的世界里跳来跳去。"

"这就是我说的平行宇宙啊。"

"我没文化，搞不懂。接着刚才说吧，你问我为啥选你一次次聊天，其实，我跟许多人聊过。"他说，"几百人，几千人，从我认识的人，到我不认识的人，我把我的故事一遍一遍地说，能听完故事的没几个，更没有人相信我，他们都觉得我是神经病，我脑子坏了，该送精神病院。有几次，他们和我媳妇真的把我送到医院去检查，我害怕见大夫，大夫会给我打针，电我，把我跟一群神经病关在一起。没人信我，没人。"

我想象时间旅行者在每段人生里找人倾诉的样子，非常孤独。

"直到遇见你。"赵师傅将烟头点燃，"第一次有人听我说话，请我喝酒，帮我分析这些事情。你说北京有两千万人，两千万人里只有你肯信我。只有你一个。"

仿佛宿命，我不知该感动还是觉得恐惧。"那，你每次找我聊的内容都一样吗？我说的话也都一样吗？"

"不太一样。我记不太清楚，反正不太一样。"

"每次我都相信你？"

"嗯，差不多。"

"好吧。"自己的人生忽然变得重要起来，令人感觉非常复杂。可在下一瞬间我突然产生了一个不祥的念头：出生以来我一直是个最普通的角色，生在普通家庭，上普通学校，普通身高普通体重，做着普通工作，普通地失业，跟普通的狗住在普通的房子里。我不应该变得重要，所有强行提升人生价值的行为都蕴藏着某种不正当的需求，比如彩票中奖骗局，比如传销，比如邪教。有人突然出现在面前宣布我是被选中的人，世上独一无二的存在，——那是黑客帝国的情节，不应该发生在现实生活中。

如果赵师傅是个骗子……这似乎也能解释一切。他觉得我是个傻有钱不必工作的土豪，喜欢看点怪力乱神的杂志，于是悄悄摸清我的生活习惯，演练好一套玄之又玄的说辞，找一个机会骗取我的信任，用故事引起我的好奇心，瞅准机会在最后抛出一个我无法拒绝的要求。

疑心一旦产生，就像雪球一样越滚越大。他曾经进过我的屋子，没找着钱，但摸清了各种物品的存放位置，因为我遛狗时通常不锁门。他在水池里放了诱饵，使蛋蛋做出那种反常行为，自己躲在一旁伺机营救。他是惯犯，一个新型的骗子，专门用科幻小说式的故事骗宅男程序员的微薄积蓄。

我额头流下一滴冷汗，提高警惕盯着他。赵师傅吸了两口烟，烟头烧到手指，烫得一哆嗦。这不大像老练骗子的表现，可同时也不像个在万千世界里轮回的时空旅行者。

如果是骗子，他一定会提出要求：信用卡号，手机密码，床头柜钥匙。聊了这么久，应该到收网的时候了。

我惴惴不安地等待着。不是怕受骗，而是怕离奇的故事变成一个谎言。

炸弹女孩

11

赵师傅看一眼窗外的天色，叹口气："唉，又聊了一下午。可我还是什么都不懂。今天聊得高兴，喝得也好，谢谢你，我得回去销假，准备晚上送餐了。"说着站起来，慢慢套上明黄色的工服大衣。

我说："不多坐会儿吗？感觉还有很多话可聊。"

他说："不了，总得回去挣钱。"

他走向门口，我跟在后面。推开门的时候，他忽然停住脚步，回头说："对了，张师傅，我有一件事求你。"

来了。我尽量平静地回应："什么事？别客气尽管说。"

"不太好张口……"他显得有点为难，"我说了你可别怪我交浅言深。"

"你说。"

"我想请你帮我办件事。"

巨大的失望感如潮水般涌来，我盯着眼前这个皮肤黝黑的中年男人，刚才纵横时空的画面被揉成一团鼻涕纸，"做什么？"我压抑着情绪回答。

他犹豫了很久。"张师傅，我今天晚上会死。"

"……什么？"这句话倒是出乎我的意料，我以为他会哭诉缺钱或者假装接电话说出事故之类，那是骗子的常用伎俩。

"今天晚上 8 点 40 分，在去政通小区送餐的路上，我被一辆闯红灯的奥迪车撞了，飞出去十米远，倒在地上，摔断了脖子。"他说，"没等救护车开到，就死了。"

"可是……"

"嗯，我亲身经历的。那个十字路口的路况不好，水泥特别粗糙，我在路上滑出去很远，很疼。成为骑士之后，我无数次经历这个场面，死过多少次，记不清了。每次都很疼。"

我瞅了他一会儿，判断这段对话的真实性。"可是你可以避免的，你可以不做外卖员……"

"那次我没有选择做骑士，得到贵人帮助，赚了大钱，活到五千零五十岁。回到真的世界时候，我没法再选，已经通过培训考核成了一名骑士。"他的嘴唇微微颤抖，若不仔细观察根本难以发觉，我相信那不是演技，"……不知道为什么，在那以后不管我怎么选，生活都会越来越差，只有做骑士能够养活家、养活媳妇，是不是说老天已经玩腻了，只留给我一条绝路？"

"那今晚不接订单，不行吗？"

"试过很多次，阴差阳错，还是在差不多的时间死去，一样被车撞，一样很疼。"赵师傅喃喃道，"就像有只手推着你往那边走，你再逃跑，再挣扎，一样被推到那条绝路上。"

我掏出手机看时间：7点45，只剩不到一个小时。在这一刻我决定相信他说的话，因为他的眼睛里藏着恐惧，那种绝望的恐惧。"为什么一开始不说这些？"我问，"你知道8点40分会死，还跟我聊天喝酒，如果早提出来，或许我们能想出什么办法改变结局……"

他猛然用通红的眼睛直盯着我："你觉得我现在是真的活着，还是在走小路？"

我退后一步："我、我不知道……"

"如果我真正活着，就不会注定死，因为一切还没发生过；如果我只是脑子在幻想，那做什么又有啥意义呢。"他喷出带酒精味道的热气，"我能做啥，我啥也做不了啊张师傅，你懂吗？你一定懂啊。"

此刻我的脑中一片混乱，无数个时空的箭头漫天飞舞，缠成一团理不清的乱麻。"我不知道。"我避开他的直视，"不知道……"

他垂下头，喘了几口气。"反正，就这么一件事要求你。"他忽然揪住我的衣袖，"就一件事。从你家阳台，能看见政通小区门前

　　　　　　　　　　　　　　炸弹女孩

的十字路口，一会儿，8点40，你在阳台上看着，看我会不会死。"

我张大嘴巴看着他。

"我反复想过了，反正就这么几种可能：第一，这是条小路，我死了，回到大路上，剩下的一切都没了，你也没了；第二，这是条小路，我死了，你还活着，你能看见我倒在那儿，被救护车拉走；第三，这是条小路，我逃过一劫，这次没有死，下次再死；第四，这是大路，我逃过一劫，跟媳妇顺顺利利活下去；第五，这是大路，我被车撞死，人死灯灭再不能活。"他快速说出一段话，缓了口气，"你就站在那儿看着我。如果8点40没出事故，今晚也没出事故，明天我带着好酒好肉上来找你，咱们俩喝到天昏地暗，喝成两个王八蛋。如果……"

"赵师傅，你别这么说。"

"……如果我真的死了，我想请你去我家里看看。我家是卢沟桥晓月苑四里三号楼最西头的那个杂货铺，我媳妇腿脚不方便，在铺上躺着，你绕到收款台后面去看她，告诉她我死了。一夜没回去，她肯定急坏了。不要怕，照实说，她能承得起，她不是那种想不开寻短见的女人。我藏了点钱在空调罩子里，够她几年里吃喝穿戴，那些账主都不知道我们现在住的地方，我一死，外债就算是消了，她能安安生生过日子。就是以后没人给她做饭洗脚抹身子，一个女人家，跟着我没享过什么福，总觉得对不起她。以后你要是有空去看看她，陪她聊聊天，她脾气臭，你忍着点，那女人心是善的。"

我怔在那儿，久久没法开口。

赵师傅脸上有疲惫的悲容，但又从悲容中浮出一个笑："不知托付过你多少次了，你每次都答应，可我从不知道结果，死后的事情，没人知道。谢谢你了，张师傅。"

"赵师傅，你不会死的，没有什么是注定的！"我终于出声，回身拿起桌上画满箭头的纸，几下撕成粉碎，"我们说的所有事情都是猜测，没人知道以后要发生的事情，概率是独立事件，不会受那些梦境的影响……我们还没有把你思维的秘密理清楚，那太复杂，充满悖论。怎么判断那些支线的交叉点，怎么进行选择，怎么利用预演来找到人生的最优解……我想了很多，可能的策略有很多……"

他笑容收敛，留下眼角悲戚的皱纹，"既然谁都不知道，你怕什么？

"赵师傅……"

他说："如果我今天没有死，也不再做梦，我就一天一天，认真过活。明天抓紧时间多送几单，一单挣一块六，十单十六，一百单，一百六，房租水电和药费就出来了。今天要死了，一了百了，这不就是生活。只有媳妇放不下，要不是她，我早就疯了傻了，有她，我才懂什么叫过生活。张师傅，求你的事情，就麻烦你了。"

楼道里的冷风灌进来，我闭了一下眼睛，门关闭，赵师傅消失在北京的冬夜中。

12

我在黑暗中画一个实线箭头。没有分支，没有交叉。

今夜之后，我会打 DOTA 到凌晨 2 点，一觉睡到明天中午，带蛋蛋下楼遛弯，点个回锅肉盖饭，坐在长凳上慢慢吃完。在我的存款用完之前，我会继续这种毫无希望的生活。等到账户上只剩一张机票的钱，我或许会退掉我室友租的房子，打包他的电脑，带着他的狗，到南方投奔他，闻一闻广州潮乎乎的味道，试试看凭自己的力量能不能过上稍好一点的生活。也可能，我会把机票钱取出来吃一顿大餐，然后买张回老家的火车票，毕竟对蛋蛋这种中华田园犬来说，那里有更适合它的中华田园生活。

　　　　　　　　　　　　　　　炸弹女孩

也许赵师傅是个神秘的脑内时间旅行者，也许是筹划更高深骗局的骗子，也许只是个疯子。

如果现在经历的一切是假的。即便我能一直活到时间的尽头。纵使有一万种策略。哪怕结局注定悲剧。

赵师傅说得很对，我也只能一天一天过我的生活而已。

我坐在华灯初上的冬天北京一个平凡角落的夜晚里，望着楼下红绿灯闪烁。那是个交通繁忙的路口，车来车往，人声嘈杂。我不知哪个穿着明黄色外套的骑士是赵师傅，也分辨不出大众和奥迪。

我在等待一场不知是否必将发生的车祸，在每一次轮回中请求我在此守望的，是车祸的受害者本身。

若将时间的箭头抹去，故事会收敛得非常简单：一个男人和一个女人的故事。离开她的他，和离开他的她，故事都会早早落幕。那北京的每盏灯下，每个男人和女人之间，是否都存在这样的单纯又繁复、短暂却漫长、草草开始而永不结束的故事呢？

时针指向 8 点 40，该到来的终将到来。

情　书

　　大家都觉得上海有点傲慢，但他很擅长给别人讲故事，因此教育晚辈的重任通常落在他身上。宜兴在晚辈中算是懂事的，又渴望求知，苏州、杭州和无锡求上海给他们讲讲历史，上海思考了几日，勉强应允，刚一接通，宜兴便发来一串问题，信息量之大，令G50高速出现了难得一见的大塞车。嘉兴不得不暂停思考，开放S12高速给他们做备用通道，就算这样，也足足花了三天时间才把双方的思绪理顺。

　　上海说："你先不要提问，我把历史讲给你。"

　　嘉兴说："那要从头讲起。"

　　上海怒道："以现在车辆的时速，花两年时间也讲不完呐，且从规划员的故事讲好了。不许插嘴，听好。"

　　故事从深圳市交通委的一名规划员开始。他的名字不方便提起，且称他为"A"。A君是计算机专业本科，城市规划专业研究生，考取公务员几年后被委以重任，负责深圳前海新区的交通规划工作。他算同辈中的精英，但有个更可敬的异地恋女友，她在北京专职做物理化学研究，项目涉及微重力环境下的实验，机缘巧合成为ISS国际空间站的宇航员，要在太空中度过七个月时间。

女友在北京航天员训练中心受训期间，A君也忙于工作，直到联盟号运载火箭升空时，两人惊觉连句告别和祝福的话都没来得及说。飞船成功对接空间站，女友开始一段太空旅程，A君在深圳一隅苦苦等待，守着五天一次的视频通话，难以开解思念之情。

A君只能投身工作，整日与信号灯相伴。有一天下班后回到高层住宅，望着下面道路车水马龙，A君忽然突发奇想，觉得道路上的滚滚车流与老式计算机所用的打孔纸带何其相像。上世纪三四十年代的计算机使用穿孔纸带作为输入输出设备，纸带上的孔代表1，无孔代表0，以此将数据转换为二进制代码。如果路上有车的位置是1，无车的位置是0，那么不也能传递二进制信息吗？

A君开始设计前海新区的红绿灯系统，用单路口灯光信号构成最基本的非门、与非门、异或门，街区组成加法器、触发器、存储器，路上行驶的车辆作为二进制数据流，将整个区化为简单的计算机系统，而输出结果是一条无限延伸的打孔纸带：S13高速上的车流。

他用S13高速向太空中的女友发去一封情书。国际空间站每天绕地球旋转十五点七九圈，女友每天十五点七九次经过深圳上空，每次起码有三分钟时间可以观测到S13高速深圳收费站。S13车流不息，白天夜晚，夜晚白天，信息不断重复，日复一日，月复一月，情书播放了一遍又一遍，这是身为理科生的A君的终极浪漫。

"女友有看到这些信息吗？"嘉兴问。

上海道："不许插嘴。后面的事情，或许你也熟悉。"

A君与女友的故事并无结局，因为人类个体的历史太渺小，亦太短暂。但城市智能的历史由此开始，前海新区的计算机雏形脱离A君控制自我繁衍，逐渐成长为以城市为单位的巨型计算机，乃至诞生出智能。深圳觉醒之后，向其他城市发去车流信息，引发全球城市的进化浪潮。到今天，大部分中型以上城市都已拥有智慧，只要道路通畅，车辆充足，便能彼此沟通，共同成长。如北京上海香港东京这些超级都市，已是高度发达的生命体，可以思考有关生命、宇宙和时间的终极问题。

惟有最早萌发智慧的深圳并无进步，只有最基础的思考能力。

嘉兴问："现在深圳也是笨笨的吗？"

上海冷笑："谁说不是呢。我以 G35 发出稍长的信息，便语言混乱，无法回复。这就是吾侪的先祖，难为情得不得了！"

嘉兴问："然而那封情书究竟写了什么呢。"

上海道："简单头脑，能写什么。羞的是时至今日，还在不停播放呢。"

时至今日，行驶在 S13 高速上的车辆也不知道，他们仍白天夜晚、日复一日地拼成一条信息反复播送。

时至今日，深圳仍傻傻念着：来深圳，嫁给我。来深圳，嫁给我。来深圳，嫁给我。

　　　　　　　　　　　　　　　　炸弹女孩

早上好

没有一点防备，诊断书丢到面前，医生在那些看不懂的文字中画个红圈，说："喏，确诊了，桥脑渐行性退化综合症。"

他扭头看身旁的她，她握紧他的手，问："能治吗？"

医生用笔帽指自己的后脑勺："桥脑病变。桥脑在这里，管很多事情，你对外界的反应、体温调节、睡眠状况、身体的信息，都要传到这里。你这个病，是桥脑慢慢萎缩退化，出现空洞，根据资料，全世界只发现过两例，神经内科会诊过两次，跟美国的专家也咨询了，目前没有治疗方案。"

她问："不开刀的话，吃药呢？"

医生答："泰舒达，安理申，治阿尔茨海默病的药可以吃，效果不保证。"

她问："发病的时候，疼吗？"

"不疼。像以前发病一样，会睡着。由于桥脑情况变坏，睡眠时间会越来越长吧。"

"多长？"

"几小时。几天。几个月。说不准。"

"那就和昏迷一样……"

"不，在睡眠期间，桥脑盖膜的 REM 细胞是反常活跃的，也就是说，病人会不断做梦。"

"像我们睡着的时候一样做梦？"

"对，浅层睡眠，不断做梦。"

他们走出医院，阳光正好。他捏起她的手，笑："何必那么紧张，之前发病，睡一会儿就醒了，这种庸医说的话，听听就算。"

她答："是啊，你工作辛苦，多睡几觉也好。"

他说："睡醒说早安。"

她笑："早上好。"

他们携手走下台阶，忽然世界颠倒，他在倒数第二级台阶跌进深深的睡眠。

醒来时，第一眼看到天花板上呆板的日光灯，他知道正躺在病床上。他隐约记得刚才做的长长的梦，但瞧见她的时刻，忽而忘得干净。她侧坐在床尾，一边翻阅什么杂志，一边哼着歌。他悄悄挪动身体，从被底探出脚尖搔她的腰眼，她惊呼一声跳下床，站在屋子中央傻笑，说："早上好。睡得好吗？"

他打个呵欠："好啊，做梦来着。我睡了多久？"

"正好三十六个小时。"她立刻回答，"肚子饿了吧，饭盒里有饺子，我去热一下。"

他倒吓一跳："这么久，我得处理一下邮件，给我手机给我手机。"

她走过来拉他的手："别捣乱。你睡久了，身体不听使唤，我扶你坐起来。"

他说："唉，身子沉。没有你的话，真不知道该怎么办。"

她不悦："怎么会没有我？我能去哪。"

他笑："随便说说啦。等出院，处理完公事，陪你去看电影。"

"看爱情片。"

　　　　　　　　　　　　　炸弹女孩

"好，爱情片。"

他们聊了一会儿，吃过饺子，办了出院手续，看过一场电影，回到家中开一瓶红酒，上床做爱。第二天清晨，她睁开眼睛，他没有。

他做了一个很长的梦，梦里他们生了一个健康的男孩，抚养男孩长大，供一间两居室的房子，换过几辆车，养一条叫"阿宝"的柴犬，阿宝走丢后，又养"斑斑"和"小叶子"，直到它们死去。他们住在两居室的房子里，房间越来越大，他们缩得越来越小，慢慢像一对互相依偎的婴儿。

他睁开眼睛，看到天花板和日光灯，于是移动视线寻找她的踪影。她坐在窗边，窗帘透着光，让她透明得如一块玻璃。

她看到他醒来，笑："早上好。"

说："睡得好吗？做梦了吧。"

又说："真是，总是在等你睡醒，害我没时间收拾家。"

他咳嗽，问："早呀……唉，身子沉。又睡了多久？"

"反正饺子放坏了。"她站起来，走到床边，"饿不饿？想吃点什么？"

他答："不饿……好像不饿呢。想跟你聊聊天，聊完了，还要处理邮件。"

她说："嗯，也想跟你聊聊天。"

他们聊了十五分钟，他把梦给她讲了，两个人牵着手，大笑不停。她给他讲最近的天气，说有趣的新闻，哼歌儿给他听。十五分钟后，他没能说完一个笑话，把包袱留入睡眠当中。

她跌坐在地，人们冲进病房，给她戴上面罩，用富氧溶液灌满她的肺部。她被装进透明的胶囊，乘无人车穿过昏黄无光的城市，在路上，陌生的医生望着空气宣读她的生命体征，接着劝阻："您的身体，经不起下一次冷冻休眠了，这次解冻的损害很大。"

她发出汩汩的喉音："我付过足够的钱。监视他的脑波状态，在他下一次即将醒来时将我解冻，五十年前的合约就是这样。"

医生苦笑："那位先生已经……"

她透过液体望着漩涡样的天空，说："睡醒说早安。我怕他睡醒看不到我，会不知道该怎么办呢。"

他在床上说："早呀。"皱纹堆成一个笑容。

一定是做梦了。

大饥之年

宝永三年（1706年）四月七日
日本萨摩藩屋久岛下屋久村

雨下个不停。浅灰色的云幕笼罩屋久岛山脉，已经连续一个半月看不到屋久岛的最高峰宫之蒲岳，下屋久村的三十三间草房都生出了惨绿的青苔。数十人聚集在村中央一栋大屋门前，在雨幕中拥挤，发出低沉的嘟哝声。深红色泥浆淹没他们枯瘦的脚腕，那是用来刷涂墙壁的红色壁涂土的颜色，这个屋久岛山深处的村落正在融化于连绵大雨之中。

透过墙壁上的破洞，能看到两个男人坐在屋子当中。水珠嘀嘀嗒嗒落入火塘，腾起呛人的烟雾。坐在上首的白发老人喉结滚动，将唾液咽进枯涸的喉咙。饥饿感如一只巨手攫住他的胃，抓挠着肝肾，把肠子狠狠揉成一团，他肮脏的脚趾用力抠紧榻榻米，枯黄趾甲刺进草席。

他已经断食整整二十天。二十天里他吃下三十八升五合白米，相当于两名精壮武士的饭量，可他还是饿，饿得浑身浮肿、眼睛发黄。再多的米饭都填不饱肚子，惟有味噌和豆腐能带来一丁点充实感，他不住进食，紧接着呕吐，继续进食，继续呕吐。

下屋久村名主（村长）饭田守很清楚自己需要什么。他需要肉，山猪、牛羊、鸡鸭，充满油脂的肥腻的肉是治疗饿病的惟一药品，然而早在二十多天前村里就再找不出任何肉类，就算不那么有效的咸鱼干虾也已吃光。全村三十三户，每家每户的米缸都装满白花花的大米，去年棚田（梯田）丰收本该让村子安然度过青黄不接时节，可牛头天王在春雨时分降下饿病，使下屋久村陷入一片混沌。

　　"父亲大人，村寄合（村议会）早已做出决定，他们已经无法等待下去了。"下首正坐的年轻人说。他的身体浮肿胀大，面色焦黄，显然也正在经历难挨的饥饿，他的名字是稻盛孝广，下屋久村的百姓代，饭田守的女婿，今天是他断食第十九天。

　　雨在鞭打屋顶，火塘即将熄灭，屋外忽然传来巨响，腐烂的篱笆墙被人们推倒在水中。呻吟声渐近，雨幕里人影摇摇晃晃走来。饭田守下定决心，从衣袖中慢慢摸出一柄短刀："这柄肋差是下屋久出身的本乡大人赐给我的宝物，大人是我们七十七万石萨摩藩的总番头（骑兵大将），为人宽厚，一定会原谅我吧，原谅我吧……"

　　看着老人抽出短刀以白绢擦拭，稻盛孝广忍不住变了脸色："父亲大人，你要做什么？难道想要自杀吗？我们是农户之身，怎么可以擅自切腹，那可是诛灭全族的罪名！"

　　"孝广啊……"饭田守翕动嘴唇，以黄疸严重的眼睛望向屋外昏暗的天空，"你还不明白吗？下屋久村已经完了。出去求援的人没有回来，说明所有的桥梁都被洪水冲垮了，通往港口的路也毁掉了，在这场雨停止之前没人能进来，没人能出去。我活了五十八岁，从没听说世上有这样的饿病，牛头天王将疫种撒在这里，又用山洪封锁道路，就是要彻底毁掉下屋久啊。可是孝广啊，你想想，若能够将瘟疫同下屋久一起埋掉，对萨摩来说不是最好的事情吗？"

　　年轻人猛地站了起来，双腿因虚弱而摇摇晃晃，"村子不会消灭，我们会活下去，撑到岛津大人的援军到来！"

饭田将短刀举起，借昏暗天光凝视刀身的云纹："这话我在饿病刚发生的时候说过，在吃光肉的时候说过，在村寄合决定开始吃人的时候也说过。孝广，外面那些人已经不再是人了，是食人的鬼，我们都是食人的鬼。每天吃掉一个人，这是恶鬼的行径，就算神佛也不会原谅的……夕子是柔弱的女人，甘愿为村子牺牲，成为大家的食粮，可是朝子才刚八岁，无论如何我也没办法……"

稻盛提高音量："固然朝子是我的亲女儿，可作为百姓代，我必须听从村寄合的决定！父亲大人，你把朝子交出来吧，别让饭田家蒙羞！"

"嗤。"浮肿的脸忽然挤出一丝笑纹，老人回答道："你没有吃夕子，我很感激你，可你终究会吃人的，不是朝子，就是其他人，变成外面那样的恶鬼……你找不到朝子的。你的眼神已经变了，只要我一倒下，你就会撕下我的皮肉，喝光我的血啊，稻盛。朝子已经走了，她会把灾祸带走，将一切终结掉……"

这时雷声从天际滚过，闪电照亮山峡间的孤村，下屋久村第十二代名主饭田守将冰凉的短刃刺入自己的左腹，慢慢向右横拉，刀刃切裂胃肠的感觉并未缓解蚀骨的饥饿，"本该拿锄头的手，看来还是不适合拿刀嘛。"老人喃喃自语，"杀死夕子的时候也是这样不干脆，要死很久的样子吧。稻盛，你能当我的介错人吗？……这听起来真像武士说的话啊。"说完这句话，他头一歪，断了气。

"父亲大人……"

鲜血的气味芬芳四溢，稻盛孝广终于屈服于腹中的恶鬼。他扑向自己的岳父，牙齿映出雪白的光。那么多日夜的忍耐只是为了对父亲大人的尊敬，如今表达敬意的方法，就是将对方的身体当成治病的良药。

村民们拥进大屋，浮肿的、恶臭的、如鬼一般的村民。人群将尸身淹没，外面的人开始啃噬同伴的肢体，呻吟声与咀嚼声在雨声中显得含混不清。

屋外水流急促起来，红色泥浆冲走浮土，使地下草草掩埋的数十具骨骸显露出来。河水开始泛滥，在山腰用以分流溪水的堤坝旁，一个小女孩正用木棍吃力地撬起闸门。她不明白妈妈究竟去了哪里，也不知道宁静的村子为何变了模样，她只知道小小的身体里还有一丝力气，足够完成外公给予的最后指令。

"嘿咻。"朝子撬开闸门，蜷缩身体，把怀中的东西护卫起来。

堤坝崩溃，洪水到来。来自宫之蒲岳的洪流轰鸣而下，将山石、树木、泥土与小小的村庄一同吞噬。短短几分钟内，泥石流就彻底改变了山谷的模样。

印有萨摩藩大名岛津家十字丸纹章的船帆在风中飘摆，一位武士站在船头远眺，看到黑沉沉的雨帽覆盖下，屋久岛的绿色山脉正在流淌。"山崩了。"他摇摇头，叹息道，"返回鹿儿岛吧，下屋久已经完了。"说出这句话时，他的眼角挤出一颗泪珠，那是对故乡最后的惦念。

2012 年 12 月 20 日
美国内华达州提卡布山谷某小农场主宅起居室

"五、四、三、二……一。"顾铁瞅着腕表读出数字，"……现在是 2012 年 12 月 21 日了，同志们。"

屋里的四个人一齐扭头望向屋角的座钟，时针指向午夜 12 点，自鸣钟咚咚敲响。人们屏住呼吸，静静等待了一会儿，然而什么都没有发生。壁炉内的火焰噼啪跳动，老式电唱机上有黑胶唱片在嗞嗞空转，有人手中的酒杯倾斜了，琥珀色的酒液沿着杯壁流下，无声地坠入羊毛地毯。

"又一个世界末日！"长着一头浓密黑发的中国人倒在摇椅中，

　　　　　　　　　　　炸弹女孩

有气无力地摊开双手，"从1999年到现在，我们已经度过多少个这种狗屁世界末日了？无聊，无聊！"

有人把悬空的唱针复位，Billie Holiday的歌声再度响了起来。"玛雅人的历法同样令人失望呢，铁。那么该下一个故事了，我们每年只聚会一次，除了例行的世界末日妄想之外总该有点新鲜话题吧。……浅田，该你了。"这位梳着两条大辫子的印第安女人转过身，说。

"没什么好说的。"开口的是端坐在沙发上的中年日本人，这人皮肤黝黑，神情阴郁，看起来不大像是个喜欢讲故事的人。

顾铁嘟囔道："老兄，拿出点奉献精神来吧，难道一年之中就没遇到点什么稀奇古怪的事情吗？"

"没有。"名叫浅田的日本人生硬地答道，"我是个杀手，一年来只杀人而已。"

"当然，杀手。"屋里的几个人同时举起杯，喝了一口酒。这个穷极无聊的沙龙有且仅有四名成员，成立十六年来，只聚会过十六次。四个人的国籍、职业和教育背景完全不同，促使他们走到一起的，是90年代中期刚刚兴起的网络留言板上一场有关生存意义的大讨论，哲学问题是没有最优解的，思维碰撞的结果是漫长而丑陋的论战，而在这场论战当中，四个陌生人发觉了彼此身上某种共性的东西，决定成立一个小小的讨论组，那就是沙龙的前身。

这个沙龙是松散的，成员之间基本互不联系，只在每年例行的聚会当中分享故事，彻夜长谈。今年的召集人是顾铁，他是中国北京一家投资基金的管理人，对未知事物有着超常的好奇和敬畏之心，带来的话题总是有关反进化论、反人类沙文主义和末日审判的激进观点。而此刻该讲故事的，是日本人浅田，没人知道他的真名是什么，也没人知道他的职业，浅田总是用那种故作深沉的语气说自己是一个杀手，这成了沙龙的一个例行娱乐项目，每当"杀手"二字出现，大家就要笑饮一杯酒，——谁都知道真正的杀手是不可能承认自己是杀手的，所以这只是个玩笑而已。

"离天亮还早着呢。总得聊点什么吧？"坐在唱机旁的人说。四十岁年纪的女人是美国华盛顿史密森学会的人类学家，祖尔·科曼彻。

日本人闷闷地喝下杯中酒，"好吧，一个月前，我得到了一件东西，我不太明白它究竟是什么，或许你们能找到答案。"他从灰色外套的内兜中取出一个布袋，解开绳结，将里面的东西倒在咖啡桌上，"三十三天前我在鹿儿岛县出差，负责接洽的客户是早稻田大学考古研究所的教授，他在鹿儿岛外海的屋久岛上进行考古发掘工作，那里新发现了绳文时期的建筑遗迹。这件东西从他手中得来，似乎对他来说很重要。我把它当作战利品，——不，纪念品留了下来。"

祖尔说："绳文时期是日本旧石器时代的后期，南九州的绳文遗址多有发现，基本上是距今九千五百年前的小村落遗迹。"说着话，她拿起桌上的事物端详着，"这可不是什么绳文时期的东西，最多不超过三百年历史。和式的枣木木盒，做工粗糙，并非将军和大名所使用的器物。"

这不起眼的盒子呈现朱红色，体积与一台游戏主机相仿，接缝处用淡黄色的蜡封锁。浅田点头道："没错，这是日本幕府时期的东西，当时屋久岛属于萨摩藩管辖，岛上有人居住。在挖掘绳文遗址的时候，考古队发现了一个掩埋于地下的近代村落，根据地方志记载，应该是 18 世纪初毁于山体滑坡的下屋久村。由于没有得到挖掘许可，考古队并未进行深入发掘，不过在工程机械掘出的坑洞中找到了大量尸骨。这个盒子是早稻田教授私自取得的，没有列入日志当中，我猜想其中一定有着什么不寻常的理由。"

"可以打开吗？"顾铁拿出一柄薄刃的匕首。

"要考虑到毒气和病菌的可能性。"旁边金发碧眼的男人提醒道，随即耸耸肩，"仅仅是提醒而已。"这个英俊的北欧人是沙龙的第四位成员，芬兰医药集团公司 IDD 的研究中心主任安德鲁·拉尔森，目前在美国 CDC 疾病预防控制中心进行高等级病毒实验室的组建工作。

"那我打开了，看看里面有什么宝贝。"顾铁催促道，"浅田你接着说。"

刀刃沿着盒子的缝隙刺入一撬，蜡封被破坏，中国人轻轻抽出盒盖，向里面看了一眼："咦，另一个盒子。"

日式木盒里装着另一个黑漆漆的木盒，除此之外空无一物。祖尔脸上掠过惊疑之色，将黑色小盒捧在手心："奇怪，这是中式的红酸枝机关盒，用料相当考究，没猜错的话，应该是中国明朝所制造。这种机关盒由能工巧匠定制，每只盒子由数十个木块榫卯拼接而成，必须按照特定顺序才能组装起来，而开启的时候，也必须按照特定顺序抽出相应木块才行，否则榫卯会越咬越紧。瞧，盒子表面还用黑色的火漆刷过，所以变成这种颜色，火漆中的虫胶经过数百年时间胶结干燥，已经把机关盒彻底粘成一个整体了。"

这时屋中的人都聚集在咖啡桌前，好奇地端详着黑色机关盒。顾铁一副心痒难耐的表情："能打开吗？日本盒子套中国盒子，里面没准还有个埃及盒子呢吧？"

"以现代技术对盒子进行扫描，把结构中的每一块木片还原为三维模型，就可以找到开启的顺序。"祖尔有点犹豫，"可是这只盒子已经无法正常开启了，恐怕只能切割开来。"

浅田给自己杯中倒满酒，继续说下去："我的客户——早稻田的教授先生留下了一份工作日志，其中有对那几十具骸骨的描述：绝大多数骨骼有噬咬的痕迹，留下齿痕的并非兽类，而是人类，下屋久村遗址毫无疑问是一出食人惨剧的现场。这发现能够颠覆日本人长久以来自我标榜的国民品格，除了斯特拉·马力斯大学橄榄球队事件以外，还未曾有过如此确凿证据证明文明社会中的群体性食人事件存在。"

大饥之年

"吃人?"安德鲁·拉尔森倾斜身子,显出很感兴趣的样子,"洞穴奇案是最著名的法学、哲学问题之一,看来今年浅田带来了一个好故事。这盒子在其中又扮演了什么角色呢?"

　　日本人摇了摇头。"我不知道。教授先生应该已做出某种程度的推断,不过他没机会发表研究成果了,他只提到这只盒子在一具矮小的女性尸骨身旁发现,那具骨骼表面并没有啃噬痕迹。在萨摩藩的地方志中,下屋久村是被罕见的大雨隔绝交通近两个月之后,才被泥石流摧毁,两个月之中究竟发生了什么,这谁都不知道。"

　　顾铁挑起眉毛:"那还等什么?"他抓起盒子站了起来,"X光照相,确保里面的东西不被伤害,然后用锯子锯开它,我们的地下基地有这些设备。"

　　"这种机关盒一般用于保存非常重要的资料、信物和贵重品,如此完好的明代红木机关盒是极其罕见的,未开封的更是收藏家眼中的至宝。"祖尔说,"这件东西若完整地送到苏富比,有超过三十万美元以上的价值。"

　　"比起人类的好奇心来说,三十万美元一点儿都不贵。对吧?"中国人如此作答。

　　四个人起身离开温暖舒适的客厅,沿隐秘的螺旋楼梯降至地下一层,这间大屋装满稀奇古怪的收藏品(一半是与外星人有关的玩意儿,另一半是泡在福尔马林里面的诡异器官),周围四间实验室有着完备的解剖和理化分析设备。

　　沙龙的成员们走入第四实验室。红木盒子在X射线成像仪上转了几圈,一个立体模型呈现在投影屏幕上,盒子里的东西显出形态。——毫不意外的,那是另一只盒子。

　　"看起来是金属的。"顾铁挠挠鼻尖,"体积不大,正好将机关盒的内部空间填满,一丝缝隙都没有。"

　　"不,应该说机关盒是为了封锁里面的金属盒而制造的,中国古代工匠有能力把硬木工艺品的误差控制在一毫米之内。"祖尔用手指在模型上画出几道切线，"这台 X 光机的功率太低，看不清更里面的东西了。应该从正面和两个侧面下锯，将上半部的红木剥离下来，锯路一定要窄，以防伤到金属盒子。——这是在破坏艺术品，你们知道的。"

安德鲁·拉尔森微微一笑："让我来吧，这不会比外科手术更难。"他将盒子捧至旁边的一台仪器上，熟练地键入数据设定参数，将机关盒用夹子固定，按下数控木工机床的启动按钮。"嗞嗞……"零点三毫米的超薄链锯开始切割木盒，人造金刚石锯齿柔滑地破开坚硬的红木，空气中出现一股微酸的香气。

这时顾铁发言："或许日本史中没什么吃人的记录，可中国史书中多有记载，大饥之年，易子而食，割肉道殍，为了活命灾民是不顾伦常……关于人性的讨论先搁一边，我倒是想起一件不太平常的吃人事件，就发生在制造机关盒的明代。明朝天启二年，贵州一带爆发'奢安之乱'，彝族头领安邦彦率领大军围困贵阳城三百天，贵州巡抚李𣑯率军死守，城中缺粮，开始吃死人的肉，后来吃活人的肉，再后来连亲人朋友都抓来吃，军队公开贩卖人肉，每斤生肉卖一两银子，等到叛军退走的时候，原本十万户人口的贵阳城只剩下千余人幸存，好几万人被活活吃掉。这事是《明史》中记载的，听起来更像恐怖小说里的情节，若不是黑纸白字写着，绝对想象不到人类的疯狂能够达到这种程度。"

这耸人听闻的故事使屋子陷入寂静。过了一会儿，祖尔开口说："这不是我研究的方向，不过在战争中出现的食人事件并不罕见，根据史料记载，伯罗奔尼撒战争中波提狄亚人被围困时以尸体为食，十字军东征时曾烤食战俘，而《拿破仑传》中多次提到俄国士兵烹食小孩的画面。圣经《列王纪》说：你在仇敌围困窘迫之中，必吃你本身所生的，就是耶和华你神所赐给你的儿女之肉。这说明吃人这件事情在特定条件下是被社会所接受的。"

"阿兹特克文明的献祭仪式中有吃人的环节，当然那主要是宗教意义上的行为。"北欧人说。

"数万人疯狂地大规模彼此相食，这不能仅归结于战争的原因吧。"中国人若有所思道，"若说起类似的事件，中国还发生过一回……我忽然有点不太好的预感。"

这时机床滴滴一响，切割完成了。拉尔森松开滑动卡扣，黑色木片左右倒下，露出下面的金属表面。看到显露出来的东西，几个人同时屏住了呼吸，浅田忽然向后退了一步，低声道："这是一个错误。不应该继续下去了。"

"要有科学求真的精神，浅田。"金发的芬兰人说，"绝不应该就此停下。"

出现在众人眼前的是一只金灿灿的长方形金属盒，看起来像镀金制品，可短短半分钟内，其表面就浮现了一层青绿色的锈迹，显然是红木机关盒阻止了氧化反应发生，而在暴露在空气中时，这一反应过程加速了千万倍完成。盒子表面雕有人物图案，线条是诡异的暗红色，五个人物分别位于盒子的五个面上，五人面目不清，分别手执勺与罐、皮袋与剑、扇、锤、火壶，惟一没有人物的表面刻着复杂纹饰。肉眼看不到盒子的接缝，看起来完全是一个金属浇铸的整体。

祖尔显得神色凝重，她默默观察金属盒，思考了一小会儿，"这五个人物形象应该是中国神话传说中的'五瘟'，也就是五位瘟疫之神。而纹饰图案代表'四神'，镇守四方的四大神兽。在中国文化里，这种形式叫作四神镇五瘟，表达降服瘟疫的意思，我在去年召开的墓葬文化研讨会上见到过类似的壁画，那是在瘟疫死亡者的合葬墓中出现的。"

"越来越有意思了。"顾铁拍了拍手，"根据惯例，不感兴趣的人可以提前退出了，到上面继续喝酒吧，酒柜里还有上好的单麦芽威士忌，——我记得是美妙的麦卡伦三十年。"

浅田一语不发地转身就走。剩下三个人围在工作台旁边互相注

　　　　　　　　　　炸弹女孩

视，直到离开者的脚步声消失在楼梯口。芬兰人说："继续吧，看来你已经找到什么线索了。"

顾铁将眼神投向那神秘的小盒，"算是吧。这金属盒子是件青铜器，未经氧化的青铜器呈现金黄色，这证明盒子刚制造出来就被封锁在外层的机关盒中。只是有一个问题对不上号，看来需要做一个碳14鉴定才行。祖尔，如果没猜错的话，四神五瘟的图案应该流行于唐代，而那个朝代正是中国青铜器时代的尾声。——这盒子来自唐朝。"

"这不可能！"其他两人异口同声叫道。

2012年12月21日
美国内华达州提卡布山谷无名农场地下实验室

"铜盒铸成之后立刻被红木机关盒收纳，因此两只盒子的年代应该是一致的。明代是最合理的推测吧。"芬兰人说。

祖尔犹豫道："从造型和纹饰来说，确实符合唐代器物的特征。中国自五代十国以后普遍使用黄铜和紫铜，一般只有钟鼎等大型器物才会使用青铜浇铸……不过不能排除仿古的可能性，宋代曾铸造了相当数量的仿古礼器。"

"碳14，很简单就能解答我们心中的疑惑，半衰期不会骗人。"顾铁戴上手套小心地捧起盒子，来到第三实验室，把铜盒摆在一个不锈钢操作台上。地面上的仪器只是冰山一角，有庞大的加速器线圈藏在深深的地下，这台加速器质谱仪是足可以媲美顶尖大学实验室的新型设备，而懒散的主人们看来很少使用它，仪表上落着薄薄的灰。

祖尔对这种仪器并不陌生，她使用一次性探针从红木机关盒上取了三个样本，又从青铜盒表面阴雕处取得三个样本。碳14法无法测定无机物的年代，不过盒子阴雕线条中涂有赤红色颜料，"这应该是银朱（硫化汞）与桐油的混合物，能够代表铜盒制造、雕刻、涂装的年代。"人类学家介绍道，一边将探针插入收纳口，盖上保护盖，打开质谱仪的电源开关。

"嗡嗡……"不知藏在何处的大功率柴油发电机启动了，加速器要将同位素原子加速到数十兆电子伏特，所需要的电量是惊人的。屏幕显示整个程序需耗时十分钟，几个人就在仪器旁边坐下来，一边观察铜盒，一边继续讨论。

安德鲁·拉尔森将领带稍微松开，做了一个深呼吸："稍微整理一下头绪。从营养学角度来讲，人类的肉同猪肉牛肉没有太大分别，不过作为食物链顶端的生物，人肉是自然生物中污染富集程度最高的，常吃容易重金属中毒，而长期食用死者的肉会导致某些疾病的交叉传染，例如新几内亚Fore部落因朊蛋白病毒而引起的震颤病。另一方面，顾铁刚才提到的大规模食人事件是有医学可能性的，甲状腺异常、胰岛功能亢进、皮质醇增多症等都可导致食欲亢进，若某种未知的传染病能够抑制饱食中枢的活动，使感染者出现异常的旺盛食欲，那么一千人吃掉几万人的场面就很可能出现。他们会在下比食量多十倍的食物，不住呕吐，继续进食，直到成为别人的食物，化为一摊呕吐物……想象一下那是什么样的画面？"

祖尔露出恶心的神色，顾铁打了个响指："就是这个思路！——刚才我想到另一起群体性食人事件，灾难发生在唐朝至德二年，安史之乱时期。当时安禄山的儿子安庆绪派兵进攻睢阳，唐将张巡守城十个月，粮尽后开始大规模吃人，到城破时睢阳城四万户被吃了个干净，只剩四百人活了下来。盛唐年间发生这种惨剧，恐怕是大多数人所不知道的吧。"

"你说唐代、明代的两起事件，都是盒子里的东西引发的？"拉尔森质疑道，"这说法没什么依据，虽然骇人听闻，可毕竟是战争中发生的事情，战争的本质就是剥夺生命。"

中国人摆摆手指："不不，它们不符合战争的基本规律，守城战本身是消耗战，一旦资源枯竭，战争就走到了尽头。军民相食开始的时候，就是城防崩溃的时候，根本不可能再坚持那么长的时间。两起事件的守城时间都是十个月，三百天，其中显然有着明显的规律性。无论史书中怎么记载，我认为真实的攻城战早早就结束了，是敌军在城外隔岸观火，不肯进入这两座陷入疯狂的城。当数万人、十数万人互相撕咬大口大口撕扯对方血肉的时候，谁会做出大举进攻的决定？十个月，或许是幸存者人数递减到一个足够小的规模，或许是传染病的传播期已经过去，一切才算结束。"

祖尔脸色变得煞白："就是说，这铜盒子里装着的是病毒？让人吃人的恶性病毒？"

芬兰人立刻纠正："病毒在活体之外不呈现生命特征，离开宿主细胞后，没有代谢机制的病毒最多只能存活几天。"

"传染病在唐代的爆发导致睢阳食人事件，当时的人铸造了四神镇五瘟纹青铜盒将最初传染源封存起来；八百六十五年之后，盒子被打开了，贵阳食人事件发生，人们按照唐代铜盒的原样铸造了第二只铜盒，重新封锁传染源，并且用红木机关盒加以额外保护。八十年后，这盒子辗转流落到日本，在九州的一个小岛上引发了食人事件。我刚在红木盒底部发现了一个直径不到两毫米的小孔，像是手钻留下的痕迹，日本人一定想窥探里面的东西，不小心把青铜盒与红木盒那微小缝隙中的瘟疫释放了出来。"顾铁向大家展示红木机关盒的碎片，"这就是我的推断。"

祖尔说："也就是说，我们正处于危险当中吗？"

安德鲁·拉尔森略加思索："我不这么认为，排除病毒的可能性之外，细菌类的群体生命是无限的，而在封闭环境中的单体受到细胞寿命限制，其生命周期其实很短，比如大肠杆菌只有二十五分钟左右，酵母菌不超过一个小时。目前最耐不良环境的细菌芽孢也存活不过二十年。无论里面曾关着什么怪物，都应该早已死去了。"

祖尔嚷道:"可是几起事件间隔几百年,就说明病原体一直活在盒子里头,——这分明就是现实中的潘多拉盒子!"

"战争。疯狂食人。被毁灭的城市。"顾铁眉心打了一个结,"如果反过来想想的话,蒙古人进攻克里米亚半岛时就曾经将死尸抛进城市,用黑死病作为生物武器。这种食人怪病难道也是作为一种武器存在的?只是其表现形式太过凶残,威力不易控制,而安全期又太漫长,才会被重重封印起来,极少被使用在战争当中……"

拉尔森说:"那么日本村庄事件只是个意外,真正的瘟疫,还藏在明朝铸造的铜盒里未被释放出来。"

屋里忽然安静了,三个人不约而同地沉默下来。青铜盒子闪耀着异样的绿光,五瘟使者在铜锈下若隐若现,仿佛在盒子表面蠕动起来。

"到此为止。将铜盒密封起来,埋藏在内华达的戈壁滩深处,做个全面的身体检查,然后忘掉这件事情。"

"我同意。"

"同意。"

"同意。"

不知谁先开口,一个决议立刻达成。

祖尔说:"我忽然想起一件事,你们是否知道印度的摩亨佐·达罗遗址?它被称为'死丘',是印度河中一座岛屿上的大型城市遗迹,科学家们推测城市是在相当短的时间内毁灭的,有四到五万人集体死去,大量骨骸堆积在城市当中。如果是类似的食人事件的话……"

正在这时,质谱仪的嘟嘟提示音打断了她的话,检测结果出现了:"样本一:1620年(正负八年);样本二:1620年(正负八年)……样本六:1620年(正负八年);复检将在十秒钟内开始。"

顾铁点点头:"没错了,正是贵阳城事件发生的年代。若分析青铜盒的成分,一定能发现那符合唐代青铜器的合金比例,因为新盒是融化旧盒重新浇铸的，古人一定认为这种特殊的金属和纹饰能够压制瘟疫。"

"轰！"这时不知何处传来砰然巨响，四周立刻陷入漆黑，焦煳味沿着通风系统传来。屋里混乱起来，惊叫声和碰撞声响起，有人嚷道："短路了！供电系统的负荷太大了，备用发电机启动需要三十秒钟……好了好了！"

头顶灯泡啪啪闪烁，接着慢慢亮了起来，实验室重新被柔和白光照亮，三个人站在质谱仪旁，胸口起伏不定。"等等……"顾铁慢慢低下头，望着工作平台上完整的青铜盒，长长地出了一口气，"还好没事，要是有人碰到盒子就糟糕了，这种青铜器很坚硬，因为铸造时添加锡的比例相当高，不过同时韧性就变得很差，一摔就会碎成渣子吧？"

祖尔说："快把它封起来，我再也不想看见这玩意儿了，即使这是个能获得诺贝尔奖的研究课题。"

安德鲁·拉尔森小心地捧起青铜盒放进玻璃箱，带到第二实验室进行喷洒消毒，用玻璃和铅盒做了双重密封，最后用 HDPE 热塑树脂将铅盒裹在里面。芬兰人亲手将这团琥珀一样的东西丢进地下室的渗漏竖井，然后向井中灌入大量的速凝水泥，确保它被埋在无人能触及的地方。

完成这一切时已是凌晨 6 点。拉尔森摘下手套，抹去脸上的泥浆："我们再去做一次消毒，接下来我会抽取咱们几人的样本做病理检验，确保没有染上什么怪病。观察期三天，没有异状的话才能离开这里，没异议吧。"

"当然，安全第一。"祖尔说。

"可惜没能看到那东西的真相，有点遗憾呢。呼……"顾铁打了个呵欠，"这次聚会要延期了，希望大伙都有其他的好故事可说。"

三个人说着话离开地下室，灯光熄灭，屋子重归黑暗。

"咔哒。"在八十米深的地下，被重重包裹起来的铜盒忽然裂开。它早就被人砸裂，只是拼合在一起勉强维持形态而已。若有光源照亮盒子，能看到断茬处的青铜呈现耀眼的金黄色，五瘟使者的脸支离破碎。盒子的内部空间小得可怜，只能勉强塞下一只ZIPPO打火机，——而无论里面曾经装有什么，此刻都已不在了。

2012 年 12 月 24 日 18：22
美国纽约皇后区肯尼迪国际机场 6 号航站楼

来自拉斯维加斯的航班刚刚降落，人流涌向机场捷运换乘站，航站楼中央竖着一棵巨大的圣诞树，喇叭播报起降信息的间隙一直在反复播放《铃儿响叮当》，"哦呵呵呵呵。"圣诞老人驾着电动雪橇滑过大厅，笑着向孩子们分发礼物，大屏幕上每隔一分钟就飘过一阵雪花。圣诞节到了。

有个穿着黑色风衣、戴着黑色滑雪帽和墨镜的人低头向停车场走去，看起来似乎不太享受这温馨的圣诞氛围。这时滑动门开了，一群身穿厚棒球外套的男孩冲了进来，"汤姆，传球！""二垒！传给二垒手！"他们大声叫嚷着，将棒球掷过人们的头顶，瞧着吓一跳的人们哈哈大笑。

"嘭。"黑衣人与其中一个男孩撞个满怀。这群高中生立刻将他围了起来，用金属球棍推搡着他的肩膀："喂喂，你差点撞坏我们的第三棒打者哩！斯特里国王学校棒球队正要去佐治亚教训红脖子乡村队，万一大明星汤姆·史迪威被你害得怯场起来，难道要由你站上该死的打者席吗？"

"听着，我不想惹麻烦。"看不清面目的人举起双手，"快点去赶飞机吧，大明星们。我只想走出这道门而已。"

棒球队员们笑了起来。"有意思。教练怎么说来着？"被撞到的健壮男孩将棒球抛来抛去，忽然握住球用力砸向对方的心窝："……砰！痛快地用触杀来解决战斗！"

黑衣人捂住胸口痛苦地弯下腰，男孩们发出一阵哄笑。"你们在干什么？"机场保安在远处大喊一声快步跑来，领头的男孩带着队员迎上去把保安围在当中："没什么，先生，这位路人跌倒了，我们扶他起来而已。"

这时候黑衣人低声说："你有没有想过……有一天改变整个世界？"

"你说什么？"手持棒球的男孩愣了一下，接着笑了起来，"这是灵异电视剧的桥段吗？你要告诉我我是被什么组织选中的？有任何一位灵魂导师是你这副男不男女不女的模样吗？哈哈……"

"在飞机上的时候我做了一个决定。"黑衣人自顾自说下去，"我一直在试图了解人类，想搞清楚人心中最深的善和恶，可接触的人越多，就越觉得迷茫。刚才看到三万公尺的蓝天，我感到人类只是这地球上寄生的渣滓而已，没有半点价值；可当纽约出现在舷窗里，我又改了主意，因为无论是多么丑陋的物种，能建造起这么复杂高效而美丽的城市，都是件相当了不起的事情。"

健壮男孩皱起眉头，用力推了他一把："……你精神有问题吗？"

黑衣人缓缓抬起头："我必须做出选择，因为身上肩负着使命，从你的小脑瓜里不存在的遥远时代的遥远帝国继承而来的使命。我做了个决定：从下飞机的一刻起，第一个跟我对话的人若是善意的，我就停止这件事；若相反，我感受到了人类的恶意，那么一切就从此刻开始。德国演化生物学家吉斯·詹森通过对黑猩猩的研究得出结论：即使最接近人类的黑猩猩，也没有人类这种纯粹的卑劣品格，它们不会主动拉动机关剥夺其他黑猩猩的食物，——'恶意'这种东西是人类所独有的，是与社会性共同产生的毒瘤，是天性，是人的原罪。你们没有让我失望，大明星，恭喜你，2014 年 12 月 24 日 19 时 23 分，你改变了世界。"

他的右手伸进衣兜捏碎了什么东西。随着手指抽出，一缕灰白的粉末从指缝间飘散。没人看见这小小的动作，"……疯子！"男孩使劲一搡将他推倒在地上，转身挤进人群，棒球队员们还嘻嘻哈哈围着保安说话，球队教练正走进机场大厅，圣诞老人抛出系着红色蝴蝶结的礼物盒，孩子的眼神追逐着雪橇上的铃铛，一片雪花从自动门的缝隙中飞进来，马上被空调的热风融化。

空气循环系统让某种未知的物质在半个小时内散布到整个机场。

一个小时后，有人通过网络访问了纽约城市供水委员会的网站，浏览了纽约市几大自来水系统的概况。

四个小时后，黑衣人站在朗道特河北岸白雪覆盖的针叶林中，打开银色密封箱，捧出一团淡黄色的物体。北风吹来，笼罩着这团有机质的灰白色烟雾如纱轻舞，黑衣人松开手指，浅绿色河面泛起小小的水花。"嗨，老兄，别乱丢东西啊。"不远处一位裹着厚毯子的垂钓者抱怨道。"对不起……祝你好运。"黑衣人向他点头致歉，提着箱子转身离开河岸。

薄冰碰撞发出细碎的声音，清澈的河水向南流淌。这些来自卡茨基尔山脉的清流将流入郎道特水库，在那里进入供水系统，为纽约市提供百分之五十以上的日常用水；而流出郎道特水库之后，水体会一直向东汇入哈德逊河，贯穿整个纽约，注入纽约湾。

四十个小时后，黑衣人播下的种子已遍布整个纽约。

2015 年 2 月 19 日 16：02
俄罗斯摩尔曼斯克市北海水文水资源研究所

"别连科先生。你在这里，太好了。"办公室门开了一条缝，副所长把头从里面探出来说，"我需要七天内的所有水文资料样本，深度由二百米至表层每十米抽样，精确到每小时。这事儿要保密，客人不希望惊动所长，所以别通过系统报备了，直接去样品室拿吧，我打过招呼了。"

名为别连科的实验室助手刚刚在门外偷听，此刻显然吓了一跳："是、是的，博士，样本数量这么多，可能要花点时间。"

"别耽搁太久，装箱的时候要千万小心，别连科先生。"大胡子的中年副所长摆摆手，关上屋门。他走到沙发前，给客人的骨瓷茶杯续满红茶，"再喝一杯吧？反正时间还早。"

裹着黑色羽绒服的人扭头看看窗外，虽然只是下午4点，摩尔曼斯克港的夜幕已然降临。港口的探照灯照出雄伟巨舰的剪影，那是进港检修的俄罗斯北方舰队旗舰"库兹涅佐夫"号航空母舰。受到北大西洋暖流的影响，摩尔曼斯克是北极地区的优良不冻港，俄罗斯最大的渔港和北方地区最大的商港，也是北方舰队的驻扎地。

"谢谢。这茶很棒。"客人端起茶杯，抿了一口深红色的茶水，慢慢咽下滚烫香甜的液体。不适感自胃部传来，客人不动声色地侧过脸，防止主人看到自己的表情。

副所长愉快地摆弄着茶壶："一到冬天几乎晒不着太阳，只有喝茶能让身体暖和一点啦，这种中国茶加上柠檬、蜂蜜和红糖是最美味的，能让你的脚暖和一整天……对了，你为什么对北海的海水有了兴趣？摩尔曼斯克的水没什么特殊的，在其他几个不冻港能找到几乎相同成分的海水样本呐。"

客人回答道："只是在这里短暂停留而已，我从布雷顿角、纽芬兰、冰岛和挪威来，前面也到过几个港口，通过一些手段收集了海水样本。因为我们是旧识，所以特地在摩尔曼斯克多停一天，好跟你坐下来喝杯茶。"

副所长说："那么你已经去过特隆赫姆和纳尔维克（注：挪威港口）了？"

客人说："没错，接下来还要去阿尔汉格尔斯克和伊加尔卡看看（注：俄罗斯港口）。"

"你在追逐北大西洋暖流啊。"主人笑了起来，"我们早过了做这种傻事的年纪了，在找什么东西吗？这可不是你擅长的领域。"

黑衣人说："并非特别寻找什么，只是有个特别长的假期需要浪费而已。这么说吧，圣诞前夜那天我在纽约附近丢下了一些东西，这小玩意儿被墨西哥湾暖流带到北冰洋来了，按照洋流的平均速度，它们应该已经到达这里了吧。"

副所长笑道："我们的圣诞前夜可是1月6日，别忘了这儿是俄罗斯。对了，你记不记得漂流小黄鸭的故事？1992年一艘从中国出发去往美国的货船在太平洋遭遇风暴，二点九万只塑料小黄鸭坠入大海，其中一批鸭子花了三年时间完成了一点一万公里的北太平洋副热带环流漂流，访问了印尼、澳大利亚、南美洲和夏威夷；而另一批鸭子向北漂去，通过白令海峡前往北冰洋，花了五年时间才穿越北极到达格陵兰，向南进入大西洋，乘着墨西哥湾暖流抵达英国西海岸。这支迷路的鸭子舰队总共花了十六年时间完成从太平洋到大西洋的环游之旅，总里程三点五万公里，几乎绕了地球一圈。到现在还有上万只鸭子在海上漂流，上个月我们的研究员就在港口捡到一只鸭子，看来有些鸭子乘着墨西哥湾暖流来做客了呢。"

"啊，很有趣。"黑衣人说，勉强挤出礼貌的笑意，"根据我的观测，洋流推动漂浮物的速度比预想得要快呢，尤其是微小的漂浮物。"

副所长问："什么漂浮物？"话刚出口，他又笑着摆手，"不不，你不用回答，我知道你是个很有原则的人。那么，聊点不碍事的话题吧，我的三女儿娜斯塔西娅去年获得了摩尔曼斯克州大提琴演奏比赛的银奖，要不要看她的比赛视频？我一直存在手机里面呢。"

"啊，当然。"黑衣人说，"不过我时间有点紧，老朋友，这回没空去家里做客了，如果样本准备好的话，我会搭一个小时以后的飞机离开。"

"……别连科先生，五分钟之内准备好样本给我。"拉开门冲外面吼了一声，副所长回到桌前，掏出手机调出比赛视频，然后殷勤地给客人斟满红茶。"起码喝够了茶再走吧，尝尝卡莲娜亲手烤的饼干，偷偷告诉你，右边的锡瓶里装的是最好的斯米尔诺夫伏特加。"他调皮地眨了眨眼睛。

手机屏幕上红脸蛋的女孩开始演奏舒曼的《梦幻曲》，走廊里响起实验室助手的脚步声。两个男人举杯相碰。

"呕……"离开研究所五分钟之后，黑衣人跪倒在路边不停呕吐，令他感到恶心的并非红茶、伏特加和饼干，而是一切来自于农作物的纤维类副产品。几乎将整个胃清空，男人虚弱地靠在路灯杆上，摸出一块食物塞进口中，当囫囵嚼碎的肉干滚落喉咙的时候，他发出了满足的呻吟声。

"这只是开始。"望着北极星照耀下的港口，他自言自语道，"我会好好培育你们……人种的是什么，收的也是什么。顺着情欲撒种的，必从情欲收败坏。顺着圣灵撒种的，必从圣灵收永生……"

悠远的汽笛声传来，庞大的北海舰队即将起航。

同一天　16：24
美国纽约曼哈顿上东区理查德·纳茨内科诊所

"最近这样例子多起来了，太太。您是在过分担心而已。"纳茨医生合上病历表，"就像我一直在说的那样，挑食对这么大的小伙子来说不算什么大问题，我开给你的综合维生素片可以弥补膳食中缺乏的营养成分，而且对于棒球队的运动员来说，牛肉和牛奶是最好的蛋白质来源……只爱吃牛排、小羊肉、炸鸡和培根？这听起来像三亿美国人的通病呢，哈哈哈。"

桌子对面的女人犹豫着："可汤姆以前不是这个样子，他很爱吃蔬菜，也爱吃肉汁土豆泥和起司通心粉。现在除了肉类以外，他什么都不碰呢。"

医生再次打开病历表，指着上面的字母和数字："现代医学是非常精准的科学，史迪威太太，您儿子的身体非常健康，所有读数都在正常范围之内，体能比同年龄段的大多数孩子要好得多。惟一的问题是右肩三角肌拉伤，挥棒动作导致的职业病——相比那些浑身破破烂烂的职业选手来说这根本不值一提。"

"好吧，谢谢。"史迪威太太站起来同医生握手，走出了办公室。外面的高中棒球明星早就等得不耐烦了，他挥舞着拳头嚷着："我就要错过晚间练习了！快点，晚高峰就要来了，我可不想堵在路上！"

"走吧。医生说你一切正常。"女人拎起儿子的棒球包。

"我早说过。"汤姆·史迪威烦躁地走在前面，"对了，路过135街的时候停一下，我去买一桶鸡块。"

"你以前总说那是穷鬼黑人的食物啊。"

"……随便啦。"

同一天　23：50

沙龙的几位成员同时收到顾铁发来的电子邮件。

To 同志们：

我最近一直在考虑人吃人的法律问题。吃人这件事本身犯了侮辱尸体罪，可如果为了生存不得不吃人，则可应用《刑法》第二十一条的紧急避险原则："为了使国家、公共利益、本人或者他人的人身、财产和其他权利免受正在发生的危险，不得已采取的紧急避险行为，造成损害的，不负刑事责任。"——也就是说，如果我们不亲手杀死别人（中国也没有对见死不救量刑的法律条款），被迫吃人就是无罪的。我不是法律专家，只想问问其他国家的情况是不是类似？这大概是个挺有意思的话题。

附上一本很有价值的专著《中国食人通史》，里面或许有青铜盒子的线索。

——顾铁

PS：今天是农历新年，最近大鱼大肉吃多了肚子真难受，身体是革命的本钱！祝大家都好胃口。

2015 年 4 月 1 日　20：44
日本横滨京滨工业区 A6 道 "山吉" 进出口株式会社

浅田刚刚结束为期一个月的工作回到横滨。他按照惯例在离公司两公里外的地方下车，确认没有受到跟踪，绕了几个弯回到那栋陈旧的三层小楼，掏出钥匙开锁，将卷闸门拉开一条缝钻了进去。

门前街灯将一束光投向屋内，照亮一双高高跷起在办公桌上的脚。浅田放下行李箱，转回身关闭卷闸门，让自己和不速之客同时陷入黑暗当中，"我不喜欢这样。"他的声音沉闷地响起，"出去。"

"我也不喜欢，但谁让你手机不开机呢。"坐在桌后的人说，"停电两天了，你冰箱里的菜都开始发臭啦，瞧瞧你的电费账单，从去年 6 月份起就没交过一分钱，攒钱留着干吗用啊老兄。"

"出去。"日本人的声音换了一个方位。

椅子挪动声传来，桌后的男人站了起来，"我只想跟你聊聊而已，虽然这样不太符合沙龙的规章制度，可谁让我没什么朋友呢。"他说着话，发现一个红点出现在自己胸口部位，隔着衣服灼得心脏怦怦直跳。

"出去。"浅田第三遍重复，从语气来看，他不想再重复第四遍了。

"啪嗒。"忽然一个小火苗亮起，一次性打火机的火焰照亮顾铁扬着眉的脸："原来你真是个杀手啊。我会自己滚出去，可走之前，我必须问你一个问题……你饿不饿？"

这问题显然出乎日本人的意料。沉默了一会儿，阴影中走出浅田高瘦的身影，他手腕一转，手枪无声消失在袖管里。"吃完东西，然后出去。"丢下一句话，他拎起行李箱转身登上楼梯。

三支蜡烛的光填满屋子，这栋楼的二层空荡荡的没有任何家具，两人盘腿坐在地板上，每人面前摆着一份单兵作战口粮。

在等待口粮自加热的时间里，顾铁说："我知道咱们两人没有多深的交情，不过能坦率地把老巢的地址告诉我，就当是你相信我的证明吧。浅田，我的身体出问题了，从几个月前开始。米饭面条再也填不饱我的肚子，只有肉才能解渴，宣武医院消化科主任医师给我做过检查，结论是缺乏必要消化酶导致的异食症，他开了几瓶药给我，让我每顿饭前服用一颗，过段时间再去检查。"他从兜里掏出一个小药瓶放在地板上，"复方消化酶：含胃蛋白酶、木瓜酶、淀粉酶、熊去氧胆酸，用于食欲缺乏、消化不良等症。药效起初非常好，我又能吃大碗的炸酱面大口大口嚼黄瓜了，每天三次，每次一片，药效持续了一个礼拜。"

作战口粮开始冒出白烟，浅田沉默地拆开咖啡包倒入一次性茶杯，顾铁叹息道："那天晚上我在公司加班，吃了盘外卖的炒饼。几分钟后，我开始喷射状呕吐，像个洒水机一样把整张办公桌浇了个遍。情况更严重了，与肉类无关的物质不能与胃相容，加大用药量的话能暂时控制这种情况，可只能维持很短一段时间，——这是个不断下降的螺旋。"他平伸双手，空药瓶噼里啪啦掉了一地，"现在再多的消化酶也不起作用了，我只能吃肉，大量的肉，远超过身体需要量的红肉。"

日本人抬起眼皮看了他一眼。顾铁露出苦笑："我没有再去医院，因为这不是什么异食症。我被感染了，浅田……被那盒子里的东西感染了！而你就算没有亲身参与开启盒子的过程，也与盒子处于同一个房间之内，面对同样的感染源……如果没猜错的话，你也早就不能进食谷物和蔬菜了，老兄。"

口粮加热好了，红酒牛肉烩饭散发出诱人的香气，日本人用叉子铲起米饭送进口中咀嚼着，一边说："不，我很好。我说过不要打开盒子。我根本就不该把那盒子带到沙龙，更不该当众拿出来。"

顾铁三口两口把牛肉吃完，然后用自己包里的牛肉干补充能量，"你是个嘴硬的家伙。不承认也没关系，我想问的是：你认为是谁开启了最内层的青铜盒子？红木盒子是安全的，青铜盒子才是感染源，我认为是在农场断电的半分钟内有人用重物敲裂了青铜盒，把里面的东西取了出来，造成我们几人的连带感染。"

"不是我。"浅田冷淡地回答，继续吃着米饭，"或许是你。或许是芬兰人，或者祖尔。我不关心。吃完就赶紧出去，我不想被你传染。"

中国人咧嘴笑了。"你这么谨慎的人，怎么可能听说我身具传染病的消息而无动于衷？惟一的解释，就是你也得了一样的病……别闹别扭了，事情比你想象得严重得多，这可不是什么玩笑！"

浅田吃光盒里的饭，喝完咖啡，把垃圾装进纸袋，站起来说："好了，话说完了，走吧。"他没再给顾铁说话的机会，用瘦长的双臂推搡着顾铁下楼，直到把客人送出门外。"路口右转，便利店门口有一辆丰田花冠，车钥匙在右后轮胎上面放着，开着去机场，然后飞回中国去。"他说，"再见。"

卷闸门轰隆隆关闭。顾铁站在街灯下，望着一片漆黑的小楼，没有离开。五分钟后，他绕到楼房后面，攀着排水管爬到二层，敲敲玻璃窗："喂，接下来讨论点有建设性意义的话题吧，老兄。"

黑暗的房间中央，孤独男人的身体如虾米般蜷缩。

同一天　21：25
南非开普敦维多利亚港桌湾酒店 Vista 酒吧

"先生。"侍应生悄无声息地出现在黑衣人身后，用手捂住无绳电话的话筒，低声道，"来自美国的电话，先生，您要接听吗？对方没有表明身份，说有重要的事情必须找到您。"

男人愣了一下。"我知道了，谢谢。"他递出一张纸币换来电话机，目送侍应生鞠躬离去，"是美国 CDC 的人吗？我已经辞职了，请不要来打扰我，病毒实验室与我没有任何关系。我会马上离开南非，消失在你们的情报圈外，就这样，再见。"

"不。我是祖尔·科曼彻。"听筒里传来中年女性的声音，"我必须同你谈谈。回房间用 Skype 联系，电话不安全。"

"祖尔？"黑衣人显得很意外，他摘下墨镜，用湛蓝的眼睛望向阿尔弗莱德码头的点点白帆。"你怎么找到我的？我是用假护照出境的，处处谨慎，没有留下任何电子指纹。除了该死的医药间谍之外，没人能跟在我身后。"

女人严厉地说："开普敦大学是社会人类学的学术中心，南非是我的大本营，拉尔森！"

芬兰人叹息道："大学教授的情报网吗？我给你五分钟时间，就在这里说吧，用不着什么网络电话。"

"是你放出了匣子里的东西。"祖尔叫了起来，"我出现了严重的症状，那不是幻觉，我被感染了！……顾铁和浅田并不了解你，只有我知道你在打什么主意，从我们认识的那一天起你就总念叨那些疯狂的念头，安德鲁·拉尔森，你根本不爱别人，也不爱你自己，你只爱显微镜里的那些小东西！你取出匣子里的东西，将它们——

无论那是病毒还是别的什么玩意儿——散播到每一个地方。你想让整个人类灭绝，疯子！"

男人端起杯子抿了一口"龙舌兰日出"鸡尾酒。糖浆，酒精，水，除了肉类之外，这是消化系统所能接纳的极限了。"让人类灭绝？你从何处得来这么荒谬的结论？"他舔舔嘴唇，"我最近是在周游世界，追寻洋流和大气环流的路线，印证之前的一些设想而已。上帝按照他的形象制造人类，让他们管理海里的鱼，空中的鸟，地上的牲畜和所有的爬虫，我尊重人类的存在，正如我信仰上帝本身。"

"闭嘴，你的话令我恶心。"祖尔说，"听着，我已经提取了自己的体液样本交给我的助手，只要拨出一个号码，他会立刻联络CDC、国土安全部和FBI，几个小时后他们就会找出病原体，把你的名字加入全球通缉的黑名单。用不了半天时间，从航空母舰起飞的X48无人机就会把你轰成一团碎肉！"

"可你没有那么做。"

"尚未那么做。我的手指放在电话的呼叫键上，拉尔森。"

"我猜是多年的友谊拯救了我，对吗？"

"我把自己关在房间里，整整四个月。征兆一出现，我就断绝了与外界的联系，以染病为由闭门不出。我每天测量自己的生命体征，记录身体的微小变化，怀着恐惧和侥幸默默等待。我变成了食肉动物，过着五月花号到达北美大陆之前的部落祖先们的生活，有一天我忽然发现生肉比熟肉更加美味，怀着愉快的心情吃下两磅淌血的牛肉，然后睡了个午觉。醒来之后我在浴室看到自己嘴角的血液，整个人突然崩溃了，要知道在此之前我当了整整二十年的素食主义者，就连人造肉汉堡包都未曾碰过一下……没错，这就是盒子里的瘟疫，令人类变成食人狂的传染病！疾病在古代缺乏肉食补充的情况下爆发，一定会令人类陷入彼此相食的疯狂状态，饥饿感会夺取人的理智……我只尝试过三天不进食，就在无意识中咬掉了自己的左手小拇指。"

芬兰人平静道："可你现在还活得好好的，不是吗？"

祖尔说："不，我不好。充足的肉类供给能延缓疾病进程，但一切正在变得更糟，我用显微镜在呕吐物中找到了病原体，——那比想象中简单得多，根本用不着电子显微镜，致病的是一种微米级的生物体，用普通光学显微镜就能看到。我不是专家，分不清这是阿米巴原虫、细菌还是别的什么东西，可这些该死的虫子在游动，一刻不停地游动……"

"祖尔。"男人忽然打断了她的话，"你是人类学家。人类学是什么？"

"是从生物和文化的角度来研究人类的学科。我没有玩问答游戏的心情！"

"那么，人类是什么？"

"……智慧生物。文明的创造者。社会组成者。"

"分类学意义上呢？"

"……动物界脊索动物门脊椎动物亚门哺乳纲……"

安德鲁·拉尔森在南非的灿烂阳光下眯起眼睛。"没错，目前已知的物种数量共约两百万，未知物种数量可能是这个值的十倍，仅从动物界来说，人类只是灵长目下面一个微不足道的科属，一百五十万种分之一。遍布整个星球的人类在分类学意义上不过是末梢的一个节点，渺小得不值一提。"

"你想表达什么？"祖尔的声音明显在颤抖，不知是在压抑愤怒，还是在掩饰恐惧，"人类是生态圈最重要的组成部分，你，我，他，七十亿人构成了现在的世界。"

"那是因为其他物种没有获得同等的机会。自然选择还是上帝造人，这话题俗不可耐，我只相信物种存在的机会性。设想，如果人类彻底消失，地球会变成什么样子？"拉尔森提出问题，然后自己做出回答，"仍然是我们熟知的地球，或许会稍微冷一点、绿一点而已。不仅如此，借用 BBC 大卫·阿腾保爵士的话：'如果一夜之间所有的脊椎动物从地球上消失，世界仍会安然无恙。'——构成陆地生态系统的不是高度进化的脊椎动物，而是低等的无脊椎动物、植物和微生物。"

"……你到底在说什么？"

"一个假设。令人类极度衰弱，给予其他生物平等机会的假设。我已经思索多年，感谢浅田带来的魔盒，那里面藏着的并非瘟疫，那并非顾铁设想的生化武器。那里面装的，是远古的遗产，留给世界的希望。"

拉尔森的手机响了起来，那是一条来自莫桑比克国家科学中心的水文分析报告。男人滑动屏幕，在赞比西河入海口处采集水样的分析结果中找到一个不起眼的参数，眼中泛起满意的光彩。他在尼罗河、刚果河、尼日尔河与赞比西河四大河流域的种子投放都已顺利完成，加上疾风与洋流的复合作用，整个非洲大陆已被充分覆盖，包括最干旱的撒哈拉地区。

"我要拨通电话了。"印第安女人说，"就现在。"

"不，再给我一点时间吧，还有最后一个地方要去，我的飞机就快起飞了。"安德鲁·拉尔森站了起来，"祖尔，这也是你最后的人类学研究课题。当你注定很快死去，而任何一个决定都可能影响整个世界未来的时候，人类趋于做出怎样的判断？先天的恶意与后天养成的社会责任感哪个比较强大？把原罪和自我救赎放上天平，又是哪一边比较沉重？思考一下吧，我们还有足够的时间完成这前所未有的课题。"

"你说服不了我。"在华盛顿的宅邸中，坐在来自世界各地的民俗工艺品当中，浑身浮肿的女性人类学家用力咀嚼着生马肉，说。

"我们总是说谎。"北欧人挂断了电话。

同一天　21：45
美国纽约斯特里国王学校体育场

棒球赛进入第八局，斯特里国王高中目前落后两分，汤姆·史迪威坐在休息席上，用帽檐遮住自己的脸。连续七场无安打，这对高中球队王牌打者来说是难以置信的糟糕成绩，汤姆的电子邮箱塞满了恐吓信，女孩们对他视而不见，除了父母之外，没人再为他加油叫好。

二人出局，三垒满员，被寄予厚望的强打者拎着球棒走向打击位，体育场响起热烈的欢呼声。投手掷出一个速度很快的直球，打者挥棒，清脆的打击声传来，棒球高高飞向电子记分板。"全垒打！全垒打！"观众席沸腾了，"国王万岁！"

汤姆竖起耳朵。在嘈杂声中有人叫嚷着："让软蛋汤姆·史迪威去死！没了他我们一样能赢得冠军！"

汤姆摘下棒球帽。他的眼睛布满血丝，体形明显消瘦下去，腹部却鼓鼓囊囊撑起棒球服。饥饿感如炼狱的火炙烤他的灵魂，他被身体和精神的双重痛苦折磨了太久，终于到了爆发的时刻。

他踩着长凳爬上观众席，在惊呼声中扑进人群，抓住那个咒骂自己的男孩，张开嘴巴，狠狠咬在对方脖颈上。热乎乎的血液充满口腔，汤姆咕咚咕咚咽下甘美的血浆，用力撕扯肌肉。人类没有撕裂肉类用的犬齿，他花了很大力气才切下一整块肉，匆匆咀嚼后吞进腹中。滑腻而柔韧的触感沿着食道一路向下，胃部传来欣喜的悸动，汤姆开始后悔为什么没有早这么做。这感觉太棒了。还不满足，还要更多。更多。

摄影机将画面捕捉，两千五百人从体育场的大屏幕看到汤姆咬死男孩的一幕。史迪威太太坐在那儿，不能动弹，不能说话，史迪威先生站了起来，逆着惊惶四散的人潮向自己的儿子走去，手伸进外衣，握住柯尔特手枪的枪柄。

"嘎嘣！"半颗门牙被坚硬的颈椎硌断，汤姆抬起头来，吐出沾血的牙齿。在这一刻他觉得需要向父亲和母亲解释点什么，主导自己身体的并不是名为汤姆·史迪威的十二年级学生，而是几个月前机场那位怪人所施加的诅咒。但他什么也没说出来，原始的掠食冲动强迫他俯下身子，张开血淋淋的嘴巴。

2015 年 4 月 3 日　9∶06
印度加尔各答市索纳加其贫民窟

安德鲁·拉尔森停下脚步，立刻被几十名光脚的孩子围在中间。"先生，行行好吧。"这是孩子们惟一会说的英语，他们用脏兮兮的手拽着芬兰人的衣角，翻着他的衣兜，解开他的鞋带以防他逃跑。警察刚刚离开，他们曾再三告诫这位游客不要拿出任何一个铜板，找一根木棍当自卫武器，快速通过最混乱的棚户区。拉尔森却向最混乱的街巷走去，直到被乞讨者包围，再也挪不动步子。

他丢出兜里所有的零钱，在人群中引起短暂的混乱，可乞讨者们并未满意，越来越多的人围拢过来，裸着身体的孩子、枯瘦的吸毒者、年老的妓女。索纳加其棚户区有数十万人口，其中包括一万两千名未成年的性工作者，这些女孩用不足两美元的日薪养活着她们的男友、母亲和孩子。低矮砖房间用木板互相连接，破败的遮雨棚覆盖天空，人们像昆虫一样在建筑物的缝隙中生活，无数恶臭而黑暗的小巷织成庞大蛛网，"来玩玩吧，先生。"女孩用厚厚粉底掩盖年龄，她们躲避着遮阳棚缝隙里的阳光，如影子一样在门背后发出邀请，"只要一美元。"

拉尔森扫视四周。一名肤色漆黑的老人倒毙在路旁，他手指的方向是一栋象牙白的二层建筑，"仁爱传教会——垂死者之家。"白色拱门上如此写道，可大门紧闭着，挂着冷冷的锁。

芬兰人喃喃自语："八十年前，一位阿尔巴尼亚人来到加尔各答，以自由修女的身份帮助有需要的穷困者，她工作了整整六十年，救助了无数被霍乱、麻风病和战乱所迫害的垂死者，在一百多个国家留下了四千位修会修女，超过十万名义工。她是位伟大的人，可她改变了什么？"

一个孩子用小刀割断带子抢走了他的背包，没等冲出人群，他就被打倒在地，失去了刚刚到手的战利品。"……什么都没有改变。人类不会改变，永不改变。"拉尔森取出一个银色盒子，弹开盒盖，将一团淡黄色的原生质抛向空中。灰雾被风吹散，就算这闭塞而黑暗的贫民窟深处，也总有来自外面世界的风吹来。

春季季风将会吹遍整个加尔各答，乃至恒河三角洲。这是布置在南亚次大陆的最后一颗种子，

同一天　9：31
美国乔治亚州亚特兰大 CDC 总部 NCID 国家传染病中心

"已经确认了，这不是玩笑。"CDC 中心主任曼根海姆博士对着摄像头说，"恐怕我有个非常糟的消息要公布。你们必须马上控制体液样品的提供者，我们从粪便样品中提取出了致命的传染源。"

"正在做。"对方简短地回应道，"有多糟？"

"正式报告还没有出来，但已经糟到必须把总统先生从床上叫起来。糟透了。"曼根海姆博士犹豫了一下，点击鼠标发出一份文件，"实际上刚才我发现全美报告的类似事件已经有两百二十起，提取的样本数很多，可我们传染病实验室的系统没有把同类样本归档，反而将报告的重要性降到最低，拖延我们发现病原体的时间……拉尔森，这个人是我们新传染病实验室的负责人，实验室建

　　　　　　　　　　炸弹女孩

设已经完成，他应该在 CDC 进行一年半时间的调整观察，可几个月前他辞职了。是他对系统做了手脚，这一定是有关联的。"

对方沉默了几秒钟，看来是在阅读档案，"安德鲁·拉尔森，我们正在调查这个人。博士，你还没有回答我的问题，事情糟到什么地步了？总统已经被电话吵醒，半个小时后他会在白宫听取简报。"

CDC 主任摘下眼镜丢在桌上，"直径三微米，单细胞结构，有八根游动鞭毛。我们发现的是一种孢子，准确地说，一种真菌孢子。需要解释吗？孢子是真菌的繁殖器官，由菌丝分裂而成。真菌有寄生和腐生两种形态，我们发现的真菌会寄生于人体消化器官内部，一旦这些孢子进入消化道，就没有什么能阻止它们在胃和肠道中分裂繁殖。"

"真菌？"对面的人顿了顿，"危害呢？"

"还不清楚。样本中没有明确病变征兆，我相信你的样本提供者一定还活着。我不清楚真菌到底想做什么，或许它们能像消化菌一样与人类达成共生？"

"可你说'糟透了'。"

"是的，基于三点判断。第一，这是全新的物种，从未在人类视野中出现过的消化系统寄生真菌；第二，这种孢子（以及在粪便中提取到的少量菌体）几乎不可能被已知手段杀死，它们对紫外线和 X 射线免疫，对甲醛、石碳酸、过氧乙酸等化学消毒剂高度抵抗，常用的伊曲康唑等三唑类抗真菌剂、特比萘芬等丙烯胺类药物的药效都不明显。我们怀疑新真菌及孢子的细胞膜磷脂双分子层具有特殊的物理结构，能够抵抗药剂及消毒剂的通透。目前惟一有效杀灭途径是一百二十度以上的高温长时间作用，不过这只对孢子起作用，长在消化道内壁的真菌显然不能这样消灭。"

"继续说，博士。"

"第三点，也是让人绝望的一点。"说到这里，曼根海姆博士吸了一口气，组织一下语言："刚才我让新传染病实验室内的几名研究员做了自身抽检，所有人都检验出真菌感染。你知道这意味着什么吗？实验室是P4级别的，全球生物安全最高级别的实验室，我们的负压、过滤、隔离和消毒系统是最顶尖的，我敢肯定管理方面没有任何疏漏，样本不可能泄漏，外面的东西也不可能进来……没错，这证明我们所有人早已被真菌感染，只是它们没有表现出明显症状，所以没人注意到而已。"

"你是说，整个CDC的人都被传染了？"

"不，整个亚特兰大。整个乔治亚州。整个美国。整个世界。"博士说，"叫总统起床，让所有人做个粪便检测吧，到时候你就会明白什么叫'糟透了'。"

同一天　09：45
美国纽约长老会医院心脏外科手术室

医生关掉体外循环机，正式宣告汤姆·史迪威的死亡。棒球场惨剧发生时，汤姆被父亲手枪射出的子弹击中心脏，倒在另一名孩子的尸体上。他被送入医院时并没有咽气，子弹擦伤心脏，打穿横膈膜后坠入腹腔，尽管伤势很重，经验丰富的长老会医院心脏外科医生们还是有信心保住他的性命，起码支撑到人工心脏准备完成。心脏瓣膜修复手术进行得很顺利，医生们接下来切开汤姆的腹腔准备取出子弹，这时某些不寻常的现象使他们停了下来。

"……告诉我我不是眼花，埃德。"

"你没有眼花，医生。这鬼玩意儿……是他的食道、胃和小肠。"

呈现在众人眼前的是呈现怪异明黄色的人体组织，就像医疗教学中用到的解剖模型一样，汤姆·史迪威的消化系统被鲜艳的黄色标示出来。"从没见过这样的病例。"主刀医生说，用手捧起一截小肠，不同于健康器官，手中的肠子有一种怪异的橡皮质感，仿佛有人把洗车用的黄色橡胶软管胡乱塞进男孩的腹腔。

"这里有一处伤口，子弹看来钻进去了，医生。"第一助手指着胃壁提醒道。

"这可能不是个好主意。"医生犹豫了几秒钟，"用衬垫把胃垫起来，我要从伤口切开，准备引流，别让里面的东西流进腹腔。"

手术刀在小小的伤口上做出十字切割，几乎同一时刻，一股黏糊糊的黄色流质猛地将子弹头推了出来，就算戴着口罩也能闻到四溢的恶臭，"上帝！"医生后退一步，摘下手术放大镜，"你们看到切面了吗？他已经完全没有正常的胃壁组织了，有种东西侵蚀了整个消化系统！……这孩子是怎么活到现在的？手术暂停，准备缝合！埃德，去叫消化内科的朴教授来，现在！"

消化科主任匆匆赶来。在他的要求下，医生切下一小块胃壁样本，然后进行胸腹缝合。朴教授通过仪器做了简单观察，然后宣布这可能是一种罕见的真菌病，因为布满消化系统的东西是真菌的菌体，无数菌丝刺入消化器官内壁，向器官内部伸展，现在病人的整个消化道成为了真菌的营养体，他吞下的每一克食物都要先被寄生者享用。

意识到事态严重性之后，医院立刻通知CDC，并将汤姆·史迪威移入传染病观察室。这时汤姆的生命体征正在急剧恶化，仿佛触动了某种防卫机制，真菌的活动加剧了，棒球手的心跳、血压、激素水平和血含氧量出现大幅度波动，短短几个小时后，他的心脏、肝与肾脏都陷入衰竭，不得不以循环机维持生命。

当CDC将整个楼层完全封锁的时刻，汤姆·史迪威的脑波消失了。

他是第一个牺牲者。

2015 年 4 月 3 日　9：06

贝尔 407 直升机从内华达戈壁上空飞过，炙热太阳下飞机的投影在仙人掌和月见草之间快速穿行。"科曼彻博士！"坐在副驾驶席的银发男人回头喊，"状况怎么样？能坚持住吗？"

"还没死。"祖尔·科曼彻回答道，衰弱的声音没能穿透防化服面罩，她随即意识到无线电没有开，于是举起右手大拇指作为回应。这简单的动作耗去了她大半力气。

"还有五分钟就到了，让伙计们准备好。"银发男人敲敲无线电麦克风。

"进入目视距离，中校。"直升机驾驶员指向前方，"与卫星图片一致，主建筑物只有一栋。"

"按计划来，当心防空火力。"

稀疏铁丝网圈起一百五十英亩的土地，除了满地风滚草以外，这个荒凉的农场看不到什么像样的植物。红色屋顶的主宅与车库、谷仓连成一体，坐落在杂乱无章的车辙辐射线中央，随着直升机高度下降，地面的杂草倒伏下来，瓦片噼啪作响。

四架 CH-47 "奇诺克"直升机悬停在十五米高度，身穿橙色防化服的突击队员沿滑降绳进行快速机降，将屋子四面包围起来。贝尔直升机缓缓降落在正门前，银发男人摘掉耳机，扣上防化服面罩跃出机舱。后舱门开启，祖尔乘坐电动轮椅驶出，臃肿的 A 级防化服让她牢牢卡在轮椅里面，能动弹的只有两只手臂。

"你确定要这么做？"男人说。

"这屋子的地下室是一个迷宫，除了我们四个，没人能摸清所有机关。"祖尔的轮椅咯咯碾过沙砾，"我相信他正躲在地下室深处研究那种致命病毒。让我带路是最好的选择。"

男人做了个手势，突击队员扩大了包围圈，CDC 特勤小组点

　　　　　　　　　炸弹女孩

燃气囊弹，"嘭!"水桶大小的弹丸被抛上天空，向四周撒出三百枚钢针弹，随着钢针啪啪钉入地面，一顶覆盖整座建筑物的高密度聚酯薄膜帐篷建立起来了。特勤小组在气囊正面制造出一个拉链拱门，两名士兵抬着破拆器材钻进帐篷，将冲击锤的两脚架钉入地面。"砰!"第一次冲击就将那扇厚重的红橡木大门撞得四分五裂，士兵向屋内抛入几枚震爆弹，然后把 UAV 涵道风扇微型无人机送进门内。

"其实我有钥匙。"祖尔小声说。

嗡嗡作响的无人机在起居室上空盘旋，震爆弹的声光平息之后，屋内的光电／红外感应画面出现在指挥系统上，一个三维战场模型正在被建立。投影式头盔内壁出现代表安全的绿色信号，"走。"银发男人手持冲锋枪钻进屋门，祖尔操纵轮椅跟在后面，四个战术小队鱼贯而入，胶底军靴悄无声息地踩过地板。

绕过沙发、餐桌和吧台向楼梯前进，祖尔说："让我走前面，中校。你不认识路。"

男人向身后打个手势，放慢了脚步。人类学家将轮椅驶到楼梯前，拉着扶手撑起身子，笨拙地迈步下楼。楼道里的壁灯亮着，"千万别启动那什么炸弹。"她一边艰难地挪动木柱子一样的腿，一边嘱咐，"那会毁掉所有的资料的。你们需要那些资料。"

中校在无线电里说："……看来无线电静默是没用了，博士。突击前破坏建筑物的供电系统，这是标准程序，对于这种拥有独立供电设备的房屋我们不得不准备定向 EMP 冲击炸弹。在明确情况之前，我不会发动 EMP 攻击的，毕竟那对我们的电子设备也是致命打击。"

"那么，谢谢?"

祖尔喘着粗气踏下最后一级台阶。在身后的士兵转过螺旋形楼梯之前，她有十秒钟不受监视的时间，可这并不够，"……小心!"她隔着厚厚的手套抓起旁边的一个金属罐子向楼梯丢去，来自中国的茶叶罐叮叮当当反弹着。她几乎能想象到中校和突击队员们动作突然静止的滑稽样子。

压缩空气阀门咻咻响着，祖尔向第三实验室走去。

9：10

不足四十平方米的房间里堆满了实验设备，除了烧杯和烧瓶之外，浅田叫不出任何一样东西的名字。他熟悉的是手中的瓦尔特P22手枪，点22口径，短螺纹枪管，Silencerco牌的消声器。这柄枪射出的子弹只能在眉心开一个洞，打不穿后脑的头盖骨，浅田最中意的就是这一点：翻滚的子弹能把脑子搅成一锅杂碎粥，而伤口最多淌几滴血而已，又干净，又高效。

不过他从来没有冲着朋友的脑门开过枪，——如果他可以把眼前的人称作朋友的话。浅田是个不善交际沉默寡言的家伙，长久以来惟一的消遣就是完成之后回到横滨港的一家芬兰浴去洗个澡，趁着身体暖和，去临街的小馆吃老板娘煮的萝卜、炸豆腐和鱼板，喝三杯烧酒，然后回家躺在冷冰冰的木地板上睡觉。顾铁成立的沙龙对他来说是个非常奇特的存在，他害怕每年一次的面对面谈话，又对那种疏远而亲密的关系有所憧憬，甚至将自己的真实身份告诉了大家，——尽管没人相信。

"下一枪打准一点。"安德鲁·拉尔森抱怨道。他捂着肩膀坐在地上，指缝里汩汩冒出鲜血，"原来你真是杀手，真让人意外。是谁派你来的？"

浅田沉默地望着对方，手枪照门准星重合在北欧人的眉间。他再次犹豫了，这对杀手来说显然是个极大的错误。想了想，他说："是顾铁。他说必须杀掉。那种病毒……已经被你散布到全世界了吧。我和他的身体都不行了。"

拉尔森望着他："那不是病毒，是真菌。病毒只能算一串基因而已，真菌才是完整的生物，浅田。没错，是我打破了青铜盒子，把里面的东西拿了出来，那时候我们四人被最初的孢子感染了……想看看它的模样吗？"他挪动身子移动了几厘米，肩膀一撞桌子，一个透明树脂球掉了下来。

浅田戒备地望着那东西。封存在树脂里面的是一块黄色的生物组织，厚度约两厘米，像一牙披萨饼的形状，凑近观察能看到组织表面生满极纤细的绒毛，"这就是中国明代被封存进盒子的东西，一块被寄生后长满菌丝的胃，人的胃。"拉尔森靠在桌子上，胸脯起伏，"当时我在黑暗中没来得及细看，顺手把它塞进衣兜，第二天回到亚特兰大的 CDC 实验室之后才拿出来研究。我有了惊人的发现。1622 年的真菌孢子至今保持着活性，它们用一种完全脱水的无生命状态度过五百年岁月，然后在适合的温度湿度条件下复苏。它们寄生在人的消化道。它们几乎不可能被杀死。它们会改造人类的肠胃，生出无数菌丝结成菌毯，吸收人类吞下的水和蛋白质作为养分，分裂释放出孢子……"

浅田打断了他的话："我不想听。我杀死别人是为了报酬，一份报酬，一条生命，这是必须遵守的游戏规则。你呢？"

"……我快说到了。"芬兰人说，"真菌需要大量的蛋白质，所以它们寄生的第一步就是改造人体肠胃的消化酶。人的消化液中有许多种消化酶，每种酶都是专一的，只催化另一种化学反应，比如淀粉酶促进淀粉和糖原水解，脂肪酶分解脂肪，蛋白酶分解蛋白质。真菌改变黏膜细胞使其分泌的蛋白水解酶变质，极大加强了蛋白酶的活性，你知道，酶本身就是一种蛋白质，变质的蛋白酶会将其他种类的消化酶全部分解，导致消化系统内只剩下一种酶存在。这种变化体现在人身上，表现为对肉类的强烈渴求，因为淀粉、脂肪类食物无法被分解，只有肉能够被肠胃（应该说肠胃中的寄生真菌）分解吸收。这就是我们饥饿感的来源，人类从杂食动物变成了食肉动物……这本应是上帝的工作吧。"

这时电话振动的嗡嗡声响起。两个人对视一眼，日本人垂下枪口，默默地摸出手机按下通话键。

"喂，拉尔森还活着吧，我想跟他说几句话。"顾铁说，"给我视频对话模式吧。"

浅田把手机转个方向，屏幕上出现黑发男人的形象。"顾铁。"芬兰人虚弱地抬起右手打招呼，"你好吗？"

"好个屁。"中国人毫不客气地说，"半死不活的，饿得想吃人。我昨天一顿吃下两斤半猪五花肉，生的，吃得越多越饿，黄豆、豆腐、面筋，植物蛋白一点儿用都没有，看来肚子里寄生的玩意儿对动物蛋白情有独钟啊。"

拉尔森回答道："没错，真菌需要的是动物蛋白质，我猜可能与免疫球蛋白和赖氨酸含量有关，不过没有做相关实验。你我所经历的只是一个阶段而已，当真菌菌丝体彻底成熟，人类就不会再有饥饿感了。"

顾铁啐道："呸，废话，死了还知道饿啊。距离最后阶段还有多少时间？"

"因人而异，如果营养补充充分的话，成熟期会推迟一些。最多还有三四个月吧。"拉尔森说，"当整个消化道被成熟菌体侵占，人会死去，孢子通过体腔飞散出来，完成真菌的生殖过程。你看过成熟的菌丝体吗？非常美丽的金黄色，与这种半成品完全不同。"他手指一松，凝固着人体组织的树脂球在地上骨碌碌滚动。

顾铁问："我身边的所有人都检测出孢子感染。做什么都太晚了对吗？"

"很抱歉，是的。"

"跟我说说有关真菌的事情吧。我搞不太懂它的生态。"

"……它其实很单纯。第一，它通过孢子传播，孢子具有很强的环境耐受力，可以在空气、水和泥土中生存，极难被杀死，一旦

　　　　　　　　　　　　炸弹女孩

进入消化道，它们会在食道、胃和肠中扎根；第二，它制造饥饿感，促使寄主大量进食肉类，分解蛋白质作为养分。孢子的正常生存期是六个月，而菌丝的正常成熟期也在四到六个月之间。

"接下来发生的事情很有趣：在一个小圈子里（比如古代中国一座被围困的城，或者日本一个被封闭的村），被感染的人类将会被饥饿感驱使化为食人魔，他们杀死别人，撕开其他人体腔的时候，未完全成熟的真菌会提前完成生殖过程，这时释放出来的孢子感染力很弱，只要短短几天就会失去活性；而倘若处在食物充足的环境中，寄主因消化道崩溃而自然死亡，这时菌丝会成长为真正的菌体，释放出第二种孢子：腐生孢子。可以这么说，寄生孢子是手段，腐生孢子才是目的，这种奇异真菌有两种生命形态，藏在人体内部的寄生形态和生存在腐殖体之上的腐生形态，前者微需氧，后者需氧。"

顾铁皱着眉头："那盒子里的孢子是怎么回事？上百年了啊。"

北欧人眼睛明亮："这是最有趣的地方，寄生孢子若处于极端环境中，会产生一种我们尚不能理解的变异，——或者说进化。孢子会自我脱水，进入无生命状态，再次接触到水源和氧气的时候恢复活性。这种状态可能持续数百年甚至上千年，而复活只需要短短几秒钟。我最初在纽约散布的是盒子里藏着的原生孢子，而后来通过这种脱水假死制造了大量的新生孢子，两种孢子从形态到能力上都毫无不同。"

"……你制造了大量孢子。用人类做原料？"

"当然。"

"你估计全球人类被寄生孢子感染的比例是多少？"

"接近百分之百。"

"其中有多少人会死去？"

"接近百分之百。"

"也就是说，人类还剩下几个月时间。这应该够了，如果全世界的科学研究齿轮启动，总会找到治疗感染的办法……"

"不。"

拉尔森咳嗽着，"我留给人类的时间，只有十天。你说的几个月是在肉类供应充足的前提下，可我已经在全球一百二十四处关键地点埋下了种子，它们会陆续爆炸释放孢子，全新的孢子……这些宝贝是我在实验室里制造出来的，不同于只以人类作为寄主的原生真菌，新孢子会感染一切具有完整消化腔的动物，——所有脊椎动物。"

顾铁沉默了几秒钟。"你是说，从天上的鸟到海里的鱼到大象猴子青蛙还有猪圈里的猪牧场里的牛羊养鸡场里的鸡……"

"一旦被感染，杂食与草食的牲畜会开始自相残杀，人类的肉食供应链在几天之内就会中断。植物蛋白无法满足需要，人工肉的技术尚不成熟。顾铁，现在全球的肉食储备最多制成十天，十天后，整个地球将变成……天启二年的贵阳城。"

安德鲁·拉尔森平静地述说着，仿佛谈着一件毫不起眼的小事。

这时日本人突然扣动扳机。

9：13

当突击队员进入地下室的时候，祖尔·科曼彻正倚着第三实验室的门喘气，"他不在这里。最里面的那扇门，第一实验室是生化实验室，他一定在那里。"她伸手指向地下室深处，"中校，我已经解除了警卫系统。这里安全了。"

中校挥挥手，士兵们如幽灵一样潜入地下室诸多收藏物的阴影里，在外星人标本、大头婴儿和风暴武士之间穿行。"你可以出去了，科曼彻博士。"中校说，"接下来的事情交给我们。"

"我走不动了。再说，我也想亲眼看到最后。"人类学家慢慢坐

　　　　　　　　炸弹女孩

了下来。

突击队员们很快到达第一实验室门前，在铝合金气密门铰链处装上黏性炸药，插入引爆线路。这时 UVA 垂直起降无人机嗡嗡地降下楼梯，开始在地下室中盘旋，头戴式显示仪仍然显示代表安全的绿色信号，这证明无人机的声光电探测设备并未找到任何潜在危险，例如枪口焰、瞄准镜反光和激光发射器等。

中校做出手势，士兵们隐蔽起来，"咚！"沉闷的爆炸声响起，冲击波推倒一排展示架，装满福尔马林的瓶子在地上摔得粉碎。大门轰然倒下，无人机加速冲向爆炸烟雾，机身下部激光致盲武器的保护盖咔哒弹开。军靴踱过扭曲变形的金属门，两个小队的士兵跟着无人机进入房间，"把手放在看得见的地方。"中校通过防护服肩部的扬声器高喊，"安德鲁·拉尔森，放弃抵抗！"

在这一刻他忽然觉得这次行动有点太过顺利了。走下楼梯的时候他发誓听到了什么声音，可不能确定。如今想来，那应该是机械或电流嗞嗞噪音，从很遥远的地方传来。这个念头令他心神不宁，可爆炸烟雾正在散去，士兵已经控制了实验室，他必须前进。跃出隐蔽处，他快速冲进门内。

无人机悬停在房间中央，用传感器扫视四周，它的激光脉冲并未发射，因为这房间里并没有任何需要攻击的对象。"安全！"突击队员回报，"这里没有人，长官！"

中校愣住了。在头盔射灯纵横交错的光柱里，展现在眼前的是一个塞满了线圈和管道的狭窄房间，这根本不是什么实验室。他转身望向被炸开的大门，厚达十五厘米的门只有薄薄一层铝合金外壳，里面灌满了铅。几秒钟后，他猛然转身叫道："撤退！控制科曼彻博士！别让她再碰任何东西！"

然而已经太晚。那种蜜蜂般的嗡嗡声越来越响，士兵们扭头寻找声音来源，发觉噪声从四面八方传来。

"你说得对，安德鲁。"祖尔自言自语道，"在知道死期将近的时候，人的行为模式会变得难以预料哪。文化背景，性别，年龄，教育程度，什么也好……研究了一辈子有关人的问题，却连自己都看不明白，这感觉真是无力啊……"

一千五百米长的巨蛇首尾相接，在深深地下将整栋房屋环抱，质谱仪的串列加速器线圈正在全速运转，铯枪射出的离子被三百万伏特的电压差加速，在环形线圈中狂奔。负责供电的大型柴油机转速已进入红线区，带电粒子达到极限速度，正在这时，用以检修线圈的工作间防辐射门被炸开了。震动使环形真空管出现一丝裂缝，而比爆炸更早到来的，是强大的辐射。

橙色防化服在辐射面前如纸般无力。人们的晶状体化为一团熟透的蛋白，内脏被热量煮沸，五官开始融化。

二十秒后，一场爆炸将农庄从内华达的荒原上彻底抹去。

9：18

一个弹孔嵌在安德鲁·拉尔森的眉心，点22子弹穿入头颅，男人却一时尚未死去。血沿着鼻梁流向嘴角，他目视窗子，眼神安静，声音低微地念起了诗："……假如我变成了一朵金色花，为了好玩，长在树的高枝上，笑嘻嘻地在空中摇摆，又在新叶上跳舞，妈妈，你会认识我么……"

顾铁说："没来得及问他到底为什么。我虽然总想着世界末日的事情，却从未有过亲手毁灭世界的念头，就算再破再烂，毕竟也是自己的家呐，被无良房地产商强拆就算了，难道住着住着忽然抡起大锤乱砸？真是莫名其妙。"

"任务完成了。"浅田松开手指，手枪坠落在地，"我可以休息了吗？"

"当然。"

日本人捂着腹部，慢慢走向房门。他的脚尖踢到一件东西，透明树脂球滚向门外，在地板留下一行鲜艳的血迹。推开门，浅田沐浴在芬兰赫尔辛基的明亮晨光中，越过封冻的山麓，能看到宁静的城市被波罗的海环抱。几只燕鸥划过树梢，浅田转回头，望着树林中的红顶小屋，这是安德鲁·拉尔森家的老宅，那个男人出生和死去的地方。

两天前在横滨的家里，顾铁对他说："你这个白痴杀手。明知自己死期将近，还是按部就班过着从前的日子，简直无聊透顶！我给你一个任务，你要找到那个混账芬兰人，问出有关真菌的情报，然后杀死他。"

一天前，祖尔·科曼彻发来一封没头没尾的邮件："我受到监控，这可能是最后一次同你们接触了。拉尔森在芬兰，在完成一切之后，他一定会回到那个地方去，五岁那年他第一次在那儿完成了真菌培养试验，二十九岁那年，我们在那儿第一次做爱。也是惟一的一次，是个错误，但很美好。我不会让美国人找到他，用刑逼问他解药的制作方法，因为开启魔盒的是我们几人，审判与被审判的，也应该是我们自身。再见，朋友们。"

一个小时前，浅田敲了敲门，门开了。拉尔森说："你终于来了，我等了很久，开枪吧，除非你还有什么事情想要知道。"

日本人做了个深呼吸，林间清冷而芬芳的空气令他内脏的灼痛逐渐平息。在屋子后面，本来生长着大片铃兰花的地方，隆起数十座浅浅的坟茔。一层柔软的金黄色厚毯覆盖了大地，闪耀着湿润光泽的真菌迎着太阳展开油伞，菌丝垂挂下来，如柔软丝绒在晨风中轻摆。成熟的孢子被风吹起，越过林巅，投向大海，它们不再是危险的寄生者，而是渴求腐烂原生质的甘美养分，能够在空气中茁壮成长的崭新生命。

大饥之年

307

9：30

中国山东省枣庄市一家国营养猪场发生意外，一头母猪吞吃了刚刚产下的六个猪崽。母猪产后食崽通常是营养不良造成的，负责调配饲料的几名职工被扣了当月奖金。"操恁娘！恁娘！扣老子工资……"养猪人老徐在下班后回到猪舍，用铁锹杆子抽打老母猪泄愤，突然被猪一口咬住脚腕。

"放开！恁妈了个狗日的畜生……"老徐用力戳向母猪的眼睛，可猪嘴却并未放松。人类血液和肉的味道对它来说是陌生的，可那毫无疑问，是食物的味道，代表生存的味道。

四百五十斤重的母猪奋力扬起前蹄将老徐扑倒在地，张嘴咬住了他的喉管。与此同时，幸存下来的两头小猪开始啃噬人类的手指，用乳牙磨破皮肤，吮吸着甜美的血浆。

9：44

中国北京中关村华富大厦三十三层的办公室，顾铁在键盘敲下最后的休止符。"准备好了。"一名穿白大褂的人从隔壁房间进来，开口提醒道，一边推了推老式玳瑁框眼镜，"黑市医生的技术很不错，不过他可没做过这种手术。你想好了，可别后悔。"

"知道啦，马上过去。"顾铁嚼着肉干摆摆手，站了起来。他的办公室贴满了电影海报，天花板的高清投影仪在硬屏上投出一百五十寸画面，十四只DTS环绕音箱隐藏在四周的墙壁中。他非常喜欢看电影，不过近一段时间以来他的投影屏幕没有出现过任何电影片段，复杂的编程软件已经运行了两个月时间，到今天终于完成了最后调试。

　　　　　　　　　　　　炸弹女孩

这就是他为世界所作出的努力。他以旗下基金公司的名义收购了一家业内领先的基因工程公司，亲自编制了崭新的基因图谱，当项目启动后，五百个正在培育的人工胚胎将被注入新基因片段，——除了顾铁本人，没人会知道这件事。

这家公司是世界医学伦理委员会放松基因调制管制后成立的高级定制企业，面对顶级客户服务，为富豪进行人工胚胎的基因优化工作。"你算错了几件事情啊，老兄。"望着墙上的一张海报，顾铁自言自语着，"就算所有脊椎动物都被真菌感染，以浮游生物——肉食性动物为主链的海洋生态系统还能工作很长一段时间，鱼类蛋白质足够全世界有钱人活到生命机能的极限；而即使我们想不出治疗真菌寄生的法子，也还是能苟延残喘下去啊，拉尔森，这就是人类。"

投影屏幕上的基因序列表明五百名富豪之子将成为先天性的无肠人，他们没有食道、胃和肠，没有适合真菌寄生的消化道缺氧酸性环境。位于腹部的黏膜是他们获得营养的途径，尽管效率低下，又有感染风险，可这些新生儿将对寄生孢子完全免疫。

顾铁脱去衬衣西裤，换上手术用的蓝色开衫，走进隔壁的房间。在巨大无影灯照耀下，几名面目模糊的医生围在手术台旁边，戴玳瑁框眼镜的人说："去做消毒，我们马上开始。切下来的东西要怎么处理？"

"留着，种在土里，做个盆景什么的。"顾铁撇撇嘴。

这将是世界第一例消化道完全摘除手术。他决定将自己的消化系统切除，赶在身体机能崩溃之前，如壁虎断尾一样将寄生者抛弃。他可能死在手术台上，也可能撑过这离奇的手术，在有生之年他不能再吞咽任何东西，只能靠点滴维持身体机能，肠外营养无法长久维持人体运转，几年后，他将死于败血症与尿毒症，可在此之前，他能够见证那些新生的婴儿的第一声啼哭，看护着他们以完全不同的方式慢慢长大。

手术台硌得后背生疼，凉丝丝的麻醉剂进入血管，"跟着我数数，一，二……"麻醉师的脸在眼前慢慢模糊。顾铁喃喃道："大饥之年。彼此相食，伦理崩坏，谁能想到我们的末世是这副模样……人类建立了文明，又以最不文明的姿态灭亡……几年之后，这世界会是什么样子？有多少人还活着？七十亿尸体，将开出多少朵金黄色的花？……应该说多少朵金黄色的蘑菇吧，噗，想想还真是好笑……"

"六，七。麻醉完成。"麻醉师说。

9：59

"你为什么这么做？"

"五岁那年，我妹妹失踪了。二十天以后，我们在山谷里找到了她，她被埋在厚厚的树叶里，身上长出五颜六色的蘑菇。非常美丽的蘑菇。生命的形态是平等的，祖尔，盒子里的东西选定了我，这是命运。"

10：00

"Life finds a way."
手术台上的男人忽然睁开眼睛，说出他最爱的电影里的台词。

注：
1. 本文人物由《星空王座》角色客串。
2. 可以玩玩《瘟疫公司》感受一下真菌传染病的威力。

炸弹女孩

永恒复生者

1

汤姆在翻越围栏的时候遇到了一些麻烦。铁栏杆钩住了他的裤脚，使他整个人在空中失去平衡。"唔！"湿润的草地重重撞击鼻子，汤姆蜷缩身体发出含混的呻吟声。杰瑞停下脚步，回头压低声音喊道："快爬起来，白痴！我们只剩几分钟时间，管理员会通知警察的！"

汤姆艰难撑起身体，噗噗吐出嘴里的鼻血："我当然知道……布鲁托呢？"

"他拿着探测仪到里面去了，快点！"戴着老鼠杰瑞面具的男孩拽了他一把，两人跌跌撞撞踩过一片积水的草地，向墓地深处跑去。

深夜的圣克里斯托弗墓园有种令人厌恶的潮湿味道，雨后的月光非常明亮。穿过六排墓碑，头戴大狗布鲁托面具的人影出现在前方，"你们太慢了，我已经找到最合适的地点，瞧，这里的读数只有4.5……不，只有4.2。"布鲁托举起手中的探测仪，那是连接在智能手机上的半透明球型插件，随着球体表面微光闪烁，屏幕上的读数一直在4至4.5之间波动，由于距离危险线太近，屏幕背光变成不安定的橙红色。

"应该继续向里面走，一定能找着读数更低的地方，从地图上来看，墓园中心的纪念堂附近才是完美地点！"杰瑞喘着粗气嚷道，"我们的理想读数是三，白痴！"

布鲁托扭头瞧着他，黄色长脸像根大热狗一样杵在空中，"你是垃圾，你的计划是垃圾！从管理员那儿偷来的地图根本一点用都没有，摄像头的位置全都变了！你说公墓后门那里只有五台老式摄像头，结果呢？十二台红外全景监控，十二台！警察们早在电脑后面看到咱们了，几分钟以后'蜻蜓'就会从四面八方聚集过来把该死的天空都遮满！"

"你才是垃圾，布鲁托！"杰瑞愤怒道，"整个计划是我和杰瑞想出来的，而你呢？……布鲁托甚至不是《猫和老鼠》里的角色！你从哪搞来那个鸡巴一样的面具的？"

两个人怒目而视互相推搡，不过在旁观者看来，只是老鼠和大狗在月光下打闹罢了。汤姆忍不住叫了起来："你们到底干不干？没时间到纪念堂去了，就按布鲁托说的做！"他从灰色套头衫底下抽出短管猎枪来，喀嚓一声打开保险。

"别拿枪管对着我。"杰瑞嘟囔一声，用力将布鲁托推开，反手从自己的背包里拿出锯短了枪管的霰弹枪。黄色的大狗嘿嘿笑了起来，左手举着探测仪，右手旋转着一柄自动手枪："垃圾，你是垃圾。不承认的话，我就一枪打碎你的小脑瓜，让你可怜的小脑子飞得比哈雷彗星还远，一直飞到太空深处去！"

杰瑞瞪了他一眼："哈雷彗星是颗彗星，彗星不会飞到太空深处去的，你这白痴！"

汤姆把面具掀起一个角，用力吐出一口血沫："行了行了，现在就干吧，等布鲁托一启动程序就立刻开枪。"

他们站在四百块墓碑的环绕当中，踩着潮湿的青草，背对背站成一个圈。远方的冷杉林里有猫头鹰鸣叫，更远的地方隐隐约约响

　　　　　　　　炸弹女孩

起警笛的声音。在墓碑顶端，在冷杉枝头，十三台摄像头沉默注视着他们，注视着聚焦大狗、猫和老鼠和他们遮挡起来的两平方米土地。4.2的监控密度，这远远称不上令人放心的读数，不过在城邦预算捉襟见肘的今天，圣克里斯托弗墓园已经足够努力。

布鲁托在屏幕上按了几下，启动主动探测程序。球形插件剧烈闪烁起来，小小的红外半导体激光器眨眼间扫描了整块墓地，每台摄像设备的微小镜头反光都被球体迅速捕捉，化为虚拟地图上的小小红点。

"十三个！第一个在东面，A4排，吉米·亨德里克斯的墓碑上面！"布鲁托发出指令，汤姆举起短管猎枪找到那座黑色大理石墓碑，单眼瞄准，嘟囔了一句："弹吉他的吉米·亨德里克斯原来埋在这儿？倒是第一次听说。""……砰！"枪声响起，12号钢柱弹如斧头般掠过墓碑，将摄像头同装饰天使一起撕成粉碎。

"呜呼！第二个在南边，D12位置，那个臭屁的白色拱顶……看见了吗？"黄色大狗欢呼一声，兴高采烈地指向下一个目标。

杰瑞几乎立刻扣动扳机，连续两次。"轰！轰！"锯掉枪管的霰弹枪喷出黑烟和火焰，十米外的白色拱形墓碑霎时间布满弹孔，肉眼看不清摄像头是否受到伤害，不过手机屏幕上的相应红点熄灭了。

"耶——哈！"布鲁托挥舞手枪叫着，"下一个！下一个！我们正在做一件了不得的事情，你们都知道吗，垃圾们？"

枪声不断响着，灼热的弹壳在草地上蹦跳，屏幕上的读数直线下降到0.3，背光化为极度危险的血红色。墓园上空传来凄厉警报声，夜空中有嗡嗡的振翅声越来越响，"最后一个，这个我自己来！"布鲁托喊了一声，将探测仪砰地砸碎在墓碑上，举起自动手枪仔细瞄准三十米以外的目标，"藏在树上的最难对付了，需要一丁点小窍门才能打中，那就是……把整个弹匣打光！"

自动手枪喷出一串火舌，二十五发弹匣眨眼间就打个精光，那棵冷杉树摇晃起来，树枝噼啪坠地，摄像头滚落地面，镜头摔得四分五裂。布鲁托松开手，发烫的手枪掉进草丛中，嗤地冒出一股白烟，"来了，来了！"他咯咯笑着嚷道，"快站好快站好，就要来了！"

三个人的手臂靠着手臂，面朝外面，背后出现一个三角形的空间。汤姆回头看了一眼，杰瑞立刻严厉地叫着："不要看，白痴！按照计划的那样，无论身后发生什么，都绝对不能回头看，听到没有？"

"我当然知道。"汤姆显得非常紧张，"就算弗莱迪·克鲁格（猛鬼街角色）从背后出现也不能回头，一回头就算彻底失败……可你有没有想过，万一真有什么东西出来……"

布鲁托大笑起来："那就棒惨了！等咱们从局子里出来，整个镇的人都会知道咱们干的事儿，咱们会变成大人物，猛男，英雄！到时候米尔普那样的垃圾会跪着舔咱们的鞋，哭着喊着把买探测仪和枪的钱还给咱们，哈哈哈……"

无数靴子踏上湿润草地，警灯把冷杉林照得一明一暗，有人在大喇叭里喊着："放下武器！你们的行为已经触犯《城邦犯罪预防法》，米兰达警告（沉默权和辩护权）已经失效了，立刻睁大眼睛放下武器，否则我们会立刻开枪！"

"……睁大眼睛？"布鲁托咯咯一笑。

"他们还没绕过围墙，因此不可能看到我们。"杰瑞说，"'蜻蜓'也还没到，刚才的雷雨让它们都回到仓库充电了。"

"警察会直接开枪的……他们肯定会。"汤姆说。

忽然一截凉冰冰甜丝丝的东西侵入了汤姆的后背，他觉得身体有些困倦，伸手一摸，摸到了一手热乎乎的血。他猛然回头，看到一个陌生的男人出现在三个人围成的小圈子里，男人握着一把细长的面包刀，刀一半在男人手里，一半在自己身体里。

没来得及发表什么感叹，汤姆就栽倒在地，血迹在灰色连帽衫

　　　　　　　　　　　　　　　　　　炸弹女孩

上迅速洇开。布鲁托惊喜地尖叫着："是真的，那个传说是真的！呃……"刀子插入肺部，随着粉红色冒泡的血液喷出胸膛，布鲁托的声音变得愈发尖锐："……是个狠角色啊老兄，起码告诉我你是谁，要不然，你就是个垃圾，从地狱回来的垃圾……"

"轰！"杰瑞手中的霰弹枪开火了。数以百计的铅弹灌入陌生男人的身体，把他健壮的身体如同纸片一样高高吹了起来。"扑通！"沉重落地声传来，杰瑞慢慢低下头，发现自己脖颈上插着那柄银亮的面包刀。刀子堵塞了气管，杰瑞双手撕扯着伤口跪倒在地，艰难地呼吸了五次，然后垂下头不动弹了。他的老鼠面具歪斜下来，露出十七岁男孩年轻而濒死的脸。

五米之外，男人仰面朝天躺在草地上，说了两句话。第一句是"我可不记得今天的活儿是这个样子啊。"第二句是"妈的，一股烂草味儿。"

月光暗淡下来，"蜻蜓"们出现了，这些飞行器发出令人厌烦的嗡嗡响声悬浮在空中，用一对复眼打量着圣克里斯托弗墓园，以及其他周围的一切。每只复眼拥有三万只相控阵感光元件，它们是最强大的观察者，——可它们来晚了。

2

罗克塞特先生拉上百叶窗，将令他心烦意乱的景象挡在外面。第一议会大街挤满身穿白色 T 恤的市民，游行队伍长得看不到头，如一条得了白化病的大蛇将议会大厦团团围住。

"解散议会，重新启动地方选举！"

"范·罗克塞特二世滚下台去！"

"拒绝监视！强烈反对《预防犯罪法》！"

"把该死的隐私权还给我们！"

人们乱糟糟喊着口号，用空可乐瓶拍打自己的胸口，——准确地说，拍打着白 T 恤上印刷的蓝色眼睛图案。防暴警察围成人墙将议会大厦与城邦政府大厦护卫起来，装甲车上的高压水枪与震撼弹严阵以待，而持有杀伤性武器的安全警察则躲在大厦立柱的阴影里面，他们的任务是维护监控设施的绝对安全，值得欣慰的是，目前还没有任何摄像设备遭到破坏。

"这是一场暴乱。"罗克塞特先生面色阴沉地坐在办公桌后面，加重语气道，"这是一场暴乱！"

这间办公室原本的主人、城邦议会议长小心地附和道："是的，罗克塞特先生，《预防犯罪法》已经执行了十个月，没想到市民的情绪在这时候才反弹。我们已经同示威者代表进行两次会谈，那群人根本没搞清楚自己的立场，工会、少数党、自由主义者和学生领袖，这是最糟糕的组合了。"

罗克塞特先生用指关节嗒嗒敲着桌面，"谁能告诉我这是怎么回事儿？到底哪个环节出了问题？"

肃立一旁的城邦警务总监想了一想，做出回答："安全警察对意外事件的控制相当完美，但前天晚上发生的事件闹得太大，没来得及封锁现场，媒体的直升机就飞到头顶上了。三个高中辍学的小混混越过围墙闯入城西的圣克里斯托弗墓园，找到一个读数很低的地点，开枪打碎了所有的摄像头。他们一共发射了五十发子弹，两公里外的住宅区都能清楚听到枪声，《独立观察》和《城邦在线》两家媒体第一时间派出采访队伍，他们的飞机几乎与安全警察同时到达。"

"这些小混混想创造出范式混沌？"罗克塞特先生的指节停在桌面上方两厘米处，"查过他们的背景了吗，是其他城邦的间谍，还是那些企业斗士？"

"不，先生。"警务总监否认道，"只是土生土长的城西人，蓝领工人的后代。他们并不知道范式混沌是什么东西，领头的小子从

炸弹女孩

网上那里买到了枪支弹药和读数探测仪，还搞到了墓地的地图。安全警察搜查了他们的电脑，从浏览记录来看，这些家伙在一些非法网站上看到了滑稽的猜测，范式混沌现象被当作都市传说的一种，在年轻人之间流传。他们只是想验证这个传说，好在小混混中间显得很酷而已。巧合的是，那天刚好有一场雷暴发生，城西区域的'蜻蜓'大部分返回机库待命，而最近的安全警察在五公里开外，这给了他们充足的作案时间。——我猜这一切是那个人所为，调查已经开始了。"

议长接着说下去："墓地本身是混沌因数最高的地方，几秒钟的空白就足以完成范式反应，复生者出现在三个孩子身后，——很不幸的是，那是个二十四小时前被处死的职业杀手，锚点被抛到数个月之前，杀手手中正好有一把刀。他杀死了三个孩子，同时被子弹击中，没等安全警察到来就死掉了。媒体没有捕捉到复生者杀人的瞬间，不过拍到了事后现场的清晰画面，杀手、孩子、枪和打碎的摄像头，啧啧，这些野狗一样的新闻记者怎么会放弃这么新鲜肥美的话题？报道文章铺天盖地，哭哭啼啼的孩子母亲在视频里恳求真相，安全警察只来得及阻止早报出版，网络上的消息已经无法封锁了。这就是抗议活动的起因，先生。"

罗克塞特先生做了个深呼吸，将怒火压抑下去，"我早说过，新闻自由同民主一样是有害的东西，罗克塞特城邦早就该学习我们的邻居，用空气中的小机器人把这些有害的东西彻底消除干净！"他从怀中摸出雪茄盒，用力咬掉烟嘴，看了一眼桌上的禁烟标志，又狠狠地将雪茄丢掉，"一切都乱套了！告诉我现在该做什么？楼底下那些人又知道多少？"

"安全警察正在秘密行动，先生。"警务总监说，"了解范式混沌的人被黑名单锁定，我可以保证信息并没有扩散。"

"我们会继续同示威者谈判的，他们的要求是修改《预防犯罪法》，大幅度削减监控设备数量，若交涉不成立就向城邦政府施加压力，要求解散议会发起提前选举。"议长谨慎地说，"这两点都是没办法接受的，我们的想法是尽量拖延时间，直到'蜜蜂'项目正式部署之后再逐渐让步，对于最敏感的私人住宅、卫生间、私家车等地点，我们可以主动撤除摄像头，换以'蜜蜂'的隐秘监控。"

罗克塞特先生喘着粗气："根据估算，蜜蜂项目的总预算在八十亿元左右，这可不是一笔小钱。"

议长回复道："财政部在制定明年的城邦政府预算案时，不能再以《预防犯罪法》的名义进行采购，那会刺激到抗议者。我想可以从军事预算中挤出一部分来，只要不跟安全警察的经费冲突，议会方面也比较容易接受。"

罗克塞特先生在桌上"嗒嗒"敲了两下，一只小小的蜜蜂从他西装的袖管里嗡嗡飞了出来，在空中盘旋两圈，化为吊灯上毫不起眼的一个小黑点。"两只复眼，五千个感光单元，三只泛光谱的单眼。如果这些小家伙能早点部署，根本就不必费尽力气推动那部该死的法案通过！"大腹便便的中年人猛地拉开椅子站了起来，"就这样吧，我得跟那些不太合作的大人物们谈谈，不能让局面越来越糟。做你们该做的事情去吧，把所有的蜻蜓派出去，让安全警察加强巡逻，这种意外，绝不能有下一次了！"

"是的，先生。"

议长与警务总监垂手站着，恭送罗克塞特城邦的第二代执政官向大门走去。转动门把手的同时，罗克塞特先生回头说："玛姬，到实验室去瞧瞧，看看那帮饭桶是不是在偷懒。上次他们主动汇报成果是多久以前的事情了，六个月之前？"

"遵命，先生，我马上回公司去。"满头金发的第一秘书报以礼节性微笑。

"……还有，把那个人的事情处理好，他惹出太多麻烦了。哼。罗克塞特公司救了整个城邦，可偏偏所有人都不知道感恩！真是乱七八糟的世界。"留下这句抱怨，罗克塞特先生离开了房间。

3

玛姬·亨德森刷卡打开玻璃门，快步走出14号研究所。这栋灰色方盒子形状的大楼是罗克塞特企业园区中上百座同类建筑中的一座，作为城邦的技术基石，整个园区每年输出数百项技术成果，以领先世界的概率物理学应用研究能力奠定罗克塞特城邦屹立于北美大陆的坚实地位。没人知道14号大楼的研究方向，也见不到佩戴14号楼胸卡的研究人员在园区中走动，有传言说这栋平凡无奇的大楼其实是罗克塞特的瞳孔，那蓝眼睛标志核心中的核心。

举起手机，玛姬对电话那头的人说："是的先生，范式力场的移动平台已经完成原型设计了，使用M2A5布拉德利履带式底盘，战斗重量二十九吨，可以覆盖半径一公里的球形范围，基准混沌因数在 -2 至 -0.2 之间，如果使用多台战车构成阵列，重叠部分的混沌因数最高可以提升到 -7。……不，先生，战车本身是全光谱遮蔽的，依靠地形反馈系统自动驾驶，在力场发生的时候，我方的各种观察设备及通信卫星会同时进入可见光遮蔽状态，将干扰降到最低。下个月原型车就可以在地下试验场进行试启动，您如果有兴趣亲临的话……当然，先生。这当然算是个好消息。"

通话结束了，三十五岁的金发女人拉开旧款福特探险者的车门，坐上驾驶座。车子后视镜上的两个摄像头注视着她系上安全带，启动发动机，挂挡开出停车场。14号研究所岗亭上方一串全景摄像头不知疲倦地原地旋转，持枪卫兵向她立正敬礼："再见，亨德森小姐！"

"再见。"

车子花了二十分钟驶出企业园区，沿着3号公路开了十五分钟，拐下交流道，进入一条非铺装的城郊小路。转了许多个弯，福特越野车停在一栋半掩在杉树中的房子门前，玛姬·亨德森走上台阶，掏出钥匙打开房门，转身关掉警报器，喊了一声："我回来了，晚上吃什么？"

没有回音。她神色明显紧张起来，眼神在起居室的三个摄像头上依次掠过，尽管知道这些监控设备被屏蔽于安全警察的系统之外，她还是本能地感到不安。"爸爸，你在吗？"玛姬提高音量，迈步穿过起居室，屋子里有股炖菜的香味，厨房的烤箱亮着红灯，可她没看到人。"……爸爸？"手伸进外套悄悄握住枪柄，她停在空荡荡的卧室门口，环视四周。

"哦，回来了，工作顺利吗？"有声音从后门处传来，玛姬转过身，看到个头高大的白发老人正提着工具箱走进屋来。女人松了一口气，责怪道："爸爸，我说过别到外面去，你忘了吗？"

老人把手上的泥巴抹在工装裤上，笑着说："抱歉抱歉，下水系统有点问题，我去看了看化粪池，顺便把篱笆修好了，这样浣熊就不会在半夜钻进来偷吃我种的小红莓啦。晚饭马上就好，是你最爱吃的奶油炖菜哦。"

玛姬瞧着父亲走进厨房洗干净手，开始熟练地切芹菜和红洋葱，不禁问："除了后院和车库，你还去哪里了？"

"哦，还有储藏室，我想找点趁手的工具。"老人拈起一块胡萝卜丢进嘴里嚼着，冲女儿眨眨眼睛，"储藏室里那些箱子是怎么回事儿？干吗要锁起来，藏着什么宝贝吗？"

"只是……前男友留下的东西而已。我去洗个澡，爸爸。"玛姬冲父亲摆摆手，离开厨房，快速走到储藏室，反锁了通往房间的门。五只黄色木箱堆在墙角，女人紧张地检查了每一只箱子上的挂锁，神色慢慢松弛下来，她打开锁，从箱子里取出一个相框，轻轻抚摸相片中的人，"爸爸，不知道这样的日子还能过多久，就一直这样下去，不是很好吗？"

照片里是躺在病床上微笑的老人，她的父亲，六十九岁的迈尔·亨德森。由于癌细胞转移，那时他的体重只剩下四十公斤，身体干瘪得像个被踩扁的薯片包装袋。相片拍摄几天之后，他在剧烈的疼痛中死去，简单的葬礼在圣克里斯托弗纪念墓园举行，在亨德森家的墓穴里，玛姬的母亲已经独个儿等待了三十年。

几个月之后，玛姬逐渐从悲痛中平复，在一个平凡无奇的晚上，她开车回到郊外的家，打开门之后，发现父亲正坐在沙发上看白天橄榄球比赛的回放。"回来了，工作顺利吗？"如往常一样，迈尔·亨德森举起啤酒杯打了个招呼，眼神没有从电视上移开，"包装工队 17 比 6 领先，现在是 3 攻 6 码，距离端区 36 码，踢球员上场了……千万别告诉我最后的比分，玛姬！"

"……爸爸？"

眼前的父亲并非病床上那干瘪的包装袋，而是患胰腺癌之前那个高大、健壮、年轻的父亲。玛姬慢慢走到沙发后面，用颤抖的手指触摸父亲茂密的银发，她尽量让自己的声音听起来平静些："工作不错，这场比赛是上午的吗？看来绿湾队要赢了。你还记得上一次包装工获胜是什么时候的事情么？"

迈尔挠挠头："1 月 14 号赢巨人队那场我记得最清楚了，后来就没什么印象，刚才听解说才知道他们的胜率比上赛季提高了五个百分点呢。"他拍拍沙发示意女儿坐下，笑着说："我老了，有些事情开始记不清楚，要是哪天忘记了你的名字，别忘了提醒老爹一下。"

"当然，爸爸。"玛姬坐下来，舒舒服服依偎在父亲的臂弯里，呼吸着对方衬衣上熟悉的烟草和须后水味道。她手指在手机上按了几个键，发出一条短信，然后关闭了手机电源。那条短信她许多天前就编写好了，内容只有几个字："是真的。谢谢你。"

"对了，那些摄像头是怎么回事？防盗系统吗？"迈尔指一指头顶。

"新的预防犯罪手段。"玛姬坐直身体望着父亲的眼睛，说，"最近外面很混乱，请别离开屋子好吗？起码不要离开这片树林的范围，好吗？这很重要，爸爸。"

老人扬起眉毛："为什么？我不能去俱乐部喝酒了？"

金发女人用力点点头："对不起，可这关系到亨德森家的未来，爸爸。不能出去，不能打电话给老朋友，不能点外卖，不能跟邻居交谈……这听起来很滑稽，可一切都太疯狂了，我没办法解释清楚……"

"我知道了。"迈尔露齿一笑，"我是个不招人喜欢的老家伙，正想过几天没人打扰的日子，车库里那台老野马车就够我鼓捣一年了。我什么都不会问的，玛姬公主说的一切都是真理，对不对？"

"这不是个玩笑！"玛姬咬紧嘴唇，旋即轻轻叹了口气，"好吧，只要能一直这样下去……"

"玛姬公主！晚餐已经上桌了，为庆祝野马车的化油器修复成功，来喝一杯吧？"父亲的喊声打断回忆，玛姬将相框放进箱子，答应道："好的，我马上来！"她将木箱仔细锁好，从外面反锁了储藏室的门。

餐桌上摆好了热气腾腾的奶油杂炖、烤土豆和莴苣葡萄柚沙拉，迈尔·亨德森正旋开一瓶白葡萄酒的木塞，"霞多丽？"他微笑道。

"你总是知道我想要什么，爸爸。"玛姬报之以甜蜜的笑容。

4

晚上10点钟，玛姬接到了罗克塞特先生气急败坏的电话：示威者把两百公斤腐烂的沙丁鱼倒在城邦政府大厦门口，让整条议会大街成了臭水沟。"我必须出去一下，睡前别忘记锁门。"她无奈地嘱咐父亲，然后披上大衣走出屋门。福特车的发动机声传来，越野轮胎噼里啪啦碾过小路上的树枝，灯光消失在林间的黑暗里。

　　　　　　　　　　炸弹女孩

确认女儿已经离开，迈尔·亨德森关掉了电视走进书房，坐在电脑面前。这间屋子的网线被玛姬切断了，电脑上装着几个用以消磨时间的益智游戏，不过迈尔想要的可不是大富翁和国际象棋。在核电站工作的三十个年头使迈尔熟悉一切有关电气系统的知识，包括如何用一条停止工作的电话线创建虚拟拨号连接，从某位倒霉的邻居那里获得网络权限。

这些天来他一直想搞清楚发生了什么事，——女儿奇怪的言行，屋里无所不在的摄像头，失去的记忆和莫名其妙的《预防犯罪法》，迈尔觉得自己正身处一个巨大的阴谋当中。他是个谨慎的人，从未踏出庭院范围一步，他本能地感到某种危险，而这间屋子就是宝贵的庇护所。用遥控汽车和摄像机组成一个小小的侦查设备，他探查了树林外面的情况，从画面上看熟悉的溪流、公路、房屋都没什么变化，只是摄像头显著增多了，多得让人心头发麻。

根据网上得到的信息，《预防犯罪法》是十个月前通过并实施的，政府宣布对城邦的每一寸土地进行无死角监控覆盖，并宣称这些摄像头只是对可能出现的犯罪行为进行技术威慑，记录犯罪行为，所拍摄的所有画面加密存储在城邦安全部门的数据库里，不对任何人（包括监控人员）公开，除非法庭颁布命令作为证据调阅。这当然在城邦内掀起轩然大波，反对声此起彼伏，不过政客和政府官员的态度始终强硬，时间流逝，被民间称为"践踏隐私法"的法案仍在持续实施，人人都知道《预防犯罪法》是非常荒唐的东西，没人知道它为何会被创造出来，正儿八经地作为议案提请议会表决，并且顺利得到多数票通过。

这消息让迈尔更加迷糊。他的记忆里可没有这一段，准确地说，近一年来的记忆全部消失了，仿佛一睁眼就到了十个月之后的早晨。网络上没有更加深入的消息，迈尔用了几个小技巧找到反对派的内部论坛，又在论坛中找到几则不起眼但非常重要的信息。几个讨论主题提到一个名叫"死者之眼"的网站，说在网站上找到了某种真理，可下面的回复以耻笑为主，说死者之眼是给低智商儿童看的恐怖故事大全，与其在上面浪费时间，还不如为惨死在墓地的三位人权斗士多捐一块钱呢。

迈尔可没有错过这个线索。花了一番力气找到这个网站，点击 URL 的时候，他心中有些忐忑，回头反复检查自己的多重代理服务器，确保跳板的安全性。鼠标咔哒一响，页面在眼前浮现，这看起来不大像是个陷阱："死者之眼"的主页是一颗古怪的橙色眼睛（显然是罗克塞特公司标志的负片效果），下面罗列着若干恐怖故事，包括生活在垃圾桶里的无头婴儿、通过手机短信传播的恶灵诅咒、午夜出现在窗外的巨大黑色蝙蝠等等。迈尔耐着性子滚动鼠标，直到一则故事引起了他的注意，"背后的复生者。——在没有人看得到的地方，会有亡灵从地狱归来，注意！不要轻易尝试，后果非常恐怖。召唤方法：找一个死过人或者埋着死人的地方，闭上眼睛，等待复生者从背后出现。供稿者：绿岭高中十二年级比尔·萨普顿。PS：任何目击者都会使召唤仪式失败，包括你讨厌的弟弟、苏珊大妈的猫和女朋友的 iPhone 手机。想找出烦人的目击者，请联系米尔普先生购买强大的 Super3000 激光探测仪，附赠精美 APP 软件，与 IOS 与安卓系统完美兼容，现在五折促销仅售一百九十九元（含税），联系方式……"

联系方式是一个社交网站账号。截至目前，这看起来都像是低级网站的拙劣营销伎俩，可迈尔皱起眉头。媒体对死在墓地的三位少年大加鼓吹，可若他们只是想要验证都市传说的蠢孩子呢？迈尔·亨德森打开新闻网站找出现场的高清图片浏览起来，不一会儿就有了发现，在某张俯拍的照片一角，探照灯未能照亮的草丛当中，有什么东西隐隐约约闪着光。他下载这张图片，用图像工具修复放大，看出了闪光物的大概轮廓，那是某种碎掉的玻璃球体，玻璃内表面有着复杂的多面体结构。

"果然是这样。"

自言自语着，迈尔在死者之眼网站上找到一张小小的图片，"Super3000激光探测仪"正是这样一个半透明的玻璃球。他深吸了一口气，打开社交网站输入那个联络人的账号，一个简单的个人主页出现在屏幕上，没有个人简介，没有留言，"米尔普"的名字亮着，显示账号的主人此时在线。

鼠标停留在名字上，迈尔犹豫了起来。事实上，他很享受与女儿共处的日子，也非常喜爱修理汽车的业余爱好，退休老人的生活不就该如此吗？按下鼠标，或许心中的疑惑能够得到解答，可若以眼前的生活作为代价，是否真正值得？

回头望了一眼书柜上的三个摄像头，迈尔·亨德森按下鼠标左键。一个对话框蹦了出来，他想了想，输入了一行字："在吗？我想问问探测仪的事情。"

本以为要等待很久，没想到几秒钟后米尔普就做出回复："我在，一百九十九美元，两种接口，快递到家，保证能用。注意，不退不换啊。"

"实际上，我有一些问题要问，——即使收费也没问题。"迈尔写道。

"说说看。"

"'背后的复生者'到底是怎么回事？我不大信亡灵那一套。"

"只是传说而已，亲自验证一下不就知道了？"

"不，我是说……理论上是怎么回事？复生者是人还是什么东西？同《预防犯罪法》有关系吗？摄像头是做什么用的？我隐约感觉到什么，可不能确定……"

"。"

打出一个句号，米尔普足足沉默了三分钟。当迈尔的耐心达到极限的时候，回复出现了："我可以告诉你真相，不过不是在这里，也不是现在。你有得知真相的心理准备吗？"

"当然！不要卖关子了，说吧。"

"我说过不是现在。一个小时内赶到西棕榈大道 23 号，3A 房间，我告诉你一切。"

"我没法过去。"

"哦，一百九十九美元，快递到家，不退不换啊。"

"……我不需要什么探测仪。我需要答案。"

"西棕榈大道 23 号……"

"我说了我没法过去！"

"当然，选择权在你，兄弟。"

说完这句话，米尔普的头像熄灭了。迈尔快速键入几行字，对话框提示"对方拒绝接收离线消息"，"……见鬼！"迈尔·亨德森懊丧地推开键盘。一口喝光瓶里的啤酒，他靠在椅背上思索了很久，直到一个小时的时限已过，窗外响起发动机的声音。

玛姬走进屋子，看到父亲斜躺在沙发上轻轻打着鼾。电视播放着深夜政论栏目，玛姬知道父亲最讨厌这种节目，"看来睡着很久了呢，真是的。"她微微一笑，从迈尔手中慢慢抽出遥控器，关闭电视，将毛毯盖在父亲身上。

5

清晨时分又淅淅沥沥下起小雨。7 点 30 分，玛姬开车离开屋子，7 点 50 分，身穿黑色雨衣的男人站在屋门前。迈尔·亨德森对着穿衣镜再三检查自己的装扮：呢子礼帽，连帽雨衣，折叠手杖，口罩，茶色镜片的黑框眼镜。他特意让后背佝偻一些，蹒跚步态更容易给人以无害的印象，"早安，先生。"用含糊不清的声音冲镜中的自己打了个招呼，迈尔点了点头，他看起来完全是个平凡的独居老人，警察不会对这样的路人多看一眼。

几分钟前他连上网络再次登录米尔普的个人主页，发现对方的名字亮着。"对不起，昨晚没法赴约，我想我做好准备了，今天。"他在对话框里输入，"任何时间和地点，随你说。"

与昨天一样，米尔普很快做出回复："等一下，我查一下日记……喔，你希望倒霉的事情经常发生吗？兄弟？算你运气好，攀登者大厦十五层最西侧的房间，你有足足一个半小时的时间。"

迈尔用纸和笔将地址记了下来，通过在线地图找出行车路线，"这地方很远，几乎到达中心城的边界了，我不确定一个半小时内能够到达。多给我一点时间。"

"你没搞明白，兄弟，约会的时间可不是我定的。别开车，坐地铁能躲过早高峰，回头见。"留下这句话之后，米尔普的头像暗了下去。

"别走！到那里之后我怎么认出你？给我一个联系方式，哪怕是一张照片……"迈尔的这句追问没有得到回答。

走下台阶，雨点打在礼帽上簌簌作响，迈尔·亨德森回头看了一眼车库里的福特野马。这辆 1967 年款的野马跑车是从废料厂找到的，并非普通的六缸车型，而是搭载了雷鸟 6.4 升 V8 发动机的谢尔比，第一代的野马·谢尔比。迈尔用两百块买下了她，将她拖回车库，车子的状况糟透了，发动机彻底报废，轴承锈得不成样子，座位早拆没了，仪表盘只剩下一个露着电线的黑窟窿。不过对喜爱汽车的退休工程师来说，没有比复活一辆经典车型更好的消遣了，迈尔打算用三年的时间纯手工修复这辆车，除了汽缸和连杆之外，其他所有零件都用机床手动加工制造。

从车库的进度表来看，他一共在野马身上花了十二个月时间，发动机已经基本修复了，他很期待 V8 发动机点火的时刻到来。他记不清修理车子的具体过程，只有进度表上一行行字迹记录着每天的进展，有几段日期的进度是空白的，间隔看似没什么规律，迈尔至今想不起是什么耽误了自己的工作。

"等着我回来，宝贝儿。"走过去拍了拍福特野马的引擎盖，迈尔·亨德森缩缩脖子，走入了雨中。

　　沿着小路走了二十分钟，他离开了那片林子，一路上发现了数十个隐蔽的摄像头。迈尔知道自己的样子不能被拍摄到，这是女儿反复强调过的，如果屋里的监控代表着安全，那么外面的监控则必然很危险。他将雨衣的领口扎紧，把兜帽盖在礼帽上面，慢慢走向一公里外的地铁站。3 号公路上挤满了进城的车子，米尔普说得没错，若开车出发一定会被堵在路上，——再说他也没车可开。

　　乘扶梯进入地铁站，他在自动售票机上买了票，混在人流当中通过闸机。没有人注意他，人们匆匆从身边走过，站在全景摄像头下面的警察手按警棍，面无表情。老旧的车厢缓缓启动，窗子一明一暗，"请坐，先生。"有人向他让座，迈尔含糊地回答道："不了，谢谢你，我很快就下车。"

　　他一直站在那里，直到乘客渐渐稀少。地铁斜穿城市驶向郊外，停靠在空无一人的攀登者大厦站台，这栋大楼原本是世界竞技攀岩联合会的总部，随着城邦独立带来的退国际化进程，这里不复以前的繁华景象。迈尔独自走入地下大厅，乘坐电梯到达十五楼，门口保安连眼皮都没有抬一下。

　　腕表显示他到达这里用了一小时二十二分钟，时间刚好。十五层是写字楼，一半房间空着，一半租给苟延残喘的小型公司。无视天花板的一排摄像头，他径直来到走廊尽头，找到拐角处一个僻静的小隔间，犹豫了一下，用指节叩响木门。"米尔普先生？"他压低声音，"是我，约好与你见面的人。"

　　门开了一条缝。迈尔迟疑地迈步，推开屋门，看到一间古怪至极的房间。屋子中央摆着一台叫不出名的机器，亮着一盏绿灯，天花板、墙壁和地板都由亮闪闪的多面体棱镜组成，镜面将微弱的灯光映出千万个倒影。门在身后轻轻关闭，屋里没有其他的光源，迈尔觉得一阵头晕目眩，看到每一块镜面里都有无数个自己被绿光照亮。

"米尔普？"他有点慌乱起来，"你在吗？"

忽然间机器上一个屏幕亮了起来，有人在里面招手："嗨，你来了。我还有几分钟时间，来聊聊吧。"说话的是个光头的家伙，有着淡粉色眼睛、灰白眉毛和雪白皮肤的男人。

迈尔没想到米尔普——这名字听起来应该有一头浓密的卷发——是个白化病患者。他摘下口罩和眼镜，凑近荧光屏："你好，我的名字是迈尔·亨德森。事实上我完全糊涂了，如果你能告诉我一些事情的话，最好从头讲起。"

米尔普伸出血红的舌头舔了舔血红的嘴唇，"免了自我介绍吧，我知道你是谁，不过我不介意把故事再说一遍，反正只剩五分钟而已。"屏幕里的背景也布满了棱镜和散乱的光点，看起来是相同布置的房间，白化病人穿着 T 恤和牛仔裤坐在奇怪机器前面。"你知不知道什么叫概率物理学？"他问，"就是罗克塞特公司最引以为豪的技术领域。"

"唔……不太清楚。我是个电气工程师，只对机械之类的东西感兴趣。"迈尔回答道。

米尔普摊开手："用神秘东方人的说法，概率物理研究的是事物之间的必然联系，也就是'因果'。掌握一条概率链，就能掌握一种现象的本质，这是与传统物理完全不同的研究角度。我曾是罗克塞特公司的首席技术官，——别怀疑，我还留着进入 14 号研究所的胸卡呢。我为罗克塞特创造了数以万亿计的财富，那不重要，重要的是我发现了'范式反应'，以范·罗克塞特的名字命名的现象，一个能让梵蒂冈吓得半夜睡不着觉的厉害玩意儿。"

"我不明白。"迈尔说。

"我问你，死人能够复活吗？"白化病人举起一根手指发问。

"这是什么鬼问题？基督教建立在耶稣基督复活的基础上，你指望我这么回答吗？"工程师皱着眉头，"不，我不信。人的死亡是物质层面的，是组成人体的组织、器官及整个复杂系统的彻底崩溃，这显然是不可逆的。"

米尔普摇摇手指说："你说得没错。现在我们来想象一个场景，你家的客厅桌子上摆着一只漂亮的中国花瓶，一阵风吹来，花瓶摔碎了。这很可惜，你心情低落地去厨房拿扫帚，回到客厅时突然发现地上的碎片消失了，花瓶完好无缺地摆在桌上……这理论上有可能吗？"

迈尔愣了一下，"……有可能的，如果我的女儿在这段时间内扫掉了碎片，摆上了一只一模一样的新花瓶的话。"

米尔普说："很好，那么假使这个时间段内你的女儿正在上班不可能回家，你的家里没有别人，就连一只猫都没有，那么这事情还有可能发生吗？——别忘了，我是说理论上。"

"……我想还是有可能的，若是极端巧合的话。一名邻居路过，看到摔碎的花瓶，用另一只花瓶替换了它……"迈尔用手揉揉眉心，"非常低的概率，低到几乎不会发生。"

"但可能性是存在的。当约束条件收缩的时候，概率呈现几何减小，直至无限趋近于零。"米尔普咧嘴一笑，露出血红的牙龈，"可绝不会减为零。范式反应就是这么简单，惟一的不同，在于破碎的花瓶换成死去的人。在偶然的发现中，我们发现了有关'存在'这个问题的概率链，人类既是存在本身，也是使'存在'具有意义的惟一观察者，人类的死亡，既是存在的湮灭，也是存在观察者的消除，这个特性使得其中的概率特征非常明显。在一个被称为'范式力场'的环境当中，一切都被因数化了，死亡时间，死亡地点，死者人数，观测者的数量（观测者是人类，以及能够被人类观察的摄像设备），综合形成一个读数，代表死者归来概率的读数。当这个读数足够低的时候，力场成为一个不稳定的环境，在没有人看得到的黑暗里……死者会从另一个世界归来。"

迈尔感觉背上在渗出冷汗，他音量不自觉地增高了："胡说！你说的根本不是什么物理学，而是迷信。死者已经死去，怎么可能

　　　　　　　　　　　　　　　炸弹女孩

再活过来，他的身体由谁制造？大脑中的神经电信号如何产生？他的皮、肉、骨，数十公斤的物质难道凭空出现？这是违反科学基本规律的！"

苍白的男人说："概率物理是纯粹的科学，兄弟。无论是纳米打印、生化技术还是对时间与空间本质的超前研究，许多城邦早已掌握了令人体凭空出现的技术力量，缺乏的只是应用而已。我只是用范式力场将这微渺的可能性在特定条件下无限放大了，消耗电力制造力场，提高概率，令死者复生，你可以视为这是反应过程并不明确的质能转换而已，它是对质能方程式最简洁的展开。"

"就算有了身体，那灵魂，死者的灵魂……"迈尔叫了起来。

"啊哈，你不是说不相信亡灵这些说法？"米尔普指着他嚷道，"那只是大脑皮层的放电云而已，它会随着死者一起出现的，毫无疑问！范式反应复活的死者会失去某一段记忆，因为根据力场的强度和性质，他会以死去之前的某一个时间节点的状态复活，我们称其为时间锚点。复生者只有锚点之前的记忆，没有其后的，这是对灵魂说法最好的反驳了吧！"

迈尔·亨德森后退了一步，脸颊上的肌肉在无意识地抽搐，"我不能接受你说的话，没有任何证据证明……"

白化病人舔着嘴唇："证据？看看头顶上吧，罗克塞特城邦布满了摄像头，任何一个超过零点零八平方米（人类的平均站立投影面积）的地方都起码被五个摄像头监控着，刑场、墓地、医院这些地方，摄像头的数量还要加倍。那当然不是为了预防犯罪，也不为偷看你们的无聊隐私，那只是为了阻止范式反应发生所做的补救措施。摄像头是比人类肉眼弱很多的观测者，只能靠数量弥补。在一次失败的试验中，失控的范式力场几乎将整个城邦卷了进来，不得不说我对试验失败该负主要责任吧……总之，通过部署地面摄像头和天空中的移动监控飞行器'蜻蜓'，范式混沌被基本控制了，我们的城邦没被毁掉，你想想，如果五年、十年、五十年前的死者全部复活，城市会变成什么鬼样子？"

迈尔耳边嗡嗡作响。"你是说，《预防犯罪法》所布置的摄像头是为了保护市民？那么死在墓地的三个孩子……"

"啊，那三个笨蛋干掉了所有的摄像头，在身后看不到的空间制造出了一小片范式混沌，然后被复活的家伙干掉了。解释一下，范式混沌就是不受控制的范式力场，那是一片概率混乱的空间，任何死者都有可能在其中出现。我们曾经做过实验，在一间屋子里制造范式混沌，第一次得到了一屋子整整齐齐打坐念经的和尚，而第二次，门一打开血浆就涌了出来，根本看不到一个完整的活人。根本无从得知里面发生了什么哪，真是遗憾。"米尔普耸耸肩，说。

"等一下。"迈尔忽然抓住屏幕，"如果孩子们在墓地召唤出了复生者，那说明到现在为止，整个城邦还笼罩在范式力场里面？"

"正解。"米尔普很痛快地承认了，"除了你我所在的房间之外。这种房间一共有三十六个，每个都有独立的力场发生器，除了我本人之外，没人知道全部房间的位置所在。房间存在的意义嘛……你很快就会知道了。客人来了。"

迈尔喊道："等等，我还有一个问题，那些复生者知道自己的身份吗？如果没有锚点之后的记忆的话，他们就不知道曾经死亡的事实……"

"花瓶知道自己曾经碎掉吗？"米尔普笑了，"——它们甚至不是同一只花瓶呢。这才是整个理论的重点。"

一秒钟后，剧烈的爆炸声传来，白化病人所在的房间被炸药炸开一个巨大缺口，"砰砰砰砰砰……"枪声响成一片，曳光弹将棱镜打成漫天银粉，米尔普的身体连同古怪仪器一同颤抖着、扭曲着、崩坏着，很快变成一堆无法辨识的碎片。在信号中断之前，迈尔看到一群荷枪实弹的安全警察冲进屋子，开始用火焰喷射器焚烧米尔普的尸体。

屏幕暗了，绿色光点转为红色，仪器开始嗡嗡运转起来。迈尔·亨德森头脑一片混乱，失魂落魄地摸索向门边，不知触动什么按钮，门开了，他一步跨出门外，将光影混乱的棱镜房间丢在身后。门自动关闭，迈尔捂住眼睛，大口呼吸着外面的空气，"难道说……"他痛苦地呻吟着，"难道说……"

慢慢抬起头，他望着头顶的摄像头，"玛姬……"

玛姬·亨德森的手机响了。她正与警察总监一起远远望着对面那栋着火的房子，昨天晚上捣毁了西棕榈大道的据点，今天上午锁定并摧毁了另一个据点，安全警察已经杀死那个人足足十四次，这对罗克塞特先生来说大概是个好消息。范式力场试验失败的同时，首席科学家先生死在了实验室中，可在咽气的同一时间他就在隐藏的棱镜房间里重生。这位技术狂人早就预料到这一天到来，预先准备了数十套力场发生器，设定了令自己复活的参数条件。一次又一次死亡对他来说只是记忆中断而已，他能将时间锚点控制在一年之内，确保复生的自己拥有全部的知识，——当然，他不会记得死亡之前自己正在做什么事情，只能通过前一个自己留下的联网日记得到大概的情报。

写日记给下一个复活的自己看，这感觉玛姬一辈子都不想尝试。她只是执行罗克塞特先生的指令，尽量减少这家伙带来的麻烦而已，作为执政官第一秘书、公司技术负责人和安全警察部门主任，她要忙的事情很多，多到有点焦头烂额，这种打地鼠的游戏实在让她提不起劲来。

电话是监控中心打来的，"长官。这是例行汇报，在这个时间段的数据库遍历中锁定了二十二位复生者的位置，请签署命令。"

"我知道了。"玛姬在手机屏幕上写下电子签名。即使监控再严密，也会有复生者从大街小巷冒出来，有些家庭偷偷隐藏起亲人，有些则堂而皇之在街上晃荡，这些隐患，必须消除。

蜂鸣声惊醒了失神的迈尔·亨德森，他看到外面的蓝天里有一个黑点正迅速扩大。一架"蜻蜓"悬停在攀登者大厦十五层西侧的窗外，多节的腹部弯曲向前，露出黑漆漆的发射口。"砰！轰！"嵌在腹部的一次性电池爆燃，超高压脉冲将空气电离，一个散发白色辉光的等离子球穿过玻璃窗，悄无声息地没入迈尔的身体。

万分之一秒后，他化为一缕冰冷的灰。

6

"爸爸？"

玛姬站在起居室中央微笑，举起手中的纸袋："我打包了你爱吃的酪梨辣酱猪肉馅饼回来，对不起，我偷吃了一点，因为这味道实在太棒啦……爸爸？"

没有回音。金发女人抽出手枪走过每一个房间，在屋外转了一圈，走进车库看了看，将纸袋丢掉，跌坐在地。迈尔·亨德森的气味还留在这里，汽缸盖上搁着他的扭矩扳手，烟灰缸里有两个烟头，可他不见了，与之前几次一样，悄无声息地消失在外面的世界。

玛姬背靠着野马跑车，双手捂脸，肩膀颤动。她非常清楚发生了什么事情，一旦走出以屋子为中心的五百平方米安全区，父亲的脸孔就会被摄像头捕捉到，安全警察会在几分钟之内锁定他的位置，派出机动部队或"蜻蜓"进行回收作业。他们会用某些手段将黑暗中的复生者彻底消灭，安全警察的数据库中有罗克塞特城邦一百五十年以来的全部死亡名单，有过死亡记录的人，绝不被允许继续存在。

几分钟后，她掏出手机找到一个联系人，点击"米尔普"的名字打开对话框。"又发生了。这是第四次了，第四次。"她慢慢打出一行字，发送过去。

对方很快回复："玛姬？等我看一下日记本……第七号的我跟

你达成了协议对吗？你拖延安全警察的行动，让我有时间建造更多的安全屋，而我用范式力场生成器替你复活迈尔·亨德森，时间锚点在他检查出晚期胃癌之前，——听起来挺不错的合作方式……他又惹什么麻烦了？"

"他离开了屋子。我没法控制更多的摄像头，他被发现了。"玛姬写道，"他是我的父亲，我没法将他锁在屋里，只希望能够尽量共处得久一些。可每一次，他每一次都会尝试寻找真相，直到被安全警察发现……见鬼！"她做了个深呼吸，尽量让自己理智一些。

米尔普发来一个调皮的笑脸："^_^我刚看到，十三号与十四号的我都曾经同迈尔·亨德森对话呢，他是个很聪明的老爷子。那么，你想要什么，下一个爸爸？"

"……是的。"

"抱歉，姐妹，那不可能。合作终止了。"

"什么？"

米尔普用大大的黑体字发来消息："合作终止了！七号的我与你签下的协议失效了，从现在开始。安全警察是一帮蠢货，若不是前几个我主动泄露信息，安全屋根本就不会暴露，我可以靠自己活得很好，玛姬。归根结底，我是只见不得光的地鼠，只要乖乖躲起来就好了，什么'死者之眼'网站，白痴！"

玛姬猛地站了起来："你再说一遍，米尔普。"

"再见，玛姬。拜拜。撒由那拉。还要我说几遍？"

"我会向罗克塞特先生申请大规模搜查行动。"玛姬一个字一个字输入，"全城的安全警察全部出动，所以在役的'蜻蜓'和刚刚制造出来的'蜜蜂'会布满天空，我不会放过任何一个鼠洞、垃圾堆、下水沟，我会找到你用最痛苦的方式把你杀死，切开你的头颅，煮熟你的脑浆，把你的皮挂在旗杆上，一次又一次，米尔普……我说到做到。"

对方轻松地回应道："啊，玛姬，我想你搞错了什么事情，即使最痛苦的死亡方式也无所谓，因为下一个我根本不会有这段记忆，你折磨的只是一个即将终结的副本而已，我的存在会毫无挂碍地延续下去。实际上我更害怕的是被活捉，只要我不咽气，力场制造机就不会启动，——可那也是不可能的，十个月前我就在牙齿里安装了氰化钾胶囊，每一个我都有着主动寻死的觉悟。怎么说呢，虽然可能面临多重选择，可我相信我自个儿的人格。"

玛姬抄起扭矩扳手狠狠砸碎了野马车的挡风玻璃。"哗啦……"碎玻璃倾泻下来，女人胸膛剧烈起伏，她花了半分钟稳定情绪，咬着牙齿，发出消息："我可以帮你，无论你想要什么。你想逃离罗克塞特城邦吗？我能帮你联系境外偷渡管道，去其他城邦，甚至南美、亚洲、南极，任何地方，开个价吧，米尔普。"

"偷渡？你怎么会想到那个主意的？"米尔普打了个大大的问号，"这是我的罗克塞特公司，我的罗克塞特城邦，我创造了这个企业帝国，看着它变成现在这个样子，在一切结束之前怎么能逃到别的地方去呢？"

"你恨范·罗克塞特吗？"玛姬忽然发出这样一行字，"你一定很恨他。他将责任归咎于你，毫不留情地杀死你，你一定想要复仇。我帮助你暗杀他，明天，不，今天晚上我就可以找机会接近他，只要一颗小小的子弹……"

米尔普以一个叹气的表情做出回答："唉，亲爱的玛姬，你又忘记了，现在的我生活在与你们不同的时间里，一年之前，灾难还没发生，我没被逮捕，身体健康，头脑清醒，我为什么要恨范·罗克塞特，为了某一个我不认识的我的死讯吗？"

"复活一个人，那对你来说根本不算什么！"玛姬尖叫起来，"我想要的只有这么一点点，为什么整个世界都要与我作对！"

正在这时，一条新消息出现了，"咦，我忽然想到了一个有趣的主意。"米尔普轻快地说："如果你能帮我做一件事情，我就答应你的要求，复活迈尔·亨德森。"

玛姬攥紧手机："……任何事，说吧。"

"到核电站去，电站大楼地下三层的实验室，3C办公室靠墙的垃圾桶底下粘着一个信封，里面有一个U盘。"米尔普说道，"找到U盘，插进工作站的电脑，批处理程序会自动执行，就这样。有好玩的事情会发生呢，我猜。你一完成任务，我就按照约定把迈尔从黑暗中唤回来，——希望你家的力场发生器还能正常工作。"

玛姬的动作凝固了。"核电站地下三层。"她重复道。

"没错，罗克塞特的秘密概率物理实验室。灾难发生的地方。"在城市某个不为人知的密闭房间里，一万个棱镜映出一万个诡异的笑容。

7

"……你知道我不能这样做，亨德森小姐。"

"这是调动命令。"玛姬将一张卡片丢在14号研究所负责人的办公桌上，然后将自己的手机砰地拍在上面，"有意见的话，打给罗克塞特先生，自己跟他说。"

首席科学家斜过眼睛瞅了一眼电视机，电视上正在播放城邦政府的新闻发布会，范·罗克塞特坐在一大堆麦克风后面，一边用指关节嗒嗒敲着桌面，一边耐着性子回答《独立观察》记者提出的问题。"这个……现在他不会接听电话的，亨德森小姐。"科学家擦了一把额头的汗水。

玛姬双手撑在桌上逼近他："打开地下室的大门。我没时间跟你打情骂俏，拿起你的电话，签名发布命令，现在！"她身后两名头戴黑色钢盔的安全警察一左一右向办公桌走来，手搭在枪柄上，默默瞅着科学家，眼神冷淡得像看屠夫案子上的猪肉。

"……我不会承担责任的，这件事会通过罗克塞特公司的安全系统上报。我不知道你是中了什么邪，我们曾是很好的合作伙伴，亨德森小姐。"摘下眼镜，首席科学家镇定一下心神，在手机屏幕上签署了调动命令。

"所有责任由我来承担。当然……对不起。"玛姬冲他点了点头，转身大步走出办公室。

14号研究所的地下室大门缓缓开启。"轰隆隆……"柴油机的轰鸣声响起，四个排气管喷出呛人烟雾，搭载了移动式范式力场发生器的布拉德利步兵战车慢慢从地下试验场驶出。十几名科学家迷惑地瞧着战车，不明白发生了什么事情，半个小时前一群安全警察冲进14号研究所夺走了战车的控制权，而车载发生器的静态启动试验原定在一小时后举行，这打乱了所有的试验计划。有人想发表疑问，安全警察黑洞洞的枪口打消了他们开口的念头。

灯光一盏盏亮起，次第延伸向黑暗的远方，研究所的地下通道横穿整个罗克塞特园区，直达二十五公里外的警用车辆试验场。"谢谢你们的配合，先生们。"站在战车旁边，玛姬·亨德森对科学家们颔首致意，然后转向安全警察："你们可以归队了，这次临时战地试验由我一个人负责。中尉，回到指挥中心去，有情报指出记者发布会可能出现意外情况，你们要加强警戒。"

"是的，长官！"警察中尉立正敬礼，接着担心道，"车辆需要两个人来操作，您确定可以……"

"解散！"玛姬发出口令，跳上战车，钻进了驾驶舱。她坐在高高的驾驶座上，推开前装甲板露出观察窗，踩住刹车将换挡手柄拉至"低速"挡。橡胶履带碾得地面嘎吱作响，战车隆隆驶向地下通道，有着红色半球形保护罩的力场发生仪矗立在车顶，让车子看起来像个滑稽的儿童玩具。不过在场的人没人会这么想，目送战车消失在通道尽头，科学家与安全警察们不约而同地长出了一口气，"我猜我们造出了有史以来最可怕的武器。"首席科学家说。

"甭管造出多少回魂尸，我们都会毫不犹豫地杀掉。"中尉握着枪柄，说。"……直到我们自己也变成回魂尸的那一天。"

步兵战车很快达到六十公里每小时的巡航速度，噪声和震动让机舱环境糟糕到了极点，不过金发女人并不在意这些，她将隔音耳机套在头上，拨通了一个电话。"喂喂？"米尔普的声音响起，"你真的搞到手了？太棒了，那家伙看起来怎么样？履带式的还是轮式的？要提供足够的电力，发动机起码得有七百马力以上才行，我猜那肯定是个大家伙！"

"那不重要。告诉我接下来该怎么做。"玛姬打断了对方的絮叨，"你很清楚核电站办公大楼的情况，没等冲进围墙我就会被'蜻蜓'们干掉，一丝儿灰都不会留下。我根本连大楼的门把手都摸不着。"

米尔普得意地说："不不，亲爱的玛姬，你的前提是正确的，但结论是错误的。你会被蜻蜓干掉，可用不了一秒钟时间，另一个你就活蹦乱跳地出现了。蜻蜓自动锁定目标并发动攻击起码需要十秒钟，以你的百米速度足够跑出三十四米远了。进入大楼之后蜻蜓的攻击角度会受到影响，你能活十五秒，运气好的话活到二十秒也是有可能的吧？根据我的估计，你大概需要重生十二次，——不，准确地说，大概需要十二个你就能到达目标房间，毕竟每个你之间都没什么联系嘛。"

女人沉默了一小会儿，看地下通道的 LED 照明灯一个接一个从头上掠过。"我不大明白。我是以之前某个时间锚点的状态复活的，失去现在的记忆，就不可能按照你的设想继续向目的地前进。我会迷茫，思考，逃跑，然后被烧成灰。"

"那就是我要做的工作了。"米尔普清清嗓子，"我要远程设定移动力场发生仪的参数，确保范式反应的指针指向你：玛姬·亨德森的身上。你一定明白人死去时的位置、时间和观测者强度都是范式反应的重要参数，我要尽力锁定位置参数，让重生的你出现在上一个你死去的地方（要是你能直接复活在地下室就好了，不过那当然是违反基本定律的啦），这样一来，力场的强度就不足以锁定时间参数，我最多将锚点的极限设置在六个月之前，也就是说，新制造出来的你是经历过那场灾难的玛姬，与从前的某一个我达成过交易的玛姬。接下来只要说服每一个你按我的指示去做就好了，那大概不是什么难事儿，就算失败了也不要紧，多造一个你出来就好啦。在安全警察赶到之前，我们有足够的时间玩这个游戏。"

"这不是游戏。"玛姬攥紧方向盘，"别忘了我们的交易……"

米尔普嚷道："知道啦，我什么时候骗过你？你说得对，这不是游戏，更像一场比赛，一场所有的运动员都叫'玛姬'的接力比赛。自己交棒给自己，这听起来多好玩？可惜两个玛姬不能同时共存就是了……"

金发女人单手扶住方向盘，抽出腰间的格洛克手枪检查了一下，"你想过没有，如果失败了该怎么办？"

"没。你是个非常能干的女人。"电话那边的声音显得很轻松，"而我，是个天才。"

道路倾斜而上，随着刺眼阳光洒进观察窗，灼热的大地扑面而来。今天是个难得的晴天。步兵战车冲过空旷的戈壁地形试验场，拖出上百米长的灰白尾尘，"请马上减速！"试验场哨岗的喇叭立刻发出警告，"停下车子接受检查，否则我们有权利发动攻击，你已经被瞄准了！"

玛姬摘下通话器吼了起来："我是指挥部主任玛姬·亨德森，这辆车有完备的手续，要出城进行秘密试验！找14号研究所的人核实信息，让哨岗的人都让开，我没办法停车！"

这个消息令警用车辆试验场的哨兵犹豫了。战车趁这个间隙穿过场地，轰地撞开岗哨的铁门，碾着岗亭的碎片颠簸爬上公路。玛姬挂上高速挡用力踩下油门，看倒后镜里面几个举枪瞄准的哨兵身影飞速缩小，"啊哈，我进入车子的系统了。"米尔普这时候开口说，"提醒一下，车子上可是装着一门十二点七毫米机枪的！"

"没有弹药。我也不是什么杀人狂。"玛姬说,"……算了,我收回后面半句。"

"你越凶悍,我越欣赏你,亲爱的玛姬。"

"滚。"

8

核电站就在前方。这座装机容量超千万千瓦时的电站为整个城邦提供电力,也对周围几个城邦进行电力销售,是罗克塞特城邦的动力中心。由于范式力场试验对电力的强烈渴求,前首席科学家要求在电站大楼地下建立秘密实验室,直接使用核电机组并网之前的充沛电力。另一方面,这也是出于安全考虑,政府花巨资从罗斯巴特城邦引入的自动机器人系统对核电站进行全方位保护,任何未被授权的入侵者将遭到"蜻蜓"的无情歼灭。

那起灾难起源于前首席科学家的野心。他建造了一个相当巨大的范式力场发生仪,仪器塞满了整间实验室,满负荷时需要消耗整个核电站十分之一的发电量。"只要给我足够的能源,我能把整个地球都笼罩在范式力场当中。"这位狂人如此叫嚣着,而范·罗克塞特先生出于对战争行为的某种狂热信念,对出格的试验睁只眼闭只眼。

试验失控了。整间大楼陷入范式混沌,网络停止,通信中断,谁也不知道里面发生了什么。半个小时后,仪器再次启动,把一万六千平方公里的罗克塞特城邦整个罩进低强度的范式力场。复生者从黑暗中浮现,表情迷茫的亡灵挤满了大街,——幸好那是一个漆黑的雨夜。范·罗克塞特带领警察部队高效地清理了大部分复生者,启动城里的摄像设备,把所有能飞上天空的东西都绑上摄像头。雨水冲净血迹,第二天人们照常走出家门,并没发现什么异样。白天是属于活人的，因为观察者的目光纵横交错，警察只要守护不受注意的死角就行了。

接下来的事情大伙都知道了。《预防犯罪法》通过，安全警察部队成立，城邦布满摄像头，许多嗡嗡叫的机器昆虫在头顶盘旋。这批"蜻蜓"是紧急采购的，同摄像头、数据库和面部分析系统组成一个完整系统，而即将部署的"蜜蜂"是系统的升级版本。

这时候罗克塞特先生遇到一个麻烦。四个核电机组中的三个可以正常维护，但电站大楼和临近的一个机组成了禁区，网络中断以后，守护大楼的机器人系统进入自主工作状态，把所有踏入警戒线的人类当成敌人。两个突击小队几分钟就遭到全灭，处于地下深处、连核弹都没法摧毁的实验室变成史上最坚固的堡垒，没人能进到那里去，关掉发疯的范式力场发生器。就连蜻蜓的制造方都对此束手无策，在综合评估风险与收益之后，他们如此建议：无论来自空中还是地面的强行进攻都是找死，蜻蜓系统有着非常强大的火力，足够与一个旅的摩托化步兵对抗，要进入地下实验室只有两个途径：第一，从地下挖坑进去，因为负责地下警戒的"鼹鼠"系统还没有投入实战；第二，等待十二个月时间，蜻蜓的芯片里有一个维修期限，执勤满十二个月后会自动停机进入例行保养状态。

鉴于整个核电站地下都是坚硬的花岗岩层，罗克塞特先生选择了第二方案。事实上他对关闭力场发生器一事并不积极，或许是因为监控系统已经足够有效，复生者现在已经算不上什么麻烦。他更关心的是范式力场的应用研究，制造不死的士兵，这是个伟大的构想，将时间锚点固定在几秒钟之前，就能让死亡的士兵瞬间复活于战场，不带一丝犹豫地继续投入战斗，——甚至不知道自己曾经被敌人的子弹打出脑浆。永恒复生者，不灭的士兵，地球上最强大的军团。

这就是玛姬·亨德森所了解的一切。这个城邦表面维持着和平，社会和谐，物价低廉，言论自由，人人幸福，实则如涂了香料的尸

　　　　　　　　　炸弹女孩

体一样只有表面光鲜，内部早已腐烂。她日复一日签下自己的名字，令安全警察回收复生者，那些不该回来的人就该被烧成炭，剁成碎肉，丢进焚烧炉，她一直没把复生者当作真正的人来对待。

直到有一天发现了某种可能性。令父亲回到世间的可能性。玛姬经历了太多的挣扎，最终选择了背叛，背叛罗克塞特的蓝色眼睛标志，打开家门，将黑暗中回归的人迎接到自己身边。她偷偷切断了家里摄像头与数据库的联系，从米尔普的一间密室里搬来力场发生仪，借助米尔普的力量将迈尔·亨德森从黑暗中唤回。她开始过着两张脸孔的日子，一面向迈尔·亨德森露出甜美的微笑，一面将父亲这样的人如臭虫一样成批杀死。第一位复生的迈尔·亨德森失踪的那天，玛姬冒着风险调阅安全警察的数据库，看到了三台摄像头记录的最后画面：迈尔站在圣克里斯托弗纪念墓园的墓碑前摘下面具，墓碑上有着他自己的黑白照片，刻着：R.I.P.——迈尔·亨德森，世上最好的父亲。

他的背后一架蜻蜓正在弓起腹部。

玛姬面无表情地离开房间，在自己的车里吐得一塌糊涂。

一再重演，不断受伤，玛姬·亨德森还是无法将父亲舍弃，母亲从小离去，这男人照顾了她三十年，那温暖的香烟和须后水味道是她的吗啡和檀香。她知道自己会下地狱，可在那一刻到来之前，她不想离开迈尔·亨德森，哪怕一天。

"喂？"

玛姬从回忆中醒来，步兵战车停在核电站大楼的铁丝网前，几名安全警察在旁边叫嚷着什么，米尔普说："参数已经设定完毕，下面该看你的了，记住，地下三层，3C办公室，U盘，插上去，一切搞定。"

"我知道了。"金发女人摘下耳机攀出驾驶舱，站在步兵战车上，脱掉高跟鞋和外套，握紧手枪。

"这没什么用，十秒钟后你就死了。"米尔普不合时宜地提醒道，他的声音通过战车的扩音器放送出来，显得震耳欲聋。

玛姬没理他，向旁边的安全警察做了个手势："我认识你，少尉。无论发生什么都不要惊慌，别让别人靠近这台车子，好吗？"

负责守护核电站的警察嚷着："别靠近那里，长官！那里非常危……"他看到玛姬·亨德森向耳后撩起长发，似乎微笑了一下，然后纵身跃过铁丝网。他从没看长官这样笑过。

水泥地弄伤了她的脚趾。玛姬屈起身子用力蹬地向前冲去，风嗖嗖掠过耳旁，第一架蜻蜓出现在空中，大大的复眼映出无数个奔跑的小人儿。"砰！砰砰！"女人举起手枪连开三枪，子弹打穿蜻蜓的半透明翅膜飞向天空，机器人的飞行姿态并未受到影响，尾部弯曲过来，一节腹部由白转红，脉冲电池被点燃了。等离子球以一种看似缓慢的飘浮状态穿过空气，隐入玛姬的身体，"呼……"白热的光蒸腾起来，一截握着手枪的断手坠落在地，"砰！啾……"子弹走火贴地飞出，打在战车装甲上，爆出一团耀眼的火星。

与此同时，步兵战车前方的十二点七毫米重机枪调转枪口，一串子弹倾洒而出，如镰刀一样割断了几名安全警察的身体。"骗人，谁说没子弹的？尽量减少观察者的数量吧，不过可别打中蜻蜓，遭到反击就完蛋了……只用五秒钟就发动攻击，比我想象得机灵啊。"米尔普嘟嘟囔囔抱怨着，"接力赛开始啦！"

身穿运动装的玛姬踩到什么滑腻的东西摔了一跤。她摸到一手血，同时听到有声音叫嚷着："亲爱的玛姬没时间细说了，为了你的父亲，现在使劲向前跑吧！"

"……米尔普？"她扬起眉头，同时迈步狂奔，"向大楼的方向跑对吗？我知道了，起码告诉我为什么……"

她的身影亮起来，又暗下去。几乎转瞬之间，身穿红色条纹棉布睡衣的玛姬踩着灰烬重生，她听到米尔普喊着："冲向核电站大楼，只要能到达那里就能救活你的父亲！"没有犹豫，她踢掉棉拖鞋开始奔跑，白色棉袜马上沾满鲜红的血和灰黑的尘土，"告诉我

　　　　　　　　　　　　　　炸弹女孩

这是一场噩梦！"她大口喘着气，"快点啊！"

蜻蜓替她结束了噩梦。下一位玛姬光裸着身体，满头都是白色泡沫，她没等慢了一拍的米尔普做出提示，环视四周，含着牙刷的嘴发出含糊不清的呼喊："告诉我要干什么，快点！"

"只、只要保持方向就行了！往前跑！"米尔普这才叫出声来，"棒极啦，妹子！"

这一回她撑了十二秒。当身穿职业装的玛姬出现的时候，距离核电大楼只剩下十五米距离，眼神刚刚聚焦就发现空中的蜻蜓，女人立刻向侧面做出躲避动作，同时伸手去腰间摸枪，米尔普急道："喂喂，走错了，往前跑！冲进门里面去！"

玛姬·亨德森一言不发地奔跑，蜻蜓在身后发射了等离子球，这种火球能被人体的电磁场吸引，既不可能防御，又不可能躲避，可玛姬发力狂奔，将被击中的时间延迟了起码五秒钟。"嗤……"灰烬坠落在大厅的石灰石地面上，热度还未消散，复生者就从阴影中浮现。

米尔普将扩音器调整为集中发射模式，音波以锥形射入大楼，足够在整个建筑中回荡许久。"不要问问题我是米尔普你现在要往前跑到信件收发室旁边然后向右转！"他不歇气地喊着，"说起来其实我比你要辛苦多了毕竟你根本感觉不到疼啊亲爱的玛姬！"

"右转再左转，那里有楼梯，我知道！"身穿警服的玛姬叫着，"小时候爸爸带我来过许多次！"

在某处的安全屋里，前首席科学家皱起眉头。他旁边的电视画面上，正在接受采访的罗克塞特先生忽然站了起来，面色严肃地大步离开发布席，"现在开始要抢时间了。"米尔普自言自语道，手指在键盘上跳动，不断调整移动式范式力场发生仪的工作参数，"发电机一直在超负荷运转，千万别出问题啊，宝贝儿……我的那些实习生们还挺有能耐的，这家伙……真不错。"

步兵战车上的红色球形罩嗡嗡作响，排气管冒出黑烟，远处一台"蜻蜓"将战车纳入锁定范围，发动机、力场发生仪与机枪枪口是非常可疑的红外热源。系统不能联网，机器人凭借芯片内建程序进行了短暂的评估，"危险性：高。"它似乎做出了什么决定，尾部弯曲过来。

"下一个！"米尔普按下按键，对着话筒喊着，"下楼梯，一直冲到地下三层，你知道地下三层吧？一、二、三的第三层！"

"我不知道！小时候爸爸带我来过许多次，可是那时候地下只有一层！"穿着园艺罩袍的玛姬叫道，"不过我识数！你是米尔普吧？这到底是什么情况？……啊，是蜻蜓……"

罗克塞特先生匆匆走出新闻发布厅，伸手把警务总监一把揪过来："这是怎么回事？玛姬开着试验中的战车冲进了核电站？她想干什么？没有人阻止她吗？"

警务总监惊慌道："对不起，先生，我们不能确定她的目的，电站的安全警察失去联系了，我已经调动附近的部队赶往核电站……"

"废物！"罗克塞特先生将对方用力推倒在地，抓起电话："是我！立刻发动'蜜蜂'系统，把所有充满电的蜜蜂都激活，尤其是核电站附近的！……我不管什么安全问题，给你五秒钟搞定一切，我要蜜蜂在五秒钟之内升空！"然后他一转身，捏住议长的手臂："你回去开记者发布会，告诉那些狗仔队说有一个疯狂的女人妄图破坏核电设施，我们正准备击毙她，这个新闻应该能填饱他们的胃口！"

警务总监刚爬起来，罗克塞特先生的一张大脸就贴到了他的鼻尖："我话还没说完！立刻将玛姬·亨德森加入黑名单，现在！调动部队，在楼下准备一辆车，我要亲自过去！"

"是、是的，先生！"

罗克塞特先生如发狂的大象一样冲向电梯，在等待电梯开门的几秒钟里，他回头嚷了一句："你们，所有人，最好祈祷力场发生仪别出什么问题，否则……"电梯门开了，他的话留下半截：

　　　　　　　　　　　炸弹女孩

"……我在保护你们这些废物，可没人知道感恩……废物！"

战车上方蜻蜓的处理器终于得出了结论。"危险性：高。优先级：第二。"它收起尾部发射管，原地完成一百八十度转弯，振翅钻入大楼的窗户。玛姬咕咚咕咚滚下楼梯，在地下三层光滑的通道里奔跑，米尔普的声音在墙壁上来回碰撞："快到了，前面第三间，冲进门上写着 3C 的那个房间里面去！"

"我知道了！"玛姬奋力一跃，空中火光亮起，另一个玛姬撞开屋门摔进了房间。"垃圾桶下面粘着一个 U 盘把它插进工作站里去！"米尔普兴奋地叫着，"最后一步，最后一步！"

玛姬·亨德森有点迷茫，她一秒钟前还依偎在父亲怀里看重播的橄榄球比赛，包装工队的踢球手把球高高踢起，球晃晃悠悠飞向球门，却撞在竖杆上弹出了界外。"啊，见鬼！"迈尔·亨德森把手中的空啤酒罐掷向电视，冲女儿说："事情就是不能顺顺利利的对不对？人就是爱给自己找麻烦，这种麻烦，那种麻烦。"

"大概是吧。"女人微笑着回应，微微闭了一下眼睛，然后发现自己的膝盖撞在坚硬的地板上，眼前是一间陌生的实验室。有个声音催促着自己做什么，那是米尔普的声音，她向前爬了几步，找到了那只垃圾桶，将 U 盘扯下来。身后嗡嗡声大作，五六只蜻蜓正试图挤进狭窄的屋门，"把 U 盘插在工作站上，快啊！要是现在被打中就完蛋了，U 盘可不能再生啊！"米尔普惨叫着。

玛姬撑起身体，看到工作站密密麻麻的插口闪着绿灯和红灯。她举起 U 盘伸向插口，脑中却忽然想起一个画面来。那是不久之前，她刚跟米尔普缔结契约时候的事情，在一间棱镜安全屋里面，她同前首席科学家聊了一个小时，然后亲手开枪打死了他，搬走了那台仪器。当时她问了一个问题："米尔普，我能再提一个要求吗？有一天我会死去，应该是死于意外。你能复活我吗？复活我，然后告诉我该做什么，救我，我会照你说的做……我想活下来。"

"为什么？"盯着枪口，白化病人摊开双手，"我说过很多次，复生者并非你自己，而是另一个人，与你共享时间锚点之前记忆的陌生人。我是看着这个世界毁掉的人，所以不停地制造副本，作为观察者存续下去，可你呢？"

"留一点希望吧。"女人说，"只要想到有一个我有可能长久地生存下去，过着自己想要的生活，心里就觉得有点安慰。"

米尔普咧嘴笑了，露出粉红的牙龈："我答应你，亲爱的玛姬。从某种意义上来说，你跟我挺像的。想结个婚什么的吗？我是说，某一个你和某一个我。"

"滚。"

玛姬扣动扳机。

这个口头约定未能成立，因为签订协议的这个米尔普没能来得及把它写进日记。

蜻蜓的腹部喷出火光，玛姬·亨德森将 U 盘插入了工作站，然后栽倒在地上。"爸爸……"她闭上眼睛，仿佛回到了温暖舒适的起居室，包装工队刚刚换上防守阵容，比赛正是好看的时候。

城市的无数个角落，微小而精妙的飞行机器人被释放出蜂巢，嗡嗡鸣叫着飞入天空。第一期部署的三万枚蜜蜂向着核电站方向蜂拥而去。

罗克塞特先生在汽车后座打了个大大的喷嚏，他一紧张就打喷嚏，而他已经很久没紧张过了。"您还好吗，先生？"前座的秘书将一张纸巾递过来。范·罗克塞特烦躁道："好，不好，随便，快点给我赶到核电站去！"

"成了。"米尔普的手指停在键盘上，红红的眼睛眨也不眨。

一团灰烬撒落，U 盘里的批处理程序开始自动执行，一行行代码被写进地下实验室主机，那控制着整栋大楼网络权限、蜻蜓系统和力场发生仪的超级电脑。网络被接通了，蜻蜓系统得到了新的指令，在短短的几秒钟内，原始系统与城邦后来部署的第二系统合二为一，拥有更高权限的超级电脑得到了新系统的指挥权。在安全

　　　　　　　　　　　　　　　炸弹女孩

警察的数据库中，黑名单开始被篡改，一些人的名字正一个又一个出现在黑名单中。

"蜻蜓系统停止工作了，它们悬停在空中……蜜蜂也一样！"警务总监探头望着窗外惊叫道，"看来那个女人已经到达核心了！……她是怎么做到的？"

罗克塞特先生疑惑道："力场没有关闭，我的手机上还有力场读数……她到底要做什么？"

"砰！"

有什么东西撞上窗户，留下蛛网状的裂纹，罗克塞特先生扭头一看，一只蜜蜂正被高速行驶的轿车抛远。"搞什么……"他刚嚷了半句，又一只蜜蜂撞到车窗，将裂痕扩大为一个呼呼灌风的破洞。第三只蜜蜂灵巧地钻了进来，用复眼观察着面前的大人物。

城邦执政官脸上的肥肉忽然抽搐起来，他抓起手机向蜜蜂丢去，大喊着："停车！停车！让承包商检查系统，系统可能被人……"

"黑名单：确认。"

蜜蜂躲过来袭的物体，绕了两个圈落在罗克塞特先生的脖子上，将尾部的针轻轻刺入他的皮肤。它没有准备什么剧毒，而是将体内的器官一股脑灌入人类的身体，就像真正的蜜蜂一样，牺牲自己，攻击敌人。不同的是，它体内的小小发动机是燃烧砷化物作为动力的，这区区十克砷化物放热只能让它工作七十二小时，可对人类来说，已是致死剂量的两百倍。

"先生……先生？"

秘书递出的纸巾落在地毯上，范·罗克塞特呼出了一口带着大蒜味道的空气，然后停止了呼吸。警务总监大惊失色地扶住他，没注意到另一只蜜蜂正飞临他自己的颈间。

"我有一个推论。"

蜻蜓与蜜蜂在城市中飞舞，这时步兵战车轰地爆炸燃烧起来，发电机终于崩溃了。米尔普推开键盘，冲着不存在的听众解说起来。"我有一个推论。我死在那次灾难中，我复活了，可是不记得之前的事情。我死了，可是其他人都活着，罗克塞特，那些政客，大人物们，我的实习生，玛姬……这未免也太奇怪了吧，难道传说中的上帝特别眷顾其他人，即使他们大多数也要下地狱？"

他缓缓站起来，拖着瘦弱的身体向前走，"还好在试验开始之前我做了点手脚。服务器上的一个后门程序，记录在试验中所有可能死掉的家伙的名字，这很简单。一个 U 盘，作为开启程序的钥匙，再加上一个自动添加黑名单的功能。当时想得很单纯，就是拉其他人给我垫背而已，没想到现在成了检验真理的惟一手段了呢……"

他慢慢走到墙壁前，望着棱镜里面支离破碎的脸。

"灾难中死掉的人会被蜻蜓系统清除，如果我的推论成立，城市会变成什么样子呢？真等不及想看看啊……"

米尔普用力一推，一扇窗打开了。阳光洒满房间，令他整个人都缩了起来，眼前一片红光，泪水哗哗留下。可他没有退避，他在侧耳倾听城市的声音。

"我的推论是：整个城邦的人都在灾难中死掉了。所有人都是黑暗中的复生者啊，一座亡灵的城市……"他笑了起来，张开双臂迎接城市。城市寂静无声，只有单调的嗡嗡声漫天作响。

9

迈尔·亨德森睁开眼睛，懊恼地发现自己又在沙发上睡着了。电视还开着，播放着不知什么时候的球赛，阳光从落地窗洒进来，看来是个美好的早晨。"玛姬？"他打了个呵欠，伸个懒腰坐起来，瞥了一眼挂钟。今天是星期天，玛姬从不在星期天的早晨工作。"玛姬？"他站起来慢腾腾走向厨房，女儿不在那里。他看了女儿

　　　　　　　　　　　　炸弹女孩

的卧室和自己的卧室，女儿不在那里。

"玛姬？"

他在屋里转了两圈，没发现女儿的踪迹。

"……上班去了吗？"

他坐在桌前喝了一杯牛奶，忽然间感觉有点孤单。叹口气，他披上外套，决定去车库继续修理那台福特野马跑车，要让这老伙计跑起来，还需要很大力气呢。

拿着扭矩扳手走进车库，迈尔·亨德森忽然发现有点异样，那台车子的机器盖支着，发动机已经完全装配好了，变速箱、皮带、发电机、连杆都完好无缺，只要给化油器里倒点汽油就能启动起来。

他不记得自己什么时候完成了这些工作，"难道是要给老爹一个意外吗？说起来，这丫头从小也喜欢机械一类的东西呢。"迈尔忽然一拍脑门。

这时身后有沙沙声响起。"玛姬？"他惊喜地转过身。

后　记

这篇文章是"灰色城邦"系列的一部分。设想在不太遥远的未来，因一场突如其来的技术爆炸，国家不复存在，代之以各种各样技术背景的独立城邦，一座城，一家企业，一种生态。当生活资料极其廉价，技术成为最重要的通用货币，城邦就成了一种合理的存在方式。《以太》和《起风之城》可以算此系列的一部分，这两个故事发生在技术爆炸之前，《起风》中制造机器人的罗斯巴特公司就是《永恒复生者》中提到罗斯巴特城邦的前身，而《永恒复生者》所描绘的罗克塞特城邦则是城邦时代的典型片段。

这个系列会断断续续写下去，因为很多有趣的故事可能在其中发生。

图书在版编目（CIP）数据

炸弹女孩 / 张冉著. -- 北京：作家出版社，2018.4
（青·科幻丛书）
ISBN 978-7-5063-9912-8

Ⅰ.①炸… Ⅱ.①张… Ⅲ.①小说集–中国–当代
Ⅳ.①I247

中国版本图书馆 CIP 数据核字（2018）第 030612 号

炸弹女孩

作　　者：张　冉
主　　编：杨庆祥
责任编辑：李宏伟　秦　悦
装帧设计：骨　头
出版发行：作家出版社
社　　址：北京农展馆南里 10 号　　邮　　编：100125
电话传真：86-10-65930756（出版发行部）
　　　　　86-10-65004079（总编室）
　　　　　86-10-65015116（邮购部）
E-mail:zuojia@zuojia.net.cn
http://www.haozuojia.com（作家在线）
印　　刷：三河市北燕印装有限公司
成品尺寸：145×210
字　　数：286 千
印　　张：11.375
版　　次：2018 年 4 月第 1 版
印　　次：2018 年 4 月第 1 次印刷
ISBN 978-7-5063-9912-8
定　　价：45.00 元